PENSEI QUE FOSSE VERDADE

"Fitzpatrick retrata com profunda beleza a acidentada estrada que é a incursão de uma adolescente na vida sexual, sem deixar de lado questões como ser responsável pelos próprios atos, o poder que as palavras têm de ferir os outros... Um romance todo construído com diálogos de uma naturalidade impressionante, personagens autênticos... Bem mais denso que sua bela e alegre capa sugere."
Kirkus Reviews

PENSEI QUE

"Mais uma vez, Fitzpatrick evoca os altos e baixos das relações amorosas dos adolescentes e o frio na barriga das paixonites, mas sempre com os pés no chão."
Publishers Weekly (Resenha estrelada)

"Uma belíssima história sobre o primeiro amor... a personagem Gwen, além de ter conteúdo, possui o tipo de personalidade que tanto encanta os adolescentes. Aqueles que já sofreram e já passaram por situações como as dela encontrarão esperança neste romance sobre o amadurecimento, que tanto lembra os livros de Deb Caletti e Sara Zarr."
School Library Journal

"Fitzpatrick possui uma habilidade única; atenta e sagaz, ela faz com que seus leitores anseiem, cada vez mais, por densidade e riqueza de significado... Assistir a Cass e Gwen se apaixonando aos pouquinhos é uma delícia."
Romantic Times

"Esta história, às vezes sensual e excitante, mas sempre verossímil, narra o quanto é importante se tornar senhor de seu próprio destino e assumir responsabilidades sobre as decisões que moldarão a vida adulta. Um livro obrigatório para todos aqueles que têm em suas estantes os YAs de Sarah Dessen e Stephanie Perkins."
Booklist

"São pessoas que falham feio, que insistem em desafiar idealizações e autoimagens, e que precisam, constantemente, estar se redescobrindo. Gwen aprende, como em um superintensivo de verão, muito sobre sua cidade, sua família e seu futuro... Há um amanhã a ser confrontado, e, mesmo sabendo que existe um belo futuro pela frente, a vida dos personagens nunca está plena, embora eles pareçam trilhar o caminho certo."
VOYA

Huntley Fitzpatrick
FOSSE VERDADE

Tradução
Heloísa Leal

Rio de Janeiro, 2016
1ª Edição

Copyright © 2014 by Huntley Fitzpatrick

TÍTULO ORIGINAL
What I Thought Was True

CAPA
Raul Fernandes

FOTO DE CAPA
Annebaek | Getty Images

FOTO DA AUTORA
Katrina Bernard Photography

DIAGRAMAÇÃO
FA studio

Impresso no Brasil
Printed in Brazil
2016

CIP-BRASIL. CATALOGAÇÃO NA FONTE
SINDICATO NACIONAL DOS EDITORES DE LIVROS, RJ

F583p

Fitzpatrick, Huntley
    Pensei que fosse verdade / Huntley Fitzpatrick; tradução Heloísa Leal — 1.ed — Rio de Janeiro: Valentina, 2016.

    336 p. ; 23 cm

    Tradução de: What I thought was true
    ISBN 978-85-5889-006-9

    1. Romance americano. 2. Ficção americana. I. Leal, Heloísa. II. Título.

16-32896
CDD: 813
CDU: 821.111(73)-3

Todos os livros da Editora Valentina estão em conformidade com o novo Acordo Ortográfico da Língua Portuguesa.

Todos os direitos desta edição reservados à
EDITORA VALENTINA
Rua Santa Clara 50/1107 — Copacabana
Rio de Janeiro — 22041-012
Tel/Fax: (21) 3208-8777
www.editoravalentina.com.br

*Para você, John, por mais de vinte anos do seu amor, confiança e amizade.
Por todos os momentos em que perdi as esperanças em relação a Cass,
Gwen e Nic, e você disse calmamente: "Eu gosto deles."
Por todas aquelas minhas horas distraídas em que você se ocupou de tudo:
fez as compras no mercado, levou as crianças ao balé...
essas coisas nunca aparecem nas histórias de amor. Mas deveriam.*

*Para vocês, K, A, R, J, D e C, os seis Fitzpatrick... que amam os livros,
as praias e o verão. O que eu sei que é verdade?
Que vocês são as melhores coisas que já aconteceram na minha vida.*

Capítulo Um

Nada como um carro cheio de garotos para acabar com o meu bom humor.

Alguém solta um palavrão em voz baixa na Sorveteria Castle's, por isso fico sabendo que papai também os viu. Uma gangue de adolescentes está no topo da sua lista de Clientes Mais Odiados — comem demais, querem tudo na hora e nunca dão gorjeta. Ou, pelo menos, é o que ele diz.

No começo, nem presto atenção. Estou carregando uma bandeja com uma pilha bamba de porta-copos de cervejas artesanais, hambúrgueres embrulhados em papel laminado e uma montanha gordurosa de vieiras fritas para a mesa quatro, que fica bem na frente. Em algumas semanas, vou pegar o ritmo do trabalho. Equilibrar tudo isso e muito mais vai ser moleza. Mas as férias começaram há três dias, a Castle's voltou a funcionar em tempo integral na semana passada, o sol está deslumbrante, o ar do comecinho do verão está que é sal puro, e só faltam alguns minutos para o meu turno acabar. Minha cabeça já está na praia. Por isso, não olho para ver quem acabou de chegar no carro, até ouvir os assovios. E o meu nome.

Dou uma olhada para trás. Vejo um conversível estacionado na diagonal, ocupando duas vagas. Como não poderia deixar de ser, Spence Channing, que estava dirigindo, sacode o cabelo dos olhos e abre um sorriso para mim. Trevor Sharpe e Jimmy Pieretti descem, rindo. Tiro depressa o chapéu com a coroa dourada e o enfio no bolso do avental.

— Tem alguma coisa especial pra gente, Gwen? — pergunta Spence.

— Pega uma senha — respondo. Segue-se um coro previsível de *uhuuuus* de alguns garotos. Ponho a bandeja na mesa quatro, além de latas de refrigerante e guardanapos tirados dos bolsos da frente do avental, abro um sorriso rápido e ensaiado, e então paro diante da mesa onde meu irmão espera por mim, arrastando batatas fritas por uma poça de ketchup, com ar sonhador.

Mas, então, escuto alguém dizer: "Ei, Cass, olha só quem está aqui! Pronta para servir." E o último garoto, que estava escondido atrás das costas largas de Jimmy, sai do carro.

Seus olhos se fixam nos meus.

Os segundos se desenrolam, finos, esticados, transparentes como linhas de pesca atiradas muito, muito, muito longe.

Eu me endireito, pegando a mão do meu irmão.

— Vamos para casa, Em.

Emory arranca a mão.

— Nada feito — diz com firmeza. — Nada feito. — Dá para ver os músculos de suas pernas se retesando na postura "sou uma rocha, sou uma ilha". Suas mãos fazem gestos para me enxotar, dispensando minha urgência.

É minha deixa para respirar fundo e me afastar. Apressar Em, forçá-lo a fazer as coisas, tende a terminar em desastre. Pego seu prato de papel sujo de ketchup, desamarro o avental e pergunto a papai:

— A gente tem que ir para casa, será que você podia embalar isso aqui para viagem?

— Nada feito — repete Emory, arrancando a mão da minha. — Não, Gwennie.

— Estou até o pescoço de trabalho — diz papai pela janela de serviço, sua voz se elevando acima da chiadeira do grill. — Embrulha você, colega.

— E atira alguns pedaços de papel laminado pela janela, acrescentando vários sachês do ketchup favorito de Emory.

— Ainda comendo. — Emory volta a sentar com determinação à mesa de madeira rústica.

— A gente vai ver um filme — digo a ele, embrulhando sua comida.

— Sorvete.

Papai me lança um olhar severo pela janela de serviço. Pode até ser ríspido com Em de vez em quando, mas não gosta que eu seja.

— Sorvete *aqui*. — Meu irmão aponta para uma pintura enorme de um sorvete duplo de casquinha numa das torres cenográficas do restaurante. Pois é, a Castle's foi construída para se parecer com um castelo.

Acabo puxando-o para a caminhonete de qualquer jeito, sem olhar para trás, nem mesmo quando escuto uma voz dizer: "Ei, Gwen, tem um segundo?"

Viro a chave no Ford Bronco detonado de mamãe, pisando fundo na embreagem. O motor solta um ronco ensurdecedor, mas não alto o bastante para abafar a outra voz que diz, aos risos: "Ela tem um segundo, um terceiro, um quarto... Ela tem muitos, como todos nós sabemos!"

Graças a Deus papai se afastou da janela de serviço e está curvado sobre o grill. Talvez não tenha ouvido nada disso.

Piso na embreagem de novo e dou um solavanco, só para descobrir que os pneus estão girando, atolados na areia funda do estacionamento. Por fim, a caminhonete recua aos trancos e barrancos, dando marcha a ré. Cantando os pneus, pego o asfalto escaldante da Avenida Atlântica, aliviada por ver que está vazia.

Uns três quilômetros adiante, paro no meio-fio, dobro os braços em cima do volante e encosto a cabeça neles, respirando fundo várias vezes. Emory abaixa a cabeça para me espiar, os olhos castanhos me procurando, e então, resignado, abre o papel laminado e continua a comer as batatas fritas moles, encharcadas de ketchup.

Só falta um ano para me formar. Aí vou poder dar o fora daqui. Deixar esses garotos — e o ano que acabou — bem longe no espelho retrovisor.

Respiro fundo outra vez.

Agora estamos perto do mar, e a brisa se derrama sobre mim, suave e salgada, segura e familiar. É por isso que todo mundo vem para cá. Por causa do ar, das praias, da paz.

Sem saber como, consigo encaixar o carro em frente à grande placa pintada em verde e branco que indica a separação oficial entre a cidade e a ilha, onde a ponte de Stony Bay termina e a ilha de Seashell começa. A placa está ali desde que me entendo por gente, a tinta de suas letras arredondadas se descascou na maioria dos lugares, mas as promessas continuam gravadas a fundo.

O Paraíso à beira-mar.

O segredo mais bem guardado da Nova Inglaterra.

Pequena joia escondida na costa rochosa de Connecticut.

A ilha de Seashell, onde passei minha vida inteira, é chamada de todas essas coisas e muitas outras.

E eu só quero ir embora daqui.

Capítulo Dois

— **Kryptita** é a única coisa — diz Emory para mim, muito sério, na tarde seguinte. Sacode a cabeça, tirando dos olhos os cabelos escuros, retos como uma cortina, iguais aos de papai. — A única, única coisa que pode derrubar ele.

— Kryptonita — corrijo-o. — Exatamente. Tirando isso, ele é invencível.

— Pouca kryptita aqui — ele me garante. — Então, tudo bem.

E recomeça a desenhar, pegando pesado no pilô vermelho. Está esparramado de bruços no chão, livro de quadrinhos aberto ao lado do bloco. A luz do verão se derrama em diagonal pela janela da cozinha/sala de estar, iluminando o papel enquanto ele colore a capa do seu herói. Estou deitada no sofá, morta de preguiça depois de levar Emory a White Bay horas atrás, para a sessão com o fonoaudiólogo.

— Bom trabalho — digo, indicando o bloco. — Gostei das estrelas cadentes ao fundo.

Emory empina o queixo para mim, testa franzida, o que me leva a desconfiar que não são estrelas. Mas ele não me corrige, apenas continua desenhando.

Já se passou um dia inteiro desde que esbarrei nos garotos na Castle's, e ainda estou querendo uma reprise. Por que deixei que acabassem com o meu bom humor desse jeito? Devia ter rido e levantado o dedo médio para eles. Não teria sido lá muito fino, mas aqui na ilha não estou entre as patricinhas mesmo. Devia ter dito: "Bem, Spence, quem precisa de um segundo é você, porque o primeiro é minúsculo."

Mas não poderia dizer isso. Não com Cassidy Somers ali. Os outros garotos não importam muito. Mas Cass...

Kryptonita.

• • •

Mais ou menos uma hora depois, nossa porta de tela quebrada se abre de repente e mamãe entra, sua cabeleira escura e cacheada toda crespa do calor, do mesmo jeito que a minha fica. Atrás dela, em passos exaustos, arrasta-se Fabio, nosso híbrido de labrador, velho e meio cego. Na mesma hora ele despenca de lado, com a língua de fora. Mamãe se apressa a empurrar com o pé a tigela de água para perto dele, enquanto pega uma Coca Zero na geladeira.

— Pensou melhor no assunto, meu amor? — pergunta, depois de dar um longo gole. Ela deve ter refrigerante em vez de sangue correndo pelas veias.

Levanto de um salto, e o velho sofá xadrez laranja e vinho solta um gemido agonizante. Ela tem razão, eu devia estar tomando decisões sobre o que fazer neste verão, em vez de ficar obcecada com as que tomei ontem... ou em março.

— Cuidado! — avisa mamãe, agitando a mão livre para o sofá. — Respeite o Mirto.

Emory, agora colorindo os cabelos escuros do Super-Homem, mão pesada no pilô preto, solta um dos seus risos guturais ao ver minha careta.

— Mãe, nós compramos o Mirto no bazar caseiro do Bert e do Earl. Mirto só tem três pernas e nenhuma mola que funcione. Toda vez que eu me levanto dele, tenho a sensação de que preciso de um guindaste. Respeitar esse sofá? Fala sério.

— Tudo merece respeito — diz mamãe, em tom calmo, despencando em cima de Mirto com um suspiro. Um segundo depois, ela franze o nariz e enfia a mão debaixo da almofada, retirando um agasalho encardido, imundo, do meu primo Nic. Uma casca de banana. Um dos seus próprios romances ensebados. — Mirto viveu uma vida longa e difícil em um curto período de tempo. — Ela bate em mim com o agasalho, sorrindo. — E então? O que achou da oferta da Sra. Ellington?

Ser acompanhante da Sra. Ellington. O emprego de verão disponível de que mamãe tomou conhecimento hoje de manhã, e que me permitiria deixar de trabalhar na sorveteria de papai. O que, aliás, fiz religiosamente todos os anos, desde que tinha doze. Podia ser ilegal para os outros, mas era permitido para Nic e para mim, porque somos da família. É claro que, depois de cinco anos, eu adoraria fazer alguma coisa diferente de encher casquinhas de sorvete, fritar mariscos e preparar queijos-quentes. Mais do que isso... se não vou trabalhar com papai à noite, posso dar uma mãozinha para Vivien, que trabalha em um bufê.

— É para o verão inteiro? — Desabo no sofá, me estendendo com todo o cuidado. Se a gente cai em cima do Mirto de mau jeito, ele aderna feito o *Titanic* antes de afundar.

Mamãe desamarra os cadarços dos tênis sujos que usa para trabalhar, chuta-os para longe e estica os dedos dos pés com um gemido. As unhas dos dedões exibem margaridinhas pintadas com todo o capricho, sem dúvida obra de Vivien, o Picasso das pedicures. Como se tivesse combinado, Emory sai da sala, à procura dos chinelos. Teria pegado a Coca de mamãe, se ela já não tivesse feito isso.

— Até agosto — confirma, depois de outro longo gole no refrigerante. — Ela caiu de uma escada na semana passada, torceu o tornozelo e teve uma concussão. Não é emprego de enfermeira — apressa-se a garantir. — Eles já têm uma moça que vai à noite para fazer isso. Henry... a família... só quer que alguém tome conta dela, que a faça se exercitar, se alimentar, que não a deixe fugir para a praia sozinha. Ela tem quase noventa anos. — Mamãe balança a cabeça, como se não pudesse acreditar.

Eu também não posso. A Sra. Ellington parecia atemporal para mim, como uma personagem de um daqueles velhos livros que vovô traz para casa dos bazares, com seu sotaque da Nova Inglaterra, sua coluna aprumada e suas opiniões fortes. Ainda me lembro dela dando uma respostona para um turista que apontou para Em, perguntando: "O que é que há de errado com ele?" E ela: "Nem um décimo do que há de errado com *você*." Quando Nic e eu acompanhávamos mamãe durante as faxinas, nós dois ainda pequenos, a Sra. E. nos dava biscoitos com glacê e limonada caseira, e deixava a gente se balançar na rede da varanda, enquanto mamãe marchava pela casa com o aspirador de pó e o esfregão.

Mas... seria um emprego na ilha. Trabalhando para veranistas. E eu prometi a mim mesma que não faria isso.

Esfregando os olhos com o polegar e o indicador, mamãe termina de tomar sua Coca e atira a lata longe com um tinido. Mais fios de cabelo escapam do seu rabo de cavalo, grudando-se em caracóis às faces suadas e vermelhas.

— Qual seria o horário mesmo? — pergunto.

— Essa é a melhor parte! De nove às quatro. Você daria o café da manhã dela, faria o almoço... Ela tira uma soneca à tarde, por isso teria tempo livre.

O filho dela quer alguém que comece na segunda. É três vezes o que seu pai pode pagar. Por muito menos trabalho. Uma excelente oportunidade, Gwen.

Ela joga seu trunfo com cautela, escondendo o "você precisa fazer isso" com cuidado por baixo do "você quer fazer isso". Tudo que Nic e eu conseguimos faturar durante o verão ajuda durante a baixa temporada de Seashell, os longos meses sem movimento em que a maioria das casas é fechada por toda a estação — quando mamãe tem menos clientes regulares, papai fecha a Castle's e faz bicos até a primavera, e as contas de Emory não param de chegar.

— E a família dela? — pergunto.

Mamãe encolhe um dos ombros, com naturalidade.

— Segundo Henry, eles nem vão estar lá. Ele faz sei lá o que em Wall Street, é superocupado. Os garotos já estão crescidos. Henry diz que eles não querem passar o verão inteiro numa ilha sem movimento com a avó, como faziam quando eram menores.

Faço uma careta. Posso ter minhas próprias opiniões sobre como Seashell é pequena e quieta, mas eu vivo aqui. Tenho esse direito.

— Nem mesmo para ajudar a própria avó?

— Quem sabe o que se passa numa família, amor. "As histórias dos outros..."

... são deles.

Conheço isso de cor e salteado.

Emory volta aos pulos para a sala com os chinelos peludos de mamãe — um verde, todo encaroçado, e outro vermelho, os dois para o pé esquerdo. Estendendo as mãos para a perna de mamãe, ele tira o tênis que falta e esfrega o peito do seu pé.

— Obrigada, fofinho — diz mamãe, enquanto ele posiciona com cuidado um dos chinelos, repetindo o procedimento com o outro pé. — O que me diz, Gwen? — Mamãe se inclina em minha direção, seu joelho cutucando o meu.

— Eu teria as tardes e noites livres? Todas as noites? — pergunto, como se isso fosse um ponto fundamental. Como se eu tivesse uma vida social intensa e um namorado devotado.

— Todas as noites — garante mamãe, tendo a delicadeza de *não* perguntar "Que diferença faz, Gwen?".

Todas as noites livres. Garantidas. Trabalhando para papai, geralmente acabo pegando os horários que ninguém quer — sextas e sábados, até a hora de fechar. Com todo esse tempo livre, posso curtir um verão de verdade, fazer luaus e mariscadas na praia. Sair com Vivie e Nic, nadar no riacho durante o pôr do sol, a hora mais linda de todas. Nada de escola, aulas particulares, acordar às quatro e meia da manhã para acompanhar o time de natação, nenhum desses garotos... Esbarrar com eles ontem na Castle's foi... argh. Na casa da Sra. Ellington, a mais afastada de Seashell, eu nunca teria que vê-los.

Já quase posso sentir o cheiro da minha liberdade — as brisas salgadas, o capim-da-praia verde e quente de sol, as brisas frescas soprando por cima das pedras molhadas, as ondas quebrando, a espuma branca na curva escura do mar.

— Eu topo.

É um emprego na ilha. Mas só por um verão. Para uma família. Não é como a história de mamãe, que começou a fazer faxinas com a minha avó aos quinze anos, para ganhar dinheiro para a faculdade, só para continuar dando duro (e sem ter feito faculdade) todos esses anos depois. Também não é como o que papai fez, assumindo o negócio da família aos dezoito anos porque o pai dele teve um ataque do coração quando lidava com o grill.

É um emprego temporário.

Não uma decisão para a vida inteira.

— Amor... seu pai já te pagou pelos dias que você trabalhou? Estamos um pouco atrasados. — Mamãe espaneja migalhas do sofá sem olhar para mim. — Nada com que se preocupar, mas...

— Ele disse que me pagaria mais adiante na semana — respondo, distraída. Emory passou dos pés de mamãe para os meus, nem de longe tão doloridos quanto os dela, mas não vou recusar suas atenções.

Mamãe se levanta, abre a geladeira.

— Prefere um congelado diet ou um normal para o jantar? Você decide.

Bomba 1 ou Bomba 2? Eta escolha difícil. Ela crava o garfo na tampa plástica de uma lasanha, mas, antes que tenha tempo de colocá-la no forno, vovô Ben entra na cozinha, rebolando, com o contrabando de sempre pendurado no ombro, ao estilo de Papai Noel. Quer dizer, se o Bom Velhinho saísse por aí distribuindo frutos do mar. Ele empurra uma das bandanas de Nic, duras de suor, para o canto da bancada, despejando as lagostas na pia com uma barulheira de conchas e patas.

— Uma, duas, três, quatro. Esta daqui deve pesar uns cinco quilos no mínimo. — Eufórico, ele passa as mãos pela cabeleira branca e revolta, um Albert Einstein português.

— Papá, não há a menor possibilidade de nós comermos isso. — Apesar dos protestos, mamãe começa imediatamente a encher uma de suas panelas enormes, de cozinhar lagostas, com água da torneira. — E eu torno a perguntar, quanto tempo vão demorar para te pegar? E quando você for preso, como vai ajudar a gente? — A licença de pesca de vovô expirou há anos, mas ele continua saindo com os barcos sempre que lhe dá na veneta. Sua coleção de armadilhas ilegais para lagostas se estende pelas águas do litoral da nossa ilha.

Vovô Ben olha com nojo para a bandeja de plástico que mamãe segura, balançando a cabeça.

— Teu avô Fernando não chegou aos cento e dois anos de idade por comer... — ele abre a caixa, vistoriando os ingredientes — ... benzoato de potássio.

— Não — admite mamãe, tornando a enfiar a bandeja no freezer. — Fernando chegou aos cento e dois anos porque bebia muito vinho verde e vivia chumbado.

Resmungando baixinho, vovô Ben vai para o quarto que divide com Nic e Em, voltando pouco depois com suas roupas de ficar em casa — nada de camisa, só uma camiseta sem mangas e um velho roupão xadrez, segurando o pijama do Super-Homem de Em.

— Veste isso aí, mais depressa do que uma bala — diz a Emory, que solta a sua risada rouca e sai correndo pela sala, braços abertos no estilo do Homem de Aço.

— Nada de voar até vestires o uniforme — diz vovô. Em para bruscamente diante dele, deixando com toda a paciência que vovô Ben tire sua camisa e short e, a duras penas, vista o seu pijama. Então, ele se aconchega comigo em cima de Mirto, enquanto vovô Ben põe um DVD de Fred Astaire.

Nossa sala é tão pequena que mal dá para acomodar a tevê de plasma enorme que vovô ganhou ano passado no torneio de bingo da igreja. O bingo que vovô joga é de cartas, não cartelas, e tenho quase certeza de que ele trapaceou. A tela de última geração sempre parece totalmente deslocada na parede entre o crucifixo de cedro e o retrato de casamento da minha avó. Ela exibe uma seriedade atípica em preto e branco acima do solitário que vovô nunca se esquece de encher todos os dias. É um retrato grande, desses em que os olhos das pessoas parecem seguir a gente.

Nunca tenho coragem de olhar os dela.

Uma música romântica, com uma orquestração sofisticada, enche a sala, acompanhando a voz de taquara rachada de Fred Astaire.

— Cadê a Ginger? — pergunta Emory, apontando para a tela. Vovô Ben pôs *Cinderela em Paris*, em que a parceira de Astaire é Audrey Hepburn, não Ginger Rogers.

— Ela vai aparecer daqui a um bocadinho — diz vovô, a resposta de sempre, esperando que Emory goste tanto da música e da dança que não se importe com quem está cantando e dançando.

Emory fica mordendo o lábio, até que seu pé começa a se mexer de um lado para o outro.

Meu irmão de oito anos não é autista. Ele não é nada que já tenham mapeado geneticamente. Ele é apenas Emory. Sem qualquer diagnóstico, gráfico ou mapa. Algumas coisas difíceis são fáceis para ele, e outras, que são básicas, exigem o seu esforço. Passo os braços pela sua cintura, suas costelas magras, encosto o queixo no seu ombro, sentindo os fios soltos do seu cabelo escuro me fazerem cócegas no rosto, aspirando seu cheiro quente de garotinho.

— É esse que tem a música engraçada, lembra? A música que diz *sua cara bem-humorada, sua cara engraçada*?

Finalmente Em se acomoda, abraçando seu bicho de pelúcia favorito, que se chama Escondidinho, o caranguejo-eremita. Vovô Ben o ganhou em uma quermesse quando Emory tinha dois anos, e tem sido o seu brinquedo predileto desde então.

Empurro Fabio com o cotovelo e vou para a escada na frente da casa, porque não aguento ver Audrey Hepburn com seu arzinho triste de menor abandonada. Com um metro e oitenta e dois de altura, ninguém, por mais míope que seja, jamais vai dizer que tenho ar de menor abandonada.

Franzindo os olhos para observar a ilha, que se estende por cima dos telhados das casas de dois pisos que ficam diante das nossas — o sítio baixo e cinza de Hoop, a casa branca de Pam, com suas telhas sujas, a casa verde-água de Viv, com as venezianas de madeira vermelha que não combinam —, eu chego bem a tempo de presenciar o brilho do sol poente no mar. Recostada sobre os cotovelos, fecho os olhos e respiro fundo o ar quente e salgado.

Que está fedendo.

Meus olhos se abrem de estalo. Um par de tênis do meu primo está a centímetros do meu nariz. Eca. *Eau* de Suor de Garoto de Dezoito Anos. Dou uma cotovelada neles, expulsando-os da varanda para a grama.

A porta de tela se escancara. Mamãe vem sentar ao meu lado com um pote de sorvete em uma das mãos e uma colher na outra.

— Quer um pouquinho? Eu pego uma colher para você.

— Não, não estou a fim. — Dou um sorriso para ela. Tenho certeza de que ela não caiu. — Esse é o seu aperitivo, mãe?

— Aperitivo, prato principal e sobremesa — responde ela. — Tão flexível.

E começa a catar com a colher a parte de manteiga de amendoim, mas então para e afasta meus cabelos da testa.

— Tem alguma coisa que a gente precise conversar? Você esteve tão quieta nesses últimos dois dias.

É irônico: justamente mamãe, que passa a maior parte do tempo livre lendo romances sobre gente que passa o tempo todo tirando a roupa, resolveu explicar os fatos da vida para mim e para Nic (que ficou entre boquiaberto e horrorizado) fazendo uma demonstração com uma Barbie e um Falcon. Quando eu estava com quinze anos, ela me levou ao ginecologista para começar a tomar pílula — "Vai ser bom para a sua pele", insistiu, quando gaguejei que não era necessário, "e para o seu futuro". Até temos liberdade para conversar sobre sexo — ela faz questão absoluta —, mas só em termos abstratos... Sinto vontade de encostar a cabeça no seu ombro macio e sardento e lhe contar tudo sobre os garotos no carro. Mas não quero que ela saiba que há pessoas que me veem desse jeito.

Que eu dei a elas uma razão para isso.

— Não estou a fim — repito. Ela tira mais sorvete do pote, com uma expressão pensativa. Um momento depois, Fabio empurra com o focinho a porta de tela, vai mancando até mamãe e pousa o queixo na sua coxa, revirando os olhos, com ar pidão.

— Não — digo a ela. Embora saiba que ela vai ceder. Dito e feito: mamãe tira um bocado de sorvete e bate com a colher no degrau. Fabio abandona o papel de moribundo e lambe o sorvete com avidez, para então retomar a postura esperançosa, babando na perna de mamãe.

Algum tempo depois, ela diz:

— De repente, você podia dar um pulo na casa dos Ellington — brande a colher em direção à Rua Baixa —, para fazer uma visitinha à Sra. E.

— Espera aí. Como é que é? Tipo uma entrevista de emprego? Agora? — Olho para meu short de bainha esfiapada e minha camiseta, e de novo para mamãe. Então, corro para o quarto e volto com o velho tubo de rímel verde e rosa. Desatarraxo a tampa, passando o bastão depressa nos cílios.

— Não precisa — diz mamãe pela milionésima vez, mesmo assim me emprestando a colher para que eu possa checar manchas no reflexo. — Não, eu praticamente já disse a ela que você aceitaria o emprego. E é um bom emprego. Mas não sei quantas pessoas já estão sabendo dele. E paga muito bem. Dá só um pulinho lá, no térreo, e lembra à Sra. Ellington quem você é. Ela sempre gostou de você.

É por isso que, três minutos depois, estou calçando os chinelos, quando vovô Ben chega correndo à varanda, seus cachos brancos no maior alvoroço.

— Gwen! Leva isto aqui! Diz à Sra. E. que são do Bennie, para a rosa da ilha. Mando lagostas e amor.

Olho para o saco de papel úmido dentro da desbotada sacola de corda trançada de vovô, da qual se projetam duas antenas de lagosta, acenando, ameaçadoras.

— Vovô. É tipo assim, uma entrevista de emprego. Não posso aparecer lá com crustáceos. Principalmente vivos.

Vovô Ben solta um bufo, impaciente.

— Rose ama as lagostas. Sempre amou. Amor verdadeiro. — Ele abre um sorriso para mim.

— Verdadeiro ou não, essas aí estão a anos-luz de uma salada. — Uma das lagostas perdeu uma das pinças dianteiras, mas ainda brande a outra para mim, de um jeito apavorante.

— Cozinha os bichos, bota na geladeira, faz um molho especial para ela almoçar amanhã. — Vovô Ben empurra a sacola para mim. — Rose sempre adorou lagostas.

Ele envelheceu muito desde que vovó morreu, principalmente depois que veio morar com a gente, quando papai foi embora. Antes disso, parecia tão à prova do tempo quanto uma carranca de baleeiro, com suas feições toscas, fortes, morenas feito madeira de carvalho. Mas agora seu rosto está flácido, e eu não tenho coragem de dizer não para aqueles olhos castanhos tão animados. Por isso, enrolo a sacola no pulso e desço a escada.

São quase seis horas e o sol de verão ainda está alto no céu, o mar que se estende para além das casas exibe um azul-turquesa sem fundo, que brilha prateado com as luzes refletidas. Só há uma leve brisa e, agora que meu nariz está longe dos tênis de Nic, sinto o cheiro de grama cortada e algas marinhas, misturado com o aroma doce do tomilho selvagem que cresce por toda a ilha.

E é praticamente só o que temos por aqui. Tomilho selvagem, uma comunidade sazonal de mansões de telhas, uma reserva florestal dedicada às batuíras-melodiosas, e nós — os que aparamos os gramados, consertamos, pintamos e limpamos as casas. Vivemos na Floresta do Leste, a parte "ruim" de Seashell. Ha, ha, ha. Não são muitos os que diriam que isso existe na ilha. Temos uma floresta nos fundos da casa e só vemos uma nesguinha do oceano; eles têm vista panorâmica — a areia descendo em declive até o mar — das janelas dos seus salões, e amplos gramados ondulados nos fundos. Oitenta casas, trinta delas abertas o ano inteiro, as outras, de maio até outubro. No inverno é como se nós, os moradores, fôssemos os donos da ilha, mas, quando chega a primavera, temos que devolvê-la.

Já percorri metade da Rua da Praia, já passei pela casa de Hooper e pela de Vivien, a caminho da Rua Baixa, onde mora a Sra. Ellington, quando escuto o zumbido baixo, trepidante de um cortador de grama duplo. Vai ficando mais alto à medida que avanço pela rua e me aproximo do mar. O ronco cresce até se tornar ensurdecedor quando dobro a Rua Baixa, onde ficam as casas de praia maiores. O barracão onde são guardados todos os instrumentos da manutenção de Seashell — a sede da manutenção — tem desses cortadores de grama velhos, enormes, com umas lâminas grandes o bastante para abrir clareiras de quase dois metros de largura no gramado de todo mundo. Quando passo pela casa dos Cole, o som gagueja e para.

E eu também.

Capítulo Três

No começo só tenho que ficar olhando, como a gente faz quando se depara com uma maravilha da natureza.

As cataratas de Niágara.

O Grand Canyon.

Tudo bem, não visitei nenhum dos dois, mas posso imaginar.

O faz-tudo deste verão desceu do cortador de grama e está parado, de costas para mim, olhando para a Velha Sra. Partridge, que grita com ele da varanda, fazendo gestos grandiosos, dramáticos, da esquerda para a direita.

— Por que gente como vocês nunca aprende? — grita a Velha Sra. Partridge. Ela é rica, surda e candidata número um ao veneno indetectável de mamãe. Não apenas todos os que fazem qualquer serviço para ela são "gente como vocês", como a maioria dos outros residentes da ilha também.

— Vou me esforçar mais — diz o faz-tudo, acrescentando, após uma pequena pausa: — Senhora.

— Você não vai só *se esforçar* mais, você vai fazer isso *direitinho*. Fui clara, José?

— Sim. — A mesma pausa. — Senhora.

A Velha Sra. Partridge levanta os olhos, os lábios tão apertados que seria capaz de cortar uma moeda ao meio com uma dentada.

— Você... — Aponta a bengala de bambu para mim. — Maria! Vem dizer a esse garoto como eu gosto que a minha grama seja cortada.

Ah, era só o que me faltava. Recuo alguns passos em direção à rua, meus olhos indo irresistivelmente para o faz-tudo.

Ele se virou de lado, esfregando a testa, um gesto que reconheço de mamãe (a Velha Sra. Partridge pode deixar qualquer um com enxaqueca em dois tempos). Ele está de short, sem camisa... ombros largos, cintura fina, cabeleira loura brilhando ao sol, braços bem-feitos acentuados pela curva do cotovelo. O "José" menos provável do mundo.

Cassidy Somers.

Ah, eu deveria continuar recuando, em vez do que acabo fazendo, que é ficar totalmente paralisada. Mas não consigo me conter.

De novo.

Pegando a camisa pendurada no guidom do cortador de grama, Cass enxuga o rosto, começa a secar as axilas e então levanta o rosto e me vê. Seus olhos se arregalam, ele abaixa a camisa e então parece mudar de ideia, vestindo-a depressa pela cabeça. Seus olhos se fixam nos meus, desconfiados.

— Anda! — ordena a Sra. Partridge, feroz. — Diz a ele. Como as Coisas Devem Ser Feitas. Você já está aqui há bastante tempo. Sabe como eu gosto do meu gramado. Explica para o José que ele não pode cortar a grama desse jeito aleatório, desordenado.

Sinto a ponta afiada de uma pinça espetar meu braço e solto discretamente a sacola de vovô Ben atrás de mim. A situação já é bastante ruim sem lagostas.

— Bem, *José* — digo, com firmeza. — A Sra. Partridge gosta que a grama seja cortada de maneira muito homogênea. Horizontalmente.

— Horizontalmente? — repete ele, inclinando um pouco a cabeça para mim, um sorriso muito sutil curvando o canto da boca.

Cass. Não vamos levar as coisas para esse lado.

— Exatamente — reitero —, José.

Ele se recosta no cortador, a cabeça ainda inclinada. A Velha Sra. Partridge avistou Marco, o chefe da manutenção da ilha, dando as últimas voltas com seu caminhão de lixo, e resolve nos deixar de lado por alguns minutos para ir intimidá-lo, reclamando sobre sei lá que furacão que nunca vai chegar a essa altura da costa.

— *Você* é o faz-tudo da ilha esse verão? — disparo. — Não estaria melhor... sei lá, trabalhando como gandula no Country Club?

Cass leva dois dedos à testa, batendo uma continência irônica.

— O reprovado desse ano, às suas ordens. E eu preferiria algo que soasse menos onipotente, como *faz-o-que-pode*. Mas, pelo visto, não tenho escolha. Meu nome também foi mudado contra a minha vontade.

— Todo mundo é José para a Sra. Partridge. A menos que seja mulher. Aí é Maria.

Ele cruza os braços, curvando-se um pouco para trás, e franze a testa.

— Muito democrático da parte dela.

Não dou uma palavra com Cass desde as festas que rolaram no começo do ano. Passava por ele na escola, sentava longe durante as aulas e reuniões de alunos e mestres, dava um gelo quando puxava conversa. É fácil quando a gente faz parte de um grupo — *aquele* grupo — avançando pelos corredores do Colégio Stony Bay como se fosse o dono do pedaço, ou como na Castle's, ontem. Mas não é tão simples assim quando é só Cass.

Ele me observa com os olhos franzidos, esfregando o lábio inferior com o polegar. Estou perto o bastante para sentir seu cheiro de água salgada, um vago vestígio de cloro. De repente, aquele dia frio de primavera volta à minha cabeça com a maior nitidez, mais próximo do que ontem. *Não pense nisso. E nos lábios dele, então, nem em um milhão de anos.*

Ele abaixa a cabeça para ver meus olhos. Não sei o que mostram, por isso trato de fixá-los nas suas pernas. Panturrilhas fortes, cobertas de pelinhos louros. Tenho mais consciência das coisas que mudaram nele desde que éramos pequenos do que das coisas que mudaram em mim. *Pelo amor de Deus, para com isso.* Passo a olhar para o azul ilimitado do céu, agudamente consciente de cada som — o mar suspirante, o zumbido das abelhas nos arbustos de ameixa-da-praia, a pulsação distante de uma lancha.

Ele pula de uma perna para a outra, pigarreando.

— Estava me perguntando quando esbarraria em você — diz, no momento em que pergunto:

— Por que você está aqui?

Cass não mora na ilha. Sua família possui um estaleiro na cidade, o Veleiros Somers, um dos maiores da costa leste. Ele não tem que aturar os desaforos dos veranistas, como nós — os verdadeiros Josés e Marias.

Ele dá de ombros.

— Meu pai descolou esse emprego para mim. — Ele se abaixa, espanando grama cortada da parte de trás da perna. — É para me transformar num homem. A Escola da Vida, sabe como é.

— Sei. Nós, pobres, compensamos em maturidade o que nos falta em dinheiro.

Uma ponta de constrangimento aparece no seu rosto, como se de repente ele tivesse se lembrado de que, embora nós dois estudemos no mesmo colégio, eu não sou sócia do Clube de Natação e Tênis.

— Bom... — diz ele, por fim — ... pelo menos, não é nenhuma salinha apertada. — Seu gesto amplo abarca o oceano brilhante e o gramado verde-esmeralda. — E a vista é imbatível.

Balanço a cabeça, tentando imaginá-lo num escritório. Estou mais habituada a vê-lo perto da água, prestes a mergulhar na piscina da escola ou, naquele verão específico, se atirando no mar do píer de Abenaki, dando uma cambalhota no ar antes de bater na água de um azul quase preto. Depois de um segundo, percebo que ainda estou balançando a cabeça para ele feito uma idiota. Paro, enfiando as mãos nos bolsos com tanta força que aumento o buraco no fundo de um deles, fazendo com que uma moeda caia na grama. Afasto o pé discretamente, cobrindo-a.

Tendo terminado de dar o seu esporro em Marco, a Velha Sra. Partridge, que vem avançando em passos pesados pelo caminho de pedras, aponta para Cass com um dedo de bruxa.

— Está na hora do intervalo? Eu disse que está na hora do intervalo? O que está fazendo, vadiando desse jeito? Daqui a pouco vai querer que eu faça um sanduíche de atum para você! Maria, termine de explicar Como as Coisas Devem Ser Feitas e deixe o José voltar ao trabalho. — Ela entra na casa pisando duro. Eu me afasto alguns passos. Cass estende a mão, como que para me interromper, mas por fim a abaixa.

Silêncio de novo.

Vai, digo a mim mesma. *Dá as costas e vai embora.*

Cass pigarreia, abrindo e fechando a mão, e então estica os dedos.

— Hum... — Ele aponta. — Acho que... a sua sacola está rastejando.

Me viro depressa. A Lagosta Número Um está fugindo pelo gramado, arrastando a sacola e a Lagosta Número Dois atrás de si. Corro atrás delas, curvada, agarro a sacola e, de repente, as palavras se derramam da minha boca de um jeito tão espontâneo e irreversível como aquela moeda que caiu do meu bolso.

— Ah, eu tenho, tipo assim, uma entrevista de emprego... com a Sra. Ellington... no fim da ilha. — Aceno vagamente em direção à Rua Baixa. — Meu avô a conhece e quer que eu faça uma salada de lagostas para ela. — Sacudo as mãos, colocando as lagostas de volta na sacola. — O que significa que eu tenho, tipo assim, que cozinhar essas escrotas. Sei que sou uma desgraça para sete gerações de pescadores portugueses, mas jogar uma coisa viva dentro da água fervendo? Não sou... É que... Quer dizer, é o máximo... — Olho para Cass, que não exibe qualquer expressão, salvo por uma sobrancelha ligeiramente arqueada, e finalmente fecho a boca. — A gente se vê por aí — digo, sem me virar, me afastando, apressada.

Elegante. Finíssima. Mas será que existe alguma despedida elegante e fina na presença de crustáceos rebeldes? Fora o fato de que o navio *Fingindo Não Estar Nem aí* zarpou há séculos.

—Vê mesmo? — pergunta Cass às minhas costas. Aperto o passo, mas não consigo resistir a dar uma olhadinha para trás. Ele está no mesmo lugar, os braços ainda cruzados, me vendo correr feito um caranguejo pelo fundo do mar. Só que sem a proteção da carapaça.

Capítulo Quatro

Continuo andando depressa pela Rua Baixa, os pensamentos ainda mais acelerados do que os pés. O faz-tudo vai para todos os cantos da ilha, durante o verão inteiro. Cass vai infernizar o meu verão do mesmo jeito que ocupou a minha primavera.

Escuto um som atrás de mim, borracha na areia, dou uma virada, quase derrapando, prendendo a respiração. Mas é Vivien, saltando por cima do quebra-molas com a sua antiquada bicicleta azul-clara, com cestinha de vime, as pernas estendidas para os lados. Vivien engana com esse ar de garota-propaganda de algum produto saudável. Manteiga. Leite. Frutas frescas. Seus cabelos castanhos e lustrosos estão presos em marias-chiquinhas que não parecem bobas, suas faces brilhando no calor.

— Oi! — diz ela. — Sua mãe me disse aonde você ia. Queria te desejar boa sorte.

— Pensei que você ia se encontrar com o Nic.

Vivien fica vermelha como sempre diante do nome de Nic, da lembrança de Nic, da imagem de Nic. Sim, as coisas mudaram, transformando o nosso trio de infância em algo diferente.

Ela faz que não com a cabeça.

— Eu sugeri a ele que tentasse descolar um emprego de pintor e biscateiro aqui mesmo, na ilha. Ele está tendo uma entrevista com o Marco e o Tony neste exato momento. Se tudo der certo, e se Deus quiser vai dar, ele não vai mais depender dos contatos do Hoop para conseguir bicos de pintura em mil cantos diferentes do estado. — Ela revira os olhos. — Foi uma boa ideia... Por quê?

— Hoop é um idiota — comento. Melhor amigo de Nic e seu sócio, nesse verão, no negócio de pintar casas, Nat Hooper é capaz de transformar qualquer coisa em um desastre, e Nic é manso demais para cortar as asas dele.

Escuto o *zzzzzzz* do cortador de grama recomeçando. Preciso recorrer a toda a minha força de vontade para não olhar para trás. Será que Vivien viu Cass? Deve ter visto.

— Olha só, quer trabalhar comigo em uma mariscada que vai rolar na praia sábado à noite? — pergunta Vivien. — Mamãe e Al vão servir o bufê de um jantar de confraternização entre as famílias de um casal de noivos. Chiquééééérrimo. Vai ser em Hayden Hill. Está a fim?

— Claro. Nic também vai?

— Ah, com certeza. Já temos bastante gente para trabalhar no bar, mas faltam garçons e atendentes. Hoop ainda não sabe se vai poder ir, é capaz de ter um encontro *caliente* com uma garota especial. Embora eu esteja achando que essa garota especial mora na tela do computador dele. Conhece algum outro cara que estaria a fim?

Não consigo impedir que meus olhos fujam para outra parte da rua. Vivien segue meu olhar, e então volta a me observar com uma ruguinha entre as sobrancelhas.

—Você já viu quem é o faz-tudo este ano? — pergunto, de pé atrás.

— Já. — Ela observa meu rosto. — Eu dei a ele o código do portão quando ele chegou para se apresentar para o trabalho hoje de manhã.

—Você não teve a ideia de comentar nada comigo? Nem mandar uma mensagem para me avisar? Nada?

— Ah, puxa, desculpe. — Viv abaixa os calcanhares para recuperar o equilíbrio da bicicleta. — Eu tentei uma vez, mas você sabe como a recepção dos celulares é ruim. — Dá mais uma olhada rápida para trás. — Devia ter continuado tentando.

Sigo seu olhar até a casa da Sra. Partridge, onde Cass voltou a aparar a grama, como manda o figurino. Horizontalmente. Sem camisa de novo, seus cabelos brilhando ao sol.

Meu Deus.

— Que foi, Gwenners? Está pensando em chamar Cassidy para dar uma mãozinha? — Ela inclina a cabeça para mim, com um brilho maroto nos olhos.

— Não! O quê? Não! Você conhece a minha política. Tomar distância. Evitar a qualquer preço.

Vivien solta um resmungo.

— Tem certeza? Porque você está ficando com aquele olhar vidrado que leva a pessoa a perder a lucidez, tomar decisões precipitadas e voltar para casa no dia seguinte com a maquiagem borrada e as roupas amassadas.

Embora seja Vivie — e não é uma crítica que faço a ela —, sinto meu rosto ficar vermelho. Olho para o chão, chutando um seixo.

— Só voltei para casa com as roupas amassadas duas vezes.

O rosto de Vivien fica sério. Ela joga a perna sobre a bicicleta e destrava o pé de apoio, se aproximando.

— Cassidy Somers... aqui, na ilha. Toma... muito cuidado, Gwenners. — Sua expressão severa destoa tanto do seu rostinho meigo e do meu apelido de infância que sinto vontade de rir, mas também um friozinho no estômago.

Nem todo mundo pode ser como Vivie e Nic.

Meu primo e minha melhor amiga estão juntos desde que nós três tínhamos cinco anos, e eu realizei a cerimônia de casamento na praia de Sandy Claw. Como conhecíamos inaugurações de barcos muito melhor do que casamentos, bati nos joelhos dos dois com uma garrafa de suco de maçã.

Sinceramente, quantas mulheres têm o cara que amaram a vida inteira e são tratadas por eles como se fossem criaturas raras, preciosas e dignas de adoração? Quase nenhuma, não é?

Mesmo assim, há uma grande distância entre isso e um rala e rola indecente na areia.

Ou num beliche.

Ou num Ford Bronco.

— Gwen! — Vivien estala os dedos. — Preste atenção. Lembre-se da sua promessa. Quer que o seu pai te pegue rolando na areia de novo, como aconteceu com... — ela hesita, abaixando a voz — ... o Alex?

Estremeço, dando as costas ao gramado dos Partridge. Em seguida, levanto uma das mãos, pousando a outra numa Bíblia imaginária.

— Eu me lembro. De agora em diante, não vou, por mais que me sinta tentada, chegar nem perto de uma situação comprometedora com alguém, a menos que ame o cara e ele a mim.

— E...?

— E a menos que nós tenhamos passado por um detector de mentiras para provar isso — termino, obediente. — Mas que vai ser muito constrangedor, ah, isso vai. Ficar carregando aquele equipamento de um lado para outro, montando tudo...

— Basta ficar longe das dunas. E longe daquelas festas em Hayden Hill — diz Vivien. — Quando é amor de verdade, nenhum equipamento é necessário: basta você olhar nos olhos da pessoa para saber.

— Vai trabalhar escrevendo cartões inspiracionais *imediatamente*! — Dou um tapa no seu ombro. Ela se afasta, voltando a destravar a bicicleta, aos risos.

Eu não passaria por um detector de mentiras se não confessasse que... ah, como eu quero o que Vivien e Nic encontraram sem ter que procurar. Lanço um último olhar para a cabeça de Cass, que está inclinada para trás, enquanto a Sra. Partridge mais uma vez grita com ele da varanda.

Capítulo Cinco

A casa dos Ellington é a última da praia — ampla, no estilo da virada do século, graciosa, estendendo-se ao longo da praia como um gato satisfeito ao sol. Tem telhas cinza-pombo envelhecidas e arremates verde-acinzentados, duas torres e uma varanda circundando três quartos da casa, como um aconchegante rabo de gato.

Diante de tudo isso, a garagem aberta onde o Cadillac da Sra. Ellington fica estacionado parece tão... destoante. Devia ter uma cocheira, com um cavalariço de libré esbanjando solicitude, sempre de prontidão para pegar as rédeas do cavalo do visitante.

Avanço até o caminho lateral que leva à porta da cozinha, imaginando se é a coisa certa a fazer; nessa ilha, nunca se sabe. Metade dos proprietários das casas onde mamãe faz faxina a recebe na porta da frente e até lhe oferece um copo d'água, enquanto a outra metade faz questão de que ela dê a volta até os fundos e descalce os sapatos.

Tirando minhas sandálias havaianas, olho para os pés, desejando por um momento que fossem tão delicados como os de Viv, ou que as unhas estivessem cobertas de esmalte e não por um Band-Aid, de uma topada que dei no quebra-mar.

A porta lateral em madeira de carvalho envernizada da Sra. Ellington é mantida aberta por um tijolo gasto, mas a porta de tela está fechada.

— Oi...? — chamo, no corredor sombreado. — Hum, olá? Sra. Ellington?

Uma tevê murmura a distância. Um relógio de porcelana em formato de estrela-do-mar tiquetaqueia alto. De onde estou posso ver o brilho de uma jarra de prata na mesa da cozinha, exibindo um buquê de zínias em cores vibrantes. Ponho a mão na porta de tela, já me preparando para abri-la, mas então hesito e torno a chamar a Sra. Ellington.

Dessa vez, a tevê é imediatamente silenciada. Em seguida, escuto um *toc-bum, toc-bum* avançando pelo chão de tábuas corridas do corredor, e então a Sra. Ellington aparece. Seus cabelos estão mais brancos e ela está usando uma bengala, uma bandagem elástica envolvendo um dos tornozelos, mas ainda está muito bem-vestida, com um colar de pérolas e um largo sorriso.

— Gwen! Sua mãe me disse que agora você é Gwen, e não Gwennie. Estou *encantada* de te ver. — Encostando a bengala na parede, ela abre a porta de tela, estendendo as mãos.

Deslizo a sacola de lagostas às minhas costas e seguro suas mãos, sua pele tão flácida e frágil como seda gasta.

— Quer dizer então que você vai ser minha babá neste verão? O passado e o presente se encontram — continua a Sra. Ellington. — Quando você era desse tamanhinho, eu ficava com você no colo, na varanda, enquanto sua mãe fazia a faxina. Você era a coisinha mais fofa do mundo... com esses olhões castanhos, esses cabelos cacheados.

Há uma ponta de melancolia em sua voz ao usar a palavra *babá* que me leva a dizer:

— Eu só estou aqui para ser... — Sua amiga? Sua acompanhante? Seu cão de guarda? — Só estou aqui para fazer companhia à senhora.

A Sra. Ellington aperta minhas mãos, soltando-as em seguida.

— Que amor. Eu estava me preparando para tomar uma bebidinha fresca na varanda. Como prefere o seu chá gelado?

Não bebo chá, o que me dá um branco. Felizmente, a Sra. Ellington continua a falar, animada:

— Fez um calorão hoje de manhã, por isso preparei várias jarras de suco de mirtilo silvestre, que a essa altura deve estar perfeito. Eu, pessoalmente, adoro esse suco gelado e muito doce, com umas gotinhas de limão.

— Deve ficar delicioso — respondo, dando uma olhada na cozinha. Parece a mesma de quando Nic e eu éramos pequenos: paredes de um azul tão claro como o céu da manhã, eletrodomésticos bege, uma toalha xadrez branca e azul-marinho na mesa, outro buquê vibrante de zínias parecendo coloridas a lápis de cor em uma jarra de vidro azul-cobalto sobre a bancada.

Quando mamãe prepara chá gelado, é um processo de dois passos: tirar uma colherada do pozinho doce e misturá-la com água gelada. O chá gelado da Sra. Ellington é uma produção envolvendo instrumentos que eu nem sabia que existiam. Em primeiro lugar, vêm o balde de gelo e as pinças de prata especiais. Em seguida, o limão e mais outro negócio de prata para espremê-lo. Então, vem uma tigelinha inclinada para se colocar o sachê de chá. E mais outra para o limão espremido.

A mão coberta de veias azuis da Sra. Ellington abre o armário e esvoaça como um pássaro preso, pairando entre dois potes de vidro. Um segundo depois, ela escolhe um deles, o que contém arroz. Mas eu sei, depois de anos enfrentando a maresia, que esse deve ser o de sal. O arroz impede que o sal fique pegajoso na umidade do mormaço. Ela o coloca na bancada, começando a desatarraxar a tampa.

Ponho a mão de leve sobre a dela.

— Acho que deve ser o outro.

A Sra. Ellington olha para mim, seus olhos cor de mel nublados por um momento. Então eles clareiam, as nuvens se afastando do sol. Ela leva os dedos à têmpora.

— É claro. Desde aquele tombo chato que levei, ando muito confusa. — Ela torna a guardar o pote na prateleira, pegando o outro.

Depois, coloca o açúcar numa lata de prata... e pega uma colherzinha que tem a parte côncava lavrada no feitio de uma concha... Obviamente, esse processo foi concebido por alguém que não tinha que preparar os próprios pratos. Nem polir a prataria. A Sra. Ellington pergunta novamente como prefiro meu chá, e eu chego a sentir vontade de responder "com tudo", só para ver como funciona. Mas apenas repito: "Gelado e doce", por isso ela retira um copo coberto de gelo do freezer. Mistura açúcar no fundo e finalmente serve meu chá, fazendo o mesmo para si em seguida.

— Vamos tomar isso na varanda — sugere.

Faço menção de segui-la, mas então me lembro do presente de vovô. E bem na hora: uma das lagostas está rastejando novamente para salvar a vida, dessa vez pateando pelo corredor em direção à porta dos fundos. Agarro-a depressa e volto a metê-la, com as patas se agitando de indignação, no saco de papel úmido.

Eu teria esperado que a Sra. Ellington ficasse horrorizada, a mão apertando o peito, mas, em vez disso, ela ri às gargalhadas.

— Meu querido Ben Cruz — diz. — Ainda usa aquelas armadilhas?

— Toda semana, o verão inteiro. — Abro a geladeira, guardo o saco, esperando que o frio entorpeça Houdini, a Lagosta, e sua parceira, antes de ter que matá-las. Transmito o recado de vovô Ben.

A Sra. Ellington abaixa a bengala novamente, apertando as mãos.

— Lagostas e amor. Duas coisas essenciais na vida. Vem comigo para a varanda, Gwen querida. Será que se importa de trazer os copos? Lá podemos discutir *as outras* coisas essenciais da vida.

A varanda também é quase exatamente a mesma, com seus velhos móveis de vime branco e uma rede azul-petróleo, gasta, balançando ao sabor da brisa. O amplo gramado dos Ellington se funde com o capim-da-praia, a areia e o mar azul-escuro. À extrema esquerda se vê a Pedra da Baleia, uma rocha enorme que é igualzinha a uma baleia-jubarte encalhada. Na maré alta só dá para ver a barbatana, mas agora, que é maré baixa, a pedra está quase toda visível. A vista é tão deslumbrante que chego a ficar sem fôlego, com a sensação que sempre tenho quando vejo as partes mais bonitas da ilha — se pudesse ter essa vista da minha janela o tempo todo, seria uma pessoa melhor, mais calma, mais feliz, menos propensa a ficar nervosa por causa da escola ou a perder a paciência com papai. Mas essa teoria não pode estar certa, porque a Velha Sra. Partridge da Rua Baixa tem uma das melhores vistas da ilha — quer dizer, do mar, não de Cass Somers —, e isso não melhora o seu temperamento nem um pouco.

A Sra. Ellington bate o seu copo no meu.

— Um brinde a mais um pôr do sol — diz.

Devo ter feito uma cara de espanto, porque ela explica:

— O brinde favorito do meu querido pai. Sou muito supersticiosa. Acho que nunca tomei uma bebida na varanda sem dizer isso. E você tem que responder: "E a mais um amanhecer."

— "E a mais um amanhecer" — respondo, com um firme aceno de cabeça.

Ela dá um tapinha na minha perna, em sinal de aprovação.

— Imagino que devamos negociar nossos termos — diz a Sra. E.

Droga. Gaguejo qualquer coisa sobre o salário que mamãe mencionou — ela deve ter entendido errado, tinha que ser bom demais para ser verdade —, e a Sra. Ellington começa a rir baixinho.

— Ah, não estou falando do dinheiro. Desconfio que isso já foi combinado entre sua mãe e o meu Henry. Eu me refiro aos termos do nosso relacionamento. Nunca tive uma... acompanhante, por isso, naturalmente, preciso saber o que você gosta de fazer, e você precisa saber o mesmo sobre mim, para não passarmos o verão inteiro torturando uma a outra. Devo dizer... que vai ser bom ficar perto de uma pessoa jovem novamente. Meus netos... — Ela se cala. — Estão longe, vivendo suas vidas. — Por um segundo, seus oitenta e tantos anos transparecem no rosto, e seu sorriso de sempre se desfaz.

Tenho uma súbita lembrança de uma megafesta que ela deu para um dos netos. No casamento dele? Aniversário de vinte e um anos? Uma tenda enorme. Com torres brancas. Bufê dos Almeida. Teve até fogos de artifício. Nic, Viv e eu... e Cass... ficamos deitados na praia, vendo os fogos explodirem e brilharem sobre o mar. Uma festa privada com um show público. Como o mar, ninguém é dono do céu.

Um momento depois, ela continua, em tom resoluto:

— Como devem. Agora, me conte tudo sobre você!

Hum... Que "tudo" será esse que ela quer saber? O tipo de "tudo" que conto para Viv é muito diferente do que conto para mamãe, por isso só Deus sabe qual é o "tudo" de uma pessoa que poderia querer me empregar, e...

Como se ouvisse o meu blá-blá-blá mental, ela dá outro tapinha no meu joelho.

— Por exemplo, o que você acha da praia, querida Gwen? Ama ou odeia?

Será que existe alguém no mundo que odeie praia? Respondo à Sra. Ellington que adoro o mar, e ela diz:

— Muito bem. Minhas amigas... nós nos chamamos a Liga das Senhoras, mas creio que há outras na ilha com nomes menos lisonjeiros... estou me lembrando das Velhas Ratas de Praia... enfim, gostamos de nadar todos os dias às dez da manhã e de novo às quatro da tarde, no momento em que a luz está mudando. Às vezes, fazemos um piquenique e ficamos até o anoitecer. O bom da idade é que não precisamos nos preocupar com filtro solar e podemos passar o dia inteiro. — Seus olhos se umedecem ao se voltar para o mar, e seu rosto enrugado se abranda em uma expressão sonhadora que de repente deixa claro como ela deve ter sido bonita no passado. A Rosa da Ilha, realmente.

Durante meia hora, conversamos sobre tudo de que a Sra. Ellington gosta e não gosta, desde seus pratos favoritos e detestados — "Se algum dia fizer uma salada de ovos para mim, vou reconsiderar a boa opinião que tenho a seu respeito" —, até sua opinião sobre atividades físicas — "Até vou gostar de dar umas caminhadas breves quando esse tornozelo chato ficar bom, mas só quando *eu estiver* com vontade. Não quero ser forçada" — e tecnologia: "Você não vai passar o tempo todo digitando ou atendendo seu celular, vai? Quando estou na presença de outra pessoa, quero que ela esteja presente."

Acho que passei no teste, porque a Sra. Ellington finalmente dá um tapinha na minha mão e diz:

— Muito bem, então. Nosso esquema começa na segunda-feira. — Abre um largo sorriso para mim, abaixando a voz. — Eu estava morta de medo. Sou uma criatura que aprecia a solidão. Mas acho que, se Deus quiser, posso dar sorte com a minha nova associada.

Agradeço a ela e então me lembro de que tenho que cozinhar as lagostas. Droga. *Será que ela vai querer que eu faça isso agora? Ou estou dispensada? Se estou, será que posso deixá-la com as lagostas vivas? Será que ela está em condições de usar o fogão?* Nic teve uma concussão jogando futebol no ensino médio e ficou fora do ar durante dias. Estou prestes a perguntar a ela o que gostaria que eu fizesse, quando alguém bate à porta de tela com tanta força, que chega a trepidar as tábuas mal pregadas. Uma voz chama: *Hum... Olá? Serviços Seashell!*

— Que será que eles querem? — Os olhos da Sra. Ellington ficam acesos, como se a visita de um membro da equipe de manutenção da ilha fosse motivo de excitação. — Ainda não chegou a época de aparar as hortênsias, e a grama foi cortada ontem. Vamos lá ver.

Embora sua coluna continue reta como sempre, seu andar é tão trôpego, apesar do apoio da bengala, que vacilo atrás dela, tentando ficar dos dois lados ao mesmo tempo para interromper sua queda inevitável.

— Olá? — A voz torna a chamar, um pouco mais alto. Mais reconhecível.

— Já vaaai! — cantarola a Sra. Ellington. — Pode entrar! Meu andar é lento, mas vamos estar aí logo, logo!

Gostaria que seu andar fosse inexistente, porque chegamos depressa demais à cozinha, onde Cass — sim, é ele — está parado, parecendo ainda mais bronzeado em contraste com os babadinhos das cortinas brancas de voile ao fundo.

— Meu querido rapaz! — exclama a Sra. Ellington.

Como foi que ele conseguiu se tornar o querido rapaz dela depois de apenas um dia cortando a sua grama? Será que ela se lembra dele por causa daquele único verão? A Velha Sra. P. não se lembrou.

— Gwen querida, esse é Cassidy Somers, que vai manter a ilha linda para nós esse verão. Cassidy, essa é a minha nova... — ela hesita, e então continua com firmeza: — Essa é Guinevere Castle.

Fico morta de vergonha. Com ou sem concussão, a Sra. E. se lembra do meu nome verdadeiro, ridículo como o de uma heroína romântica. O nome que eu nunca uso na escola. Ou em nenhum outro lugar. Jamais.

Sem se perturbar, Cass estende a mão, bem-humorado.

— Oi de novo, Gwen.

Ignoro sua mão estendida.

— Nós já nos conhecemos — digo, me virando depressa para a Sra. Ellington. — Hum, não tão bem assim. Isto é, não somos amigos. Quer dizer... Não temos tanto assim em comum... nós estudamos na mesma escola — termino meu discurso delirante sem olhar para Cass, e fico esperando, morta de vergonha, que a Sra. Ellington conclua que eu sou louca.

Em vez disso, ela sorri tranquilamente para mim.

— Colegas de escola. Que amor. Bem, acredito que o nosso visitante gostaria de um copo de chá gelado. Quer fazer as honras da casa, Gwen?

Balanço a cabeça, abrindo o freezer para tirar o gelo e, com sorte, esfriar meu rosto que está pegando fogo. Grata por não ter que lidar com todas aquelas coisas de prata, sirvo o chá num copo gelado e o entrego a ele, tentando evitar qualquer contato com seus dedos. O que faz com que o copo suado quase se estilhace no chão. Ainda bem que Cass tem reflexos rápidos.

A Sra. Ellington vai para junto dele, desculpando-se por não perguntar se ele queria limão e açúcar.

— Não, só o chá está ótimo. Obrigado.

— A gente fica morta de sede neste calor — diz a Sra. Ellington —, principalmente quando se submete a algum esforço físico. Quero que se sinta à vontade para vir à minha casa a qualquer hora para tomar uma boa bebida fresca.

Inclinando a cabeça para ela, Cass abre o seu melhor sorriso.

— Obrigado.

Ele bebe o chá gelado em largos goles. Fico observando a longa linha do seu pescoço, desvio os olhos, seco os dedos no short. As palmas de minhas mãos estão úmidas. Que maravilha.

— Pode servir mais um pouco para ele, Gwen? Agora, querido rapaz, por que *está* aqui? Se é por causa daquelas contas, elas vão para o meu filho Henry.

— Não é isso — Cass se apressa a responder. — Estou aqui para cozinhar as suas lagostas.

Minha cabeça se vira de estalo.

— Estamos tentando expandir a nossa lista de serviços — continua ele, em tom calmo e razoável. — Tempos competitivos, sabe como é. — Seus olhos se fixam nos meus e tornam a se afastar.

— É mesmo? — A Sra. Ellington se aproxima, como se ele fosse um ímã dotado de um magnetismo irresistível. — Como assim?

— Bem... Hum... Geralmente o faz-tudo só corta grama e arranca ervas daninhas. E... — Cass dá um longo gole no chá gelado — ... eu acho... que dá para fazer mais coisas. Levar cachorros para passear. Fazer compras no mercado. Hum... — Ele fixa os olhos no teto por um segundo, como se estivesse lendo as palavras nele. — Aulas de natação.

— Muito empreendedor! — exclama a Sra. Ellington.

Cass a brinda com outro sorriso e continua:

— Quando vi a Gwen vindo para cá com o seu, hum, jantar, achei que poderia ser uma boa hora para mostrar a minha técnica à senhora.

— Você tem uma *técnica*? — A Sra. Ellington junta as mãos sob o queixo, parecendo uma criança feliz numa festa de aniversário. — Que competência! Eu não sabia que existia algo assim em relação a lagostas.

— Técnica talvez não seja a palavra certa — diz Cass. — Onde é que está a sua panela de cozinhar lagostas? — A pergunta é feita com a máxima confiança, como se toda cozinha na Nova Inglaterra possuísse uma. Mas a Sra. Ellington possui uma, sim, exatamente a mesma panelona esmaltada em preto e branco que temos em casa. Cass a retira do armário que ela abriu e a leva até a mesa, totalmente à vontade, só faltando tirar os sapatos e se esparramar no sofá.

— Olha só — digo, fazendo um esforço para manter a voz impessoal —, eu posso fazer isso. Não precisa...

— É claro que pode, Gwen. Mas eu estou aqui.

Acho que meus olhos chegam a saltar das órbitas. *Ele* estar *aqui* é exatamente o problema. Mas isso ainda é uma espécie de entrevista de emprego, e eu não posso disputar as lagostas com ele numa queda de braço.

Ele enche a panela de água fria e a coloca no fogão, acendendo uma chama alta, o tempo todo falando depressa.

— Técnica implica finesse, ou habilidade. E não é exatamente isso. É que... — Ele brinca com o botão, concentrando-se em abaixar a chama. — ... algumas pessoas se sentem mal com a ideia de cozinhar uma coisa viva, entende? Além disso, as lagostas fazem aquele som parecido com um grito. Ouvi dizer que não quer dizer nada, que o sistema nervoso delas não é tão desenvolvido a ponto de elas sentirem dor, e o cérebro é do tamanho da ponta de uma esferográfica, mas... mesmo assim pode incomodar algumas pessoas.

Ah, sim, obrigada por vir me salvar, Cass. Eu sou tão fresca!
Não *quero* matar lagostas. Mas *posso* muito bem fazer isso.

— É verdade — concorda a Sra. Ellington. — Sempre fiz questão de sair da cozinha quando meu cozinheiro preparava lagostas. Ou cortava fora a cabeça dos peixes. — Ela estremece com a lembrança.

Cass torna a brindá-la com um daqueles sorrisos irresistíveis. Cheio de charme — do tipo que te atrai tão certo quanto uma mão na sua, mas também pode te manter a distância com a mesma firmeza, fazendo com que você se pergunte qual deles é real, qual dos dois é o verdadeiro. Enquanto penso nisso, ele me olha, dessa vez nos meus olhos, e fico surpresa com a sua expressão. Legível, pela primeira vez, não reservada, como tem sido desde março.

Direta.
Deliberada.
Desafiadora.

Dou as costas, abro a geladeira, tiro a sacola de lagostas e fecho a porta com o peito. Ele estende a mão para pegá-la, mas eu a aperto com mais força. Ele a puxa com delicadeza, olhando para mim com um ar curioso, para ver se vou mesmo desafiá-lo pela posse de um saco de crustáceos.

Abro os dedos.

— Obrigado, Gwen. — Sua voz é natural. — Então, sim, algumas pessoas deixam as lagostas no freezer durante um tempo para entorpecer os bichos. Mas isso não é tão mais humano assim do que jogá-las na água fervendo, é?

Ele desenrola a sacola de corda trançada de vovô Ben e coloca o saco de papel pardo amarfanhado em cima da mesa. Uma pinça enorme imediatamente se projeta, tateando, batendo na bancada de madeira. Apesar da temporada na geladeira, a Lagosta Número Um não perdeu sua intensa vontade de viver.

— Dizem — continua Cass, enfiando a mão na sacola — que se a gente mata a lagosta muito antes da hora, ela fica tão dura que não dá para comer.

Ele vira a Lagosta Número Um para os dois lados, evitando suas patas grudentas.

— Olha pra lá, Gwen.

Não estou acostumada à nota de comando desse tom displicente, e na mesma hora olho pela janela para os brotos cor de fúcsia dos pés de ameixa-da-praia, mas logo caio em mim.

— Posso dar conta disso — repito para Cass. Então, tentando parecer prática e natural: — Está no meu sangue, lembra?

— Pronto — diz ele, me ignorando. — Uma facada rápida no cérebro, e depois é só jogar o bicho na água fervendo. Não dá tempo de ele sentir nada.

A Sra. Ellington bate palmas.

— Isso me alivia muito. Parece dar certo. Elas não agitam as patas. Nem fazem aquele som horrível.

— Já acabei, Gwen. Pode olhar. — Isso é um aparte. Tranquilo, sem ironia.

— Eu *estou* olhando — murmuro, de repente me sentindo aérea.

— Esses bichos pesam o que, uns setecentos gramas? Então, vão ter que ficar uns quatorze minutos na panela. — Ele pega o timer em formato de ovo que está em cima do fogão e o ajeita habilmente. — Posso ficar e tirá-las, se quiser.

Pigarreio.

— Não precisa. Pode ir. Eu faço o resto.

— Você é uma maravilha, meu jovem! — diz a Sra. Ellington. — Estou encantada com a nova política dos Serviços Seashell. Posso me atrever a ter a esperança de que você também limpe peixes?

— Faço tudo que for preciso. — Cass me dá um olhar rápido, e então sorri para ela de novo, aquele sorriso largo e meio enviesado que enruga os cantos de seus olhos. — Obrigado pelo chá. Foi o melhor que já tomei. Até mais tarde, Sra. Ellington.

Ele amassa o saco de papel pardo molhado e o joga na lata de lixo, mas bate na beirada. Sem olhar para nós duas, ele o pega, joga dentro da lata e vira no corredor.

Seu "tchau, Gwen" sai tão baixo que é quase um sussurro. Mas eu escuto.

— Que rapaz mais gentil — comenta a Sra. Ellington. — E bonito, também.

Examino as lagostas borbulhando na água, agora de um vermelho vivo e imóveis, e observo o tique-taque do timer. Faltando dez minutos, sirvo mais chá para a Sra. Ellington e começo a preparar o molho de vovô Ben. Ela fica só assistindo, com os olhos brilhantes e interessados, fazendo comentários ocasionais.

— Ah, sim, é claro. Como pude me esquecer do creme azedo? Meu querido Ben Cruz tinha uma técnica toda especial para prepará-lo.

Vou ter que perguntar ao vovô Ben como é que a Sra. Ellington conhece sua receita secreta de salada de lagostas. Molho terminado, jogo as lagostas rosadas num escorredor, passando água fria por cima delas e rezando para que me esfrie também. Estou me sentindo estranhamente agitada.

—Vão estar perfeitas para o almoço de amanhã — digo à Sra. Ellington sem me virar, tentando parecer descontraída. — A menos que a senhora queira jantá-las hoje, e nesse caso posso fazer um molho de manteiga. Ou um holandês.

— Ah, não! — diz ela. — Quero comer esse molho maravilhoso do Ben com as lagostas geladas. Eu como alguma outra coisa hoje à noite. Por falar em noite... — Ela inclina a cabeça e então chama: — *Joy!*

Quando começo a ter medo de que ela tenha enlouquecido de verdade, a porta se abre e uma mulher com ar cansado vestindo um uniforme hospitalar sai da garagem aberta.

— Sim, Sra. El? Estou aqui.

— Olá, Joy! Essa é Guinevere Castle, que vai me impedir de fazer travessuras durante o dia. Gwen, essa é a minha enfermeira da noite. Joy, quer acompanhar Gwen até a porta? Estou me sentindo um pouco cansada depois de um dia tão movimentado.

Joy segue à minha frente pelo corredor da varanda até a garagem, tirando seu agasalho cinza pela cabeça e pendurando-o em um cabide na parede.

— Então, você é a babá?

A palavra me deixa desconfortável.

— Estou aqui para fazer companhia à Sra. Ellington durante o dia.

Joy solta um resmungo.

— Vai receber o mesmo ordenado que eu, e sem ter qualquer formação na área médica. Não faz o menor sentido. Aquele filho dela tem mais dinheiro do que cérebro, se quer saber a minha opinião.

Não faço a menor ideia do que responder, por isso fico calada.

— Ela precisa de uma enfermeira treinada vinte e quatro horas por dia, sete dias por semana, depois de levar um tombo daqueles. Poderia facilmente ter fraturado o fêmur, e na idade dela esse pode ser o começo do fim, mas a família não quer aceitar isso. Não tenho a menor paciência com eles.

Então, talvez não devesse trabalhar aqui, penso comigo mesma, mas logo me arrependo. Aqui na ilha, quantos de nós temos escolha, sinceramente? Joy abre a porta de treliça da garagem e eu saio, aliviada por saber que nossos horários não vão coincidir muito.

Já do lado de fora, paro, prestando atenção. Acima do rugido macio e do sussurro das ondas, escuto o cortador de grama zumbindo novamente, ao longe, na Rua Baixa. Embora seja o caminho mais longo para casa, eu me viro na direção oposta.

Como vou passar um verão inteiro aguentando ver Cass o tempo todo? Vou ter que perguntar a Marco e Tony qual é o horário dele... Tá legal. "Tony? Marco? O faz-tudo que vocês contrataram é bonito demais para o meu gosto, e agora está me dando nos nervos também, por isso, será que podiam pedir ao cara para vestir uma camisa? Deixar crescer uma barba maltratada, ganhar uns quilinhos extras e ficar longe da casa da Sra. E.? Muitíssimo obrigada."

Ganho velocidade, e então viro na pequena clareira batida da Floresta Verde, na curva da estrada. Bordos arqueiam e encurvam seus galhos acima de mim, fazendo da trilha um túnel. O ar tem um cheiro penetrante de terra e clorofila. Essa floresta é a mesma há centenas de anos. Quando éramos pequenos, Nic, Viv e eu fazíamos de conta que éramos os Quinnipiacs, o primeiro povo a viver em Seashell. Tentávamos andar pela floresta sem fazer barulho, um pé adiante do outro, sem rachar um graveto sequer. Primeiro uma curva perto de um galho retorcido, depois outra curva perto de uma velha pedra em formato de chapéu de bruxa, e estou a céu aberto novamente, perto do riacho que corre para o mar, cortado apenas por uma ponte tão velha que a madeira está prateada e os pregos, vermelho-escuros de ferrugem. Subo na parte mais alta da ponte, olho para a água, clara o bastante para ver as pedras no leito, mas funda o bastante para cobrir minha cabeça. Tiro a camiseta que estou usando por cima do sutiã esportivo preto, descalço os tênis e pulo.

Capítulo Seis

A água é um choque gelado, arrancando todos os meus medos e sentimentos. Impulsiono o corpo com força para a superfície, saio, respiro fundo, ofegante, e então volto a mergulhar nas profundezas geladas, tomo impulso no leito pedregoso, subo até a superfície, boio de costas, olhos fechados, respirando calmamente a diferença entre a água gelada e o ar parado do verão.

Sei que o que sinto aflorar em mim é o que tenho tentado evitar. Há meses. Abro os olhos, deixo a memória molhar a beirinha dos meus pensamentos, e então torno a fechá-los, desistindo.

Ele é chamado de Mergulho do Urso-Polar, o que não faz muito sentido, porque é praticado na primavera — e aqui em Connecticut, os ursos-polares são uma verdadeira raridade.

Mas a água do oceano em março, em Connecticut, é sinônimo de hipotermia. E o Mergulho do Urso-Polar é a maior fonte de renda do Departamento de Atletismo do colégio na primavera. Tem sempre uma fogueira, as chefes de torcida e a associação de pais e mestres trazem cidra quente e ficam gritando para encorajar os atletas que correm para a água gelada. Os pais e os habitantes da cidade comparecem em peso — para fazer apostas sobre quem vai ficar na água mais tempo, quem vai nadar até mais longe. Este ano, desde que Vivien se tornou a líder das chefes de torcida e Nic entrou no time de natação, cujos treinos cronometrei o ano inteiro, eu me levantei às sete da manhã e fui com eles para assistir.

Estava fazendo um sol cegante aquela manhã, e um frio de rachar. Na semana anterior tinha havido uma dessas nevascas pesadas, atípicas, que às vezes atingem o litoral, e pedaços de neve ainda deslizavam por entre os talos altos do capim-da-praia. Por mim, eu ficaria no carro quentinho de Vivien com o aquecedor ligado no máximo, mas Nic estava de calção de banho e Vivie vestia seu uniforme minúsculo, só com o agasalho de Nic por cima. Por isso, desci e fui ficar perto da fogueira, a pretexto de dar uma força ao time de futebol, ao de hóquei ao de futebol americano, ao de beisebol, ao de basquete e ao de natação.

Exibicionistas eram o que não faltava por ali, tirando as roupas e mostrando o muque, fazendo poses de modelo, ao som de gritinhos e assovios da galera bem agasalhada. Hooper, embora franzino, era rápido e superconfiante para um cara tão magricela e pálido. Argh, e ainda por cima estava usando uma sunga da Speedo. Ridículo, Hoop!

Apertei com força um copo descartável de cidra, soprando nele para sentir o vapor quente no rosto, e então ouvi um barulho de roupas perto de mim, senti um arrepio de reconhecimento e me virei. Era Cass. Ele tinha tirado a parca e a camisa, e começava a desabotoar o jeans desbotado, revelando um calção azul-marinho.

Esperei que fosse dar um show, como os outros. Até Nic, que não tinha nada de exibicionista, ficou girando o agasalho na ponta do dedo, com um sorriso, antes de atirá-lo para Vivien. Mas Cass continuou sozinho, se despindo em silêncio. Bem ao meu lado.

Presumi que não tivesse se dado conta de quem eu era. Eu tinha pegado a parca de mamãe quando já estava de saída e, com o capuz levantado, estava tão sexy como um boneco inflável.

Ele hesitou, e então chutou a calça e as outras roupas para uma pilha afastada da fogueira.

— Vai apostar em mim, Gwen?

Olhei para ele. Tremi. Balancei a cabeça.

— Mas deveria. Nic e Spence são os que chamam a atenção com as mil e uma braçadas, mas eu sou do tipo que se concentra em chegar até o fim. Que investe na resistência.

— E eu sou do tipo que não aposta. — Dei um gole na minha cidra, aspirando o vapor com aroma de maçã e canela, acrescentando, em voz baixa:
— Boa sorte.

Ele abriu a boca como se quisesse dizer alguma coisa, mas apenas balançou a cabeça e se afastou a passos largos. Tentei, em vão, não segui-lo com os olhos enquanto avançava pela multidão, mas... aqueles ombros bem-feitos, o V do torso que ia se afinando até a cintura... enfim, foi um olhar puramente estético. Quem não olharia?

A corneta de abertura soou, estridente, de rachar os tímpanos. Todos mergulharam na água. Jimmy Pieretti, que adorava bancar o engraçadinho, vestia um biquíni amarelo de bolinhas brancas, embora eu não pudesse imaginar onde ele tinha arranjado um que coubesse nele. Nic foi atrasado pelo beijo de boa sorte de Vivien. Muita água espirrou para todos os lados, muitos gritos foram dados, muitos palavrões foram soltos.

— Parem de reclamar e se concentrem! — berrava o técnico Reilly pelo megafone. Em meio à multidão, vi Cass mergulhar na água, e então suas braçadas foram abrindo caminho por entre as ondas, ombros e antebraços visíveis em um nado rápido no estilo crawl. Sim, havia pedaços de gelo soltos. Eu ficava pasma de ver a lealdade de algumas dessas pessoas à nossa escola. Ninguém me convenceria a dar um mergulho daqueles por menos do que a paz mundial ou as despesas médicas de Emory pagas pelo resto da vida.

Fui para mais perto da água, onde Vivien estava aos pulos com as outras chefes de torcida.

— Manda ver, Stony Bay! Nesse mar você é o rei!

Uns vinte rapazes já tinham começado a sair da água, dirigindo-se à fogueira. Nic ainda aguentava as pontas, mas estava roxo de frio. Jimmy Pieretti, obviamente, ia concorrer a "Mais Tempo Debaixo D'água", porque dava para ver as suas pernas enormes se projetando de uma bananeira plantada, enquanto a galera gritava: "Jimbo, Jiiiiiiiiiimbo!" Ele tinha cento e dez quilos, mas isso não bastava para protegê-lo do frio: seus dedos dos pés estavam azuizinhos.

O técnico, vários pais que estavam trabalhando como voluntários, todo mundo assistia, mas eu ainda me pegava contando cabeças, correndo os olhos pela água. Tendo passado a vida inteira à beira-mar, tinha crescido sabendo o que o oceano podia dar e tirar em um segundo.

Onde estava Cass? Ele era popular, mas ninguém estava cantando seu nome como o de Jimmy e até mesmo o de Hoop, que tinha saído correndo da água para vomitar em cima dos sapatos do técnico Reilly.

Onde estava Cass? Seria fácil uma pessoa se afogar no meio daquela galera barulhenta, aos gritos, sem que ninguém notasse.

Corri até a beira d'água, protegendo os olhos do sol brilhante que se refletia nas ondas, vendo pontos pretos dançarem à minha frente. Mas nenhuma cabeça loura. Já fazia pelo menos cinco minutos que a corrida tinha começado, talvez mais.

— Técnico. Técnico! Onde está Cass Somers? — Puxei sua manga quando ele já ia levantar o megafone de novo, minha voz em pânico. — O senhor consegue ver onde ele está? Tem um par de binóculos?

— Quem foi o palhaço que batizou a cidra? — berrou o técnico. — Vocês são uns cretinos. Que diabo!

Dei outro puxão na sua manga, e ele se virou, o rosto vermelho contrastando com os cabelos pretos e cheios.

— Agora não, Gwen. — Tentou dar à voz um tom gentil. Ele sempre tinha sido simpático comigo, talvez porque o restaurante de papai doasse comida e sorvete para as competições do começo e do fim de ano. — Isso vai ser um desastre para a imagem da escola. Se a Associação de Pais e Mestres descobrir o que fizeram com a cidra, nosso evento vai para o beleléu.

— Não estou vendo Cassidy Somers. Ele está na água, em algum lugar. — Tentei arrastar o técnico comigo para as ondas, que estavam GELADAS DE DAR GANGRENA. Minha pele parecia estar sendo esfolada por mil facas de gelo. O técnico permaneceu imóvel, uma Rocha de Gibraltar com uma caraça vermelha. Por isso, tirei depressa a parca, joguei-a na areia e fui avançando com esforço pela água adentro até os joelhos, até a cintura, até as axilas.

— Gwen! Que é que você está fazendo? — gritou Vivien. — Ficou louca?

Todos já tinham voltado para a praia, menos eu, com meu jeans que se colava ao corpo e o agasalho ensopado, quando uma onda se levantou e Cass voltou à superfície bem na minha frente, olhos azuis arregalados, o cabelo colado à testa, escurecido pela água em tons cambiantes de âmbar e ouro. Ele sacudiu a cabeça, tirando os cabelos dos olhos.

— Eu... — Meus dentes batiam. Meu corpo inteiro tremia. Cass também tremia tanto que dava para sentir suas pernas se dobrando contra as minhas. — Achei que você tinha se afogado.

Eu estava tremendo, e ele respirando com força e depressa. Eu não sabia ao certo quem estava amparando quem, mas ele tinha ficado na água por mais tempo, por isso tive a sensação de que eu é que o estava rebocando. O técnico não estava nem olhando para nós, tendo ido até a fogueira para soltar os cachorros em cima da sua equipe indisciplinada.

— P-pensei que você tinha se afogado — repeti, enquanto voltávamos para a areia. Vivien já estendia para mim um edredom enorme, que tinha tirado da traseira do carro da mãe. Os dedos de Cass o pegaram em um segundo, mas não se fecharam. Fui eu quem o pegou e abriu, pondo o dedo no cós do seu calção para aproximá-lo de mim debaixo do edredom. Com o corpo colado ao seu, podia sentir seu coração disparado.

— Obrigado — disse ele. — Eu n-n-não estava me afogando, mas, se estivesse, t-t-eria sido um salvamento fantástico. Como foi, já foi inc-c--crível. — Sua respiração estava branca no ar gelado, mas parecia quente no meu rosto, e de repente tive consciência de que minhas mãos apertavam com força a sua cintura gelada, e eu estava praticamente coxa a coxa com Cass Somers.

Nesse momento, o técnico se aproximou.

—Você quebrou os recordes de distância e tempo, Somers. E o de estupidez também.

Cass assentiu, com o rosto impassível, sem dar qualquer sinal de vaidade ou vergonha. Então, olhou para mim.

— Podemos d-dar a Gwen o prêmio de Salva-Vidas do Ano, técnico? Ela *estava* t-tentando me salvar.

O técnico soltou um bufo.

— Do que vocês dois precisam se salvar é da própria burrice. Você pelo menos tirou os sapatos, Castle?

Remexi os dedos molhados dentro das botas de montanhismo.

— N-não.

— Ainda bem que você não está na minha equipe — debochou o técnico. — É preciso ter reflexos rápidos. — Correu os olhos pela praia, à procura da Sra. Santos, a enfermeira da escola, mas ela estava curvada sobre Hooper, com uma expressão preocupada.

O técnico suspirou.

— Sempre aquele cara — disse. — Xô, xô, garotos. A fogueira não vai vir até vocês. Vão se aquecer em algum lugar. E tirem essas roupas encharcadas depressa.

Eu já estava em um lugar quente. O braço de Cass envolvia meu ombro com força. Devia estar fazendo um grau, no máximo, mas eu estava pegando fogo.

— Pode me dar uma carona até em casa? — perguntou ele. — Eu vim para cá com o Pieretti, e acho que ele está b-bêbado. — Além dos dentes batendo, ele estava com a voz arrastada.

— Bom, isso já era de esperar — respondi. — Você não pode dirigir? Ou será que andou bebendo também?

— N-não. Meus lábios só estão d-dormentes. M-mas sou capaz de já estar com gangrena. — E estendeu para fora do cobertor uma das mãos, que estava branco-azulada, flexionando-a com cuidado e estremecendo. — Não consigo sentir meus dedos. Acho que não é seguro esperar mais. O carro do Jimbo é de marchas. Espera aí.

Ele se desembaraçou do edredom e dos meus braços e caminhou lentamente até a praia, em direção à fogueira. Vivien logo veio sentar ao meu lado.

— O que está acontecendo? — Puxou as dobras do edredom para mais perto de mim. — Qual é o babado com você e o Sundance?

— Babado nenhum. Achei que ele estava se afogando. M-mas não estava. — Dei um riso curto. — Fim da história.

— Duvido muito. — Ela veio sentar do outro lado quando Cass voltou, carregando suas roupas e tênis.

— Tudo pronto — disse. — Thorpe vai levar P-Pieretti para casa. Você pode me levar. Sabe dirigir um carro de m-marchas? Pieretti pode ir buscá-lo quando ficar sóbrio. E depois eu te levo para casa.

Quando dei por mim, já estava respondendo que sabia dirigir um carro de marchas, sim, concentrada em vestir a parca de mamãe. Depois de ficar encostada na areia gelada da praia, estava parecendo um saco de gelo.

— Legal. — Ele pôs a mão nas minhas costas cobertas pelo matelassê da parca, me levando até o carro de Jimmy no estacionamento da praia.

Era um Ford Kia. Por que um cara enorme como Jimmy Pieretti tinha resolvido comprar o menor carro do mundo? Tive que me espremer toda para entrar no lado do motorista, voltando a tremer. Tinha certeza de que meus lábios deviam estar combinando com o vinil azul-marinho dos bancos.

— Toma. — Cass jogou as chaves. Peguei-as em pleno voo, e ele sorriu para mim, a curva enviesada revelando suas covinhas e levando os cantos dos olhos a se franzirem, fazendo com que o rosto passasse de perfeito a normal. Quando girei a chave na ignição, ele ligou o aquecedor, que soprou uma corrente glacial em cima de nós.

—Vai esquentar em um minuto.

— Não tem problema. Estou b-b-bem.

— Gwen, você está um picolé. — Ele colocou suas roupas no meu colo. —V-veste isso aí.

Meu rosto ficou quente na mesma hora.

— Não p-p-posso fazer isso!

Ele cruzou os braços.

— Quer que eu faça p-pra você? — Flexionou os dedos. — Assim que a dormência e o formigamento passarem... Mas achei que d-de repente você não ia querer esperar tanto assim.

— Não precisa. Eu troco de roupa depois. — Aumentei um pouco mais o aquecedor. Pareceu ficar ainda mais frio.

—Vamos lá. Não quero o peso da sua morte por hipotermia na minha consciência. — Disse isso em um tom impessoal e lógico, sem olhar para mim. — Anda, troca de roupa.

— Aqui?

— Bom, p-pensei que talvez você preferisse a privacidade do banco traseiro, mas seja feita a v-vontade da minha intrépida salvadora.

— Você quer que eu tire as roupas no banco traseiro? — repeti, feito uma idiota.

— Você n-não vai se esquentar se vestir as roupas secas em cima das molhadas — argumentou ele, no mesmo tom sério e científico. — Por isso, sim, t-tira as suas e põe as minhas. Eu visto a minha parca por cima do calção. Não tem problema. Mas anda logo. Estou c-congelando. — Ele estremeceu.

Suas roupas eram o jeans desbotado, um suéter preto de gola rulê e um par de meias grossas em tricô de lã cinza. Estavam cobertas de areia, mas não encharcadas, nem geladas. Passei por cima do câmbio para o banco traseiro, puxei o zíper da parca de mamãe e então parei, meus olhos pulando para os dele no espelho retrovisor.

— Não olha.

— Droga. Eu estava torcendo para você se esquecer do r-retrovisor. Não tem problema. Vou só fechar os olhos. Estou começando a me esquentar e a ficar com sono, mesmo. Devem ser os sintomas iniciais da hipotermia.

Tentei me trocar depressa. O capuz encharcado fez um baque de toalha molhada quando o puxei pela cabeça e o joguei ao meu lado. Meus dedos estavam rígidos demais para abrir o fecho do sutiã, por isso fiquei com ele. Embora tivesse proibido Cass de fazer isso, não resisti a dar uma olhada no espelho retrovisor. Maravilha. Meu cabelo estava todo espetado em cachos duros de Medusa, meu nariz estava vermelho e meus lábios, como previsto, azuis de frio. Eu nunca tinha estado tão enxovalhada na vida. Vesti de qualquer jeito as roupas de Cass e voltei de mau jeito para o banco da frente.

Cass estava mesmo com os olhos fechados, a cabeça inclinada sobre o encosto do banco, a parca preta aninhada ao seu redor. Havia uma tira de fita adesiva prateada no ombro, seu brilho gritante contra o preto. Ele parecia pálido. Será que tinha mesmo pegado no sono, ou entrado em coma hipotérmico? Eu me curvei para olhar mais de perto.

Ele abriu os olhos, sorrindo. Prendi a respiração. Ele se aproximou um milímetro de mim, as pálpebras de cílios escuros se fechando, no instante em que o técnico bateu com força no vidro da janela.

— Andem logo, seus palhaços. Isso aqui não é um drive-in.

Ficamos em silêncio depois disso e eu saí do estacionamento, pegando a cidade, seguindo as instruções murmuradas por Cass. Ele estendeu a mão, flexionando os dedos, e então os tamborilou no painel do carro.

Tentei dirigir resolutamente, mas não resisti a dar umas olhadas nele.

Sempre que ele resolvia fazer a mesma coisa.

Era estranho. Como uma dança. Uma dança que eu nunca tinha dançado.

— A primeira à esquerda — disse ele.

Virei numa daquelas ruas silenciosas e arborizadas com largas calçadas asfaltadas e casas espaçosas com gramados ondulados. Totalmente diferentes dos pinheirinhos nanicos e retorcidos, das entradas de carros com conchas trituradas, das fileiras de sitiozinhos do meu lado de Seashell. — Vira nessa rua aqui. — Ele indicou uma rua à direita, com um cartaz que dizia "Rua Beira-Mar".

Não pude deixar de soltar uma exclamação quando vi a casa. Era diferente de tudo que eu já tinha visto... Moderna, mas também antiquada, inspirada nas linhas fortes de um veleiro, uma escuna, um clíper — uma coisa majestosa, preparada para conquistar o mar. Um lado inteiro da casa era curvo, com uma balaustrada estreita que se estendia pelo segundo andar, alta e altiva, projetando-se como a proa de um navio.

— Uau.

Cass inclinou a cabeça para mim.

— Foi meu tio quem projetou. Era isso que meus pais estavam construindo... naquele verão.

— É incrível. Era para cá que você vinha? Quando nos deixava? — Estremeci, porque... os Somers tinham passado um verão inteiro na ilha. Eles não tinham nos abandonado. Não tinham abandonado a mim. Mas Cass nem piscou.

— Era. Meus irmãos ainda zoam comigo porque eu passei a maior parte da adolescência aqui, e eles já tinham ido para a faculdade. Ali — ele apontou um morro baixo, o mato virando capim-da-praia, num suave declive em direção ao mar — tem uma praia ótima. Só nossa. É linda. Gostaria de mostrar para você. Mas agora não. Nós morreríamos de frio.

Uma mansão. Ninguém poderia chamá-la de outra coisa. Não uma casa. Uma propriedade. Que me lembrou um pouco a casa do escritor Mark Twain, visitada por nossa escola uma vez, durante um passeio. Mas a de Twain foi construída para se parecer com um barco fluvial, e essa só podia ser um veleiro. Tinha umas árvores enormes nos fundos, um banco em ferro trabalhado à sombra de um salgueiro e até um chafariz. Parecia uma coisa saída da revista *Perfect Life*.

Uma mansão e uma praia privativa.

Eu não pertencia àquele lugar.

— Que bom que você não se afogou — falei, no exato instante em que ele disse: "Obrigado por entrar na água para me procurar."

— Não foi nada — acrescentei, quando ele já começava a dizer: "Gwen..."

Paramos ao mesmo tempo. Seus olhos eram do azul mais escuro e intenso. O mar no inverno.

— Olha só... Meus pais vão viajar amanhã e passar uma semana fora. Então, resolvi homenagear o velho clichê adolescente e dar uma festa. Você vem? — Ele tinha dado um jeito de se aproximar de novo, e seu cheiro era o melhor da costa: água salgada, ar fresco.

Eu me inclinei em direção a ele sem a menor intenção, sem nenhuma ideia definida na cabeça, e ele se inclinou para frente e me beijou. Foi um beijo muito gostoso, muito doce — no começo só uma suave pressão com os lábios, até que eu os afastei, querendo mais, e ele estava pronto. Nada de línguas se enrolando, dentes batendo. Só uma deslizada lenta e deliciosa, e depois um ritmo que fez minhas entranhas se derreterem e me deixou com a cabeça inclinada para ele, tentando recuperar o fôlego, e então tornando a mergulhar, querendo mais. Ficamos nos beijando durante muito tempo — muito, muito tempo —, e ele deixou que fosse assim, apenas enfiando as mãos nos meus cabelos e acariciando o meu pescoço de leve com os polegares.

— Você vem? — repetiu.

Tornei a olhar para a casa, aquela casa imensa. Nunca tinha ouvido falar em Cass dando uma festa. Quem iria? Spence Channing. O pessoal com quem Cass se dava na escola. Jimmy Pieretti, Trevor Sharpe, Thorpe Minot. Os caras que viviam em Hayden Hill, a parte mais rica de Stony Bay. Ninguém que eu conhecesse direito. Uma... festa.

E Cass.

Engoli em seco.

— A que horas?

Ele enfiou a mão no bolso da parca e tirou um pilô azul. Destampando-o com os dentes, pegou minha mão, seu polegar roçando de leve a pele no interior do pulso. Virou a palma da minha mão, aproximando-a.

— Qual é mesmo a distância entre a sua casa e o restaurante do seu pai?

— Quase cinco quilômetros — respondi num fio de voz, sentindo todos os pelos dos meus braços se arrepiarem.

Ele fez um x na base do meu pulso, e dali seguiu até a linha do indicador, fez outro x e então deslizou a mão pela minha palma, fazendo três x abaixo do polegar.

— Um esquema aproximado — disse. Em seguida, escreveu "sua casa" ao lado do primeiro x, "Castle's" ao lado do segundo e "Rua Beira-Mar" ao lado dos três últimos. E então, "sábado às oito da noi..."

— BU! — Meu primo cai na gargalhada. Pega meu pulso e me empurra para baixo d'água, antes de me puxar para cima de novo.

Cuspo água, tirando os cabelos do rosto.

— Que merda, Nic!

— Achei que te encontraria aqui. O que está fazendo, sua louca? Você estava indo direto para a Pedra da Foca. Feito uma desesperada.

Por descuido, engoli um bocado de água salobra e estou tossindo.

— Eu...

Ele dá um tapa forte nas minhas costas, fazendo com que eu tenha outro acesso de tosse. Torno a mergulhar, jogando os cabelos para trás, e então percebo que ele está todo coberto por salpicos enormes de tinta branca. Parece até Jackson Pollock, aquele pintor que jogava tinta nos quadros. Nic Pollock.

— Que foi? — pergunta ele, enquanto o observo com a testa franzida.

Meu dedo passa depressa do rosto salpicado para os ombros idem. Ele abaixa os olhos.

— Ah. Sim. Nós estávamos pintando o teto da garagem do velho Gillespie. Não tive tempo de tomar banho. — Ele enfia a mão nos cabelos castanho-claros, que também estão quase todos cobertos de tinta. — Mas talvez devesse ter tomado, né? — pergunta. — Isso não é uma fachada que se apresente numa entrevista de emprego, né?

Estou boiando em posição vertical, tentando não me deixar arrastar pela forte correnteza do riacho.

— Como foi a entrevista?

— Ah... sabe como é. — Nic enfia as mãos em concha na água e a joga no rosto, dando tapas nas faces. — Foi aquele cara, como é que é o nome dele, o presidente da ilha. Usando um short com baleias azuis bordadas e uma camisa cor-de-rosa ridícula. Agindo como se o emprego estivesse sendo disputado por uma multidão. Mas eu sei pela tia Luce que ninguém quer aquele emprego de pintor e biscateiro. Chato demais. Quase tão ruim quanto o de faz-tudo. De modo que são favas contadas. Hoop está puto da vida.

— Vocês dois vão ter um emprego estável durante o verão inteiro e Hoop está puto da vida?

Nic mergulha, volta à tona.

— Ele não quer trabalhar para "aqueles esnobes de verão". Pintando, a gente poderia ter viajado por todo o estado, talvez até acampado na ilha de Block, sei lá... dado o fora daqui. Mas Hoop vai acabar caindo em si. Qualquer coisa é melhor do que trabalhar para o tio Mike.

É verdade. Nesses últimos anos, Nic fez o possível e o impossível para não ter que trabalhar para o tio. Ou, nos últimos tempos, até mesmo para jantar com ele.

Meu primo dá um tapinha no meu ombro e começa a nadar depressa no estilo crawl em direção à praia pedregosa. Eu costumava ganhar dele sempre, mas, desde que ele entrou no time de natação, principalmente depois que começou a treinar para entrar para a Guarda Costeira, não sou mais páreo para ele. Ele está quase totalmente seco, sacudindo as últimas gotas dos cabelos molhados, quando fico de pé ao seu lado e me jogo na areia. Ele se deita ao meu lado.

Ficamos deitados ali por um tempo, olhos franzidos para o sol poente que nos chega por entre as árvores, sem dizer nada. Finalmente ele se levanta, estendendo a mão salpicada de tinta branca para me puxar de pé. Dá uma olhada na praia.

Sei o que está procurando. Uma pedra de ricochete para Vivie. Fico observando a areia em busca de uma pedra fina e chata, mas os olhos de Nic são mais bem treinados, mais experientes. Ele encontra uma — "essa aqui vale a pena guardar" —, coloca-a no bolso do short molhado e inclina a cabeça em direção à estrada arenosa.

— Hoop me deixou levar a caminhonete para casa. Vai ter festa na praia agora à noite. Vamos começar o verão em grande estilo.

Ótimo, Cass e uma festa no primeiro dia oficial do verão. A kryptonita que se cuide.

Capítulo Sete

Depois de pararmos na ponte para eu pegar minhas roupas, seguimos pela Rua Alta e passamos pela sede da manutenção, onde ficam guardados os cortadores de grama — e onde fica o apartamento de verão do faz-tudo, acima da garagem. Mas é claro que Cass jamais moraria ali — ele voltaria para aquela casa que mais parece um veleiro. Por via das dúvidas, eu me encolho no banco, o vinil descascado arranhando as minhas coxas.

Nic me olha de esguelha, mas não diz nada. Eu me encolho mais ainda, bocejando, para aumentar a autenticidade. Qualquer hora dessas vou ser vista me esgueirando pela minha ilha com uma peruca e um sobretudo.

— O luau vai ser na Sandy Claw — diz Nic. — Bo Sanders, Manny, Pam e mais uns outros. Hoop está a fim de ir, mas não quer ter que dirigir na volta, por isso Viv vai buscar a gente.

—Você pode me deixar em casa.

— Nem pensar, prima. Você vem. Esse lance de bancar a reclusa já está ficando decrépito. Você sabe que adora essas baladas.

Adoro, sim. Sempre adorei. Mas...

—Você vem — repete Nic com firmeza.

— Sim senhor, Comandante Supremo da Guarda Costeira — respondo, batendo continência para ele.

—Você quer dizer Almirante, recruta — corrige ele, dando uma leve cotovelada na minha costela. — Respeite o uniforme que ainda não tenho.

Caio na risada.

Ninguém pode acusar Nic de não ser ambicioso. Desde a noite, no primeiro ano, em que representantes de várias faculdades deram uma palestra para os alunos, ele teve Um Único Grande Sonho: a Academia da Guarda Costeira em New London, Connecticut. Ele tem fotos do lugar — a equipe de iatismo, a equipe de luta livre — na parede do quarto que divide com vovô Ben e Emory e o lema da Guarda Costeira — QUEM VIVE AQUI REVERENCIA A HONRA E HONRA O DEVER — escrito com pilô preto acima da cama; ele malha religiosamente; é obcecado com a média de suas notas... É basicamente o oposto do velho Nic descontraído do passado, o cara que nunca encontrava o fichário com o dever de casa e sempre levantava a cabeça com um ar assustado de "hã?" quando era chamado durante a aula. É a mesma obsessão extrema que ele tem por Vivien desde que era pequeno. Só se pode torcer para que algum dia essa disciplina inclua recolher e lavar as suas próprias roupas.

— Estou falando sério, Gwen. Nem que eu tenha que te arrastar. Hoje em dia estou podendo carregar até o meu próprio peso. — Ele estala as juntas dos dedos num gesto ameaçador, e então me brinda com um dos seus sorrisinhos de canto de boca presunçosos.

Devolvo a cotovelada.

— Jura? O técnico está sabendo? Quanto tempo vai demorar até conseguir carregá-lo?

— É só uma questão de tempo — responde Nic, vaidoso.

Caio na gargalhada. O técnico é enorme.

— Você precisa trabalhar nesse complexo de inferioridade, Nico.

— Só estou dando nome aos bois, prima. — O sorriso de Nic aumenta. Ele se cala por um momento. Então, seu rosto fica sério. — Eu quero tanto aquele posto de capitão do time que quase chego a sentir o gosto. Ele tem que ser meu, Gwen.

— Em vez de ir para Cass ou Spence, que sempre conseguem o que querem? — Uma tecla em que Nic vive batendo. Ele era de longe a estrela do time de natação, até os dois serem transferidos em setembro do ano passado.

Nic dá de ombros.

Bato no seu ombro com o meu.

— O senhor sempre deixa os dois para trás, Almirante.

Deixamos a caminhonete de Hoop na entrada para carros coberta de agulhas secas de pinheiro e chegamos em casa a pé, no instante em que Vivien estaciona o Toyota Corolla da mãe. Ela dá uma buzinada, acenando para Nic. Ele se debruça na janela, dá um beijo no nariz dela e outro nos lábios, suas mãos descendo e puxando-a para perto. Desvio os olhos, espremendo a umidade da bainha esfiapada do meu short.

Viv. O primeiro Objetivo sério de Nic Cruz de que consigo me lembrar.

Tínhamos onze e doze anos. Decifrei os garranchos no seu caderno EU VOU, um diário de sonhos que ele escondia debaixo do colchão — um lugar nem um pouco seguro quando a sua priminha está à cata de *Playboys*, a fim de te cobrar suborno. Mas o diário EU VOU se revelou muito mais útil do que uma coleção de revistas pornográficas, na maioria das vezes.

Beijar Vivien.

Imaginei que Hoop devia tê-lo desafiado. Apesar da cerimônia de casamento quando tínhamos cinco anos, eu não pensava neles como um casal. Nós éramos uma criatura só, chamada *Nós Três*. Mas lá estava, escrito em tinta vermelha, bem no meio dos outros objetivos: *Ser o próximo Michael Phelps. Comprar um Porsche. Escalar o Everest. Descobrir a verdade sobre os OVNIs de Roswell. Ganhar um milhão de dólares. Comprar a casa dos Beineke para a tia Luce. Beijar Vivien.*

Por algum motivo, não encarnei nele por causa desse item.

Então, alguns meses depois, nós três estávamos sentados no píer de Abenaki, curtindo a calmaria da manhã seguinte ao Dia do Trabalho. Nic enfiou as mãos nos bolsos e tirou um punhado de pedras.

— Escolhe a vencedora — disse a Vivie. Ela inclinou a cabeça, uma ruguinha surgindo entre as sobrancelhas, e então escolheu a pedra perfeita com atenção exagerada e a entregou a ele, com um floreio.

— Um beijo — disse ele baixinho — para cada ricochete.

A pedra quicou na água cinco vezes, e meu primo cobrou o prêmio da minha melhor amiga, enquanto eu continuava tão imóvel e calada como a pilha de pedras, pensando: *Não, acho que Hoop não o desafiou.*

— Gwen está tentando dar um bolo na gente, Vee. — A voz de Hoop interrompe meus pensamentos.

Vivie balança a cabeça com firmeza.

— Perder o primeiro luau do verão? — diz pela janela aberta. — Fora de questão. — Ela pega uma sacola de supermercado e a agita pela janela para mim. — Comprei os ingredientes pra gente fazer sanduíches de cream cracker com marshmallow e chocolate!

Nic já sentou no banco do carona. Ele se curva para frente, abaixando o banco para eu poder sentar no de trás.

— Entra aí, prima.

Suspiro e digo a eles para esperarem enquanto vou trocar as roupas molhadas. Quando entro, mamãe está com o telefone no ouvido, a testa franzida, e leva um dedo aos lábios, indicando o sofá com a cabeça. Vovô dorme a sono solto, a cabeça inclinada para trás, a boca aberta. Emory está enroscado feito uma castanha-de-caju, a cabeça no seu colo, ressonando baixinho.

— Sim, eu entendo. Hum-hum. Uma faxina completa. Sim. Na casa inteira. Claro. Amanhã às quatro em ponto? Bom, amanhã é sábado, e... hum-hum. — Mamãe suspira, folheando as páginas do livro em seu colo. — Tudo bem, então.

Quando volto para a sala vestindo uma blusa larga e um short ainda mais velho, mamãe já desligou e mergulhou no seu mais recente romance erótico de época. Ela marca cuidadosamente o ponto que está lendo com o dedo.

—Vai sair?

Dou de ombros.

—Vou à praia com o pessoal. Que foi isso? Alguém já está te infernizando?

Mamãe suspira de novo.

— São aqueles Robinson.

Eu já tinha me virado em direção à porta, mas paro bruscamente.

— Eles voltaram?

— Vão alugar de novo a casa dos Tucker durante as próximas duas semanas. Um casamento na ilha, primos deles. Querem a casa *brilhando*. Amanhã. — Ela massageia as têmporas com os polegares. — Só passam algumas semanas aqui há alguns anos e, juro por Deus, são mais chatos do que metade dos moradores da ilha juntos.

—Você consegue isso? Amanhã?

Ela dá de ombros.

— Não tenho escolha. Eu me viro. — O lema de mamãe. Seu olhar recai sobre o livro mais uma vez, e ela me dá um sorrisinho cruel. — Eu penso nisso depois. Tenho certeza de que esse fuzileiro naval está prestes a descobrir que aquela terrorista que o mandaram capturar é a ex-mulher dele... e que ela está grávida dos seus trigêmeos *e* casada com o seu irmão.

Quando sento no banco traseiro do carro, tenho que esperar o intervalo necessário enquanto Nic e Vivien dão um amasso. Fico cantando baixinho, tentando ignorar os sons dos beijos e o roçar das roupas. Alguns minutos depois, me inclino para frente, batendo nos ombros deles.

— Estou aqui — sussurro.

Nic olha para trás, esfregando o gloss cor de pêssego da boca, e dá uma piscada. Vivien apenas sorri no espelho retrovisor, os olhos brilhantes. Então, ela lê meu rosto.

— O que foi?

— Os Robinson vão voltar — digo sem alterar a voz, procurando no bolso o tubo de rímel que peguei no banheiro.

Ela solta um bufo, agitando os fiozinhos de cabelo que escapam das marias-chiquinhas.

— Quando?

— Amanhã.

— Merda — diz Vivien, girando a chave na ignição, e o carro dá um solavanco para trás, os pneus cantando. Nic e eu nos preparamos, a mão dele apoiada no painel, eu com os pés pressionando as costas do banco do motorista. Viv faz o carro saltar à frente e acelera o motor como se estivesse nas Quinhentas Milhas de Indianápolis. Ela levou pau no teste de habilitação três vezes.

— Pois é — murmuro.

Nic voltou a se recostar no banco, o cotovelo apoiado na janela aberta.

— Não se preocupe com isso — diz ele.

Engulo em seco e dou de ombros, coçando uma mordida de mosquito na coxa. Vivien entra rugindo na entrada da casa de Hooper, por pouco não batendo na caixa de correio, e mete a mão na buzina, fazendo uma barulheira tão horrível que só falta arrancar as folhas das árvores. Sem olhar, Nic segura sua mão e dá um beijo nela.

— Acho que você já deixou bem claro que nós chegamos.

Hoop desce a escada correndo, seus cabelos espetados apontando em todas as direções. Como sempre, parece ter se vestido no escuro — camisa xadrez e um short listrado encardido. Bate nas costas de Nic, e então senta ao meu lado, perto demais.

— E aí, Gwenners! — exclama, me cutucando com o ombro pontudo.

— Oi, Hoop. Olha só, será que podia me dar um espaço?

— Claro, claro. — Ele se afasta um milímetro, e então me dá um sorriso bobo. Descemos o morro correndo, indo para as praias menos badaladas de Seashell. Os veranistas ficam na angra de Abenaki, que é protegida do mar aberto, tem águas mais mansas e uma praia menos pedregosa. É ali que eles ancoram os iates e veleiros. Mas Sandy Claw é para onde vai a galera que mora na ilha, o lugar certo para se soltar fogos de artifício proibidos e ouvir música a todo o volume dos alto-falantes do carro. Na verdade, a música está tão alta enquanto dirigimos que Vivien tem que gritar para ser ouvida.

— O bufê de amanhã vai ter um tema em preto e branco. Os uniformes bastam para nós, Gwen, mas Nico, você vai ter que vestir um paletó de smoking.

Nic solta um resmungo.

— Ah, não, um paletó de smoking, não. Por favor, Viv. Eu perco metade da grana que faturo alugando esse troço.

— Se eu vou ter que me vestir de pinguim, tô fora — decreta Hoop. — Afasta as moçoilas.

Os olhos de Vivien se arregalam para mim no espelho retrovisor, de um jeito cômico. Um metro e sessenta de altura, Hoop, o malvestido, o ímã das mulheres. De repente, se ele parasse de chamá-las de "as moçoilas"...

Sandy Claw já está lotada quando chegamos, nossos amigos e conhecidos de infância passeando em volta da fogueira e pela praia.

Hoop salta depressa do carro e se dirige para o cooler, empurrando as latas de Coca e suco de laranja com um único propósito, encontrar as de cerveja. Vivien pega uma toalha xadrez de piquenique na traseira da caminhonete e a entrega a Nic, sorrindo para ele de um jeito animado e malicioso. Mal estendem a toalha, os dois começam a dar um amasso. O fato de ninguém piscar ao ver Nic e Vivie dando um amasso é uma prova de que... existe alguma coisa diferente entre eles. Antes de deitarem, Nic me diz:

— Pega uma cerveja pra mim, prima?

— Pra beber, ou eu devo derrubar na sua cabeça? — pergunto. Ele me ignora, se enrolando, literalmente, com a Vivien.

Pam D'Ofrio se aproxima de mim, dizendo apenas:

— A coisa hoje não está nem um pouco imprópria pra menores, né? — num tom imperturbável, irônico.

Manny Morales se junta a nós. Ele é o filho do Marco, o chefe da manutenção.

Conversamos por alguns minutos sobre empregos de verão — Manny está lavando pratos numa lanchonete chamada Breakfast Ahoy e Pam está trabalhando no Esquidaro's Eats, um dos restaurantes rivais da Castle's.

— É melhor que trabalhar de babá — diz Pam. — No ano passado eu tomei conta dos gêmeos dos Carter. Eles tinham quatro anos e eram tão levados que a mãe exigiu que eu pusesse uma guia de cachorro nos dois quando saísse com eles. No meu primeiro dia, nós estávamos indo a um playground quando eles enrolaram as guias em volta de um poste telefônico, me amarraram como as aranhas fazem com as moscas e saíram correndo. Levei dez minutos para desfazer os nós. Aqueles filhos da mãe.

— Você se demitiu? — perguntou Manny.

Pam faz que não com a cabeça.

— Quem me garante que eu não arranjaria outro ainda pior?

— Vocês vão me dedurar pro meu pai se eu tomar uma cerveja? — pergunta Manny. Ele tem dezesseis anos e Marco é linha dura.

Todo mundo faz que não com a cabeça.

Ele volta e se acomoda pesadamente ao nosso lado, recostando-se num velho tronco de árvore encharcado que está na praia há séculos. Nic e Vivien continuam estrelando o nosso show pornô.

— Deve ser legal — diz Pam. — Ficar à vontade fazendo isso em público. — Balança a cabeça. — Não consigo imaginar. — Pam está com Shaunee, sua namorada, desde a oitava série.

Manny enxuga metade da garrafa, secando os lábios com as costas da mão.

— Pelo menos eles vão botar um anel no dedo — diz, indicando Nic e Vivien com o cotovelo.

— O quê? — pergunto.

— Vão juntar os trapinhos, sabe como é?

Sento mais para trás na areia, olhando para ele.

— O quê? — repito. Então, começo a rir. — Impossível. De onde você tirou essa ideia?

— Meu irmão Angelo trabalha na Joalheria Starelli, no shopping. Nic e Vivien estiveram lá esse fim de semana, dando uma olhada nos anéis de compromisso. — Manny coça a nuca, parecendo sem graça, como se tivesse falado mais do que devia.

Dou uma olhada em Vivien e Nic. Ele está alisando os cabelos dela para trás e dando beijinhos mordiscados no contorno do seu rosto.

Não pode ser verdade. Vivien é incapaz de guardar segredo sobre qualquer coisa relacionada a ela e Nic (*muito* mais do que eu quero saber sobre o meu primo). E Nic, embora não me conte tudo... nunca esconderia uma coisa tão importante de mim. Nem em mil anos.

Manny está empurrando a areia com os pés, evitando meus olhos, e eu me dou conta de que devia ter respondido alguma coisa, mas não consigo encontrar as palavras.

Eles vão se casar?

Isso é uma loucura.

Quer dizer, imagino que provavelmente vão, algum dia. *Algum dia.* Vivien tem dezessete anos. Nic fez dezoito no mês passado.

Minha mãe tinha dezessete anos e meu pai dezoito quando eles se casaram. Mas olha só o resultado. E isso foi há anos. Uma época totalmente diferente. Nic e Viv... agora?

— Não é *tão* louco assim. Acontece — comenta Pam em voz baixa. Não me dei conta de que tinha falado em voz alta. — Dom se casou com Stace assim que os dois terminaram o ensino médio.

É, e Stacy pegou o filho de um ano que eles tiveram e se mandou para a Flórida dois anos atrás.

E o último ano? E a Guarda Costeira?

Será que Vivien está grávida? Não, impossível, ela toma pílula e Nic é muito responsável.

Volto a deitar no cobertor, pousando o braço sobre os olhos, e fico ouvindo o vozerio indistinto ao fundo. Ainda está calor, mas o ângulo do sol tem aquela inclinação plana do fim do dia. Quando dou uma olhada através da fresta do meu braço, vejo que Vivien se desvencilhou temporariamente e está tostando um marshmallow, virando-o com todo cuidado até ficar rechonchudo e gratinado de cada lado, do jeito que Nic gosta. Nos almoços na praia deste verão, já sei que ele quase vai queimar o cachorro-quente dela — Viv gosta dele no estilo briquete de carvão vegetal — e soterrá-lo de ketchup, mostarda, maionese e molho. Depois da parada do Quatro de Julho em Seashell, quando todo mundo toma sorvete de copinho, ela vai pegar dois copinhos e comer as duas metades de chocolate, trocando com Nic depois, para ele comer as duas de baunilha.

Agora ele está olhando para ela com ar preguiçoso, peneirando um punhado de areia entre os dedos, provavelmente à procura de outro seixo plano para atirar na água.

Mas... um anel de compromisso?

Hooper está tentando fazer com que Ginny Rodriguez lhe dirija a palavra perguntando se ela quer apostar que ele pode tomar cinco cervejas em dez minutos sem vomitar.

Manny coça a nuca de novo, o rosto vermelho e constrangido. Esse rubor pode ser por causa da cerveja, mas ele parece saber que deu uma mancada.

— Gwenners — começa a dizer, mas então levanta o rosto e fica de pé. — Cara, você veio!

Faço sombra aos olhos com a mão e dou uma espiada no recém--chegado.

Que maravilha.

Fala sério. Três vezes num dia?

— Claro que vim — diz Cass com toda naturalidade, levantando a mão para cumprimentar Pam. Ele me dá um olhar rápido, e então abaixa o rosto, os cílios escondendo os olhos. — Eu agora sou da ilha, não sou?

— Não, você não é da ilha — digo, só faltando rosnar.

Manny se endireita, chocado. As sobrancelhas de Pam se erguem, seus olhos pulando dele para mim.

— É claro que é, Gwenners. Ele está trabalhando para o meu pai. É um José honorário, não é, Cass? Pega uma bebida no cooler e senta aí para descansar. Os primeiros dias deixam a gente no bagaço.

— Ah, eu vou tirar de letra — diz Cass —, assim que decifrar a técnica daquele lance horizontal.

Já chega. De repente, estou me sentindo exausta. Cass. Nic, Viv, o anel de compromisso. Os Robinson. As lagostas. Faço um esforço para ficar de pé, me sentindo como se pesasse uma tonelada — e, vamos combinar, provavelmente é como devo estar parecendo com essas roupas largonas supersexy. Vou até Nic e Viv e dou uma cutucada forte em Nic com o dedão, apontando o polegar para o píer.

—Vamos para lá.

Como Pam e Manny, Nic faz uma cara de espanto ao ouvir meu tom e dá uma olhada em Vivien, esperando que ela o traduza. Ela dá uma olhada em Cass, franzindo o nariz, e então se levanta, puxando Nic pela mão. Caminhamos até a beira do píer e nos sentamos, balançando as pernas. Quer dizer, Nic e eu. Viv passa a dela por cima da de Nic, entrelaçando os dedos aos dele. Abro a boca para perguntar, mas então penso: *Se eles não me contaram, é porque não querem que eu saiba*, e torno a fechá-la.

— Dá só uma olhada — diz Vivien em tom abafado, apontando para a água. É maré baixa, bancos de areia ondulada aparecendo por entre a água verde como vidro do mar, pedras verde-amarronzadas parecendo velhíssimas, o sol um disco laranja-claro ardendo baixo no céu. — É o lugar mais bonito do mundo, não é? Dá vontade de nunca mais ir embora. Tudo que eu amo está aqui. — Ela encosta a cabeça no ombro de Nic.

Olho para nossas pernas enfileiradas: as de Viv esguias e já bronzeadas, as de Nic musculosas e robustas, as minhas compridas e fortes.

Nic vasculha o bolso atrás dos seixos que pegou horas atrás, me entrega um e meneia a cabeça para o mar. Franzindo os olhos, inclino-o no que me parece ser o ângulo perfeito e atiro. Um. Dois. Três... quase quatro, se não tivesse afundado. Nic empurra Viv do colo, inclina a cabeça de lado e atira.

Seis.

— Ainda sou o campeão. — Ele puxa Vivien de pé e a arrebata nos braços, dando-lhe seis beijos.

— Gwen não tem as mesmas ambições que você — observa Vivien, um pouco ofegante depois do beijo número quatro.

Não, não tenho. Mas... ah, meu Deus, como gostaria, pela milionésima vez, de poder ser como ela e Nic, tão seguros do que têm e do que querem. De não me sentir sempre tão nervosa, inquieta, pronta para me atirar de uma ponte e deixar que a correnteza me leve. Viro a cabeça e dou uma olhada na figura loura ao lado da fogueira.

Principalmente hoje.

Capítulo Oito

A escuridão começa a brilhar na transição para a luz, quando vou de bicicleta até a praia, no dia seguinte. Mal posso distinguir o vulto parado na ponta do píer, mãos nos quadris, observando a água. Mas a postura familiar é o bastante para que eu reconheça meu pai. Quando me aproximo, vejo sua maleta de pesca aberta, uma sacola enorme de lulas congeladas ao lado. Ele me ligou ontem à noite, pedindo que eu viesse me encontrar com ele bem cedo em Sandy Claw.

Eu estava esperando que ele fosse encher meus ouvidos por deixá-lo na mão na Castle's, mas, quando falei, ao telefone: "Oi, pai. Desculpe por...", ele me interrompeu:

— Se você não pode, não pode, Gwen. Mas, já que não vai estar lá todos os dias, tem uma coisa que eu quero dar a você.

Nesse momento, ele levanta os olhos do anzol onde está prendendo uma isca, enquanto vou subindo de mau jeito por entre as pedras. Notando o cooler que carrego, ele esboça um sorriso.

— O que trouxe para mim, Guinevere?

Ele pega o pão de abobrinha com um resmungo satisfeito, fazendo um gesto para que eu sirva café da garrafa térmica. Fiquei acordada até tarde da noite, seguindo as instruções no velho exemplar manchado de *A Alegria de Cozinhar*, da minha avó, sem parar de pensar um segundo no anel de compromisso. Quando Vivien está preocupada, faz as unhas do pé e uma limpeza de pele. Nic levanta pesos. Eu faço pão. No fim, Viv fica mais glamorosa, Nic fica mais sarado e eu só fico mais gorda.

— É ótimo que você saiba cozinhar. Ao contrário da sua mãe. Uma mulher que não sabe cozinhar... — Ele se cala, sem conseguir pensar em uma comparação terrível o bastante.

— É como um peixe sem uma bicicleta. — Quando frequentei o grupo de debates no ano passado, nós usamos essa citação de Gloria Steinem como tópico.

— O que isso quer dizer? — pergunta papai, distraído, limpando os lábios com as costas da mão. Acho que ele poderia ser considerado um cara bonito. Não lindo de morrer, mas bonito o bastante para eu, com os olhos franzidos, poder entender o que passou pela cabeça de mamãe. Ele ainda está em forma e musculoso aos trinta e cinco anos de idade, os cabelos cheios. Nada é discreto em papai. Ele usa camisas de flanela o ano inteiro, as mangas arregaçadas revelando os músculos fortes dos braços. Tem maçãs do rosto salientes e lábios carnudos, que Emory e eu herdamos.

— Trouxe o cream cheese? — pergunta.

— Não, não trouxe, porque cream cheese em pão de abobrinha é um nojo. — Entrego a ele um pote de manteiga e uma faca de plástico.

— Desculpe por não ter te visto muito ultimamente, colega. Tenho pegado duro no batente, me preparando para a galera do verão. É um vaivém de caminhões de supermercado para reabastecer, e eles *nunca* dizem a que hora vêm, deixam a gente esperando a porcaria do dia inteiro, e eu ainda tenho que treinar os novos funcionários... você sabe como é. — Embora já faça vinte anos que papai se mudou para cá de Massachusetts, seu sotaque não mudou nem um pouco. Na verdade, fica mais forte a cada ano.

Torno a encher a xícara de café que ele já bebeu e sirvo uma para mim.

— Começa a cortar as iscas — instrui ele, de boca cheia, me entregando um canivete e apontando com o queixo o balde cheio de lulas.

Estamos no começo de junho e ainda não faz muito calor pela manhã. Meus dedos parecem congelar em contato com as lulas escorregadias que tento cortar — o que é ainda mais difícil de fazer nas pedras escarpadas do que seria numa superfície plana. A maré está alta, por isso o cheiro de limo ainda não está muito forte, e uma brisa fresca sopra do mar, as ondas lambendo suavemente as pedras. O céu azul-escuro acima de nós está se tornando mais claro no leste.

— O café está muito bom.

— Obrigada.

— Gwen...

— O que é?

— Você está cortando os pedaços grandes demais. Os peixes vão fugir com um anzol desses.

— Desculpe, pai.

Mais silêncio enquanto ele termina de comer o pão de abobrinha e eu lido com as iscas pegajosas e geladas.

— Pai — digo finalmente. — Você tinha dezoito anos quando você e mamãe se casaram, não é?

— Tinha acabado de fazer dezoito — diz ele. — Dá aqui, me deixa pôr a isca.

— Você diria que vocês eram... muito jovens?

Ele me lança um olhar penetrante por baixo das sobrancelhas grossas.

— Dois pirralhos! Não tínhamos nada que nos casar. Mas enfim... — Ele pigarreia. — Você estava a caminho, e... Por que está me perguntando isso? Você não está encrencada, está?

— Não! É claro que não. Por favor! Eu tomo pílula.

Ele estremece, e percebo que devia ter dito que nunca tinha nem segurado a mão de um garoto, em vez de tranquilizá-lo sobre a eficácia do meu método anticoncepcional. Ops.

— Foi uma questão de saúde. Para a minha pele, e porque o meu ciclo estava...

Papai levanta a mão, encolhendo os ombros, aflito.

— *Peraí*! Quanto a mim e a Luce, nós éramos duas crianças. Não fazíamos a menor ideia de onde estávamos nos metendo. — Ele estende a xícara de café. — Tem mais?

Despejo mais do líquido preto e quente na sua xícara, que é a própria tampa de plástico da garrafa térmica, e então pergunto uma coisa que sempre tive curiosidade de saber.

— Você se arrepende? De ter se casado com mamãe? Quer dizer, se pudesse voltar no tempo, ainda faria isso?

Papai dá um gole no café, contraindo o rosto como se tivesse queimado a língua, e solta o ar pela boca.

— Não levo jeito pra esses troços — diz ele, com seu sotaque. — Imaginar as coisas acontecendo de um jeito diferente do passado. Acho uma perda de tempo. Isso faz o gênero da sua mãe, com aqueles livros bobos dela. Mas, se quer saber se me arrependo de ter tido você, a resposta é não. — Ele me estende o caniço, leva a mão ao bolso traseiro e tira um maço de notas. — Seus atrasados.

Pego o dinheiro, conto e então devolvo metade a ele. É a nossa tradição. Ele vai tornar a guardá-lo no bolso, para depois levá-lo ao banco e depositá-lo na poupança que abriu para a minha faculdade, quando for depositar a renda da Castle's. Papai faz questão absoluta de que eu veja o dinheiro antes que metade dele desapareça. Vou dar a maior parte do resto para mamãe.

— Pode lançar primeiro, filha.

Ergo o caniço à altura do ombro e atiro, vendo a frágil linha transparente cintilar no espaço enquanto o anzol mergulha nas ondas.

— Razoável — diz papai. — Faz um pouco mais de força com o braço.

Abre um largo sorriso para mim. Por um momento, sinto uma ternura imensa por ele e tenho vontade, como ontem com mamãe, de lhe contar a história inteira... os garotos, Nic e Viv, o anel e...

Mas nós nunca tivemos esse tipo de conversa. Por isso, apenas recolho a linha, me animando por um instante quando ela fica presa em alguma coisa, até perceber que é apenas um amontoado de algas pardas.

— Olha só, colega. — Papai pigarreia, olhos franzidos, observando o horizonte. — Vou te dar uma coisa que os meus pais nunca me deram quando eu tinha a sua idade.

Não é um carro. Nem uma poupança pessoal. Os pais dele, como diz mamãe, "não tinham condições de criar nem um cachorro, que dirá um filho".

— O que é, pai?

— Pode pôr a isca nesse anzol e me dar o meu caniço. O que eu vou dar a você, Gwen, é a verdade.

Esse é o momento em que, num dos livros de mamãe, ou num daqueles filmes clássicos que vovô Ben adora, papai confessa que é filho de reis, mas está afastado da família. Que eu sou a próxima herdeira do... Nesse ponto, minha imaginação desiste, por pura futilidade.

Papai atira a linha num arco perfeito, a linha cintilando em direção ao mar.

— O que está esperando, Gwen? Atira logo!

Enfio um pedaço de lula gelada em outro anzol e lanço a linha. Sei que faço isso bem. É estranho como você pode ser boa numa coisa que não significa absolutamente nada para você. Mas sempre importou para papai. As horas que passamos pescando estão entre os nossos melhores momentos, os mais tranquilos. Quando papai está em contato com o mar, todas as suas arestas se suavizam, como se ele pertencesse ao mar.

—Você tem a inteligência e o físico da sua mãe. Minha Nossa Senhora, Luce era uma beleza. De tirar o fôlego da gente. — Ele esfrega o peito, olhando para o mar, e continua: — Você tem isso, e também a minha fibra. É esforçada e não fica se queixando por qualquer bobagem. — Ele faz uma pausa, secando os dedos no short desbotado. — Mas a única chance que tem de chegar a algum lugar é dando o fora dessa ilha.

— Eu adoro Seashell — respondo automaticamente. O que é verdade e não é. Levanto o rosto, sentindo os primeiros dedos do sol se estendendo sobre a água. Meus pés estão gelados nos chinelos, o frio das pedras se infiltrando pelas finas solas de borracha.

— Sim, *adora* — diz papai. — O que não vai te levar a parte alguma a curto prazo. Olha só, não vou ficar aqui me lamuriando sobre os erros que cometi. O que passou passou. Mas você ainda tem tempo. Oportunidades. Você pode ter... — Ele para, sua atenção capturada por um veleiro distante. Papai observa veleiros... os grandes, bonitos, como esse Herreshoff que vem deslizando, as velas cor de marfim infladas ao vento... do mesmo jeito que alguns caras na escola observam os peitos das garotas.

— Posso ter o que, pai?

Ele toma um gole de café, fazendo outra careta.

— *Mais.*

Não sei bem aonde ele quer chegar com essa conversa. Papai não é dado a introspecção. Ele se concentra em atirar a linha, o queixo tenso.

Alguns minutos depois, ele continua:

— Aqui em Seashell, sempre vamos ser "nós" contra "eles", e vamos combinar, eles sempre vão vencer no fim, porque são eles que escolhem o que acontece com a gente. Vai embora da ilha, Gwen. Encontra o seu lugar no mundo. Você tirou a sorte grande com essa senhora que está ficando gagá.

Minha linha oscila, ziguezagueando na água. Papai me segura pelo cotovelo com uma das mãos e rebobina a linha com cuidado, sua mão calejada e quente sobre a minha.

— Ela é podre de rica e está começando a variar. Você vai estar lá todos os dias. A família dela, não. Aproveite isso ao máximo.

— Do que é que você está falando?

— Ela vai refazer o testamento agora no verão. Ouvi a enfermeira dela, Joy, falar sobre isso na fila da Castle's. O filho dela quer se tornar seu procurador, por isso ela quer tomar essas medidas legais...

— Pai, isso não tem nada a ver comigo. — Será que ele está mesmo insinuando o que acho que está? Sinto vontade de vomitar, e não é por causa da combinação das lulas geladas com o estômago vazio. Olho para a cabeça baixa de papai, incrédula.

— Santo Deus, a droga do peixe arrancou a isca da linha sem eu sentir nem um puxão. Filho da mãe. Põe mais uma, colega. O que estou dizendo é que você tem o cacife para se dar bem. Faz isso por mim. Por sua mãe. Apenas seja esperta, é só o que estou te dizendo. Basta puxar o saco da velha. A família dela vive na cidade, ela está sozinha. É melhor você acabar com um bom pé de meia do que eles, na minha opinião.

— Pai... você está dizendo...

— Estou dizendo a você para ficar de olhos abertos para as oportunidades. A Sra. E. não está mais notando as coisas na casa dela do jeito como notava, e, de todo modo, ela nunca foi mesmo do tipo que sabe exatamente quantos quebradores de patas de caranguejo em prata maciça tem, ao contrário de algumas matusquelas para quem a sua mãe faz faxina.

Fecho os olhos, visualizando a varanda da Sra. Ellington, a prata gravada do jogo de chá, as antiguidades polidas, os volumes encadernados em couro, com douração nas lombadas, em suas estantes. Seu patrimônio familiar.

Esse é o *meu* patrimônio? Será que papai acredita mesmo que o único jeito de eu poder ter qualquer coisa é passando a mão no alheio? O que aconteceu com todos os seus sermões sobre trabalho duro, sobre as pessoas que se dão bem serem as que aguentam tudo e metem a cara no trabalho, e...

— Pai?

Mas não me ocorre mais nada para dizer. Ele fica olhando para o mar, o horizonte distante, o olhar sombrio. Continuo cortando iscas, colocando-as no anzol, me curvando e atirando a linha. Ainda me lembro da Sra. Ellington observando a separação entre o mar e o céu durante a nossa entrevista, Nic, Viv e eu fazendo o mesmo na noite passada, e pela primeira vez me dou conta de que nenhum de nós está vendo a mesma coisa. Que todos os nossos horizontes terminam em lugares diferentes.

— Então... preciso que você me dê uma força hoje no horário de almoço. Isso não vai se tornar uma rotina. Mas eu tinha que despedir esse garoto, é idiota demais, está sempre chegando tarde e drogado. Estou sem pessoal suficiente hoje à tarde. Vamos ficar até o pescoço de trabalho. Será que você pode quebrar esse galho para mim? Eu te pago as horas extras, embora não seja feriado. Por favor, colega.

— Tenho um jantar com a Vivien e o bufê dos Almeida hoje à noite. Além de ter que tomar conta do Em o dia inteiro. E eu começo com a Sra.

Ellington na segunda. Não posso trabalhar o tempo todo. — Minhas fantasias de passar o verão no bem-bom começam a se apagar da minha cabeça.

— Se você usar a inteligência, como eu disse, não vai precisar fazer isso. — Ele espaneja farelos do pão de abobrinha do short verde-oliva desbotado, amassa a embalagem de papel laminado vazia e a enfia no cooler. — Mas hoje, preciso de você. Durante as primeiras semanas, eu observo quem são os maus elementos. E você é o meu elemento de confiança.

— Pai... Em relação ao que você disse... Quer dizer, a Sra. Ellington...

— Apenas pense no assunto, Guinevere, é o conselho inteligente do seu velho. — Papai tira o caniço da minha mão, prendendo o anzol. — Borde isso numa almofada. Pinte na sua parede. Mas nunca se esqueça: não seja uma otária. Ferre os outros antes que eles ferrem você.

Capítulo Nove

Voltando para casa, empurro a porta de tela e escuto o som familiar de Nic fazendo sua série de exercícios da Guarda Costeira — o grunhido curto que sempre dá quando apanha um peso, o barulho do metal e o bufo que solta quando o abaixa. Eu não queria nem sair da cama para ir me encontrar com papai, mas aí está Nico — que, por acaso, sei que ficou na praia com Vivien até as três da manhã —, cuidando da sua forma física.

— Você não é um adolescente normal — digo a ele, entrando na sala, que é como entrar num tênis gigante molhado. Em está enroscado no sofá, envolto em um cobertor, abraçando Escondidinho, o caranguejo-eremita, e Fabio babando na sua perna, dividindo a atenção entre os exercícios de Nic e um vídeo do Elmo.

— Não. — Arquejando, Nic se vira de lado, soltando no chão o peso que estava levantando. — Sou melhor, mais forte, mais rápido.

— Mais fedorento — observo. — Cadê mamãe?

— Na casa dos Robinson — grunhe ele, tornando a pegar o peso, seus cabelos castanho-claros e úmidos se grudando à testa.

Ah, sim. Fazendo a casa deles brilhar. Num sábado. *Pelo amor de Deus, mãe. Médicos ficam de plantão, não você.*

Sento ao lado de Emory, fazendo uma festinha nos seus cabelos. Ele está com um cheiro doce e grudento, obviamente da tigela de sucrilhos que tem no colo. Encosta a cabeça no meu ombro, enfiando Escondidinho debaixo do meu nariz.

— Dá bom-dia pro Escondidinho.

— Bom dia, Escondidinho. — Sinto um leve cheiro de molho de tomate. Emory dá comida a ele escondido durante as refeições.

Por alguns minutos, Em e eu ficamos olhando para Nic como se ele fosse um teatro, enquanto eu imagino mil maneiras naturais e sutis de tocar no assunto do anel. Respiro fundo, mordo o lábio, solto o ar algumas vezes. Nic está concentrado demais nas suas roscas bíceps para notar que estou parecendo uma das anchovas que papai pescou, enquanto se debatiam sobre as pedras.

Como será que uma relação dessas funcionaria? Seria como um longo noivado? Tipo assim, eles se casariam quando ele se formasse na Academia da Guarda Costeira? Ou estarão planejando fazer isso *agora*? Já posso até ver Viv entrando no quarto que Nic divide com vovô Ben e Emory. Ou mamãe e eu tendo que sair do quarto que dividimos e dormindo juntas no Mirto para dar privacidade aos pombinhos (embora esse quesito nunca tenha tido um lugar de destaque na lista de exigências dos dois). Ou Nic e Viv ressuscitando a velha barraca detonada que deixávamos montada no quintal durante o verão inteiro como ninho de amor dos dois. Não consigo imaginá-los indo morar com a mãe e o padrasto de Viv. Al fuzila Nic com os olhos feito um profeta do Velho Testamento, e a Sra. Almeida dá um piti até quando vê os dois de mãos dadas.

É ridiculamente implausível, quando se pensa no assunto racionalmente. Porque é tudo o mesmo — o cenho franzido de concentração de Nic ao levantar o peso e relaxando em dolorido alívio ao abaixá-lo, a camiseta verde "da sorte" com uma estampa de camuflagem desbotada que ele sempre veste para malhar, toda rasgada e sem as mangas, que ele arrancou — tudo. Manny deve ter falado porque estava com a cabeça cheia de cerveja.

— Você acha que ganhei peso? — pergunta Nic sem mais nem menos, quando finalmente percebe que o estou observando com a testa franzida.

— Acho, esse short faz a sua bunda parecer enorme.

Ele franze o cenho para mim.

— Estou falando sério. Eu tenho comido na casa da Viv direto, desde que as aulas acabaram, e as sobremesas da mãe dela... Se eu ganhar muito peso, meu tempo de natação vai se danar, e aqueles caras vão passar a perna em mim, e...

— Nico, você está ótimo.

Ele solta o ar pela boca, abaixando o peso, ofegante.

— Pode segurar meus tornozelos enquanto faço abdominais?

Sento no chão, rodeando com os dedos seus tornozelos peludos e suados. Há anos que faço isso para ele, e a familiaridade da situação me faz retomar a coragem.

— Nico, Manny disse... É verdade que você e Vivien...

— Você acha que eu devia raspar as pernas? — ele me interrompe, ofegante.

— Para o baile de formatura?

— Para ganhar velocidade.

— Não acho que os seus pelos te atrasem tanto assim, primo. E ninguém no time faz isso.

Ouvimos uma batida dura e militar à porta. Levanto, atendo e deparo com o técnico Reilly, todo sem graça, segurando uma sacola de plástico. Ele parece tão fora de contexto que chego a piscar os olhos. Eu nunca o tinha visto na ilha. Primeiro Cass, agora o técnico. Stony Bay está sendo invadida. Ele empurra a sacola para mim, como se fosse uma bomba-relógio, e então dá uma olhada na sala, as sobrancelhas se unindo.

— Sua mãe está?

Dou uma olhada na sacola e vejo que está cheia de romances com títulos do tipo *O Duque Desejável* e *O Sheik que me Seduziu*. Eu me recuso a acreditar que o técnico lê esse tipo de coisa.

— Minha vizinha ia jogar tudo isso no lixo. Sei que Lucia curte esse tipo de livro. Por isso... ela não está em casa?

Faço que não, tentando não franzir os olhos para ele. Papai chama mamãe de "Luce", e só a chama de "Lucia" quando eles brigam. Mas o jeito como o técnico pronuncia seu nome faz com que soe... diferente. Eu não tinha notado que ele pensava nela como "Lucia", como qualquer coisa além de minha mãe e tia de Nic. Estou começando a achar que não sei absolutamente nada do que se passa na cabeça das pessoas.

—Vamos entrar. — Abro mais a porta.

Ele avança pela sala.

— Oi, Nic-Cheio-de-Pique.

Nic, que está no auge de uma rosca bíceps, grunhe um "alô".

Emory dá um aceno distraído para o técnico Reilly, que embaralha os seus cabelos, perguntando:

— Quando é que vai treinar comigo para se tornar corredor, fã dos Giants?

Em abre os braços, respondendo:

— Zuuuum, mais rápido que uma locomotiva. Alta velocidade!

— É disso que o nosso colégio precisa, amigo — diz o técnico, sentando-se pesadamente em um dos banquinhos da cozinha e puxando o zíper do seu blusão do time. Parece ainda mais corado que de costume.

— O senhor aceita um copo d'água? — *Ou um desfibrilador?*

— Não. Gwen, vou direto ao assunto. Tem um garoto na equipe de natação que está enrolado. Ele se ferrou em inglês, levou pau na prova final. Dois terços da média dele despencaram. O professor vai deixar que ele faça segunda chamada no fim do trimestre. Mas ele precisa de aulas particulares. Sei que você salvou a pele do Pieretti em literatura no ano passado. Se Cass não mantiver uma boa média, ele vai ter que sair da equipe. E nós precisamos dele. Então eu imaginei que, como ele vai passar o verão aqui na ilha, seria fácil para vocês dois arranjarem um tempinho.

É claro que eu soube na mesma hora que era Cass. Não por achar que ele seja mau aluno, mas no instante em que ouvi o técnico Reilly dizer "equipe de natação", eu soube. Cass vai ser como aquela pedra na praia em que a gente sempre dá uma topada.

— Não acho que eu seja a pessoa mais indicada para ajudar — respondo. — Pam D'Ofrio dá aulas particulares. E ela também está na ilha.

Escuto um som parecendo de um gato se engasgando com uma bola de pelos. É Nic, soltando um pigarro.

—Você está bem, Cheio-de-Pique? — pergunta o técnico.

Nic tosse de novo daquele jeito altamente teatral, e então diz, resfolegando feito um asmático:

— Preciso de uma pastilha. (*Tosse, tosse.*) Gwen, será que pode me mostrar onde você guarda as suas?

E meneia a cabeça em direção ao quarto que divido com mamãe, me lançando um olhar suplicante. Espantada, e com uma ponta de irritação, vou atrás dele.

No instante em que chegamos ao quarto, ele segura meu braço.

— Aceita. Vai nessa, aceita.

Eu me encosto à porta.

— Por quê? Se Cass rodar, seu posto de capitão está no papo.

Nic faz uma careta.

— Não é desse jeito que eu quero vencer. Assim, de bandeja. Além disso, Somers melhora o meu desempenho. Eu dou tudo de mim quando estou tentando desbancar alguém. Preciso dessa adrenalina. — Antes ele estava me olhando fixamente, mas agora seus olhos se desviaram para a colcha cor-de-rosa de babadinhos que cobre a cama de mamãe. — Olha, eu sei que as coisas podem estar meio... — ele esfrega o queixo suado, sem olhar para mim — ... sei lá. Entre você e o Somers. Quer dizer, ficou muito claro ontem à noite, qualquer que tenha sido a razão *daquilo*. Mas aceita. Por nós. Eu preciso que o técnico escreva uma carta de recomendação para a academia. Ele é ex-aluno de lá. Isso é muito importante. Eu preciso demais dessa carta.

—Você acha mesmo que ele não te recomendaria se eu não desse aulas particulares para o Cassidy? Você está na equipe desde o primeiro ano. Cass e Spence só entraram no ano passado.

— Provavelmente, recomendaria. Mas eu não tenho certeza. E preciso ter. A Academia da Guarda Costeira é uma das instituições mais concorridas do país. Qualquer apoio conta — diz Nic, estendendo os braços sobre a cabeça, revelando os pelos das axilas que talvez estejam mesmo acrescentando vários segundos ao seu tempo. — Ah, por favor, prima.

Cravo nele um dos meus olhares intimidantes.

—Você vai ficar me devendo para sempre por isso. Acabei de comprar a sua alma.

— A minha bunda, talvez. A minha alma, não. Pelo amor de Deus, são só aulas particulares, Gwen. Não estou te pedindo para transar com o cara.

Meu rosto deve ter mudado de cor, porque Nic começa a gaguejar:

— Eu não quis dizer... Eu quis dizer... Eu não estava... O que eu disse não foi o que...

Aponto um dedo para ele.

— A sua alma — repito. —Vivien que fique com a sua bunda choca.

— Combinado — Nic diz depressa. — Minha alma choca é toda sua.

Quando voltamos, o técnico já sentou ao lado de Emory, e está olhando os desenhos na revista em quadrinhos do Super-Homem que Em folheia, seu braço ao redor dos ombros de meu irmão. Paro bruscamente, engolindo em seco, e percebo que não sei quando foi a última vez que meu pai fez isso.

Fazendo uma última tentativa de me distanciar da situação, pergunto, com naturalidade:

— O senhor falou sobre essa ideia com Cassidy? Porque ele é capaz de não topar. — Escuto Nic levantar um dos seus pesos de novo e me pergunto se ele vai bater na minha cabeça com o dito-cujo.

O técnico espalma as mãos.

— Ele vai topar tudo que for preciso. Isso é muito importante. Temos uma chance no campeonato estadual que vem aí, mas só com Somers na equipe. Quanto a você, dar aulas particulares durante as férias de verão é o tipo de atividade no histórico escolar que impressiona as faculdades. Você sabe que Somers pode te pagar uma nota preta.

Família, dinheiro, impressionar as faculdades. Meus calcanhares de aquiles. Presumindo que alguém possa ter três.

— Me dá uma ajuda, Gwen. Faz isso pela equipe.

Mesmo sem Nic me pressionar, seria quase impossível dizer não para o técnico. Ele é um cara legal. Todo mundo sabe que era louco pela esposa, que torcia em todos os treinos, levava chocolate quente para os rapazes no ônibus, e faleceu no ano passado.

Respiro fundo. Quão ruim isso pode ser? Obviamente, a julgar por ontem, eu já sabia que iria ver Cass mais vezes no verão do que tinha planejado. Isso é puramente profissional. Afinal, eu não parei de cronometrar os tempos da equipe depois do que aconteceu em março. Apenas consegui evitar qualquer conversa pessoal sobre o assunto. E posso fazer o mesmo em relação a essas aulas.

— Eu topo.

O técnico me dá um tapa nas costas tão forte que esvazia os meus pulmões, dizendo que vai conversar sobre o assunto com Cass.

— Vocês dois podem combinar as aulas da próxima vez que se esbarrarem. — Enfia a mão no bolso do blusão, fazendo tilintar alguma coisa, provavelmente moedas. — Gwen? Não toca no assunto com ninguém. O mundo não precisa saber que ele teve problemas. Uma ou duas vezes por semana devem bastar. Ele é um garoto inteligente. Vai fazer o que for preciso para chegar aonde quer.

É. Eu sei.

Embora eu tivesse achado que havia escapado, cá estou eu na Castle's mais uma vez, tentando me esquivar de usar o chapeuzinho com a coroa.

— O que achou dos pratos especiais da semana? — pergunta papai, indicando o quadro-negro com a cabeça.

Fiz com que Emory sentasse a uma mesa de piquenique na sombra e coloquei vários potes de guache em cima dela, uma situação que pode se tornar crítica a qualquer momento.

— Pimentão recheado — vou lendo desde o alto do quadro-negro. — Anchova ao molho de xarope de bordo.

— E aí? — pergunta papai, inclinando-se, franzindo os olhos para o quadro. — Pensei em oferecer dois novos pratos especiais por dia, ou de dois em dois dias, só para atiçar a curiosidade do pessoal.

— Pai... As pessoas vêm à Castle's para... comer frutos do mar... comida de verão. Hambúrguer. Cachorro-quente. Sanduíche de lagosta. Elas não vão querer parar aqui depois de passar o dia inteiro na praia para comer anchovas ao molho de xarope de bordo. Nunca. Aliás, de onde é que você tirou essa ideia?

— De um site de culinária — diz ele, distraído, esfregando o queixo com o polegar. — Nós temos que fazer alguma coisa. Da última vez que passei pela porcaria da Doane's, tinha uma fila que chegava até o píer.

— Eles vendem sorvete e balas. Sempre tem uma fila. Não sei se anchovas ao molho de xarope de bordo vão agradar à mesma galera.

Emory me cutuca com uma das mãos, levantando a outra, que está coberta de tinta vermelha, como Lady Macbeth. Eu o levo até a pequena pia que fica nos fundos e o lavo — aproveitando para me lavar também —, enquanto papai nos segue, continuando a falar:

— Não, pensa só nisso, colega. O verão chegou, nós recebemos universitários, veranistas. Os filhos dos veranistas. Esses garotos fumam maconha. Depois, bate aquela típica fome. Eles vêm para cá. Veem os pratos especiais. Nós faturamos.

— Pai... quando os maconheiros sentem fome, eles querem batatas fritas com queijo e brownies, não anchovas ao molho de xarope de bordo. — Ninguém quer anchovas ao molho de xarope de bordo. Eca.

Ele crava um olhar duro em mim.

— Como é que você sabe disso, Guinevere Angelina Castle?

Hum... porque sou uma adolescente? Porque frequento o ensino médio?

— Aula de Saúde.

Papai nega com a cabeça.

— Não ouse se meter nesse beco sem saída, acaba com o cérebro da pessoa.

— Não se preocupe, pai. Sou fiel à cocaína.

Ele franze o cenho.

— Pois pode parar. O troço é caro pra cacete. E puxa a blusa pra cima... assim. — Ele meneia a cabeça em direção ao meu decote. Que não é nem tão cavado assim. Mas faço o que ele me pede. Papai joga o avental roxo para mim, cobertura ainda melhor, me mandando ir atender um reservado lateral. — E põe o seu chapéu.

Dez minutos depois, estamos totalmente baratinados. Nedda, que deve ter a paciência de todos os santos, pois trabalha aqui há três anos, está ralando no grill. Um ônibus que está indo para Foxwoods ocupa dois terços do nosso estacionamento, enquanto seus turistas traçam três quartos do nosso suprimento de hambúrgueres. O novo funcionário, um cara magricela chamado Harold, manipula a cesta de fritura com ar lânguido. Agora acomodei Emory a uma mesa dos fundos, com um queijo-quente.

— Gwen, mesa seis, depressa. Estamos ficando atrasados — diz papai, ríspido. — Eu cuido dos pedidos, você leva correndo pras mesas. Ganhamos mais gorjetas quando uma garota bonita atende a clientela.

Papai raramente faz elogios, por isso eles sempre batem fundo. Corando um pouco, pego a bandeja com os hambúrgueres e a cerveja de bétula e me dirijo à mesa seis. Que, naturalmente, está ocupada por Cass. Ao lado de um cara que se parece muito com ele. Mas não é o seu pai. Cabelos escuros, o mesmo tipo longilíneo e musculoso, os mesmos olhos azuis penetrantes.

Cass está de costas para mim, mãos cruzadas sobre a mesa.

— Já falamos sobre isso um milhão de vezes, Billy. O que mais você quer de mim?

— Algum sinal de que você vai ouvir o seu próprio cérebro e não o de Channing. Todos nós vimos como isso deu certo na Hodges, tampinha.

Prendo o riso ao ouvir esse apelido.

— Isso foi há um ano, Bill, e foi só uma brincadeira. Aquele colégio se leva a sério demais.

— Uma brincadeira que te ferrou completamente. E foi muito constrangedora para o Jake também, porque *ele trabalha aqui*. O pai do Spence podia mexer os pauzinhos para que a expulsão não aparecesse na ficha dele, mas ela ficou na sua, irmãozinho. Para sempre.

Cass crava a unha do polegar na madeira da mesa rústica. Suas orelhas estão vermelhas. E eu lá, parada, com a sua comida, escutando pelas suas costas sem a menor vergonha. Sempre me perguntei por que ele e o Spence vieram para o meu colégio no ano passado como alunos do penúltimo ano. A Hodges, o paraíso dos mauricinhos, é para onde vão os garotos de Stony Bay quando o preço não é problema.

— Olha só, você é inteligente demais para isso, tampinha. Eu calaria a minha boca se achasse que você aprendeu a lição, mas não aprendeu. Esse lance com as suas notas me parece ser o mesmo tipo de burrada. Aliás, todo mundo acha isso. Adoro o Spence, mas ele sempre vai se dar bem no final. E você, não.

— Você é meu irmão, Bill, não...

— Papai e mamãe te diriam a mesma coisa.

— Eles já disseram. Mil vezes. Você conhece mamãe, ela tem mania de analisar tudo à exaustão. Olha, eu estou pagando o que devo, trabalhando na ilha, aparando gramados do tamanho de campos de futebol. Fiz uma burrice, tirei algumas notas baixas. Vamos tocar em frente, pelo amor de Deus — diz Cass, levantando-se de repente. — A comida já não devia ter chegado?

Ele se vira quase diretamente em cima de mim, entornando um dos copos num tsunami em cima do prato de batatas fritas e do meu avental.

— Eu... estava levando isso. — Começo a secar as batatas fritas, mas ficaram ensopadas. Então, espanejo a blusa, totalmente exausta. — Vou pegar outra porção. Não tem problema. Só vai levar um minuto.

— Esse é o nosso pedido? — pergunta o irmão dele.

— Eu pego — diz Cass, estendendo as mãos para a bandeja. — Você não precisa me servir.

— É o meu trabalho — respondo. Ele está com as mãos na bandeja, e eu com as minhas, numa espécie de flashback do momento em que quase lutamos por causa das lagostas. E da minha jaqueta de marinheiro, no ano passado. Abaixo as mãos, secando as palmas, e enfio os guardanapos ensopados no bolso do avental.

Ele equilibra a bandeja em uma das mãos, olhando para o pasto de vacas que fica atrás da Castle's, o queixo contraído.

— Você ouviu toda a conversa, não ouviu?

Dou de ombros.

— Não tem problema. Quer dizer, não é da minha conta.

Ela examina meu rosto, e então abre um sorriso.

— Mentira. Você quer saber.

— Ha! Não se engane. Não estou dando a mínima para o que você fez. — É minha vez de olhar para as vacas, tentando absorver sua serenidade pastoril. — Ou faz.

Ele coloca a bandeja na mesa, encostando o quadril nela. Seu irmão, que se levantou, está se dirigindo à janela de serviço, provavelmente para reclamar da idiota que estragou as suas batatas fritas.

— Já esteve na Hodges, sem ser na área da piscina?

— Além do vestiário feminino, não.

— Aquele lugar é podre de pretensioso para uma cidadezinha de Connecticut. — Dá de ombros. — Fora o fato de que nós tínhamos que chamar os professores de "mestre" em todas as ocasiões. Devia se chamar "Lordes" em vez de Hodges. — Ele puxa a gola da camisa, como se a simples lembrança o sufocasse.

Estou sorrindo, apesar da determinação de projetar completa indiferença.

Cass inclina a cabeça para mim, cruzando os braços.

— Ah, esquece. Por que estou te contando isso? Você não se importa.

— *Não* faça isso. Agora você tem que me contar.

Ele balança o corpo para trás, sorrindo.

— Cuidado, Guinevere. Você pode acabar se esquecendo de que me odeia.

— Eu...

Dou uma olhada para ver se papai notou minha demora, mas, pelo visto, ele está à beira de uma discussão com um vendedor, que segura um enorme galão de sorvete. Automaticamente, dou uma conferida na mesa onde Emory está desenhando, mas ele não está mais lá. Ah, meu Deus.

O estacionamento.

A rua.

Dou meia-volta.

Então, sinto alguma coisa macia roçar em mim, e meu irmãozinho aparece diante de Cass, cabeça inclinada para trás. Ele é tão pequeno, embora já tenha oito anos, que até alcançar o peito de Cass já é uma proeza. Ele o toca de leve, movendo o dedo num gesto lento, sinuoso. Não tenho a menor ideia do que está fazendo.

— Super-Homem — declara, orgulhoso, como se tivesse enxergado através do disfarce de Cass. Ele traça novamente o formato... que é de um *S*, como agora percebo... e abre um sorriso para nós dois.

Cass abaixa os olhos, sem alterar a expressão, mas sem se chocar. Tomara.

— Oi, Super-Homem — repete Emory, desenhando um escudo invisível ao redor do *S*.

Não sei por que ele está fazendo isso. Cass não tem cabelos escuros, nem uma capa se agitando ao vento. Talvez por causa do azul de sua camisa, ou do jeito como ele se posicionou, com os ombros para trás e o queixo empinado.

Nesse momento, papai olha para mim.

— Desculpe — diz para Cass e seu irmão, que está voltando com outra porção de batatas fritas. E para mim: — Gwen, não deixe o seu irmãozinho incomodar os clientes, pelo amor de Deus.

— Não tem problema — diz Cass. Seu irmão coloca as batatas fritas na mesa, e Em imediatamente estende a mão para elas.

— Super-Homem — repete, enfiando uma na boca e mastigando-a, de modo atrevido.

— Em, não! — Como sempre acontece quando alguém o encontra pela primeira vez, fico dividida entre explicar a situação ou apenas deixar que o aceitem como ele é.

— Meu irmão é...

Cass me interrompe:

— Nós nos esbarramos na praia ontem. Ele estava com o seu avô. Dei a eles uma carona para casa. Eles pareciam cansados.

Fico olhando para Cass, sem entender.

— Antes ou depois da iniciativa de me salvar com as lagostas?

— Antes. — Cass pisca para Emory, que está comendo outra batata frita.

— O Homem de Aço nunca descansa. Ou talvez seja José, o faz-tudo. Eu confundo os meus alter egos.

— Olá — diz o irmão dele, com um breve aceno. — Bill Somers.

— Essa é Gwen Castle, Billy. Era ela que eu estava dizendo que devia me dar aulas para a segunda chamada de literatura.

Espera aí. A ideia foi dele? Não do técnico?

— Muito prazer. E... não hesite em ser dura com o tampinha. Ele merece.

As orelhas de Cass ficam vermelhas. Ele dá um olhar fulminante para Bill.

— Gwen! — chama papai. — Traz o seu irmãozinho para cá. Você não tem tempo para ficar de bobeira.

Bill me diz que foi um prazer, Cass retomou sua expressão apagada e neutra, e Emory fez um baita estrago nas batatas fritas. Gaguejo desculpas, seguro a mão engordurada de Em e me viro para ir embora, apenas para esbarrar na muralha sólida de papai. Ele traz mais um prato de batatas fritas, não tendo perdido nada da cena.

— Me desculpem por isso. Essas também são por conta da casa — diz. E para mim, em tom severo: — Volte para onde eu possa ficar de olho em você, garota. É *Emory* quem deveria precisar de uma babá.

Pelo amor de Deus, pai. Sinto o rosto arder. Mas Cass está olhando para o chão, não para mim, cutucando as pedras com o dedão do tênis, uma expressão totalmente neutra. Papai está irritado e defensivo, mas Bill parece achar uma certa graça. Só Emory continua totalmente à vontade. Ele se aproxima de Cass de fininho e traça o desenho do escudo mais uma vez, riscando um *S* com o dedo.

— Super-Homem — diz.

— Quem me dera — murmura Cass.

Capítulo Dez

A primeira coisa que vejo quando chego em casa são os pés descalços de Nic, grudentos de refrigerante derramado e gordura de batatas fritas, projetando-se da beira do sofá. Agachada no chão, Vivien se curva sobre eles, usando uma calcinha de biquíni roxa e uma regata preta superdecotada.

Santo Deus. São quatro da tarde e os dois estão na nossa sala. No sofá, debaixo do retrato da minha santíssima virgem avó. Não é exatamente a hora nem o lugar para... um fetiche por pés! Por favor, me digam que o meu primo está vestido. Solto um pigarro.

Vivie levanta o rosto, sorrindo sem o menor constrangimento, e volta a se curvar sobre os dedos de Nic.

E começa a soprar em cima deles.

— Hum... Gente... — digo. — Será que vocês não podem... fazer isso em outro lugar? Eu estou simplesmente exausta.

Nic na mesma hora se senta — felizmente, vestido.

— Estou fazendo penitência — explica. — Pagando pelos meus pecados.

Meus olhos vão para o crucifixo, o rosto puro e sério de minha avó.

— Hum... — Não me afastei um milímetro da porta. Viv ainda está sentada sobre os tornozelos, franzindo os olhos para o pé de Nic, e então pega um vidro de base incolor e começa a aplicá-la nos dedos do outro pé dele.

— Ah, meu Deus, vocês dois, francamente! — digo, quase gritando.

Nic olha para o meu rosto e cai na gargalhada.

— Você está com uma cara totalmente apavorada — consegue dizer, começando a rir novamente.

— Nico, fica quieto! — Vivie dá um tapa na sua perna.

— Gwen, Gwen, ouve só. A Viv e eu estávamos levando uma sopa de peixe para o Santo Anselmo, onde ia ter um almoço comemorando o último jogo da temporada, e a Dona Apressadinha aqui estava metendo o pé na tábua...

— Eu só estava indo a oitenta.

— Numa zona em que o limite de velocidade é cinquenta, Vee. — Ele cutuca de leve a barriga dela com os dedos dos pés e se vira para mim, agora mais sério, mas ainda sorrindo. — Ela estava mandando ver porque nós estávamos atrasados e ela não queria levar um esporro do Al, e eu só ouvia a sopa se sacudindo na panela e pensava que, se a minha infratorazinha aqui recebesse mais uma multa, ia ter que se ver é com a polícia, não com o Al.

Viv franze o nariz, espichando a língua para ele.

— Você exagera demais o jeito como eu dirijo.

— Hum, não exagero, não. Você é louca. E eu gosto de você inteira, com todos os ossos no lugar. Pois bem, ela estava metendo o pé na tábua quando de repente nós chegamos a um sinal, e quando ele abriu, o caminhão na nossa frente continuou parado. Aí a Viv se debruça na janela e diz: "Que é que está esperando, babaca?", e levanta o dedo do meio para o cara.

— Pelo amor de Deus, Viv — exclamo, interrompendo o relato de Nic. — Não faça isso. A gente já te falou um milhão de vezes. Nunca se sabe quando se pode esbarrar em um psicopata.

— Exatamente. Porque o cara saiu do carro e ele tinha, tipo assim, uns dois metros e meio de altura, uns cento e cinquenta quilos, tatuagens, colete de couro, correntes, e estava muito puto da vida. Ele veio até a janela, só faltou encostar o nariz na cara da Viv, e falou: "Quer repetir o que disse?"

— E eu comecei a chorar — diz Viv. — Já estava vendo o cara matando o Nic, e depois só Deus sabe o que ele faria comigo. Eu vi a minha vida passar diante dos meus olhos.

— Aí eu vi que ia ter que passar uma conversa no cara, já que não podia sair na porrada com ele.

— Mas foi o *jeito* como você fez isso, Nic. Ele resolveu virar o mais novo amigo de infância do cara! —Viv faz uma voz mais grossa. — "Pô, desculpa aí, cara. Minha namorada tá meio nervosa hoje. Normalmente ela é um doce de coco, mas fica meio estressada naquela época do mês, se é que você me entende." De repente, o Neanderthal dá um tapa nas costas do Nic, tipo de homem pra homem, dizendo que sim, que ele tem uma mulher e quatro filhas e está até pensando em comprar um trailer e ir morar na entrada da garagem, porque todas têm o mesmo ciclo, e blá-blá-blá...

Agora estou aos risos, e Nic também.

— Bom, pelo menos ele salvou a sua pele — observo.

— É, mas aí eles passaram dez minutos contando histórias do tipo "ela é doida demais", que, para o seu governo, Nic inventou da cabeça dele. Disse ao cara que uma vez eu atirei uma pizza em cima dele porque ele comprou do sabor errado, e que eu joguei o boné de beisebol dele num triturador de madeira durante uma crise de ciúmes porque ele estava vendo um jogo de beisebol na tevê.

— Mesmo assim, eu realmente salvei a sua pele — diz Nic, segurando a mão dela.

— Fazendo com que eu parecesse uma filha da mãe descontrolada, louca, hormonal — diz Viv. — Por isso, ter que fazer as unhas do pé foi a penitência dele por bancar o machão. E por isso, vai usar chinelos na semana que vem, para Hooper, Marco e Tony poderem admirar os seus lindos dedinhos.

— Ficaram *fofíssimos*, Nic — digo. — E, de todo modo, se Viv tivesse mesmo ficado zangada com você, teria pintado as suas unhas de rosa-choque.

Viv pisca para mim, tirando da bolsa um vidro de esmalte fúcsia cintilante.

— Aquilo era só a base — explica.

— Ah. — Nic brinca com os cabelos dela. — Você é uma gracinha quando fica zangada, querida.

— Cuidado, ou vai acabar ganhando uma *manicure* também.

Ele se inclina para frente e beija Viv... e continua beijando... e continua beijando. Sem parar, durante séculos. Sou tão invisível para eles como se estivesse em outra cidade.

Mesmo assim, é bom saber que isso existe — amor de verdade — no meu mundo. E não apenas nos livros de mamãe.

Al Almeida nos diz o que espera da equipe do bufê no evento desta noite em tom abafado, urgente, fixando os olhos em cada um de nós. Nosso grupo forma um círculo respeitoso diante do pavilhão de lona com torres montado para o jantar das famílias dos noivos em Hayden Hill, a zona nobre de Stony Bay, ventosa, exclusiva, com vista para o mar, mas de muito, muito longe. Com ar sério, nós o observamos, devidamente vestidos com nossos uniformes pretos e brancos, camponeses nos portões do palácio. Al é intimidante, com sobrancelhas grossas e corte de cabelo militar.

— Muito bem, prestem atenção.

Ele consulta seu relógio. Um dos seus relógios. Porque sempre usa um em cada pulso.

— O jantar começa em dez minutos. Às sete em ponto. Temos um monte de amêijoas. Estamos meio desfalcados de ostras e camarões graúdos, mas temos um estoque dos gigantes. Vocês — prossegue, apontando para mim, Vivien, Melissa Rodriguez e Pam D'Ofrio —, mantenham o bufê de frutos do mar abastecido e pronto para ser servido. Espaços vazios dão impressão de economia, e eles não querem saber de economia. — Ele faz uma pausa, abaixando ainda mais a voz, e acrescenta: — A família da noiva é podre de rica, o noivo vive de fama e se vale do fato de descender de uma das famílias mais antigas do país. Isso prova alguma coisa. — Olha com raiva para Vivien, que pegou a mão de Nic e, totalmente alheia, dá um beijo na palma. — Você, minha jovem, preste atenção. Afinal, o atendimento vai ficar sob a sua responsabilidade. — Viv solta a mão de Nic e se perfila, batendo uma continência brincalhona para o padrasto. Ela me lança um breve olhar, sacudindo a trança e indicando com a cabeça a mão esquerda, onde o dedo médio está discretamente estendido. Viv se dá bem com Al, mas detesta os sermões do cara.

—Você — Al aponta para Nic. — Mantenha os copos de água sempre cheios e os cinzeiros vazios. Dominic, mantenha os copos de vinho cheios. Só dois terços, não até a borda. Não troquem de lugar. — Fuzila com os olhos Nic e Dom, que é o irmão mais velho de Pam. — Você tem vinte e dois anos, Dominic, e você, Nic, é menor de idade. Não precisamos de problemas com a lei.

Ele se vira para mim, Vivien e Pam.

— Não parem de circular com os canapés. Queremos que eles se entupam com os canapés antes de servirmos as lagostas. Entenderam?

Fazemos que sim.

Al abaixa o queixo, satisfeito.

— Manda ver, meu time.

Ele sempre acrescenta isso no fim, como se tivesse se transformado no técnico Reilly.

Há anos que eu ajudo a servir o bufê dos Almeida, e, durante todo esse tempo, nunca vi ninguém que conhecesse bem em qualquer dos seus eventos. Stony Bay é uma cidade pequena, mas as pessoas que conheço não contratam bufês para suas festas. A menos que se possa considerar comida comprada na Castle's como bufê.

Hoje, minha sorte acaba.

Já terminei de servir os canapés de alho com queijo Boursin e tomates secos ao sol — só sobrou um —, e estou voltando para pegar outra bandeja, procurando Vivien para poder me queixar do cara que acabou de passar dez minutos com os olhos na minha blusa enquanto devorava a bandeja, quando, pela segunda vez no dia, esbarro em uma pessoa.

— Opa, perdão — diz o cara, no exato instante em que digo:

— Desculpe, eu não estava olhando por onde...

Então, fico paralisada. Porque o cara é Alex Robinson, tão alto, moreno e elegante como no verão passado. Apesar do jeito como as coisas terminaram, ainda fico toda arrepiada. Mas Alex... olha para mim sem dar o menor sinal de reconhecimento, como se eu fosse um prato qualquer que ele não pediu, imaginando como mandá-lo de volta. Será possível que ele não me reconheça? Com quantas garotas descendentes de portugueses ele ficou no verão passado?

— Ah. Hum. Oi. — Alex passa a mão na água gelada que derramei no seu paletó de algodão com finas listras azuis e brancas. — Seu nome é... hum... Gwen, não é?

Isso já é um pouco demais. Fico pensando se devo responder "Não, Suzanne", mas, em vez disso, apenas arregalo os olhos.

— Nós nos conhecemos?

Alex pisca, um mauricinho com olhos de coruja.

— Hã...

Controlo o rosto para parecer paciente e perplexa.

Seus olhos percorrem a sala, finalmente voltando para mim. Ele pigarreia.

— Olha, eu sei que é Gwen. Sua... sua mãe fez faxina na nossa casa hoje. Achei que talvez você fosse com ela.

Arregalo ainda mais os olhos.

— É mesmo? Você sentiu minha falta? Ah, que amor! Eu até teria ido, sinceramente, mas tive que ficar em casa com o Alex Júnior. Ele agora aprendeu a andar, e se mete em *tudo* quanto é canto, o danadinho! — Faço uma expressão de orgulho maternal cansado igual à de mamãe.

Ele empalidece.

— Opa... espera aí... eu...

Estou curtindo adoidado, porque sou uma pessoa mesquinha e rancorosa.

—Você também era assim, Alex? Como o nosso fofinho puxou ao pai! — Pouso uma das mãos na barriga e sorrio como uma Madona.

Alex pisca, e então balança a cabeça.

— Ha, ha. Eu tinha me esquecido do seu senso de humor. Se... hum... *isso* tivesse acontecido, o bebê teria acabado de, hum, nascer. — Seus olhos passam para o meu decote. Não preciso adivinhar do que ele se lembra. — Falando sério... como, hum, você tem passado?

Equilibro a bandeja sobre um dos quadris, afastando uma mecha de cabelos que a brisa leve soprou para cima dos meus lábios.

— Muito bem. E você?

— Estou ótimo — diz ele. — Maravilhoso. Tive um bom ano no Choate. Vou para Princeton no outono. Meu pai estudou lá, por isso tudo... vai... bem. — Seu olhar mais uma vez desce até o meu peito, como se exercesse algum tipo de magnetismo.

"Hum" é a única coisa que me ocorre dizer.

Depois que Alex terminou comigo no ano passado, toda vez que eu me imaginava esbarrando nele, eu sempre estava linda e maravilhosa, e ele rastejando aos meus pés. Eu nunca estava usando essa camiseta que mal cabe em mim, com os dizeres "Bufê Almeida" — com direito a uma sereia estendendo um prato de amêijoas recheadas —, suando e com meus cabelos rebeldes escapando do rabo de cavalo. Não imaginei *mesmo* como seria difícil pensar em alguma coisa para dizer a ele. Talvez devesse ter me lembrado de que praticamente não tínhamos o hábito de conversar.

— Enfim... — O olhar de Alex desce até o meu peito de novo, de lá passando para o bufê de frutos do mar. — Estou com vontade, hã, de experimentar o... hum... camarão.

— Claro — respondo. — Por que não? Você já provou tudo que *eu* tenho para oferecer. — Sei que passei dos limites, mas, como sempre, quando começo a falar, não consigo me controlar. O torpedo que ele me mandou quando rompeu comigo ainda me deixa furiosa, mesmo quase um ano depois.

— Olha só — diz Alex. — Eu... eu... — Seus olhos tornam a passear pelo pavilhão. — Eu tenho que... Acho que estou ouvindo alguém me chamar.

Ele se afasta de mim, apressado — praticamente correndo.

— Isso foi muito esclarecedor — diz uma voz no meu ouvido.

Dou meia-volta e deparo com os olhos azuis como o mar, que estão rindo.

— Não teria sido mais eficiente castrar o cara de uma vez? — continua Cass, filando o último canapé com queijo Boursin.

— Eu pensei nisso. — Pego a faca de manteiga na bandeja, brandindo-a para ele. — Mas não achei que isso aqui daria conta do recado.

— Parece que o Alex também não deu — diz Cass. — Talvez alguém tenha feito o serviço antes de você. — Então ele fica vermelho, como se acabasse de se dar conta de que estamos falando do pênis de Alex, que, obviamente, eu conheci.

Quando ele cora desse jeito — agora o rubor está se espalhando pelas orelhas e maçãs do rosto —, eu me lembro do Cass daquele verão na ilha. Hoje, seus cabelos exibem vários tons de louro — dourado, âmbar, amarelo e louro-escuro nas raízes —, mas naquele verão que ele passou em Seashell, eram de um louro quase branco, e sua pele muito clara, sem sardas. Foi um desses verões em que faz um tempo louco, com ventanias e temporais que duram dias a fio. Em vez das atividades costumeiras oferecidas pelo "professor" que Seashell costumava contratar — aulas de canoagem, corridas de bicicleta, gincanas —, eles resolveram passar filmes infantis no centro comunitário nas noites de sábado, para manter a garotada com menos de quinze anos ocupada e distraída. A primeira vez que me encontrei com Cass, ele abriu a porta para mim quando entramos. E então, ficou rosa-choque.

— Vai por mim, ninguém sai perdendo com a castração dele — digo, para em seguida ter vontade de tapar a boca. Cass pode ter mencionado o membro de Alex, mas eu tinha que dar nota para o desempenho do cara? *Meu Deus*. Esse não é um assunto em que deveríamos tocar.

— Eu conheço esse garoto. — Cass franze os olhos para as costas de Alex, que bate em retirada. — Nós frequentamos um curso de tênis dois anos atrás. Ele deixa passar várias bolas. O que é bastante revelador.

Caio na gargalhada, e dessa vez não resisto e tapo a boca.

— Mas enfim... as aulas particulares — digo, tentando controlar minha expressão. — Em quantas matérias exatamente você levou pau?

Tudo bem, foi uma pergunta grosseira. Não estou no meu estado normal. Cass está cheirando a limão — acho que passou loção pós-barba. Nunca o tinha visto usando roupas formais. Ele veste um blazer azul estruturado, uma camisa azul-celeste que realça seus olhos e uma gravata amarela.

Pode ser que eu tenha sofrido uma lavagem cerebral com os velhos filmes de vovô Ben, ambientados em épocas onde as roupas faziam o homem. Já estou acostumada demais com as camisetas amassadas e fedorentas de Nic, as camisas de xadrez surradas de papai, as produções de gosto duvidoso de Hooper. Todo arrumado, Cass parece uma criatura de outro planeta. Um planeta que eu quero colonizar. *Ah, meu Deus, por favor, para com isso.*

Al Almeida passa por nós com uma bandeja de lagostas desprendendo vapor, e eu finalmente caio na real.

Volto a olhar para Cass.

— Temos gente para matar as lagostas aqui — digo, para falar alguma coisa. — Não precisa vir me salvar, José.

— Aliás, estou sempre às ordens, Maria. Tenho certeza de que você quis me agradecer hoje à tarde.

— Permita-me relembrar que eu não *pedi* a sua ajuda.

O sorriso provocante de Cass se desfaz.

— Eu sei. Sou eu que estou... hum, pedindo a sua. Estou falando das aulas particulares. É... importante. Sei que deve ser a última coisa que você quer...

Dou de ombros.

— Eu posso pagar. Quer dizer, você sabe disso. Eu levei pau no último trimestre... não estava... me concentrando. Por isso, basicamente, eu me dei mal em literatura inglesa... Spence pode se dar ao luxo de pintar o diabo e ainda assim tirar boas notas. Ele disse que só um idiota levaria pau em literatura. — Cass se cala bruscamente, como se tivesse falado demais.

Eu poderia tranquilizá-lo. Poderia dizer a ele que não tem problema. Ou que ele não é um idiota. Mas, em vez disso, digo:

— Por que você atura aquele cara?

O queixo de Cass se contrai, um músculo saltando.

— Ele pode ser um babaca, mas é um bom amigo. — Há um toque de desafio na sua voz, uma luva que ele está atirando e que eu não vou pegar mesmo. Como não digo nada, ele acrescenta: — Tudo bem. E aí, você vai...? — E se interrompe, erguendo as sobrancelhas.

E agora lá vem Nic avançando para cima de nós, com uma cara furiosa.

— Gwenners, Al está enchendo o saco da Vee, dizendo que você está de bobeira. Você conhece o discurso: como é que ela pode atender ao cliente direito, se não consegue manter os empregados na linha? Você precisa voltar para o trabalho.

Há muito tempo é dado como certo que Vivien vai ser a única herdeira do Bufê Almeida, já que seu padrasto não tem filhos. Ainda assim, eu não me considerava exatamente como "sua empregada". Tenho uma visão de dar calafrios de como seria ainda estar usando minha camiseta com estampa de amêijoas aos sessenta, não mais em pé de igualdade, nem perto disso, com a minha melhor amiga.

— A culpa é minha — intervém Cass. — Eu estava prendendo a Gwen, bolando um esquema para esse verão. De aulas particulares.

— Sei. — O tom de Nic é glacial, num contraste gritante com a raiva que, por algum motivo, se irradia dele. — Não quero que você deixe essa chance escapar e acabe sendo cortado da equipe. Ainda mais agora, que estamos tão perto do campeonato estadual, não é, Somers? — Então, ele se vira para mim, cozinhando Cass na nuvem de testosterona que se irradia do seu corpo. — Vee precisa de você.

Cass se inclina um pouco para trás, estudando o rosto de Nic.

— E você? Tem feito um bom tempo nos treinos de natação? Ouvi dizer que vai trabalhar para a manutenção de Seashell também. Vai conseguir arranjar tempo?

— Eu dou um jeito — responde Nic, ainda gelado. Chega mesmo a se endireitar, como se enfatizasse a vantagem de seis centímetros da sua estatura. — Afinal, tenho o mar a metros de mim, vinte e quatro horas por dia, sete dias por semana.

Cass lança um olhar a distância, seus olhos sonhadores, como se pudesse ver o mar dali.

— Eu estava pensando nisso. Que a gente devia treinar um pouco durante o verão, principalmente agora, que não estão dando mais o curso de natação em Stony Bay. Sair com os caras para manter o pique do time, enfrentar alguns desafios no mar.

A distância, vejo Al agitando as mãos em desespero, indicando com a cabeça o desabastecido bufê de frutos do mar.

— É melhor irmos andando — digo, dando um sorriso tão rápido para Cass que é quase uma careta.

— Espera aí. — Ele toca meu ombro quando me viro para ir embora. — Me liga. Ou você pode dar um pulo na sede da manutenção para combinar um horário. Para as aulas particulares, quero dizer.

Agora Nic está me segurando pelo outro braço, me arrastando dali.

— Você *não* vai para o apartamento que fica em cima da sede com aquele cara — sibila, praticamente sacudindo meu braço.

Eu o arranco.

— Que bicho te mordeu? — pergunto, de repente com medo de que Nic tenha tomado esteroides, ou coisa que o valha. — Era você quem estava louco para que eu desse aulas para ele!

— Pois é, mas enquanto vocês dois estavam trocando figurinhas ali no canto, eu estava servindo água na mesa da família, e uma senhora perguntou à Sra. Somers se Cass ia conseguir o posto de capitão da equipe este ano, e ela respondeu que eram favas contadas.

O rosto de Nic está furioso, quase ameaçador.

— E daí? Você vai conseguir, Nico. Fica frio.

— Não, presta atenção — continua ele, flexionando os dedos. — Olha... eu me sinto meio estranho contando isso para você, mas... eu fui até a mesa seguinte e lá estava o Spence Channing, bancando o íntimo do Alex Robinson. E falando de você. Alex disse que você era *bons momentos*. *Bons momentos*? Que palhaço. Spence só riu e disse que você era uma *tradição da equipe de natação*. O cara está na porra da minha equipe e desrespeita a minha prima. Quer dizer, eu estou por dentro, escuto o que eles falam das garotas, sempre dizendo que "comeriam aquela" e "até que ela é gostosa, mas a cara...", só que dessa vez foi *você*, Gwen. Quem ele pensa que é? Quem ele pensa que você é?

Engulo em seco. Meu rosto arde, congela, e então esquenta de novo. Spence sabe quem eu sou. Melhor do que eu gostaria.

— E eu ainda tive que encher a porra do copo d'água do babaca, em vez de dar um soco na cara dele... — A mão de Nic se fecha e ele lança um olhar feroz para o outro lado do pavilhão, logo voltando a olhar para mim. — Ah, prima. Desculpe. Não devia ter dito nada. Eu não estava raciocinando, estava puto demais, eu...

— Não tem importância, Nico. Ainda falta muito para eu me tornar uma tradição. Além disso, vou ter um trabalhão com o Hank Klein, a menos que ele termine o namoro com o Scott Varga. Mas você me conhece, eu me amarro num desafio.

— Não faça isso, Gwen — diz Nic em voz baixa. — Não comigo.

Fico em silêncio enquanto empurramos a cortina com uma metade de plástico e outra de tecido que protege a parte principal do pavilhão da copa-cozinha improvisada.

— Já não era sem tempo, Guinevere! — diz Al, empurrando outra bandeja de camarões e molho de coquetel nas minhas mãos. Pego a bandeja, afasto a cortina e dou uma olhada no pavilhão, procurando as listras azul-marinho do paletó de Alex.

É como *Onde está Wally?* — um mundo de paletós listrados de azul e branco. Finalmente o localizo, ainda sentado ao lado de Spence. Mas agora ele está conversando com uma garota ruiva à esquerda, e Spence está com uma expressão entre divertida e entediada. Que é a sua expressão de sábio do templo, de aristocrata *blasé*. Ele só parece feliz quando está nadando, treinando ou agitando com Cass e o resto do grupo.

Ele levanta o rosto por um momento quando apareço ao lado do seu braço.

— Castle! Fico feliz por te ver. Pode me fazer um favor? O bartender é meio esquivo. Pega uma garrafa de champanhe pra gente?

Afastando dos olhos uma mecha dos cabelos brilhantes e superlisos, ele me dá um sorriso ensaiado e lento, o olhar de alto a baixo que é a sua marca registrada. Não vou mentir, Spence é um cara bonito. Mas tem qualquer coisa de afiado nele. Que pode cortar a pessoa sem que ela perceba, feito dedo em borda de papel.

Respiro fundo, segurando a bandeja com mais força.

— Não é obrigação minha, Channing. Eu só arrumo as bandejas e sirvo a comida. Além disso, você é menor de idade.

— É um jantar pré-nupcial. As regras estão suspensas. *Todas* elas. Acabei de passar pelo meu tio Red, que está no banco de trás do carro com uma das madrinhas. — Sua voz se abaixa até um sussurro alto: — Não conte para a tia Claire.

Como não faço a menor ideia de quem são a tia Claire e o tio Red, isso é improvável. Mas fico desconcertada por um segundo, antes de dizer:

— Não estou aqui para servir você. Estou aqui para dizer que escolheu a palavra errada.

Uma emoção — no caso, perplexidade — chega a se estampar no rosto dele.

— Como assim?

— Se eu fosse uma "tradição" da equipe de natação, Spencer, eu seria uma coisa que acontece *várias vezes seguidas*.

Outra emoção, uma breve nota de constrangimento.

— Eu não falei aquilo para você ouvir.

— Talvez da próxima vez você devesse prestar mais atenção em quem serve a sua água gelada. Você achou mesmo que Nic não me contaria? Ele pode ser seu companheiro de equipe, mas é meu primo. O sangue é mais forte do que o cloro.

Alex nota minha voz exaltada e olha, compreende a situação e dá meia-volta, obviamente se afastando de uma "cena" em potencial. Ele detesta cenas, provavelmente a razão de ter terminado comigo por um torpedo.

— Acho que a palavra que você estava procurando era *mascote*. Você devia trabalhar no seu vocabulário, ou vai levar pau no vestibular.

E vou embora, ao som da risada surpresa de Spence.

Quando Vivie e Nic me deixam diante da nossa casa, levanto a mão para me despedir com um aceno, subo dois degraus e despenco na varanda, exausta. A parte de trás de um dos meus tênis está massacrando o meu tornozelo como uma lâmina de serra.

O céu está lindo com a sua névoa de noite de junho, a lua cortando afiada a escuridão, mas as estrelas não passam de pontinhos de alfinete. A brisa noturna está mudando, agitando as árvores da floresta, soprando sobre a água, trazendo o cheiro limoso da maré baixa.

Olho para a Rua Alta. O quartzo incrustado no alcatrão cintila ao luar. Seashell não tem postes de iluminação. A essa hora da madrugada, quase já não resta mais nenhuma janela acesa na longa fileira de casas que se estende pela rua. A sede da manutenção fica cinco casas adiante da nossa. Me pergunto se Cass ficou até tarde na festa. Não o vi quando entramos na caminhonete para vir embora. Em parte porque estava me esforçando muito para não olhar. Será que ele vai passar a noite na cidade, na sua mansão-veleiro, ou aqui, em Seashell? Esfrego os braços, de repente morta de frio na brisa da noite, e me pergunto por que, do nada, estou pensando tanto em Cass Somers. Droga. Parte da razão de ser deste verão era justamente esquecê-lo.

Entro pela porta bamba da varanda com o trinco quebrado — a que Nic vive dizendo que vai consertar —, e encontro a casa em silêncio, tranquila, muito diferente da barulheira e do drama do pavilhão.

Mamãe cochilou no sofá, a testa enrugada, ainda segurando um romance barato com uma capa vistosa. Me curvo, tirando-o de sua mão, dobro a ponta da página em que ela parou (não posso deixar de notar que começa com *Por Deus, minha feiticeira, estou quase a pôr-te no colo*), e então tiro o edredom do fundo e a cubro. Deveria acordá-la, convencê-la a ir dormir na sua cama e não no conforto duvidoso dos exaustos braços em xadrez laranja do Mirto. Mas hoje, quero o quarto só para mim e meus pensamentos.

Escuto o ressonar suave dos roncos de vovô Ben vindos do quarto que ele divide com Nic e Emory. Gostaria de poder tirar a noite inteira de cima de mim — a de ontem também —, como faço com minhas roupas fedorentas, lavá-la no chuveiro ao ar livre do jeito como esfrego o cheiro de fumaça e camarão.

Capítulo Onze

—*Estava* esperando que fôssemos só nós — resmunga Viv, quando vovô Ben se espreme entre os bancos da frente pela segunda vez para sintonizar o rádio na FBAC, *O Canal que Leva o Melhor da Nostalgia até Você*.

Ele tamborila os dedos na vidraça, cantando em voz alta "Como Você Está Linda Hoje", Emory topando o desafio e imitando-o. "O jeito como você abre esse SORRISO... O jeito como não sai dos meus SONHOS." Os dois estão mesmo com sorrisões abertos, idênticos, de orelha a orelha. Tento me livrar do sentimento de culpa por ficar ressentida com eles por terem vindo sem serem convidados.

Ontem foi o dia mais longo da história. Preciso recarregar as baterias com Viv, uma coisa que só mulher entende. Por isso fiz brownies bem cedinho, com esse único objetivo. Meu plano era suborná-la com doces na praia de Abenaki, para poder chegar ao fundo da história do anel. Viv vai acabar confessando — só preciso ficar a sós com ela.

Mas, quando ela estava prestes a meter o pé na tábua do carro da mãe, vovô desceu correndo a escada com Emory, carregando um cooler (onde sei, por amarga experiência, que devia estar levando uma variedade de itens altamente pessoais) e um detector de metais (semi) novo, pendurado a tiracolo com o maior otimismo.

— Minha intuição diz-me que hoje é o meu dia de sorte! — anuncia ele, enquanto descemos o morro voando em direção a Abenaki, fingindo não ficarmos apavorados quando Vivien dá uma violenta guinada para evitar um patinete abandonado no meio da rua, como se tivesse sido trazido pela maré.

— Hoje, vamos fazer a nossa fortuna. — Ele brande o detector pela janela.

Vivie e eu sentamos no curto píer de madeira prateada, olhando para o mar. Está coberto de veleiros, barcos com as velas balão infladas. Vovô Ben procura o seu tesouro pelo amplo areal da praia. Emory senta de pernas cruzadas, totalmente absorto com um balde d'água e uma pá. É uma de suas características que mais adoro: quando ele se concentra em alguma coisa, o resto do mundo se torna invisível.

Ele está usando, como sempre, um colete salva-vidas aprovado pela Guarda Costeira. Apesar disso, fico segurando as costas de sua camiseta ou o elástico de seu short quando ele se inclina demais para frente ou tenta espiar por sobre a beira do píer. Já tive mil pesadelos em que via o topo de sua cabeça desaparecendo sob o redemoinho das ondas.

O céu, particularmente ameaçador, está cinza-metálico, e o mar num tom escuro correspondente. Não é o dia ideal para se tomar sol, e é por isso que estamos na madeira quentinha do píer e não na areia fria. O sol que de vez em quando espia por entre as nuvens está quente, mas há um vento forte soprando do mar bem em cima de nós.

Emory despeja a pá cheia de água gelada na minha perna, me levando a dar um grito.

— Não, Em!

Ele sorri para mim, enfia a pá no balde e despeja outro filete gelado.

Viv se espreguiça, sonolenta, sua pele já ligeiramente dourada contrastando com a madeira cinzenta do píer, suas sardas discretas parecendo que alguém espanejou tinta no seu nariz. Nic as apelidou de "sua constelação" e vive fingindo descobrir novos formatos nelas, traçando-as com o dedo.

— Nic estava tão tenso depois do trabalho ontem. Tive que levá-lo à reserva das batuíras para... acalmar os seus nervos. — Ela estica os dedões, espreguiçando-se mais, e então segura o peito do pé, aumentando o alongamento com uma graça de bailarina.

— Hum-hum. Meu primo, o ornitólogo. Tenho certeza de que os binóculos trabalharam *muito*.

— Bom... lá é um lugar bastante afastado. — Um sorrisinho ligeiramente malicioso se sobrepõe ao que ela usa em público, doce e inocente. — Só Nic, eu e aquela fita de cena do crime que eles usam para impedir que as pessoas perturbem a estação de acasalamento das batuíras.

— Você, Nic e as batuíras dançando a dança mais velha do mundo. — Começo a dar risadinhas. Ela solta o pé e dá uma cutucada no meu quadril.

— A gente não pode dar um amasso no quarto que ele divide com vovô Ben e Emory. — Ela olha para a água verde-acinzentada em movimento, mordendo o lábio ceroso do protetor labial cor de cereja. A única coisa de que Nic se queixa em Viv é ser viciada em protetor labial e gloss com sabores. — De todo modo, eu devia estar ainda mais estressada do que Nic.

— Algum motivo especial? — Sem olhar para ela, enfio o dedo no balde de Emory, traço um círculo numa prancha de madeira e pressiono o dedo no centro como se fosse um brilhante, uma insinuação subliminar.

Ela respira fundo e abre a boca como se fosse dizer algo, mas torna a fechá-la.

— Só... ah, você sabe... o Al... torrando o meu saco por esquecer de ficar vendo se os copos d'água dos convidados estavam cheios, essas coisas.

Isso me faz pensar no comentário idiota do Spence sobre a "tradição da equipe".

— Nic te contou que...

— Nic sempre me diz pra ignorar o Al — diz Viv. — E tem razão. Meu padrasto é o típico coxinha. O que não quer dizer que eu tenha que ser igual a ele. Mesmo que algum dia eu chegue a assumir o bufê, quando ele e mamãe se aposentarem.

— E por falar nisso... — digo. —Você não é nenhuma vassala da Idade Média. Não *tem* que ser a herdeira do trono do Bufê Almeida. — Tornando a enfiar o dedo no balde, escrevo meu nome em cursivo. Emory me observa, e então começa a fazer curvas e círculos, sem formar nenhuma palavra.

Viv balança a cabeça, as rugas se desfazendo em sua testa.

— Ah, Gwenners, você me conhece. Não sou nenhuma nerd brilhante como você. Não estou dando a mínima para a faculdade. Parece uma perda de tempo, considerando as notas que eu tiro. É bom saber aonde vou, em vez de ficar me debatendo, procurando meu lugar no mundo. Eu tenho sorte. — Ela parece superanimada diante da perspectiva de passar o resto da vida organizando aquelas cestas de piquenique que chamamos de "Delícia Marinha" para passeios de barco e mariscadas na praia. Isso é que é legal na Viv: sempre que o Nic e eu cismamos que o copo está meio vazio, ela consegue, com seu jeitinho, fazer com que a gente veja que está meio cheio, e que o garçom vai aparecer a qualquer momento para enchê-lo até a borda.

— Além disso, sou ótima em matéria de organização. Basta ver o que fiz por Nic.

— É, você conseguiu mesmo fazer com que ele entrasse em forma. Pelo menos dez por cento das vezes ele consegue chegar na hora. Às vezes, até usando uma camisa limpa.

— Eu gosto dele sem a camisa — diz Viv.

— Guarde suas perversões doentias para si.

Ela ri, senta-se e puxa o cooler para perto, abrindo a tampa.

— Não tente fingir que é diferente de mim, amiga. Já te vi em muitas reuniões, e, apesar das outras coisas que você diz sobre Cass Somers, não pode negar os atributos dele nesse departamento. Aquele garoto é muito bem-dotado.

Fico vermelha. Viv na mesma hora se arrepende do que disse.

— Desculpe. Eu sei que você não quer falar nele. Pensar nele. Enfim.

— Só porque você e meu primo resolveram passar o resto da vida juntos, isso não significa que eu tenha que fazer isso — digo.

Viv ergue as sobrancelhas.

— Eu só estava dizendo que você nota quando um cara é bonito. Foi você quem pulou de "sem camisa" para "projetos de vida a dois". Interessante.

— Pode parar. Não transforme a mim e a Cass em você e Nic. Obviamente, não é o que está acontecendo.

— E o que seria, então...? — pergunta ela, enfiando a mão no cooler e fazendo uma careta. — Queijo de cabra? Não estou a fim. Será que alguma vez a gente *fica* a fim de queijo de cabra?

Tiro o cooler de suas mãos, vasculhando-o até encontrar os brownies embrulhados em papel laminado, e passo-os para ela. Viv põe a mão no coração, fingindo um suspiro de alívio.

— Talvez eu apenas não seja do tipo de garota que... — começo a dizer.

Ela balança a cabeça para mim.

— Ai, que saco. Para. Detesto quando você faz isso. Você não é como o Spencer Channing, com suas cinco garotas numa jacuzzi.

— Essa história é verdade? Porque, quando a gente para pra pensar, parece supertrabalhoso. O cara teria que servir uns salgadinhos, bater papo, dar um jeito de divertir as garotas que ficassem esperando enquanto ele estivesse ocupado com uma ou duas...

— Exatamente, para elas não irem embora, ou... abusarem do guardião da piscina por puro tédio — continua Viv, sorrindo.

— Pois é, o cara vai ficando cansado... — acrescento.

— Porque a coisa é muito mais trabalhosa do que ele esperou. — Ela suspira, espanejando migalhas de chocolate dos dedos.

— Dá um grande boato... — digo. — Mas a ação em si não é muito divertida.

Ela olha para as mãos e seu rosto fica sério.

— Por falar em ação... Gwen... você acha que Nic quer mesmo ir para a Guarda Costeira? Ou é só... uma fantasia escapista? Tipo passar o verão viajando pelo estado e pintando casas, quando ele estaria muito melhor ralando aqui, em Seashell. Você já viu as coisas que o pessoal da Guarda Costeira faz? Os caras são iguais aos SEALs. Se Nicky entrar na academia, a vida dele vai ser uma sucessão mirabolante de helicópteros e cordas de reboque. Por que ele não aceita um emprego mais prático, como o do Bufê Almeida?

Tento imaginar Nic entrando para valer no ramo dos arranjos florais e serviços alimentícios. É muito mais fácil imaginá-lo pendurado quinze metros acima de um mar turbulento durante um furacão.

Sou distraída por algo a distância no mar. Movendo-se. Subindo e descendo. Uma foca?

Não vemos muitas focas por aqui. O mar é agitado demais, gelado e imprevisível mesmo no auge do verão, e não temos muitas pedras. Endireitando as costas e franzindo mais os olhos, sigo o movimento. O que quer que seja desaparece debaixo d'água com uma agitação de espuma. Um corvo-marinho? Não, não tem pescoço comprido.

Dou uma cutucada em Vivien, que encostou o rosto nos joelhos e fechou os olhos.

— O que é aquilo? — pergunto.

— Ah, meu Deus, um tubarão, não!

Três anos atrás, um tubarão branco enorme foi visto no litoral de Seashell, e Vivie, que tinha ficado traumatizada com a Semana do Tubarão no Discovery Channel quando era pequena, passou a viver apavorada com o risco de se tornar a estrela do próximo episódio de algum programa sobre vítimas de mutilações.

Seja lá o que for, o troço volta a subir à superfície.

— Não tem nadadeiras — informo. — Além disso, está se movendo para cima e para baixo, não deslizando para frente de um jeito ameaçador, pronto para saltar em cima do píer e devorar você.

— Nem brinque com uma coisa dessas. —Vivien protege os olhos com a mão em concha. — Não é um tubarão. É só algum maluco que não se importa de ser *isca* de tubarão.

Ficamos observando em total silêncio, enquanto a cabeça contorna o quebra-mar, avançando em nossa direção. Agora posso ver os ombros bronzeados brilhando ao sol, os braços se movendo ritmicamente. Um homem. Ou um garoto.

— Hoje, Nic e eu fazemos quatro meses de namoro — diz Vivien, distraída, ainda olhando para o mar.

— Quatro meses? Doze anos, minha filha. Fui eu quem casei vocês quando tinham cinco anos.

Basta uma espiada nos olhos baixos de Vivien e no seu meio sorriso para eu entender. *Claro. Quatro meses desde que eles começaram a transar.*

— Nic vai me levar ao restaurante da Pousada Casa Branca. O que você acha que eu devo vestir? — Ela mesma responde: — Meu vestido de verão azul-marinho. Eu sei que Nic gosta dele. Não conseguia tirar as mãos de mim da última vez que o usei.

O nadador chegou ao píer e, enquanto o observo, ele desaparece, subindo a escada, e então, no último degrau, planta as mãos nas tábuas de madeira e gira as pernas para o lado, como fazem os ginastas olímpicos quando se apresentam no cavalo. Em seguida, ele se levanta, sacudindo os cabelos dos olhos.

— Oi... de novo, Gwen. Olá, Vivien. Como vai, Emory? — Cass olha para Em, e então para mim.

Emory sorri para ele antes de voltar a atenção para o balde d'água, agora quase vazio. Ele se inclina em direção ao mar e eu seguro o seu colete salva-vidas.

Vivien se endireita, abraçando os joelhos, observando o rosto de Cass, e depois o meu.

— Quer mais água? — Ele faz menção de pegar o balde, mas mantém a mão um pouco afastada, esperando que Emory se decida.

Em inclina a cabeça e empurra o balde pelo píer em direção a Cass. Fico observando o horizonte, um bando de corvos-marinhos secando as asas no quebra-mar. Depois de mergulhar o balde na água e tornar a enchê-lo, Cass para à minha frente, gotinhas d'água brilhando ao sol sobre o seu peito, e pingando dos cabelos e da parte de trás do calção em cima de mim. Ele aponta para o colete salva-vidas de Emory.

— Ele ainda está aprendendo a nadar?

— Ele não sabe nadar. Não tem a menor noção — digo, curta e grossa.

— Nunca teve aulas?

— Ele fez hidroterapia por um tempo quando era muito pequeno, na Associação Cristã de Moços, e ficou morto de medo. Nic e eu já tentamos ensinar, mas nunca deu certo. Eu... — me interrompo antes que acabe contando toda a história da vida de Emory.

— Aposto que eu consigo ensinar a ele — diz Cass, com naturalidade. — Trabalhei num curso, o Mão Amiga, como professor assistente, no ano passado. Meu trabalho era justamente esse, ajudar os... — faz aspas no ar — "nadadores relutantes".

Olho para ele com os olhos franzidos.

— Você acha que vai ter tempo de fazer isso? O pessoal da ilha não dá descanso ao faz-tudo. Só a Velha Sra. Partridge sozinha já vale por um emprego em tempo integral.

Cass abre um sorriso, mostrando as covinhas fundas. Contenho o estranho impulso de enfiar os dedos nelas.

— Ela me ligou no fim do dia, na sexta, para dizer que eu tinha feito tudo errado no jardim dela. De novo. Que era para ter sido feito "verticalmente". Mas você estava lá, não estava? *Não foi* o que ela disse.

— Ela vai mudar as instruções todas as vezes. É isso que a Sra. Partridge faz com o José da vez. Você vai se acostumar.

— "O José da vez" — repete Cass, pensativo. — Não sei se estou a fim de ser o "José da vez". Parece o "prato do dia". — Ele volta a tirar os cabelos dos olhos, espalhando gotas em mim, e então abaixa a voz. — Só comecei há dois dias, ainda estou pegando o ritmo das coisas por aqui, aprendendo os macetes... sabe como é. Mas este lugar ficou... meio doido, não acha?

— Sempre foi, Cass. — Protejo os olhos e dou uma espiada nele por entre a cerca dos dedos.

— Não é do jeito que eu me lembro. Quer dizer, claro que sempre houve pessoas como a Sra. Partridge gritando com a gente para sair do gramado e não empinar a bicicleta no quebra-molas.

— Não pessoas *como* ela, e sim ela propriamente dita. Ela é uma tradi... — me interrompo, engolindo em seco. — Ela está em Seashell há séculos.

— É mesmo? Não tenho a menor lembrança dela. E ela também não parece se lembrar de mim.

Como se tivesse sido ontem, revejo Cass aos oito anos de idade, saltando deste mesmo píer em mil tardes de verão com o céu escuro como o de hoje — as espáduas esguias, as pernas compridas e desengonçadas, os cabelos finos e despenteados ao vento, os cotovelos esfolados, os joelhos arranhados pelas cracas. Não é exatamente o que está diante de mim agora. Toda essa pele morena...

—Você mudou um pouco.

Emory escolhe esse momento para despejar mais água fria no meu maiô.

Os lábios de Cass se torcem e ele abaixa a cabeça como se quisesse dizer alguma coisa, mas muda de ideia.

— Mas falando sério... Parte do meu trabalho é varrer a praia. Dia sim, dia não — continua. — Tirar as pedras e a as algas durante a maré baixa. O que é uma besteira, porque volta tudo com a maré cheia.

— Ah, pois é! — digo. — Uma loucura! Fico imaginando como é ser rico a ponto de se esperar que a natureza colabore. Achando que basta contratar alguém para dar um jeito...

Assim que digo isso, me sinto estúpida. *Lembre-se de com quem está falando, Gwen. O príncipe herdeiro da Veleiros Somers.*

— Olha, por que a gente não tenta uma aula e vê o que acontece? Vai que dá certo?

Emory joga um pouco de água na perna de Cass, que escorre pelos músculos da panturrilha. Fecho os olhos, abro-os e vejo Cass observando meu rosto com atenção.

— Você quer dizer, em troca das aulas particulares? — me apresso a perguntar.

— Não — responde ele. — Esse seria um acordo totalmente separado.

— Que aulas particulares? — intromete-se Vivien, me dando um olhar de "você não me contou!". Que eu devolvo com juros e correção monetária. No meu caso, estamos falando de algumas tardes de verão. No dela, do compromisso de uma vida inteira.

— Gwen concordou em me ajudar a me recuperar em inglês. — Ele pega o balde de Em, que está vazio de novo, dirigindo-se à escada para enchê-lo. O que faz com que sua voz saia abafada quando ele acrescenta: — Você não pode ficar empurrando isso com a barriga a vida inteira, Gwen. Nós precisamos bolar um esquema.

Ele volta a subir a escada, entrega o balde a meu irmão e fica parado por um segundo, olhando para mim.

— Tipo assim, na sua casa ou na minha?

Ouvimos uma buzinada no estacionamento. As sobrancelhas de Viv se erguem.

— Tenho que ir. Me avisa onde vai ser, tá? — Ele passa por mim, pegando uma toalha vermelha que eu não tinha notado nas pranchas do píer. Estende a toalha contra o vento, enrolando-a em volta da cintura, e então diz, sem se virar: — E decide se vai querer as aulas de natação. Posso não ser nenhum gênio em literatura, mas *isso* eu sei fazer.

Tudo bem, confesso que fico olhando enquanto ele se afasta. Por toda a extensão do píer, e em seguida para o estacionamento da praia, onde o conversível de Spence Channing espera, em ponto morto, como um tubarão prateado. Há quanto tempo estará ali?

Um assovio longo e baixo, e Vivien abana o rosto, depois o meu.

— Ufa. Está quente aqui ou é impressão minha?

— Isso vai durar o verão inteiro. — Abro o cooler, dou uma olhada e finalmente tiro uma barra de granola para Emory, em vez de... uma lata de sardinhas ou um melão. — Que é que eu vou fazer?

— Sabe aquele seu plano de evitar o Cass custe o que custar? Não sei se ele concordou. — Vivien inclina a cabeça, olhando para o estacionamento, enquanto o carro dá marcha a ré e avança, rápido demais, naturalmente, porque é Spence, e as regras não se aplicam a ele. — Quem sabe você não deveria dar outra chance ao cara?

— Foi você quem me disse para tomar cuidado!

— Eu sei. — Ela encolhe os ombros, tremendo um pouco, quando outra brisa fria volta a soprar do oceano. — É que talvez... você esteja tomando cuidado com as coisas erradas.

Capítulo Doze

Mamãe se dirige a mim e a Nic quando já estamos de saída na manhã de segunda.

— A Sra. E. falou com que frequência vai te pagar, Gwen? Seria bom se eu soubesse se vai ser toda semana ou de quinze em quinze dias. E quanto a você, Nico? Marco e Tony ainda te pagam por serviço prestado? E o Almeida te adiantou uma parte no fim da noite ou...

Nic e eu nos entreolhamos. Ninguém merece essa enxurrada de perguntas logo cedo de manhã.

— Como sempre, tia Luce. Eles mandam a conta para as casas, e os moradores mandam os cheques. Mas o Sr. Almeida me pagou. — Ele dá um pulo no quarto e volta com um maço de notas presas por um elástico. — O seu também está aqui, Gwenners.

Estendo a mão, mas mamãe é mais rápida. Ela pega as notas e começa a contá-las, seus lábios se movendo enquanto soma os valores em silêncio. Por fim, balança a cabeça, satisfeita, divide cuidadosamente o dinheiro em três partes, devolvendo uma a Nic, dando outra para mim e guardando o resto na bolsa.

— Alguma coisa errada, mãe?

Ela pisca depressa, o que, se estivesse jogando pôquer, a entregaria.

— Nada — diz finalmente.

— Tem certeza, tia Luce? — pergunta Nic, dando tapas nos próprios ombros. — Ombros largos. Pronto para ouvir. O homem da casa, etcétera e tal.

Mamãe faz uma festinha nos cabelos dele.

— Não se preocupe, Nico.

Quando ela sai, Nic e eu só precisamos nos entreolhar uma vez.

— Droga, que será que houve agora? — pergunta ele.

Balanço a cabeça.

— Se ela começar a lavar para fora, vamos saber que alguma coisa está acontecendo.

Lavar roupas para fora foi o que ela fez no inverno passado quando o aquecedor pifou, o freio do Ford Bronco precisou de um conserto e Emory de um salto ortopédico em um dos sapatos, porque uma de suas pernas é ligeiramente mais curta que a outra. Vovô Ben também começou a passar mais tempo no salão de bingo, aperfeiçoando seus talentos de craque do baralho.

— Merda. — Nic esfrega a testa. — Não quero pensar nisso. Só quero pensar em comida, sexo, natação, sexo, levantar pesos e sexo.

— Como você é eclético. — Bato no seu ombro com uma caixa de sucrilhos.

— Não preciso ser eclético — diz ele, a boca cheia de macarrão que sobrou da noite passada. — Nem você. E prima... não vai me dizer que você não pensa nisso.

— Não penso nisso — respondo, resoluta, tentando me concentrar ao máximo em despejar leite nos meus sucrilhos.

Nic solta um bufo.

Levantamos os olhos quando a porta de tela se abre com um rangido, e vemos papai. Ele parece furioso e, por um segundo, fico com medo de que tenha ouvido nossa conversa. Não é uma história de que ele precise tomar conhecimento.

Mas então ele solta sua velha sacola cáqui de roupas sujas no chão, chutando-a com um dos pés até uma parede lateral.

— Essa porta de tela está toda quebrada — resmunga, em tom de censura.

Nic fixa os olhos em papai, e então volta a prestar atenção nos movimentos regulares de seu garfo.

— E o degrau mais alto da varanda também está caindo de podre — continua papai. — Você precisa consertá-lo, Nicolas. Como eu te disse da última vez, Ben pode acabar afundando o pé nele. Ou Emory, no estado em que está. Um homem tem que tomar conta da família.

— Ou dar uma banana pra ela — resmunga Nic, sem levantar os olhos do celular, onde agora escreve uma mensagem. Vovô Ben, recém-saído do banho no chuveiro do quintal, entra com um raminho de lavanda na mão para pôr debaixo do retrato de vovó e lança um olhar de advertência para Nic, balançando a cabeça. Papai é um pouco surdo de um ouvido, mas não imune ao seu tom.

— O quê? — pergunta, enfiando o dedo indicador no ouvido. — O que foi que você disse?

— Eu disse que vou cuidar disso, tio Mike. — Nic leva a última garfada de macarrão à boca.

— Eu te pedi para fazer isso no mês passado, Nico. — Papai volta a pegar a sacola e despeja sua roupa suja no chão da cozinha, ao lado da máquina de lavar embutida no armário. — Um homem tem que tomar conta dos seus.

Meu primo afasta a cadeira, arranhando o chão, joga os ombros para trás, espreguiçando-se, e então solta o prato dentro da pia.

— Vou trabalhar. Depois, vou para a casa da Viv. Mais tarde tô aí. — Dirige os olhos apenas para mim e vovô.

— Foste duro demais com o garoto, Mike — sentencia vovô durante o silêncio que se segue ao som da porta de tela sendo batida.

— Ele não é mais um garoto. Devia estar pensando primeiro em ganhar a vida, e não em ganhar músculos. — Papai aponta para os halteres de Nic. — Onde é que está Luce?

— Onde é que ela sempre está? — Conseguindo parecer digno apesar da toalha enrolada na cintura, vovô se dirige à geladeira, pega um grapefruit e o coloca na tábua de cortar. — Ela está a trabalhar.

Sobrancelhas se abaixando, papai olha fixamente para ele, mas o rosto de vovô está tão inocente como os querubins pintados no teto da igreja de Santo Antônio.

— Pega um martelo e o vidro de cola de carpinteiro, vou consertar aquela porta agora mesmo — diz papai.

— Por que não está atrás de *mim* para fazer isso, pai? A capacidade de bater com um martelo num prego não é exclusiva do cromossomo Y.

— Como eu disse, esse é um dever do homem da casa.

Vovô se empertiga todo, pigarreando.

— O homem *mais jovem* da casa. O senhor já consertou muitas portas, Seu Ben. Ninguém está negando isso. — Papai vai pegar o martelo que tirei da caixa de ferramentas no armário da cozinha.

Ele conserta a porta em uns vinte segundos — que bom para ele, porque tem o prazer de batê-la quando sai alguns minutos depois.

O que foi isso? Nem sei quem provocou mais quem. Vovô Ben dá um tapinha no meu ombro.

— Precisas ser mais gentil, Guinevere. Quando Mike tinha a idade de Nico, já era dono de um restaurante e estava prestes a ser pai.

Seus olhos castanho-escuros parecem velhos, lacrimejantes, carregados de dor.

— Depois, com dois miúdos, não teve muito tempo de pintar o sete.

Sei que todo mundo pensa que filhos de pais divorciados têm a esperança secreta de que os pais voltem a se apaixonar e fiquem juntos. Mas eu nunca tive. A partida de papai tirou a tensão elétrica da casa, como um fio desencapado que pode até ser inofensivo, mas também te dar um choque violento se você tropeçar nele. Vovô Ben, mamãe, Nic, eu e Em... vivemos em paz. É fácil ser gentil.

A casa da Sra. Ellington está estranhamente silenciosa quando chego. Bato na porta, hesitante, dizendo "olá?", mas não recebo qualquer resposta além de silêncio. Será que devo apenas entrar?

Depois de passar vários minutos batendo, tiro os sapatos e me dirijo à cozinha. A chaleira está apitando no fogão e há pratos postos na mesa para o café da manhã, uma cadeira puxada para trás. Mas nenhum sinal da Sra. E.

Ela não está na varanda. Nem na sala, ou em qualquer dos cômodos do primeiro andar. Estou começando a entrar em pânico. É meu primeiro dia, e já perdi a minha patroa. Será que ela se mandou para a praia sozinha? Cheguei bem na hora... ela não deveria estar me esperando?

Nesse momento, escuto um estrondo no andar de cima e um gemido.

Subo a escada de dois em dois degraus, meu pânico aumentando com a velocidade, chamando o nome da Sra. E.

— Estou aqui, querida — diz ela de um quarto nos fundos da casa, acompanhando suas palavras por algo que soa como um palavrão abafado.

Entro correndo no quarto e a encontro esparramada no chão, diante da porta aberta de um armário enorme, coberta de vestidos, saias e blusas. Ao me ver, ela me cumprimenta com um aceno, dando de ombros, constrangida.

— Guinevere, para ser cem por cento franca, não gosto nem um pouco de estar incapacitada! Eu estava tentando alcançar meu chapéu de praia com a bengala, quando perdi o equilíbrio e derrubei metade do armário em cima de mim. Só por tentar alcançar aquele chapéu. Como vou conseguir vestir meu maiô, não posso nem imaginar. E minhas amigas vão estar aqui a qualquer momento.

Seguro sua mão, tentando puxá-la de pé, mas ela está vacilante demais para que isso dê certo. Finalmente, sou obrigada a pôr as mãos debaixo de seus braços e levantá-la.

— Minha nossa — murmura ela, oscilando —, mas que transtorno. Desculpe, Gwen querida. Que vergonha!

Garanto a ela que não tem problema e, mancando, ela caminha lentamente até um sofá verde e branco num canto do quarto. Caminho atrás dela, o que é complicado, porque ela para toda hora, me levando a esbarrar nas suas costas três vezes durante essa curta distância. Felizmente, ela dá um risinho baixo, em vez de se zangar ou levar outro tombo e fraturar o fêmur. Chegando ao sofá, ela se senta pesadamente, fazendo uma careta e girando o tornozelo, empurrando para o lado um grande estojo em couro verde. Está aberto, revelando algo que parece uma mistura da gaveta de miudezas de minha casa com *Piratas do Caribe* — uma barafunda completa de anéis de brilhantes, colares de pérolas, correntes de ouro, pulseiras de prata, broches de coral, um colar de esmeraldas. Não posso deixar de notar um diamante enorme, tão grande e quadrado, de uma transparência tão luminosa, que chega a parecer um cubo de gelo. O troço é do tamanho de um bonde. Eu teria medo até de tocar nele. Como será a pessoa estar tão habituada a ter coisas de valor incalculável que nem se dá ao trabalho de organizá-las com cuidado sobre o forro de veludo, apenas as atirando como fazemos com aquele caos de canetas que não escrevem, anúncios de restaurantes, lanternas, cachimbos velhos de vovô Ben e super-heróis de plástico com que Emory não brinca mais?

A Sra. E. solta outro gemido, esfregando o tornozelo, com uma careta.

— Quer que eu pegue gelo para o seu tornozelo? Ou alguma coisa para pôr debaixo dele? A senhora está bem?

Ela dá um tapinha no meu rosto.

— A única coisa que está ligeiramente torcida é a minha dignidade, mas vou me recuperar. Meu armário está precisando muito mais de ajuda do que eu... — Ela meneia a bengala em direção às roupas caídas no chão. — Será que você me faria essa caridade?

Pendurar suas roupas no armário é como fazer uma viagem no tempo — são mil vestidos de lantejoulas, estampas psicodélicas da década de setenta, tubinhos que Audrey Hepburn poderia ter usado em *Bonequinha de Luxo*, tailleurs acinturados com saias godê, pantalonas boca de sino... Obviamente, a Sra. E. jamais se desfez de uma única peça. Tenho uma breve imagem mental dela experimentando todas essas roupas diante do espelho, como uma garotinha idosa brincando de se produzir. Quando finalmente penduro a última peça, dou meia-volta e me deparo com ela totalmente nua.

Antes que possa me conter, solto um gritinho. A Sra. E., que estava curvada para frente, pegando algo no chão, vacila e quase cai. Corro para equilibrá-la, mas não sei onde segurar. Felizmente, ela se apoia no braço do sofá, enquanto agito as mãos às suas costas, inutilmente.

— Gwen querida — diz tranquilamente, estendendo o pulso, do qual pende um maiô preto. — Sinto muito, mas vou precisar da sua ajuda.

Não foi assim que imaginei o meu primeiro dia de trabalho. De repente, virar hambúrgueres na frigideira, salpicar confeitos e fritar camarões me parece um paraíso. Ou arrancar ervas daninhas. Ou simplesmente afanar um dos cortadores de grama e dar o fora dessa ilha.

— Feche os olhos, querida — diz a Sra. E. num tom meio impaciente, talvez percebendo que estou me preparando psicologicamente. Seus olhos parecem tristes.

Fecho os olhos bem fechados, e na mesma hora me dou conta de que tenho que ver o que estou fazendo para poder vestir lycra preta numa octogenária com um pé quebrado e uma bengala.

Bem, confesso que não me sinto totalmente à vontade com o meu próprio corpo. Quem se sentiria, tendo Vivie, a chefe de torcida, como melhor amiga? Quando a sua tarefa na escola é cronometrar o tempo de um bando de garotões sarados de calção? Quando a sua mãe passa o tempo todo dizendo coisas do tipo "isso foi antes de eu virar uma baleia"?

Mas esse momento com a Sra. E. leva a consciência corporal a um novo nível.

Estou curvada para frente, puxando o maiô por suas panturrilhas flácidas, cobertas de varizes, quando ela solta um gemido.

— Estou machucando a senhora? — Ah, meu Deus. Eu devia ter ficado na Castle's, devia ter ido lavar privadas com mamãe, devia ter...

— Não, não, minha querida, é que, depois de uma certa idade, a gente mal se reconhece. Principalmente quando está nua. É um pouco como o retrato de Dorian Gray, se ele fosse mulher e usasse maiô.

— U-huuu! — chama uma voz no andar de baixo.

— Devem ser minhas amigas — diz a Sra. Ellington, um pouco ofegante, enquanto puxo o maiô sobre seus quadris. — Vá abrir a porta para elas. Acho que posso terminar de me vestir sozinha.

Abro a porta e encontro a Sra. McCloudona, como ela é sempre chamada em Seashell (sua nora é a Sra. McCloudinha), Avis King, a Sra. Cole, como sempre segurando seu cachorrinho Phelps como uma bolsa, e, para minha surpresa, Beth McHenry, que trabalhava com mamãe fazendo faxinas até se aposentar. Todas estão usando chapéus de palha, óculos escuros e maiôs. Entre elas, nada de cangas ou sarongues, apenas maiôs com estampas florais vistosas e saias, peles sardentas que já apanharam muito sol, rugas e o que mamãe chamaria de "pelancas". Não imaginei que meu dia incluiria tantas octogenárias em trajes de banho, mas até que é legal ver tudo isso sendo exibido com tanto orgulho. Geralmente eu enrolo uma toalha na cintura quando estou de biquíni em público. Avis King, que tem o porte de um iceberg — cabeça pequena, um corpo cada vez maior —, é a primeira a entrar, determinada.

— Onde está Rose? — grunhe, sua voz parecendo a de um barítono com bronquite. — Não me diga que ela ainda está dormindo! É maré alta, e o tempo está perfeito. — Ela me lança um olhar crítico de alto a baixo. — A filha de Lucia, não? A que foi contratada para ser a zeladora dela neste verão. Um desperdício ridículo de dinheiro, se quer saber a minha opinião.

Zeladora?

— Olá, Gwen! — diz Beth McHenry, sorrindo para mim, e então franze o cenho para Avis King. — Por Deus, Avis. Rose teve uma concussão há apenas uma semana. Henry só está sendo cuidadoso.

— Que besteira. Só porque Rose tem alguns lapsos de memória e machucou o pé! — protesta a Sra. McCloudona. — Na semana passada, por duas vezes eu procurei meus óculos de leitura que estavam na minha cabeça, e guardei as chaves do carro numa caixa de biscoitos. Mas para *mim* é que ninguém vai contratar um cão de guarda!

— Gostaria de vê-los tentarem — murmura a Sra. Cole, com sua voz meiga.

— Mas isso é típico de Henry Ellington. Igualzinho ao pai. Em vez de vir cuidar da situação pessoalmente, contrata outras pessoas. — Avis King balança a cabeça. — Mas como é que você pode saber se a empregada é boa, a menos que olhe nos olhos dela e a entreviste pessoalmente? Qualquer idiota sabe disso.

Empregada? De repente, meu short e camiseta cinza se transformam em um daqueles uniformes pretos com aventais brancos de babadinhos que as criadas usam nos filmes de vovô Ben. Resisto ao impulso de fazer uma reverência.

Nesse momento, escuto a Sra. Ellington descendo as escadas, as batidas surdas da bengala se alternando com os passos arrastados, e me apresso a ir ao seu encontro, mas, antes de chegar, ela aparece diante da porta, sorrindo para as amigas.

— Que tal irmos andando, meninas, antes que a maré mude? Vem, Gwen!

Depois da praia, as senhoras se separam, a Sra. E. almoça e dá uma descansada. Então, ela me pede que leia um livro para ela, e me entrega — juro por Deus — uma bomba chamada *O Sultão Sem-Vergonha*.

Pois é. Apesar de tudo que a casa dos Ellington possa ser, calma, tranquila, bem arrumada, lucrativa... pelo visto, não vai ser um refúgio dos músculos superdesenvolvidos e torsos seminus que decoram a maioria dos livros da minha casa.

Mas pelo menos não tenho que ler em voz alta para mamãe.

— "Então ele a possuiu, como um homem só possui uma mulher pela qual ele anseia, suspira e palpita" — leio em voz baixa.

— Fale mais alto, menina. Não estou ouvindo uma palavra do que você diz.

Ah, meu Deus. Já estou quase gritando as palavras, que saem mais altas do que o cortador de grama roncando no gramado da frente. A qualquer momento, Cass pode contornar a parede e me encontrar suspirando e palpitando.

Leio a próxima frase num tom ligeiramente mais alto, e então torno a parar quando o cortador é desligado.

A Sra. Ellington faz um gesto impaciente.

— Por favor! Não pare!

Isso parece uma frase saída do livro. Continuo, determinada:

— "Com cada movimento de suas mãos habilidosas, ele a levava mais alto, com mais calor, com mais força..."

— Só com as mãos? — reflete a Sra. E. — Eu tinha a impressão de que havia outros recursos envolvidos. Continue.

Será que acabo de ouvir o som da porta lateral da garagem se abrindo e fechando? Não, estou ficando paranoica.

— "Ondas de êxtase como Arabella jamais sonhara existirem se espalhavam pelo seu corpo arrebatado de prazer, enquanto o sultão se movia com habilidade cada vez maior, cumulando as suas curvas macias com o seu talentoso..."

Alguém solta um pigarro alto.

A Sra. E. dá uma olhada na porta da varanda com um sorriso de expectativa, que se alarga ainda mais à vista da figura que está lá parada.

— Meu querido menino! Não sabia que você vinha.

— É... — responde uma voz de homem. — Pelo visto, não sabia mesmo.

Capítulo Treze

Fecho os olhos, esperando/torcendo para literalmente morrer de vergonha. Mas a voz grossa e forte não é de Cass.

E sim de um homem de meia-idade usando um suéter de cashmere azul-claro com decote em V e uma calça cáqui com vincos. Ele dá mais alguns passos pela varanda, com ar de tranquila autoridade. Será que vou ter que explicar o que estava lendo, ou devo só fingir que nada aconteceu, lá-lá-lá?

Não faço ideia de quem ele seja, até que ele me observa com os penetrantes olhos castanhos da Sra. Ellington.

Henry Ellington. De quem mal me lembro, e que acaba de me pegar lendo um livro quase pornográfico para a sua mãe idosa.

Ele se abaixa para dar um abraço na Sra. E.

— Tive uma reunião em Hartford hoje de manhã. Só tenho alguns minutos antes de ter que voltar à cidade para mais uma, mas queria te fazer uma visitinha.

— Meu pobre filho, você trabalha demais. — Ela dá um tapinha no rosto dele. — Até quando passa as férias aqui. Não consigo imaginar como alguém pode pensar em números e balancetes e na bolsa de valores com o mar a apenas alguns metros.

— Talvez seja porque eu quase nunca tiro férias.

Eu me levanto, coloco *O Sultão Sem-Vergonha* discretamente sobre a mesa com a capa virada para baixo ao lado do balanço e me esgueiro de fininho para a porta de tela.

— Sra. Ellington, vou deixar vocês a sós para... hum... porem as notícias em dia. Vou só...

Henry imediatamente se endireita e estende a mão.

— Guinevere?

— Pode me chamar de Gwen.

— Gwen, então. — Ele estende o braço em direção a uma das poltronas de vime. — Por favor, sente-se, fique à vontade. Você se parece com a sua mãe. Tenho certeza de que deve ouvir isso o tempo todo. Uma bela moça.

Seco as mãos no shortinho, que de repente parece mesmo *muito* curto, ainda mais quando vejo Henry Ellington dar uma espiada rápida nas minhas pernas, logo desviando os olhos.

— Mãe — diz ele de repente —, você faria a gentileza de me deixar a sós com Gwen por um momento?

Pisco, mas a Sra. Ellington não parece nem um pouco surpresa.

— Certamente, meu querido filho — diz, pegando a bengala. — Vou ficar no salão.

Ao ouvir os passos lentos e as pancadas da bengala enquanto ela se afasta, sinto que perdi uma aliada. Henry me lança um olhar sombrio por baixo das sobrancelhas baixas.

— Hum... o livro... foi sua mãe quem escolheu. Eu não teria escolhido. Não leio esse tipo de coisa. Bem, não muito, pelo menos. Quer dizer, às vezes a gente precisa... isto é... Quer dizer, não que haja algo de errado com esse tipo de livro, na verdade eles dão autonomia às mulheres e...

Ele me interrompe com a mão levantada e um esboço de sorriso.

— Eu conheço muito bem o gosto literário de minha mãe, acredite. Não precisa se preocupar com *isso*.

Seu tom é inexpressivo. Tento interpretar a última frase. Com *o que* preciso me preocupar, então?

Ele se recosta no balanço, olhando para a Pedra da Baleia. Leva a mão à testa e a desliza até o alto do nariz, apertando-o entre o polegar e o indicador.

— Estamos muito gratos, meus filhos e eu, por você estar disponível para cuidar dela. Mamãe sempre foi muito ativa. É difícil para ela aceitar que as coisas mudam. Aliás, é difícil para todos nós.

Não sei dizer se ele está simplesmente expressando seus pensamentos ou se espera que eu dê alguma resposta.

— Fico feliz por ajudar — é tudo que me ocorre dizer.

E espero que continue, mas ele não faz isso, ainda olhando para as ondas que cobrem o topo da Pedra da Baleia — maré alta —, onde um corvo--marinho inclina as asas escuras para secá-las.

Por fim, acabo olhando também — para o gramado que se estende até os arbustos de ameixa-da-praia, dividindo-se para abrir caminho à trilha de areia que segue rumo ao mar. E também para Cass, que está ajoelhado, arrancando com as mãos as ervas daninhas do caminho de pedras, a uns dez metros da varanda. Agora, ele está usando uma camisa — será que é mesmo cor-de-rosa? — que se cola às suas costas no calor. Fico vendo os músculos de suas costas se flexionarem.

Após alguns minutos de desconfortável silêncio, Henry parece finalmente voltar de algum lugar distante, pigarreando.

— Bem, hum, Guinevere, me fale um pouco de você.

Flashback da minha conversa com a Sra. E. Sinto uma horrível coceira familiar, como se estivesse para soltar um espirro, mas muito pior — uma sensação de terror em relação à minha incapacidade de controlar impulsos. Como naquelas horas em que está o maior silêncio na igreja e o seu estômago começa a soltar altos roncos, ou você sente que não vai conseguir conter um arroto. Cravo as unhas na palma da mão, enfrentando os olhos de Henry, e tento desesperadamente dar respostas apropriadas às perguntas banais sobre coisas como a escola, os projetos profissionais, se pratico algum esporte, sem revelar que a minha mais notável proeza até agora parece ter sido a de me tornar a tradição de uma equipe de natação.

Henry finalmente para de me fazer perguntas. Dá mais uma olhada nas minhas pernas, e então volta a observar o mar. Acima dos arbustos, Cass passa o braço na testa e a palma da mão na parte de trás da calça, deixando nela uma mancha de sujeira. Conto uma, duas, três ondas quebrando no topo da Pedra da Baleia.

Então, Henry se inclina para frente, sua mão tocando meu ombro com certa força.

— Preste muita atenção — diz. Até agora ele ficou se remexendo no balanço, com um ar constrangido e pouco à vontade. Nesse momento, seus olhos perfuram os meus, no auge da concentração. — Isso é fundamental. Minha mãe precisa que a regularidade de sua rotina seja respeitada. Sempre. Gostaria de poder *confiar* que você vai dar o café da manhã dela à mesma hora todos os dias, fazer com que ela respire ar fresco, coma bem e dê uma dormida à tarde. Foi à noite que ela levou o tombo, depois de passar o dia inteiro sem descansar. Ela conseguiu se arrastar até o telefone, mas estava muito confusa. Se um dos vizinhos não tivesse aparecido... — Ele esfrega o queixo. — Se você deixar, mamãe continua acordada indefinidamente.

Preciso ter certeza de que ela vai descansar religiosamente de uma às três da tarde.

—Vou cuidar disso, Sr. Ellington. Hum... senhor. — Na verdade, ela não é muito diferente de Em... ele também fica de um lado para outro até não aguentar mais, e aí fica desorientado e exausto. Embora eu duvide muito que "A Dona Aranha subiu na parede" e a música do Ursinho Puff vão funcionar com a Sra. E.

Ele abre um sorriso igual ao da mãe, incongruente num rosto que parece ter nascido sério.

— Você parece ser uma moça ajuizada. Imagino que sua vida a tenha tornado uma pessoa prática.

Não sei bem o que ele quer dizer, por isso não faço ideia do que responder. No interior da casa, as batidas da bengala da Sra. E. se aproximam da porta de tela.

— Posso sair agora, querido filho?

— Só mais uns minutos. Estamos quase acabando — responde Henry. As batidas se afastam. Percebendo minhas sobrancelhas erguidas, ele diz: — Não quis conversar sobre a fragilidade de mamãe na frente dela. Ficaria constrangida... e zangada.

Ainda de costas para nós, Cass se levanta e se espreguiça, revelando uma faixa de pele bronzeada na cintura. A camisa, que agora vejo que é mesmo cor-de-rosa, se cola ao seu corpo. Ele faz sombra aos olhos e observa o mar por um momento. Sonhando em dar um mergulho e nadar para além da Pedra da Baleia? Eu, pelo menos, estou. Então, ele volta a ficar de joelhos e continua a arrancar ervas daninhas.

— Mais uma coisa que você precisa saber. — A cabeça de Henry está baixa, e ele fica mexendo num anel de ouro com o brasão da família no dedo mindinho. — Tudo na casa foi inventariado.

No começo, esse comentário soa totalmente aleatório.

Como se ele tivesse dito: "Mandamos avaliar o retrato de papai."

Coisa de gente rica, que não significa nada para mim.

Tudo foi inventariado, portanto nem pense em pôr no bolso qualquer um dos nossos tesouros de família.

— Cada colher. Cada anel de guardanapo. Cada quebrador de lagostas. Só para você ficar sabendo — continua. — Achei que devia tomar conhecimento desse fato.

Cass torna a se levantar, tirando os cabelos da testa, naquele gesto típico do time de natação, e então se ajoelha de novo.

Será que Henry Ellington acabou mesmo de dizer isso?
Um calor se espalha pelo meu corpo, os músculos se retesam.
Respira fundo, Gwen.
Ele parece estar esperando que eu diga alguma coisa.
Sim sinhô, num se pode deixá nós pobre botá os zôio nas prataria.
Fecho os olhos. Isso não tem a menor importância. Não é nada. Esquece. Deus sabe que eu já deveria estar acostumada a Seashell. Quando ajudei mamãe a fazer faxina na casa da Velha Sra. Partridge há alguns anos, a Sra. P. me levou até um canto e disse: "Maria, só para você saber, vou verificar o nível de todas as garrafas de bebidas depois." Mas Henry deveria saber. Mamãe é tão honesta que, quando encontra moedas espalhadas numa escrivaninha ou numa cômoda que precise espanar, escreve um bilhete dizendo que as tirou, passou o espanador embaixo e as colocou de volta, e ainda menciona a quantia exata. Mesmo que sejam quatro centavos.

É só um emprego. Ponha-se no seu lugar, receba o ordenado e cale a boca. As histórias — ou problemas, seja lá o que for — das outras pessoas são só delas.

No entanto, por mais que eu tente reprimi-los, o constrangimento e a raiva ardem no meu peito. Minha vontade é dizer a ele onde pode enfiar o seu quebrador de lagostas. Mas então escuto as batidas lentas da bengala da Sra. E. avançando pela cozinha. A interrupção na alternância entre as pancadas e o pé machucado. Os tinidos leves da louça que ela tira do armário, em sua determinada independência. Umedeço os lábios, que de repente parecem secos.

— Eu entendo.

Henry me dá um sorriso ligeiramente sem graça.

— Que bom. Estamos todos gratos pela sua ajuda. — Ele estende a mão e, depois de hesitar, eu a aperto. Ele me dá um cartão com números de telefone, explicando que o primeiro é do seu escritório, e que devo avisar sua secretária que "é sobre a sua mãe" se houver algum problema.

— O segundo é do meu celular pessoal. Só ligue para esse em caso de emergências graves.

Prometo não ligar para jogar conversa fora (não exatamente nesses termos). Henry espaneja as mãos como se ele, e não Cass, tivesse lidado com terra, e dá uma última olhada no mar.

— Este lugar é lindo — diz com voz suave. — Às vezes acho que o único jeito de conseguir ir embora é me esquecendo disso.

No instante em que ele bate a porta, afundo no balanço, olhando para as gaivotas que se atiram no mar feito bombas, fecho os olhos e respiro fundo, tentando deixar que o rugido familiar das ondas me acalme e concentre.

— Mas que diabo foi *isso*? Pelo amor de Deus, Gwen! — Cass encosta a palma da mão numa das colunas da varanda, os músculos do queixo contraídos.

Me endireito, passando de um momento constrangedor para outro, meu rosto ardendo. Será que esse garoto tem que presenciar cada humilhação que eu sofro? Ou pior, será que tem que *participar* delas? Ele *ouviu tudo*. Assim como ouviu meu diálogo com o Alex... e ficou sabendo de tudo que aconteceu com o Spence. Para não falar no que aconteceu com o próprio Cass. Engulo em seco.

— Eu preciso desse emprego — digo, tanto para mim mesma quanto para ele. Fico em silêncio. As sobrancelhas escuras de Cass se juntam.

— Ele te tratou como uma empregada. E uma empregada desonesta. Ninguém precisa de um emprego tanto assim.

Embora Cass tenha dado duro, o suor umedecendo seus cabelos, a grama grudada nos joelhos, a mancha de sujeira na testa onde deve ter tirado o cabelo dos olhos, ele ainda está *tão* bonito. Toda a raiva que não demonstrei diante de Henry volta num jorro férvido.

— É aí que você se engana, Cass. *Eu* preciso desse emprego, sim. E assim como *eu* preciso, todo mundo que trabalha em Seashell também precisa. Inclusive os garotos que moram na ilha e que perderam o emprego de faz-tudo porque o seu paizinho resolveu comprar o emprego para você, só para te dar uma Lição de Vida.

Ele crava um olhar furioso em mim.

— Vamos deixar o meu pai fora disso. Estamos falando de você. Não consigo acreditar que você ficou aí sentada, engolindo tudo que ele disse calada.

— Você não está na ilha há muito tempo. Ainda não conhece o seu lugar. Engolir tudo calados é o que nós fazemos aqui, José.

Ele revira os olhos.

— Tá legal, tá legal. Todo mundo se acha o máximo. Entendi. Mas não é o que *você* faz. Não posso dizer que conheço você... — ele faz uma pausa, tendo a gentileza de ficar vermelho, e então continua: — ...mas sei que não é do tipo que leva desaforo pra casa. Aquilo me deu nojo.

— Então por que não tira o seu intervalo agora e dá uma descansada? Tenho certeza de que vai passar.

— Ah, que saco, Gwen! — Cass começa a dizer, mas a Sra. Ellington está diante da porta de tela, avançando em passos lentos para a varanda com a bengala, *toc, tooooc, toc*. Suas sobrancelhas estão erguidas.

— Algum problema, meu querido rapaz? Você parece estar encalorado.

Cass afasta os cabelos de novo, deixando uma mancha ainda maior de sujeira na testa, e suspira.

— Não é nada. — Pausa. — Senhora.

A Sra. E. nos estuda, um sorriso sutilíssimo no rosto. Mas, por fim, limita-se a dizer:

— Henry estava mesmo falando sério quando disse que só poderia ficar alguns minutos. Foi embora correndo. Pobrezinho. Eu adoraria tomar um chá gelado, Gwen. Por que não pega um copo para... — Ela se interrompe.

— José — digo, no instante em que Cass relembra a ela seu nome verdadeiro.

Então, acrescento:

— Talvez José devesse carregar uma garrafa de água como os outros empregados da equipe de manutenção. Desse jeito, ele não precisaria que o servissem.

— José despejou a sua garrafa de água na cabeça duas horas atrás. Está fazendo trinta e cinco graus hoje e não tem nenhuma brisa soprando do mar, caso não tenha notado, Maria.

A Sra. E. se acomodou no balanço onde Henry se sentou há alguns minutos, nos observando, a cabeça inclinada, o sorriso ainda mais largo. Seus olhos brilham de interesse. Ainda estou extremamente irritada. Com Henry — embora ele estivesse apenas tentando proteger a mãe. Com a Sra. E., que nos observa como se fôssemos personagens de uma novela. Com Cass, sua camisa cor-de-rosa e sua petulância. Com um desconhecido qualquer que passa feito um raio num jet ski, seu zumbido de serra elétrica cortando a superfície da água. E, para não desperdiçar a irritação, com Nic também, que comeu o que tinha sobrado dos sucrilhos na noite passada, o que resultou num escândalo de Emory pela manhã que só pôde ser acalmado por Dora, a Aventureira, sem sombra de dúvida a personagem mais irritante de desenho animado do planeta.

— Todos os homens precisam ser servidos. — A Sra. E. interrompe meus pensamentos. — Não passam de criaturas indefesas, todos eles.

— Que nada. Até que nós temos nossas utilidades — diz Cass. Toda a raiva se evapora de sua voz ao falar com ela. — Matar aranhas, abrir tampas de potes emperradas...

Dividida entre a vontade de dar um soco nele e apenas rir, reviro os olhos em direção aos Céus. Detesto o jeito como ele joga charme — por saber muito bem como é eficiente.

— ... começar guerras desnecessárias, esse tipo de coisa.

A Sra. E. solta uma sonora gargalhada, sacudindo-se.

— Esquentar a nossa cama à noite. Sinto falta disso. O capitão era uma verdadeira fornalha.

Os olhos de Cass se arregalam um pouco, mas ele apenas diz:

— Posso pegar eu mesmo o chá gelado. Se a senhora não se importar.

— Certamente que me importo! Gwen, por favor, pegue um copo de chá para ele, e para nós também, é claro.

Entro a passos duros na cozinha e jogo cubos de gelo nos copos como se fossem granadas. O que me lembra de papai batendo panelas na Castle's quando está com raiva. Um pensamento que me deixa ainda mais zangada, porque minha raiva parece estar seguindo em linha reta por uma estrada sem saída.

— Ela me mandou vir te ajudar a fatiar os limões.

Cass está parado diante da porta, um cotovelo apoiado no batente. Considerando como estava furioso há apenas alguns minutos, ele parece totalmente calmo e senhor de si.

—Ah, é? Mais uma habilidade masculina útil? Abrir potes, matar lagostas, fatiar limões. Bem, nesse caso, devemos agradecer a Deus pelo cromossomo Y, porque nós, mulheres indefesas, certamente morreríamos sem vocês.

O canto da boca de Cass se curva.

—Teoricamente, deveriam, sim. Isso está associado ao lance de esquentar a cama, acho.

Nesse momento, a última coisa que quero em meus pensamentos ou lembranças, aliás, na minha cabeça em geral, seja de que modo for, é qualquer associação com a cama de Cass. O que, claro, significa que ela está lá, como uma fotografia. Sua cama, larga, com golfinhos de madeira escura entalhados nos quatro cantos — aqueles golfinhos antiquados que mais se parecem com gárgulas do que com Flipper, cavalgando sorridentes as ondas que se encurvam para compor o alto e as laterais do móvel.

A onda de raiva parece estar se transformando em outro sentimento totalmente diferente. Estou ficando vermelha e fazendo um esforço sobre--humano para me controlar. Olho pela janela que fica acima da pia da cozinha, depois para a pálida mancha de água que parece um cachorro acima da geladeira, para qualquer coisa, menos para ele. E os olhos azul-escuros que estão fixos no meu rosto. E seu suave cheiro de terra quente, grama e sal, e sua camiseta suada.

— Por que cor-de-rosa?

— Hum? — Ele pisca.

— Sua camiseta. Por que é cor-de-rosa? É alguma declaração, do tipo "não tenho problemas com a minha masculinidade"? Porque é o tipo de coisa que poderia fazer com que um garoto da ilha levasse uma surra.

— Nenhuma declaração, a não ser a de que lavar uma toalha vermelha junto com camisas e cuecas brancas e uma dose de alvejante é pura burrice. — Os olhos de Cass pousam nos meus lábios, e então fazem o mesmo passeio por Qualquer Outro Ponto da Cozinha... até o chão, pela janela lateral por onde Marco passa em alta velocidade, sacolejando latas de lixo na traseira do caminhão, pela folha plastificada com instruções sobre o que fazer em caso de furacão colada na lateral da geladeira.

E de volta aos meus lábios.

Agora estou só retribuindo o seu olhar, e o ar na cozinha parece estagnado. Trinta e cinco graus e nem uma brisa. A umidade também deve estar alta, porque sinto um filete de suor escorrendo por entre as espáduas pela coluna, e me pergunto se um furacão poderia mesmo estar a caminho, porque o ar está com aquele tipo de sensação carregada, parada... mas espera aí — *por acaso eu sou alguma meteorologista?*

Meus dedos estão loucos para limpar a sujeira e um talo de grama que se colaram na sua testa. Quase posso sentir o calor e a umidade da sua pele. Não consigo ler seu rosto ou seus olhos, mas estou estudando-os. Cass respira fundo, secando o lábio superior com as costas da mão, olhos fixos em mim.

— Estou morta de sede! — diz a Sra. Ellington de longe. — Se não tomar meu chá logo, quando vocês voltarem só vão encontrar meus ossos ressecados no balanço.

— *Isso* certamente enfureceria Henry Ellington. — Corro até a geladeira, pego um limão e praticamente o atiro para Cass, que o apanha sem sequer olhar, ainda me estudando. Indecifrável, mas atento.

Capítulo Quatorze

Estou deitada na cama, olhando para a rotação lenta do ventilador de teto, que faz um barulhão de ventania e hélices trepidando, mas não ajuda a abaixar a temperatura. Mamãe e eu o chamamos de "ventilador placebo".

Meus pensamentos dão voltas e mais voltas.

Será que eu quero mesmo esse emprego? Com Henry, o maiô e *O Sultão*?

Não pense nisso. Você precisa desse emprego.

E Cass. Aquele olhar.

Mudo de posição, tentando encontrar um ponto mais fresco na cama estreita.

Spence. Alex. *Uma tradição do time de natação.*

Mamãe contando o dinheiro, vovô parecendo um pouco mais abatido, Emory...

O que quer que esteja acontecendo entre papai e Nic.

Viv e Nic.

Estou cheia de coceiras e agitada, tão farta de ficar vendo os números no mostrador do relógio que, por mais tarde que seja, não consigo mais ficar deitada.

— Está com fome, Gwen? — pergunta mamãe quando vou para a sala. Ela está enroscada no Mirto, lendo um livro cuja capa exibe um sujeito com uma musculatura inverossímil, um saiote escocês, uma expressão tórrida e nada mais. — Posso esquentar alguma coisa — ela se oferece.

— Só estou com insônia — digo. — Continua lendo.

— Estou chegando à parte legal. Lachlan McGregor e seus inimigos mortais, os McTavish, acabaram de descobrir que o cavalariço de Lachlan é uma *mulher* que amarra os seios... — Mamãe já pegou o livro de novo, mergulhando na história enquanto a observo.

— E agora estão toooodos fazendo terapia — digo. Fabio se levanta, deixando de lado a imitação de cachorro morto perto do fogão de lenha, e caminha trôpego até o sofá, tentando saltar em cima da barriga de mamãe. Acaba despencando, olha ao redor com um ar de "foi de propósito" e então se enfia debaixo do sofá.

Para minha surpresa, Nic, que achei que estava na reserva com Vivien e as batuíras, está deitado na varanda, olhando para o céu, com um braço dobrado sobre a cabeça, do jeito como sempre fazia quando éramos pequenos no Quatro de Julho, observando os fogos de artifício da cidade estourando sobre Seashell. De repente, noto o cigarro brilhando entre os dedos dobrados de sua outra mão.

Vou logo tratando de arrancá-lo.

— Que negócio é esse, Nic? — Atiro-o no cascalho, onde a brasa reluz como um vaga-lume por alguns segundos. O pai verdadeiro de Viv morreu de câncer de pulmão aos trinta e seis anos.

Ele suspira.

— Ah, por favor! Você sabe que eu não fumo. Só filei um do Hoop porque ele disse que o cigarro o ajuda a se concentrar.

— Hoop é um idiota. Você sabe disso. — Sento ao seu lado, abraçando as pernas.

Ele se levanta bruscamente.

— Vamos dar um mergulho. Tomei uma cerveja, estou podre de cansaço e não quero pensar. Você também parece estar com a cabeça a mil. Na ponte ou no píer?

Sinto uma breve descarga de adrenalina no sangue.

Substituída por um breve sentimento de culpa.

— Cadê Viv? — pergunto. Nic e eu escondemos dela quantas vezes fazemos coisas assim. Isso a deixa perplexa. *Será que a vida já não é assustadora e perigosa o bastante?*, pergunta. E, para ser honesta, eu me pergunto o que em nós precisa dessa adrenalina. Mas não sou amante do perigo, como Vivie pensa. Apenas flerto com ele de vez em quando.

— Ela está fazendo um milhão de cupcakes para o chá de bebê de sei lá quem. Morango com cobertura de morango. Cor-de-rosa demais para o meu gosto. — Ele se arrepia. — Pega o maiô, prima.

• • •

— Tio Mike vai ficar para o café? — pergunta Nic enquanto seguimos para a ponte no Ford Bronco de mamãe. — Ou ele só foi lá deixar a roupa suja para a ex-mulher lavar e fazer o sobrinho se sentir uma merda?

— Nic... — Suspiro.

Ele balança a cabeça.

— Por que é que ele tem que ficar pegando no meu pé o tempo todo?

Massageio a testa com a palma da mão, a comichão nervosa se intensificando. Nic puxa minha cabeça para o peito com a curva do braço, fazendo um carinho no meu cabelo com os nós dos dedos.

— Esquece. Esse problema não é seu. Eu te disse que não queria falar sobre nada pesado, e aí faço exatamente isso. Vamos dar o nosso mergulho.

Mas, alguns minutos depois:

— Mamãe me ligou hoje — diz, enquanto subimos aos trancos e barrancos nos amplos balaústres de madeira, gastos e prateados de velhice. Já fizemos isso tantas vezes, que até sabemos quais estão soltos e temos que pular e quais são os fortes em que podemos pisar, mãos plantadas nas coxas, nas tábuas cravejadas de pregos de cobre.

— Alguma novidade?

Sei que não deve haver. Minha tia Gulia está presa num ciclo infinito de péssimos namorados, péssimos empregos e péssimas decisões. A vida dela inteira é como o mês de março passado na minha.

Ele dá de ombros, respira fundo, solta um grito e se joga no ar acima das águas agitadas. Espero até sua cabeça furar a superfície.

— Você está embromando! — diz ele. — Virou covarde?

É pura excitação o momento em que a gente fica suspensa no ar, e então mergulha fundo na água gelada. Quando torno a irromper na superfície entre ondas de água, a adrenalina corre pelas minhas veias, uma excitação mais gelada do que a água. Estou rindo ao vir à tona, e Nic também.

— Primeiro tia Gulia, depois papai mal-humorado o dia inteiro. Não admira que você esteja tão tenso.

— Ora, pelo menos ela não pediu dinheiro dessa vez. Mal-humorado? Eu diria que o tio Mike foi muito sacana, isso sim. Mas eu também fui. — Ele me lança um sorriso cruel. — Pelo menos a Vee sabe como cuidar disso.

Ponho as mãos nos ouvidos.

— Trá-lá-lá!

— É engraçado como você é superpuritana nesse terreno, depois de ter... — Nic se interrompe, sua voz se desligando como o cortador de Cass horas atrás.

De repente, a água parece mais fria.

— Depois de ter o quê?

— Gwen... — começa ele, mas torna a se interromper, enfiando a cabeça debaixo d'água, como se tentasse clarear as ideias. Quando volta à tona, estou pronta.

— Fala logo, Nic.

— Spence Channing? Fala sério. Onde é que você estava com a cabeça? Eu achava que ele estivesse só... contando vantagem. Como aquele boato de ter transado com cinco garotas numa jacuzzi. Na boa, quem é que faz uma coisa dessas? Mas nunca achei... — Ele sacode a cabeça para afastar os cabelos molhados da testa. — Aquele tal de Alex, tudo bem, é o típico filho da mãe, passou uma conversa em você. Mas o *Channing*?

— Não vem bancar o moralista comigo, Nic.

— Gwen... não foi a minha intenção. Você sabe que eu não julgo ninguém.

— Então teve um pequeno lapso.

Ele suspira.

— Eu sei. É que... Vamos sair da água.

Nadamos até a margem, caminhamos até o Ford Bronco e tiramos toalhas do porta-malas. Então, Nic se vira para mim, apertando o polegar e o indicador.

— Nós estamos a um triz de ferrarmos tudo e ficarmos atolados, Gwen, sabia? Chego a ter medo de mim mesmo. Medo de ficar puto da vida, de não pensar e fazer alguma besteira que estrague tudo. Não quero sentir esse medo em relação a você também. Você é... inteligente demais para fazer isso. Mas basta uma mancada, por menor que seja, e olha você... presa aqui na ilha com um bebê, alguma doença venérea ou uma péssima reputação. Não quero que...

— Eu já tenho a péssima reputação, Nic. — *E é você quem anda olhando anéis de compromisso aos dezoito anos de idade e não quer me contar.* Mas a acusação se transforma em um bolo na minha garganta. Não posso perguntar. Não depois de ele ter tido que aturar a própria mãe e o meu pai hoje.

— De jeito nenhum. Porque eu nunca tinha ouvido falar nada até o Hoop abrir o bico. Ele achou que eu já sabia.

— É, eu também estava crente que todo mundo sabia. — Minha voz trava ao pronunciar as palavras *todo mundo*.

Nic olha para mim. Abaixo o rosto.

— Bom, não eu — diz ele. — Provavelmente só meia dúzia de pessoas. E é claro que eu não vou passar isso adiante. Só não entendo onde é que você estava com a cabeça. Eu te disse para não ir àquela festa.

— Sou a mascote do time de natação, lembra? Eu *gosto* de ir a festas.

Ele solta um palavrão baixinho e curva os ombros, revirando-os como se tentasse se livrar de alguma coisa. Nic fechando o seu sistema.

Mergulho de novo na água, fecho os olhos e nado para longe dele, em direção à Pedra da Foca. Tenho uma sensação de firmeza e familiaridade ao apoiar as mãos nela. Ainda está meio quente do sol. Subo nela, encostando o rosto nos joelhos dobrados, e olho para longe, até a orla da praia.

Nic tem razão. Eu nunca devia ter ido à festa de Spence. Quando o seu anfitrião é famoso por promover orgias em uma jacuzzi, você já faz uma ideia do que esperar. Mas eu não ia me *esconder* depois do que tinha acontecido com Cass. Não ia deixar aqueles caras de Hayden Hill, do time de natação, acharem que eu era boa o bastante para cronometrar o tempo deles na piscina, boa o bastante para uma noitada, mas não boa o bastante para me socializar com eles. Nic e Viv estavam na Pousada Casa Branca, o único hotel de Seashell — Nic devia ter economizado durante séculos para poder pagar uma suíte lá. Eu tinha passado a tarde comprando lingerie na Victoria's Secret com Viv, depois de ajudar Nic a encomendar as flores e preparar a cesta de café da manhã para deixar na suíte dos dois. Fui mancando pelo caminho de paralelepípedos, pois não estava habituada a usar saltos altos, ao lado de Hoop, que não parava de estalar os dedos, como se esperasse uma partida de luta livre na porta. Quando paramos no caminho, Emma Christianson passou por nós — alta, loura, angulosa, maçãs do rosto salientes, a imagem do dinheiro e da elegância —, e eu perdi a cabeça.

— Nós fomos mesmo convidados? Não estamos caindo em alguma pegadinha em que vão dar uma surra na gente ou algo assim, estamos?

Hoop revirou os olhos.

— Pelo amor de Deeeeeus, Gwen. Você sabe como são essas festas. O Spence convidou quase todo mundo da escola, porque não podia ficar atrás depois que o Somers deu aquela megafesta. Eles são doentes de competitivos. Babacas. Vem, vou pegar uma cerveja para mim e entrar em ação. Não se preocupe, você está óóóótima.

Eu tinha pegado um vestido emprestado com Viv, que é muito menor do que eu — em todas as partes. Por isso, o modelito estava superjusto. E era vermelho. E com um decote profundo.

Eu estava acostumada a festas só com um barril de chope, ou latas de cerveja boiando em gelo derretido numa tina imunda. Pois essa tinha um bar inteiro — preto e branco e todo espelhado de um jeito que chegava a dar vertigem —, com quatro liquidificadores batendo margaritas e uma espécie de bebida rosa-choque. Spence, com uma camiseta preta e um colar havaiano de flores roxas, estava despejando a última garrafa de rum em um dos liquidificadores. Ele ficou olhando quando entramos e abriu seu sorriso perfeito para mim, o sorriso que raramente chegava aos olhos — mas, dessa vez, chegou.

— Ora, ora, é a princesa da Castle's. Quem diria. Não achei que você viria a essa, Gwen.

Enchendo um copo alto com a bebida rosa-choque, ele espetou uma daquelas sombrinhas nele e o empurrou na minha mão.

— Eu ia tomar uma Coca. Não sou de beber muito — respondi.

— É, ela é peso-levíssimo — confirmou Hoop. Então, me deu um tapinha amigável no traseiro e se afastou, os ombros se balançando no ritmo da música.

— Mas, mesmo assim, aqui está você. — Spence levantou as sobrancelhas.

O que eu tinha dito a Spence era verdade. Mesmo assim, fui logo dando um gole nervoso na bebida, fosse lá o que fosse, quase engasgando com um pedaço de gelo. Spence continuou sentado enquanto eu tossia, cuspia e, por fim, recuperava o controle. Coloquei o copo no bar e puxei o decote do vestido. Ele alargou o sorriso e me deu um olhar de alto a baixo, ensaiado, como se percorresse o caminho do rubor que eu começava a sentir.

Deviam oferecer um curso secreto para esses caras de Hayden Hill: Introdução à Técnica de Desequilibrar as Mulheres. Ah, para o inferno com isso. Dei meia-volta e me dirigi à porta por onde tinha visto Hoop passar. Estava na hora de ficar com gente do meu nível.

Hoop tinha despencado feito um invertebrado num sofá, e contava na maior animação para uma garota sei lá que história sobre um marlim que tinha fisgado no litoral da ilha. Reconheci a história no ato. Era o marlim de Nic.

Fui vagando de cômodo em cômodo, tentando dar a impressão de que conhecia a casa e sabia exatamente para onde estava indo. Havia um corredor com uma série de bustos de mármore, um enorme espelho oval, alguns vasos de pé em cristal negro com lírios brancos cerosos. Em seguida vinha um cômodo construído para dar a impressão de que ficava ao ar livre, com várias cacatuas em gaiolas que fediam como se o jornal não fosse trocado há dias. Uma delas começou a saltitar quando entrei, gritando: "Isca viva! Isca viva!" Girei a maçaneta dourada da porta de vidro e fui para o terraço. Até os pássaros de Spence me deixavam sem graça.

Era um terraço enorme, como uma versão externa completa da casa. Mal dava para ver um vulto na ponta curva, apreciando a vista de Stony Bay. Eu soube quem era só pelo jeito como se debruçava sobre os cotovelos, o brilho dos cabelos na cabeça baixa. Tive tanta vontade de chegar por trás dele, que meu pé direito chegou a coçar, mas de repente tive medo de que a coisa assumisse o controle, me arrastando para um lugar a que eu tinha juízo bastante para não ir. Como é que eu ainda podia me sentir assim? *Bom trabalho, Sundance*. O turbilhão de mágoa, vergonha, tristeza e confusão apertou ainda mais meu estômago. Voltei para o cômodo que parecia um terraço, e fui saudada pela mesma cacatua sinistra gritando uma frase do Coronel Sellers, o caipira ganancioso de Mark Twain: "Tem ouro naquelas *montanha*!" Arrematei o resto da bebida, agora me sentindo mais quente, a boca cheia de sementes de morango.

—Você não fechou a porta direito. — Spence estava encostado à parede, ao lado da porta. Fez um gesto indicando as portas de vidro atrás de mim. — As cacatuas precisam de uma temperatura cuidadosamente regulada. Isso é muito importante para a minha mãe. Por outro lado, ela está em Marbella no momento, e o que os olhos não veem o coração não sente. Mas e aí, Gwen Castle, o que está procurando aqui dentro, sozinha? Você deve ter tido alguma razão para ter vindo à festa.

Seus olhos eram de um tom verde-amarelado estranhíssimo, e ligeiramente amendoados nos cantos. Olhos de gato. Que sempre tinham passado direto por mim, mas agora estavam fixos no meu rosto. Como não respondi nada — afinal, não tinha nada a responder —, ele levou o polegar lentamente aos lábios e roeu a unha, de um jeito totalmente espontâneo, apesar de eu notar, agora que prestava atenção, que as outras unhas estavam roídas até o sabugo. Então, ele balançou a cabeça, como se tivesse tomado uma decisão.

—Você precisa de outro daiquiri de morango. — Passando o braço pela minha cintura, seus dedos pousando de leve no meu quadril, ele me rebocou pela porta.

— Eu não *preciso* de...

— Ah, corta essa, Gwen. Você não bebeu o bastante. Ainda não. Além disso, você sempre me deu a impressão de ser uma garota com uma cota alta demais de "não o bastante". Isso não vai acontecer hoje.

Seguimos um caminho diferente até o bar, por um longo corredor com papel de parede em relevo vermelho e dourado, vários quadros a óleo escuros de capitães da Marinha que pareciam sorrir de desprezo e mulheres de cara redonda e ar altivo, provavelmente suas esposas.

— Seus ancestrais? — perguntei a Spence, procurando neles seu risinho de superioridade que eu conhecia tão bem.

— Comprados em leilões estaduais. É pura ostentação, Castle, entende? Pura aparência.

Uma porta lateral se abriu e um homem de idade apareceu, usando um robe com estampa oriental, parecendo um personagem saído dos filmes de vovô Ben. Seus cabelos ralos estavam arrepiados ao redor das orelhas rosadas, e ele esfregava um dos olhos como Emory quando está cansado.

— Que barulheira é essa? — perguntou a Spence.

— Uma festa, pai. Lembra?

O homem franziu as sobrancelhas.

— Eu concordei com isso? — perguntou, com um ar um pouco perdido.

—Você comprou a bebida — respondeu Spence.

O homem assentiu, cansado, e voltou a desaparecer pela porta de onde saíra. Não a fechou completamente, e Spence deu um curto empurrão nela com as costas da mão até ouvirmos um clique.

Em seguida, franziu os olhos para mim, como se esperasse que eu dissesse alguma coisa.

— Seu pai não se importa que você dê festas?

— Papai? Que nada. Ele não dá a mínima. Embora, a rigor, tenha sido só o cartão de crédito dele que comprou os produtos, não ele em si. — Deu de ombros, com uma risadinha. — Que é? Não me olha com essa cara, Castle.

Eu não fazia a menor ideia de como estava olhando para ele, embora desconfie que fosse com ar de pena. Nossa casa podia praticamente caber no hall dessa mansão, mas nunca parecia triste e vazia desse jeito, apesar dos sons distantes da festa.

— Eu...

— Tenho certeza de que você também tem parentes doidos trancados no sótão. Afinal, que família não é disfuncional, certo? Vem, vamos pegar o que você precisa.

Ele me serviu outro daiquiri e um para si mesmo, e então me levou de volta pelo corredor. E eu fui. Esse é que é o problema. Eu fui atrás dele até um estúdio amplo, onde ele acenou para que eu sentasse num sofá enorme, superfofo, estofado em um tecido cheio de flores sinuosas bordadas sobre um fundo branco, e então afundou numa poltrona igualmente fofa diante do sofá, me estudando sobre a borda do copo.

— Você é mesmo bonita pra cacete, Castle. E fica muito mais sexy quando não usa aquelas roupas largonas. Não se estresse pelo que aconteceu com o Sundance. Como ele poderia se controlar? Além disso, é só sexo. Nada de extraordinário.

Isso era exatamente o oposto do que tinha acontecido. *Só* sexo. Nada de extraordinário. Muito pelo contrário. Pelo menos, para mim.

Mas essa era a última coisa que eu deixaria Spence saber. Tomei meu daiquiri a largos goles, balançando a cabeça, tentando rir de um jeito que parecesse despreocupado e superior.

— Já esqueci totalmente aquilo. Águas passadas não movem barcos. — Será que era isso mesmo? Barcos? Ou moinhos? Era melhor eu deixar essa bebida de lado depressa.

Ele soltou um assovio.

— Não diga isso ao Cassidy. Não com essas palavras, pelo menos. Nós, homens, somos muito sensíveis. Mas é bom saber que você não guarda ressentimentos.

— Não pretendo ter nenhuma conversa íntima com Cass Somers.

— Ah, Gwen. Ele é um cara legal. Não fique zangada com ele. — Examinou meu rosto com mais atenção, e então deu outro assovio, mais longo e mais baixo. — Opa. Você não está zangada. Está magoada. Puxa, desculpe. — Pareceu dizer isso com sinceridade, e, para meu horror, lágrimas brotaram nos meus olhos.

— Ah, cara. Não pensei...Você sempre pareceu tão... Não faz isso, tá? — Spence colocou sua bebida na mesa de centro e tirou o copo da minha mão num só gesto. Então, fez a coisa mais inesperada do mundo. Ele se inclinou para beijar as lágrimas, afastando os cabelos do meu rosto para trás das orelhas, sussurrando com os lábios colados no meu rosto:

— Garotas chorando são a minha fraqueza. Elas sempre me derrubam. Shhh. É segredo. Se isso se espalhar, todas as meninas da escola vão saber como me conquistar.

— E aí, adeus noitadas com cinco gatas numa jacuzzi — comentei, trêmula.

— Seis — murmurou ele, ainda alisando meus cabelos para trás. Meu rímel tinha deixado uma mancha preta no seu lábio inferior. — Mas quem está contando? Você tem uns olhos lindos, sabia?

—Você passou essa cantada besta em todas as seis?

— Não. Não me dei a esse trabalho. Nenhuma delas estava procurando um relacionamento profundo e significativo. Nem eu estou, é claro. E hoje, aposto que você também não está. Certo?

Sim, certo. Não estava mesmo. Não aquela noite. Viv, Nic e o hotel — Cass — me passaram pela cabeça, e então a imagem se apagou quando Spence se inclinou sobre mim, dessa vez se dirigindo aos meus lábios.

Voltando para casa da ponte, Nic não para de olhar para mim, os músculos dos ombros tensos.

— Olha... — diz ele, finalmente. — Eu não devia ter tocado no assunto. É que... quer dizer, você é bonita, descolada, nunca teve um namorado, e... — Ele tamborila com o polegar no volante, a boca aberta como se esperasse que as palavras certas fossem entrar voando por elas num passe de mágica. — Aquele babaca do Alex partiu o seu coração?

— Ah, por favor. Alex não chegou nem perto do meu coração. Na época até achei que tinha chegado, mas não foi nada. Ele só me magoou, aquele palhaço.

— Então, o Channing...? — Ele se cala, obviamente achando a ideia totalmente impossível.

Eu me encolho no assento, encostando o pé no porta-luvas.

— Por favor, Gwen. Fala. Me conta.

Faço que não com a cabeça.

— Não, obrigada.

Nic tenta puxar minha cabeça para o seu ombro, mas fico rígida, empurrando-o discretamente.

— Estou bem — digo. —Vamos voltar em silêncio.

Capítulo Quinze

Contudo, "voltar em silêncio" é quase pior do que tentar explicar aquela festa para o meu perplexo primo, porque me faz lembrar a parte mais dolorosa daquela noite. Em que não quero nem pensar. Mas não consigo parar.

Quando acordei, não sabia onde estava — só que tudo naquele lugar parecia horrível. Eu estava imprensada contra a parede numa posição superdesconfortável, meu vestido todo embolado nas costas. Minha boca estava grudenta e doce, a cabeça pesada e confusa. Havia alguém roncando ao meu lado.

Continuei deitada, classificando minhas percepções. 1) Eu não estava em casa. 2) Não gostava do lugar onde estava. 3) Não estava sozinha. Então, o som suave dos roncos ao meu lado e o pé comprido enroscado no meu, o cheiro característico de loção pós-barba de almíscar e o gosto enjoativo de morango se juntaram como as peças de um quebra-cabeça.

Eu estava na festa de Spence Channing. Numa cama com Spence Channing. E sim, eu tinha feito tudo isso por livre e espontânea vontade.

Afastando o tornozelo dele do meu, fui chegando de fininho — *devagaaaar* — para a beira da cama, e então pisquei ao ver o chão escuro, a escada estendida e a prateleira com um colchão acima de mim.

Eu estava num beliche.

Spence murmurou, tateando minha cintura por um segundo, mas acabou se virando de bruços, roncando ainda mais alto.

Eu estava num beliche com um cara que tomava daiquiris de morango. Por algum motivo — provavelmente porque eu ainda estava meio fora do ar —, essa pareceu uma das partes mais surrealistas. Eu estava num beliche onde os lençóis eram decorados com bandeiras náuticas. Com um cara que, lá pelas tantas da madrugada, tinha se levantado e vestido uma calça de pijama com uma estampa oriental. Enquanto, do outro lado da cidade, meus melhores amigos estavam num quarto de hotel que devia cheirar a rosas...

Não pense nisso.

Eu precisava sair desse quarto.

Depois de bater com a cabeça na quina dura de uma cômoda, finalmente cheguei à porta, tateei a maçaneta e saí, piscando, no corredor. A luz era fraca, mas mesmo assim feriu meus olhos. Tinha um cara — Chris Markos? — encostado numa parede, meio sentado, meio deitado. Inconsciente.

A julgar pelas pessoas que se esparramavam pelos sofás, poltronas e no chão — todas chapadas —, essa era uma daquelas festas que seriam descritas como "históricas". Lá estava Matt Salnitas no sofá com Kym Woo — que eu sabia que estava namorando o irmão dele. Talvez houvesse tantos dramas rolando, que ninguém notaria o meu. Ao contrário da última festa a que eu fora. *Não pense nisso. Encontre Hoop e dê o fora daí.* Dei uma espiada pela janela no canto da entrada de carros onde ele tinha estacionado a sua caminhonete, e senti um desânimo mortal. Ela não estava lá.

— Por favoooor, cara... me dá uma carona — pediu uma voz na cozinha. — Não fica nem fora do seu caminho.

— Jimbo, a gente já conversou sobre isso. — A voz que respondeu parecia cansada. — Tenho que tomar conta de você. *E* das chaves do seu carro... até amanhecer.

Entrando na cozinha iluminada por lâmpadas fluorescentes, na mesma hora pus a mão diante dos olhos. Sentados em bancos diante da bancada, estavam Jimmy Pieretti e Cass. Jimmy tinha uma tigela enorme de amendoins com casca à sua frente, e gesticulava com um deles para Cass, enfatizando o que dizia.

— Eu preciso fazer alguma coisa, Sundance. Preciso impressionar a garota.

— Confia em mim. Uma serenata no quintal dela às três horas da manhã não vai surtir o efeito pretendido. Oi, Gwen.

Em meio à claridade do aposento — e da confusão da minha cabeça —, Cass parecia o perfeito estereótipo do bem-nascido: camiseta branca, calça cáqui desbotada, cabelo louro despenteado. Só faltava um cachorro de pedigree no seu joelho e um avô dando a ele um relógio de família para completar o quadro.

Jimmy, ao contrário, era o retrato de como eu me sentia — sujo e enxovalhado.

— Gwen! Oi, Gwen! Vamos perguntar à Gwen o que ela acha! Ela pode resolver os meus problemas românticos.

Os olhos de Cass encontraram os meus por um segundo. Embora estivessem neutros, pude traduzir o pensamento por trás deles com a maior clareza: *Sim, porque a Gwen aqui é muito lúcida em relação aos dela.*

Mas como ele podia saber? Estava fora da casa quando Spence me levou pelo corredor até o seu quarto, do sofá do salão para o beliche.

Mas o fato é que sabia. Dava para ver nos seus olhos, na tensão dos nós dos dedos brancos que apertavam a beira da bancada.

— Alexis Kincaid, Gwen... cara, é como se ela nem me visse. Eu preciso chamar a atenção dela. Porque nós somos almas gêmeas, Gwen Castle, e isso é uma coisa que ela tem que *entender*. Por isso, estou pensando em cantar para ela. Diante da sua janela. Uma balada, ou algo assim. Porque as mulheres se amarram nisso, não é? Isso e aquele lance de a gente sair correndo pelo aeroporto para não deixar que elas embarquem no avião, mas nenhum de nós vai viajar, então não adiantaria. Portanto... cantar. O que acha, Gwen?

— *Eu* acho que não vou levar você até a casa da Alexis para o pai dela chamar a polícia de novo. — Cass desceu do banco e serviu dois copos d'água, jogando cubos de gelo neles. — Toma, gente. — Deslizou-os pela bancada de mármore, um deles parando bem na minha frente, o outro diante de Jimmy.

Meu cérebro estava totalmente embotado, e eu começava a sentir um nojo extremo de mim mesma. Não queria que Cass colasse os meus cacos.

Sentei no banco ao lado de Jimmy, apoiando o rosto nas mãos.

— Por favor, Gwen. Diz ao Sundance para me levar até a casa da Alexis. A festa acabou para mim. Aliás, nem chegou a começar, porque a mulher dos meus sonhos não apareceu. Por favor, Gwen.

Tirei as mãos do rosto, encontrando manchas pretas de rímel nas pontas dos dedos. Em vez de interceder por Jimmy, disse:

— Pode me levar para casa, Cass?

Seus lábios se apertaram e ele fixou os olhos no teto, como se pudesse ver o quarto de Spence dali. Mas tudo que disse foi:

— Claro. Podemos salvar Jimmy de si mesmo no caminho.

Os homens nunca precisam de tempo para sair. É mamãe quem tem que revirar a bolsa, para ver se está com as chaves do carro, e o cooler, para ver se colocou as latas de Coca Zero. É Vivie quem tem que voltar correndo para passar uma última camada de gloss, retocar o penteado e dar uma olhada no espelho. Cass só tirou as chaves do bolso, balançando-as na palma da mão, e pegou a sua parca, Jimmy só deu um gole d'água, e estávamos prontos para ir.

Fui me arrastando atrás deles até o carro de Cass, que era um BMW vermelho. Mas um modelo antigo — daquele formato quadrado dos carros do passado, parecendo uma lata —, e a pintura tinha perdido o brilho e desbotado, ficando daquele tom vermelho-alaranjado da sopa Campbell's de tomate. Jimmy, gemendo, fez questão de sentar no banco traseiro, embora eu tenha discutido com ele.

— Não, não, Gwen Castle. Sou um cavalheiro. Por favor, diga a Alexis Kincaid da próxima vez que estiver com ela. Por favor, Cass, só um pulinho! Que mal tem?

— Isso se chama assédio. — As costas da mão de Cass roçaram na minha panturrilha quando ele deu marcha a ré no carro. E, que Deus me ajudasse, eu senti um arrepio, um friozinho, embora estivesse vivendo meu momento vergonhoso de voltar para casa naquele estado. Pela segunda vez em um mês. Depois de dois caras. Pelo amor de Deus, o que é que havia de errado comigo?

— Isso se chama amor — argumentou Jimmy.

— Não, não, e não, Jimbo. — Para mim, em voz baixa: — Ele parece um cachorro com um osso quando bebe além da conta. Mas é totalmente normal na maioria das circunstâncias.

O perfil de Cass estava virado para frente, nem um centímetro inclinado em minha direção, o nariz reto, o queixo forte, o cabelo prateado ao luar brilhando no reflexo dos faróis. Dobrei as pernas embaixo das coxas, me remexendo no banco, desconfortável, olhei para a tira de durex no seu casaco e me perguntei por que ele não comprava um novo. Mamãe, Nic, papai, vovô e eu... tínhamos que fazer com que as coisas durassem muito além da sua vida útil, recauchutá-las para poderem ser usadas pelo maior espaço de tempo possível. Mas não os caras de Hayden Hill. Esses podiam só usar e jogar fora, substituir tudo. Não é mesmo? Chegamos à Rua Principal, demos a volta à rotatória e seguimos pela parte histórica da cidade, passando por todas as casas arrumadinhas em filas retas, de aparência limpa. Todas as casas que pareciam estar cheias de pessoas arrumadas e cuidadosas, que sempre tomavam as decisões certas. A punhalada de vergonha foi ainda mais funda dentro do meu peito.

Cass parou o carro numa entrada circular e Jimmy começou a descer, resmungando:

— Já estou me arrependendo de tudo que fiz e de quase tudo que disse. Por acaso você às vezes tem surtos de amnésia, Gwen? Será que dava para ter um em relação a isso? Se eu pedir com jeitinho?

— Eu tenho um se você tiver um, Jim — respondi. Na luz da porta aberta, vi Cass me olhar de relance, franzindo a testa, mas Jimmy não olhou para trás, se espremendo para sair do carro.

A porta bateu atrás dele e de repente o ar dentro do carro pareceu evaporar, fugindo pela janela. Cass parecia estar perto demais, o espaço cheio demais, como se eu não pudesse mexer o braço sem esbarrar no dele, nem remexer a perna sem roçar na dele, nem ter um pensamento sem ser sobre ele. Mas seu perfil ainda parecia remoto e distante, os olhos na rua, as mãos pousadas nas laterais do volante, como um motorista responsável. Então, ele afastou uma delas, fechou-a, abriu os dedos. Fechou. Abriu.

O silêncio caiu sobre nós como um cobertor quente e molhado. Mas o que eu devia dizer?

— Lua cheia no mar. Faz um pedido — murmurei finalmente, só para dizer alguma coisa. Mamãe sempre dizia isso, apontando para a beldade no céu. De repente, eu queria tanto que minha mãe me abraçasse e resolvesse tudo, como fazia quando eu tinha cinco anos.

— O quê?

— Lua cheia no mar. Faz um pedido.

Ele balançou a cabeça de leve, dando de ombros, o queixo rígido. Engoli em seco, puxando mais a barra do vestido sobre as coxas. Pouco depois, as rodas do BMW trituravam as conchas esmigalhadas que cobriam minha entrada de carros. *A Mansão dos Castle*, pensei, amarga.

Ele pôs o carro em ponto morto, respirando fundo, como se fosse falar... fiquei esperando.

— Bem-vinda ao lar — disse ele, finalmente.

Silêncio. Sequei um dos olhos, esfregando o dedo no vestido, e deixei uma mancha preta no tecido vermelho.

Cass abriu o porta-luvas e me entregou uma pilha de guardanapos pardos da Dunkin' Donuts. Era o segundo lar da equipe de natação nos treinos matinais. É claro que ele tinha que colocar os guardanapos numa pilha toda arrumadinha no porta-luvas, não enfiados de qualquer jeito, como Nic ou eu teríamos feito no Ford Bronco. Ele voltou a pôr as mãos no volante, movendo os polegares para cima e para baixo, observando os dedos como se tivessem adquirido vida própria.

— Você está bem? Alguma coisa... ruim aconteceu com você?

Nada que eu mesma não tenha provocado, pensei. Então, entendi que ele estava perguntando se eu tinha sido... forçada, ou coisa parecida. Balancei a cabeça.

— Não foi nada disso. Nada além do meu dom de fazer as maiores besteiras com as pessoas erradas. — Sequei os olhos, enfiando um guardanapo marrom no bolso do casaco.

Cass estremeceu.

— Já entendi. Se está a fim de fazer uma besteira, Spence é uma ótima escolha. Você precisava saber disso.

— Ele é *seu* amigo.

— Bom... é, porque eu não tenho que namorar o cara.

— Não foi exatamente um lance de namorados.

— Ah, não? Então, foi o quê? Mais uma facada no coração?

— E desde quando você se importa com o meu coração, Cass?

Ele abriu a boca, mas tornou a fechá-la. Cruzou os braços e ficou olhando pela janela como uma estátua. Rígido. Com um vago ar de censura. O que fez com que um ímpeto de raiva brotasse em meio ao sentimento de vergonha. Que direito tinha ele de me julgar, afinal?

— Grande coisa, Cass. Foi só sexo. — Estalei os dedos. — Você certamente conhece esse conceito. Obrigada por me trazer em casa. — Procurei a maçaneta da porta e a abri, mas, quando vi, Cass estava parado diante dela, estendendo a mão para mim.

— O que está fazendo?

Ele olhou para mim como se eu fosse louca ou pouco inteligente.

— Vou te acompanhar até a porta.

— Você não tem que fazer isso. Eu não... sou do tipo de garota que um cara acompanha até a porta.

— Ah, me poupa, Gwen! — disse ele, e então balançou a cabeça e me puxou pela mão. — Me deixa te levar em segurança.

— Posso ir sozinha.

— Eu vou te acompanhar até a porta — insistiu ele, me levando pelos degraus de madeira gastos. — Não vou correr o risco de você se atirar do píer, ou sei lá o quê. Porque, me desculpe por observar, mas você está um pouco impulsiva hoje.

— É uma maneira de ver as coisas.

— Gwen... Eu... Será que você... Quer dizer... — Ele parou ao pisar no capacho, ao lado dos tênis de Nic e uma bota de pescar emborrachada de vovô Ben, parecendo esgotar seus argumentos. — Eu gostaria de... — Fechou os olhos, como se sentisse dor.

Esperei, mas, após um segundo, ele apenas disse:

— Esquece. Deixa pra lá.

E se virou, seus passos triturando as conchas em direção ao carro.

Eu tinha usado Spence? Ou ele tinha me usado? Não sei. No fim das contas, será que isso importava? Tínhamos sido apenas dois corpos. Braços, pernas, rostos, hálitos. *Só sexo.* Nada de mais.

Mesmo assim...

Explicar aquela noite nunca seria fácil. Nem depois, para Cass. Nem hoje, para Nic. Nem nunca, para mim mesma.

Capítulo Dezesseis

Pelo visto, Cass está lutando com um arbusto, quando passo por ele na manhã seguinte, a caminho de casa. Está mandando ver com um podador elétrico, fazendo um estrago feio na lateral de uma das tuias da Sra. Cole. Os dois lados estão totalmente desiguais. Enquanto observo, ele para, recua alguns passos e começa a fazer o mesmo do outro lado. O arbusto, que antes parecia um O, agora está parecendo um 8. Depois de mais alguns golpes desastrados, fica parecendo um B.

Não consigo resistir. Paro, ponho as mãos em concha ao redor da boca e digo:

— Você devia tirar o time de campo enquanto está vencendo. Está ficando cada vez pior.

Ele desliga o podador.

— O quê?

Repito o que disse ainda mais alto, porque Phelps, o cachorrinho da Sra. Cole, está latindo feito um doido dentro da casa, suas unhas arranhando freneticamente a porta de tela. Cass suspira.

— Eu sei. Fico achando que vou conseguir dar um jeito... Não quero que essa mulher saia e tenha um ataque do coração. Ela parece meio nervosa. Até gritou quando eu bati na porta para perguntar onde ficava a tomada externa.

Fico observando-o. Ele parece já ter esquecido o clima de estranheza da noite passada, e todo o... lance com Henry Ellington.

Ele torna a recuar alguns passos, inclinando a cabeça, sua mão esfregando os cabelos na nuca.

—Você acha que ela notaria se eu enterrasse esse arbusto e trocasse por outro? Pode ser a minha única esperança.

— Você tem uma tuia extra na manga? — Pelo menos hoje ele está usando uma camisa com mangas, graças a Deus. Abro o portão e entro. — E se você aparasse a parte de cima e aplainasse um pouco do outro lado?

Ele torna a ligar o podador elétrico e começa a aparar o lado errado. Aceno para ele, indicando que pare. Cass aperta o botão.

— *Desse* lado não! Você está estragando tudo de novo. Dá isso aqui.

— Nem pensar. Esse é o *meu* trabalho.

— É, e cozinhar as lagostas era o meu. Você não fez a menor cerimônia quando meteu o bedelho aquela tarde.

— Ai, pelo amor de Deus. Será que não dá para a gente esquecer essas lagostas, Gwen? Você tem mesmo tanta dificuldade assim para aceitar ajuda?

— A única dificuldade no momento é *você* não conseguir aceitar ajuda. Dá o podador aqui.

— Tudo bem — diz Cass. — Divirta-se. — E me entrega o podador, enfiando as mãos depressa nos bolsos. Fica estudando o meu rosto. — Aliás, você parece mesmo estar se divertindo. Um pouco demais. Está *mesmo* pretendendo usar esse troço na cerca viva, não está? E não em mim?

— Hummm. Isso não tinha me ocorrido. — Ligo o podador e olho para ele, como se estivesse refletindo. Ele se abaixa, arrancando a tomada da parede.

— Ei! Eu estou tentando ajudar.

— Não gostei da sua expressão. Fez com que eu temesse pela existência dos meus futuros filhos. Não esqueci que aquela faca de manteiga foi a única coisa que te impediu de transformar Alex Robinson num eunuco.

— Nunca pensei que veria você sendo inepto em alguma coisa. Você já não fez isso antes?

— Epa, eu não sou inepto. Apenas... ainda não sou *epto*. E já que está tão curiosa, não, aparar o gramado lá de casa foi a minha única experiência em paisagismo.

— Marco e Tony sabiam disso quando te contrataram? *Por que* eles te contrataram?

— Sei lá. Meu pai falou com eles primeiro, e quando fui lá os dois só perguntaram se eu me importava de trabalhar duro e passar a maior parte do tempo ao ar livre. Imaginei que eu fosse cortar grama. E só. Talvez arrancar uma ou outra erva daninha. Mas não achei que teria que plantar, podar, amarrar arbustos a cercas, e muito menos limpar a praia.

Enfio o podador na tomada, ligo o bicho e começo a aparar o alto da cerca viva.

—Você pode desistir — grito por cima do zumbido.

— Eu nunca desisto. De nada — grita ele também. — Acho que você está piorando o troço.

Corto mais alguns galhos, e então passo o podador de cima para baixo, deixando o lado barrigudo tão plano quanto o outro. Em seguida, me afasto.

Ah, ficou muito melhor. Passo para a tuia que faz par com essa, do outro lado da escada, e começo a trabalhar nela para que fique igual.

— Agora você está só se exibindo — diz Cass. — Posso fazer o resto.

— Nada disso, José. Você não é digno de confiança.

A frase despenca entre nós como um tijolo se espatifando no cimento.

Tenho outra lembrança dele me salvando da festa de Spence como um príncipe encantado. Tá, um príncipe encantado muito mal-humorado, mas, ainda assim...

Queixo contraído, Cass vai até o caminhão de Seashell, retira uma lata de plástico da traseira e começa a jogar os galhos cortados dentro dela. Continuo aplainando as laterais do outro arbusto.

— Aí estás, cachopa bonita! — chama vovô Ben, caminhando pesadamente pela rua com uma sacola de malha cheia de siris-azuis se contorcendo, dando a mão a Emory e arrastando o desanimado Fabio na coleira. Em está de calção, abraçando um Escondidinho todo coberto de areia, e parecendo sonolento. — Vim trazer-te teu irmão. Lucia vai trabalhar hoje à noite e eu tenho bingo.

— Super-Homem! Olá, Super-Homem! É o Super-Homem — diz Emory a vovô, seu rosto se iluminando.

— Oi, Super-Garoto — diz Cass, com toda a naturalidade. Meu irmão corre até ele e na mesma hora abraça suas pernas. E dá um beijo nele. No joelho. Cass parece ficar paralisado por um instante, mas então dá um tapinha nas costas ossudas de Emory. — Olá, amigão. Oi, Sr. Cruz.

— Super-Homem — repete Emory. Obviamente, para ele é tudo que precisa ser dito. Ele abre seu sorriso mais radiante para Cass e se joga no gramado, esfregando Escondidinho no seu pescoço.

— Não vou mentir, querida. Ele hoje parece que tem o bicho carpinteiro. Fomos tomar sorvete, mas não adiantou. — Vovô Ben puxa o relógio do bolso da calça. Não é um modelo do tipo cebola, mas ele o guarda ali por força do hábito, temendo, desde seus dias de pesca, que fique enganchado em alguma coisa. — Preciso ir agora. Se chego tarde, Paco marca as cartas do baralho para roubar no jogo.

— Onde está Nic? — Tomei conta de Emory nas últimas quatro noites em que mamãe trabalhou, portanto, é a vez de Nic.

— A nadar na praia — diz vovô Ben. — Comporta-te bem com a tua irmã, miúdo.

Emory o ignora, concentrado em Cass, que enrola a extensão do fio.

— Que praia? — pergunta Cass. — Praticamente já acabei aqui.

— Sandy Claw.

— Hum. — Cass termina de enrolar o fio e o pendura entre o ombro e o cotovelo, realçando seu bíceps. Acho que está mais sarado do que antes. Viva a Aeróbica do Faz-Tudo. — Sou capaz de ir lá e dar uma canseira nele. Que tal, Gwen? Quer vir dar uma conferida na minha forma física?

E mostra as covinhas para mim.

Ah, meu bom Deus.

Franzo o nariz, jogando os cabelos para trás.

— Não estou nem aí para a sua forma física.

— Ok — diz Cass. — Dá para notar.

Examino seu rosto com atenção, mas seu tom é totalmente inocente.

Talvez seja o contraste gritante entre o Cass lacônico e tenso daquela noite de março, quando eu não tinha como decifrá-lo, nenhum parâmetro, e esse cara simpático e sorridente de agora. Talvez eu esteja apenas com a cabeça aérea por causa do calor... Mas dou um sorrisinho minúsculo para ele. E recebo um de orelha a orelha.

Quando chegamos em casa, digo a mim mesma que não tem problema dar o jantar de Emory correndo, pego aqueles congelados nojentos que são a base da alimentação de mamãe, que Emory aceita com indiferença e vovô e eu desprezamos, jogo batatas Ruffles num tabuleiro e deixo Em considerar o ketchup como um legume. Aplaco a consciência, pensando que não estou tomando banho às pressas, nem dando banho às pressas em Emory, por qualquer razão.

Se houvesse uma Olimpíada de mentir para si mesmo, eu ganharia a medalha de ouro.

Mas, então, Emory decide que não quer ir à praia. Está com sono, quer ficar de preguiça, enroscado no sofá. Ele se acomoda no Mirto, com Fabio caído na sua coxa, babando pesadamente. Ele aponta para a tela da tevê.

— Controle remoto.

— Ar fresco — digo com firmeza.
— Controle remoto. Ursinho Puff. Dora, a Aventureira.
— Conchinhas. Mariscos. Caranguejos-eremitas — rebato.
Emory estica o lábio inferior.
— Já vi hoje — diz.
— Super-Homem? — bajulo-o, por fim.

Capítulo Dezessete

Não tenho muitas esperanças de que Nic ou Cass ainda estejam na praia quando eu chegar. Em não quis ir a pé, por isso tive que colocá-lo no carrinho de mão com Escondidinho e Fabio e arrastá-los pelo morro abaixo. Na verdade, não os arrasto exatamente e sim corro com eles, porque o troço vai ganhando velocidade à medida que descemos, e Fabio, com nostalgia dos tempos de filhote, resolve se debruçar na beirada, mordiscando meus calcanhares e ganindo o tempo inteiro.

Pelo visto, meu primo e Cass estão se preparando para competir no fim do píer, prestes a mergulhar de novo. Viv está sentada no toco de um dos pilares, fazendo a contagem regressiva pelo relógio de Nic, enquanto Em, Fabio e eu nos aproximamos.

— Até o quebra-mar de novo? — pergunta Cass, respirando com força, as mãos nos joelhos dobrados.

— O mais distante, dessa vez — responde Nic. Passa o braço na testa e então sacode a cabeça, espalhando gotas d'água. Franze os olhos e aponta para a segunda muralha de pedras, de um preto-azulado, com borda irregular, quase indistinguível acima das ondas. Cass se limita a balançar a cabeça.

Viv faz sombra aos olhos, obviamente atenta a possíveis tubarões.

— Quer que eu faça a contagem? — pergunto. — Cinco, quatro... — E Nic mergulha antes que eu diga "três". Cass olha para mim, com ar de "eu, hein!", mergulhando em seguida. Ficamos observando as braçadas rápidas de Nic. Viv grita: "Vai, Nico, vai, Nico!" Fabio começa a pular de um lado para outro, latindo, feliz por fazer parte da muvuca. Sinto o impulso de torcer por Cass. Contra meu próprio primo? O sangue pode ser mais forte do que o cloro, mas os hormônios parecem ferrar a equação.

—Vai! — grito bem alto, sem saber para quem. —Vai! — grito de novo, abafando meus pensamentos. Abafando mais uma lembrança do verão que

Cass passou em Seashell, o primeiro ano em que todos já estávamos com idade para nadar sozinhos até o quebra-mar. Abafando mais uma lembrança dele, magricela feito um garotinho, de pé nas pedras, brandindo o punho em triunfo, dando um tapa nas costas de Nic e um toca aqui na minha mão, e então ficando com as orelhas coradas, sem os dois dentes da frente.

Nic *está* na dianteira, graças à sua vantagem injusta.

De repente, escuto outro baque na água, um latido agudo de Fabio, e me viro. Em não está lá. Em não está lá, e eu não vesti o colete salva-vidas nele. Pela primeira vez na vida, esqueci. Não estava segurando sua mão, sua perna ou uma dobra da sua camisa, que é o que faço mesmo quando *visto* o colete salva-vidas nele. Em um instante, estou me atirando do píer, os gritos de Viv ecoando nos meus ouvidos.

É maré alta.

Maré alta. Emory está usando o pijama do Super-Homem, que é azul--escuro, da cor da água. Agito os braços freneticamente, procurando seus dedos, seu cabelo, um dedão do pé, qualquer coisa. Volto à tona para respirar, sufocada, e então torno a mergulhar, abrindo caminho por entre as profundezas geladas. Então, toco em pele quente, sua perna, ah, graças a Deus, puxo-o para mim, sua cabeça batendo no meu ombro, subindo à superfície e respirando fundo de um jeito que sai parecido com um soluço. Ele está tossindo... e, se está tossindo, está respirando, mas logo começa a chorar. Reboco-o em direção aos degraus que levam da água funda ao píer, respirando nos seus cabelos, ofegante.

De repente, sinto alguém ao meu lado.

— Você pegou o Em — diz Cass, a mão quente na minha cintura. — Ele está salvo. Você pegou o Em. Respirem fundo, vocês dois. — Emory chora mais alto e eu escuto Viv dizendo "ah, meu Deus, ah, meu Deus". A culpa é minha. Desviei os olhos na hora errada. Não vesti um colete salva--vidas nele. Cass agora está com a mão nas minhas costas, nos conduzindo pelos degraus.

Viv está esperando com uma toalha, que vou logo enrolando em Emory, puxando-o para o meu colo.

— Fala, Em! — ordeno. — Diz alguma coisa.

— Escondidinho! — Emory rompe em lágrimas ainda mais escandalosas. — *Meu* Escondidinho. Ele queria ver o mar. Ele se *aforgou*.

Cass se vira para mim, esperando uma explicação.

— Um bicho de pelúcia — digo, passando os dedos pelo couro cabeludo de Em, à procura de galos. Ele continua chorando, afastando minha mão.

— De que cor? — Cass olha para a água. — Marrom? Preto? Azul?

— Vermelho.

— Perfeito. — Ele dá um mergulho tão reto que não provoca a menor ondulação na água.

Agora, Nic chega aos degraus e sobe correndo, um olhar preocupado.

— Você está bem, garoto?

— Escondidinho! — uiva Emory. Vivien, Nic e eu discutimos se é o caso de levá-lo ao hospital, para darem uma olhada nele. Com lágrimas nos olhos, Vivien e eu somos a favor, mas Nic diz que estamos fazendo uma tempestade em copo d'água.

— Lembra aquela vez em que você caiu do barco do tio Mike quando tinha uns quatro anos? Você ficou *ótima*. É a mesma coisa.

— Mas é Emory — digo. Em nasceu prematuro, de sete meses, uma coisinha frágil de novecentos gramas. Depois, quando estava com quatro anos, teve meningite viral e uma febre de quarenta graus. Toda vez que ele pega uma gripe no inverno, sempre, inevitavelmente, a gripe descamba para uma bronquite. Praticamente tudo que poderia dar errado dá errado. Estou segurando-o com tanta força, que ele para de soluçar e diz:

— Ai. Com carinho.

— Aqui está, amigão. — Cass subiu a escada da água para o píer e agora estende um caranguejo-eremita de pelúcia todo encharcado e enxovalhado.

Em para de chorar na mesma hora, boquiaberto por um instante, e então abre um largo sorriso.

— Salvou ele. O Super-Homem salvou Escondidinho. — Ele arranca o caranguejo de Cass, abraça-o, espremendo três litros de água, tateia a cabeça do boneco à procura de galos, dá um beijo nele e então se aproxima e põe a mão no rosto de Cass, dando-lhe tapinhas, do jeito que mamãe faz com ele.

Cass pigarreia, arrastando um dos pés nas pranchas de madeira molhadas do píer.

— Não foi nada, cara. Talvez ele precise de uma respiração boca a boca e de um secador de cabelo, mas vai ficar bom.

— Obrigado, Somers. Reflexos rápidos. — Nic meneia a cabeça para ele, o queixo levantado, os braços cruzados.

— Não tão rápidos como os seus pés quando você mergulhou — diz Cass, sem se alterar. O queixo de Nic se retesa. — Aquilo foi muita sujeira, cara — continua Cass. — Incompatível com o espírito da Academia da Guarda Costeira.

O rosto de Nic fica vermelho de raiva. Ele olha depressa para Viv, depois para mim, e então crava os olhos no píer.

— Uma vantagenzinha de três segundos — debocha, por fim, como se dissesse, "tá, tudo bem".

— Exatamente. — Cass sacode a cabeça, tirando o cabelo dos olhos, que parecem de um azul-escuro um pouco mais invernal agora.

— Ai, querem parar com esse bate-boca besta, vocês dois? — digo. — Vamos levar Em para casa. — Nic o tira de meus braços e olha para mim, o rosto impassível. Dou uma cutucada nas suas costas em direção à praia, quase um empurrão. Ele assente, um gesto tão discreto que é quase imperceptível, e começa a caminhar. Vivien segue atrás dele, torcendo Escondidinho, vez por outra virando o pescoço para nos olhar, tão perto que quase pingamos água uma na outra. Ela inclina a cabeça para mim, e então corre atrás de Nic e Em.

Dou um toque rápido no braço de Cass.

— Obrigada.

— Não foi nada. — De repente, ele se vira para mim, sua expressão sem a menor ironia. — Mas aquilo era um *caranguejo-eremita* de pelúcia?

Caio na risada, morta de alívio por desfazer a tensão que contrai meu estômago há dias.

— Pois é, até parece que um grupo de fabricantes de brinquedos se reuniu numa sala em algum lugar e um deles estalou os dedos e disse: "Já sei! Uma linha de crustáceos! É o que toda criança quer!" Mas Em adora aquele boneco. Por isso... muito obrigada.

— Foi você quem fez o salvamento mais importante, Gwen. Continue assim, e eu vou ter que passar a minha capa de super-herói para você. Ou falar com o técnico Reilly sobre o prêmio de Salva-Vidas do Ano, que você fez por merecer em março.

O Mergulho do Urso-Polar.

Por um segundo, a frase fica lá, como uma luva atirada. *Plaft*. Então, olho nos seus olhos. Não sei o que os meus estão dizendo, mas, depois de um momento, ele desvia os seus, erguendo-os em direção ao céu e de novo para mim, a boca entreaberta. Sigo seu olhar até o meu peito, onde, naturalmente, minha regata justa demais está totalmente ensopada. Branca. Praticamente transparente.

Que foi que aconteceu?

Estalo os dedos.

— Meu rosto está aqui em cima.

Cass pega a toalha, agora com mil pintinhas num interessante tom de rosa, enrolando-a bem apertada na cintura.

— Hum, desculpe. Por acaso você está com frio, Gwen? — Um sorriso infinitesimal, apenas o bastante para mostrar as covinhas, se esboça nos cantos de sua boca.

Solto um gemido.

— Você não faz nem ideia de como esses troços são chatos. Desde os doze anos que eu carrego essa cruz! É como se eu fosse um par de peitos preso a uma garota sem rosto. Às vezes minha vontade é poder tirar e entregar a qualquer um que se dê ao trabalho de ver o resto de mim e dizer: "Toma. Acho que você perdeu isso aqui."

Cass joga os cabelos para trás.

— Por um momento, a gente estava se entendendo tão bem. Eu não tive a menor intenção de te tratar como um objeto ou te desrespeitar como ser humano. Você é... — ele gesticula em direção a mim — do jeito que você é. Desculpe por notar. — Fixa os olhos nos meus. — A propósito, me deixa dar umas aulas para o seu irmão. Se não, você vai acabar tendo um ataque do coração ou uma úlcera de tanto se preocupar e se culpar por não poder ficar de guarda vinte e quatro horas por dia, sete dias por semana. E vamos ter aquelas aulas de uma vez. A essa altura, você só está dando desculpas esfarrapadas. Eu preciso dessas aulas, tá bem? Preciso continuar no time.

— Por que isso é tão importante para você? — pergunto. — Você não vai se candidatar a uma vaga na Academia da Guarda Costeira, pode entrar em qualquer faculdade que quiser.

Ele nega com a cabeça, olhando para mim.

— Você não faz ideia do que eu quero. Nenhuma. — De repente, sua voz se endureceu.

Fecho os olhos, respiro fundo, solto o ar.

— Tem razão. Não faço mesmo. Não sei o que você quer. Você fez uma coisa legal, e eu estou sendo superantipática.

Fico aliviada ao ver as covinhas aparecerem, bem fundas.

— Uau. Isso é um pedido de desculpas autêntico? Eu te perdoo. Se você me perdoar por ficar na frente de uma garota como você e deixar meus olhos darem uma volta. Minha mãe ficaria furiosa comigo.

Só tenho uma vaga lembrança da mãe de Cass, daquele único verão. Adultos que a gente não conhece bem parecem se confundir quando a gente é pequena — uma pessoa grande que fala coisas que você não entende e que não parecem interessantes. Nenhuma lembrança de ela ser alta ou baixa, loura ou morena. Ou mesmo simpática ou antipática. Tento visualizá-la nos treinos, mas não consigo. Só consigo ver o pai de Cass torcendo.

— Ela é terapeuta — acrescenta ele. — Especializada em dar autonomia a mulheres jovens e mais velhas. Até escreveu livros sobre o assunto. *Como o Patriarcado Silencia a Voz Feminina.* Esse foi o best-seller. Ah, e tem também *Homens: Por que Nos Damos a Esse Trabalho?*

— Ai! — digo. — Sério?

— Seriíssimo. Mamãe é do tipo que não deixa nada indissecado... — Ele franze o nariz e os olhos. — Essa palavra existe?

— Não, mas passa raspando — digo. Faço um esforço para me lembrar da mãe de Cass. Imagino-a com uma bata de linho cru e os cabelos soltos, as pontas dos dedos encostadas. Depois, com os cabelos presos num coque austero, usando um tailleur de executiva. Nenhuma das duas imagens parece combinar com ela.

— Às vezes, os jantares de família são como sessões de terapia. Eu me sinto como se a gente devesse se deitar em divãs enquanto a minha mãe esmiúça as nossas psiques. "Como essa segunda fatia de pizza faz você se sentir, Cass? Acho que precisamos examinar essa sua resistência aos brócolis, Bill."

Ainda estou bolada com o tal de *Homens: Por que Nos Damos a Esse Trabalho?*. Não quero que Cass tenha uma família linha-dura, castradora. Não combina com a imagem que formei do seu pai naquele verão, com minhas lembranças de me sentir à vontade para entrar correndo na casa deles, sem nunca me dar ao trabalho de tirar os sapatos diante da porta.

— E ela teve três filhos homens — comento.

— Pois é. Eu fui a sua última tentativa de produzir uma menina. Meu nome teria sido Cassandra... você sabe, aquela mulher a quem ninguém dava ouvidos na *Ilíada*. E que morreu.

— Em vez disso, você recebeu o nome de um personagem descolado de um clássico do cinema.

— É, e que também terminou sendo assassinado no fim.

— Bom, a minha mãe me deu o nome da adúltera mais famosa do mundo.

Cass estremece, e então olha para o mar.

— É melhor eu ir para casa. Tenho... tipo assim... uma reunião de família à noite... e é melhor você ir se secar. Vou bolar um programa de natação para o Emory.

Ele se afasta a passos largos pelo píer, sem olhar para trás. Dou uma geral no estacionamento, meio que esperando ver o carro de Spence parado, como no outro dia. Mas ele não está lá. O que não faz a menor diferença, porque é como se Spence estivesse bem aqui, entre nós.

Mais uma vez.

E por um momento, nós estávamos nos entendendo tão bem.

Capítulo Dezoito

Mamãe despenca pesadamente no sofá, enquanto Nic e eu descrevemos o que aconteceu com Em, os dois disputando a maior parcela da culpa, como se fosse a última fatia de uma torta.

— A culpa foi toda minha, tia Luce. Eu estava concentrado na corrida, nem notei que ele não estava com o colete salva-vidas...

— Não, mãe, a culpa foi minha. Eu... — *me distraí vendo Cass de calção e por esse estranho acordo que fazemos e desfazemos o tempo todo* — ... não estava prestando atenção quando devia estar...

— Não deveria ter que ser sempre a Gwen, tia Luce. Eu pisei na bola completamente, porque eu... — O rosto de Nic fica vermelho.

— Era eu quem estava no píer com o Emory, fui eu quem o levou para lá. Sem o colete salva-vidas.

Finalmente, quando nos calamos, mamãe suspira, seus olhos avaliando Em, que já cabeceia de sono no canto do sofá, os cílios compridos se agitando, ainda abraçado a Escondidinho. Ela passa a mão sob os olhos, e então faz uma festinha no cabelo de Nic e segura o meu queixo.

— Eu sei que peço demais de vocês dois. Olho para vocês, bons garotos, e quero que tenham tudo que eu quis ter e não tive. Mas não podemos deixar Emory ficar sem assistência. Temos que protegê-lo. Ele não pode fazer isso por si mesmo.

Vovô Ben, que está socando tabaco no cachimbo que quase nunca fuma, um raro sinal de extrema agitação, aponta o tubo do cachimbo primeiro para mim, depois para Nic.

— O nosso miúdo precisa daquelas aulas de natação. Vamos contratar o jovem faz-tudo. Ele falou comigo a respeito outro dia.

Nic se encrespa.

— *Eu* posso ensinar a ele. Por que temos que meter Cassidy Somers nisso?

— Você já tentou, Nico. — Mamãe dá um tapinha no joelho dele. — E o seu avô também. E Gwen. Às vezes essas coisas dão mais certo quando quem ensina não é da família.

— Tá legal. Lembra quando papai tentou me ensinar a dirigir? — Estremeço.

— Teria sido melhor se você tivesse batido em outra cerca que não a da Sra. Partridge — diz mamãe. — A velha megera ainda toca no assunto toda vez que eu faço faxina na casa dela.

Vovô leva o isqueiro ao fornilho do cachimbo, soltando baforadas fundas. Por fim, pendura o cachimbo no canto da boca e diz:

— Nós falamos com o faz-tudo. Tu — aponta para mim — perguntas a ele hoje à noite. Ele está aqui na ilha, pois não?

— Na sede da manutenção — diz Nic. — Vou falar com ele.

— Não, preciso que me leves à missa — diz vovô Ben. — Meu miúdo escapou por um triz hoje. Devemos dar graças a Deus por isso. Guinevere pode resolver a questão com o faz-tudo. — Sua testa se enruga. — E se pagássemos a ele em peixes?

Tenho calafrios só de me imaginar chapando uma cavala morta nos braços de Cass ao fim de uma aula.

— Nós bolamos alguma coisa — digo. — E gente, o nome dele é Cassidy. Não José. Nem faz-tudo. Por que é tão difícil para todo mundo se lembrar? Além disso, ele não é tão jovem assim. Tem a nossa idade. Quer dizer, acho que ele é um pouco mais velho do que eu, mas não é nenhum garoto de dez anos. Obviamente. Olhem para ele. Aliás, vocês deviam se lembrar dele, porque ele passou o verão aqui uma vez, aquele verão em que fez um tempo louco, e... e... lembram? Fora o fato de que ele está no time de natação do Nic.

Vovô, Nic e mamãe ficam me encarando como se tivesse nascido uma segunda cabeça em mim. Verde com bolinhas cor-de-rosa.

— Esse é o bem-educado que tem uma barriga de tanquinho? — pergunta mamãe.

— Sabes como é difícil para nós irmos aos treinos — diz vovô. — E todos os rapazes ficam iguais com aquelas touquitas e aqueles calçõezitos.

Não ficam, não senhor.

• • •

Emory ainda está dormindo quando saio, por isso carrego Fabio comigo como uma boa desculpa para fazer minha breve visita. Cass não vai querer nosso cachorro velho, flatulento e hiperexcitável por perto durante muito tempo. Uma rápida transação comercial, é só o que isso precisa ser.

Mas, quando bato à porta do apartamento que fica em cima da sede da manutenção, não é Cass quem abre, e sim Spence. Ele está mais perfeito do que nunca, parecendo saído de um anúncio de pasta de dentes. Um efeito realçado pelo par de tênis brancos que está usando.

— Oláááá — diz ele, arrastando a voz, mantendo a porta aberta com a lateral do pé e pesquisando o meu corpo de alto a baixo, a manobra que já se tornou sua marca registrada. Deve ser um reflexo. Pelo que ouvi dizer, Spence nunca faz nada, nem transa com ninguém, duas vezes.

— Que coincidência, encontrar você logo aqui.

Fabio começa a lamber a perna dele, e então roça o focinho no maior chamego, esperando ganhar uma festinha atrás das orelhas. Spence se abaixa e faz a festinha, e Fabio na mesma hora se deita de barriga para cima. *Traidor.*

— Só tenho uma coisa para perguntar ao Cass. Ele está em casa?

— Está, dando uma de Bela Adormecida. — Spence aponta o polegar para uma porta fechada. — Achei que ele poderia estar a fim de competir, mas ele foi direto para a cama. Disse que precisava tirar uma soneca para recarregar as baterias, mas já faz uma hora que está dormindo. Entra aí.

Digo a ele que prefiro voltar outra hora. Spence, sem sequer se dar ao trabalho de discutir, apenas ignorando minha resposta, abre mais a porta.

— Eu não vou te morder. A menos que você peça com *muito* jeitinho. Entra aí! É um saco que ele tenha resolvido se transformar num proletário esse verão. Passa o tempo todo cansado, nunca está a fim de fazer nada que preste. Ou que *não* preste, para ser mais exato.

— Pobre rapaz — digo, sarcástica. De repente, Fabio resolve invadir a sala, seus quase quarenta quilos me arrastando, e se atira no sofá em um dos seus inoportunos rompantes de energia juvenil. Preciso tirá-lo de lá e cair fora eu também, imediatamente. Fabio já "marcou o território" em sofás alheios outras vezes.

— Que entrada majestosa, Castle. Sim, é uma merda que o meu amigo tenha virado um peão. — Spence parece totalmente sincero, sem se dar conta da ironia de reclamar das agruras de um emprego de verão a uma pessoa que obviamente também tem um. — Eu nunca faria isso. Arrancar ervas daninhas, cortar grama. Maneira horrível de passar três meses maravilhosos, sem escola. Eu mandaria o meu velho à merda. Mas você conhece o nosso Cass. *Ele* faz tudo que mandam.

É, principalmente quando quem manda é você.

— Ele não é o "nosso" Cass. — Dou uma olhada na sala. Feia de doer. Eletrodomésticos verde-abacate, paredes pintadas em um amarelo-vômito hediondo, armários imitando cerejeira com o verniz descascado deixando entrever o compensado com manchas de cola por baixo, um piso de vinil imitando lajotas, todo rachado e se enrolando nos cantos. Todas as quadras de tênis de Seashell são reformadas anualmente, e pagamos uma fortuna a algum golfista aposentado para analisar o campo de golfe e dar aulas particulares. Pelo visto, o apartamentinho do faz-tudo não está na lista de pendências.

— Como quiser, princesa. Quer pipoca? Estou morto de fome, e o Sundance não tem mais nada para oferecer à gente. — Ele abre a porta do micro-ondas, enfia um saco de pipocas e torna a fechá-la. — Esse emprego está acabando com ele. Pior do que a porcaria da escola. Pessoalmente, *eu* não tenho a menor intenção de fazer nada que valha a pena nesse verão. Já passei os dois últimos no curso de idiomas do Middlebury e no curso de tênis do Choate. De repente, essa pode ser uma mudança radical. Meu verão de pegar uma cor, ficar de bobeira, engordar e ser feliz.

Fico tentada a fazer um comentário ferino sobre sua falta de ambição, mas, honestamente, tudo que ele falou parece legal, quando a pessoa pode se dar a esse luxo. Menos o lance de engordar. Isso eu posso fazer por conta própria.

— Eu raramente pego uma cor — continua Spence, falando mais alto do que o zumbido do micro-ondas. — Quase nunca fico de bobeira. Nunca engordo. — Ele tira o saco de pipocas e chupa os dedos, soltando um palavrão em voz baixa.

— Você se esqueceu do quesito "ser feliz".

Ele dá de ombros, uma expressão sombria se estampando no rosto.

Fabio ainda está em transe no sofá, que tem uma pilha enorme de roupa suja embolada. Vários itens cor-de-rosa. E me ocorre que essa é a primeira vez que Spence e eu ficamos a sós desde aquela festa.

Preciso de alguma coisa para fazer com as mãos, por isso pego uma camiseta e começo a dobrá-la, e depois outra, combino um par de meias, enrolo-as numa bola.

Ouço Spence soltar uma exalação como um bufo, levanto o rosto e vejo que ele está olhando para mim.

— Tão doméstico. Que esposinha fofa você vai dar.

Largo o segundo par de meias. O que estou fazendo, me transformando em minha mãe? Fico vermelha, mas, quando volto a olhar para o rosto de Spence, ele está só sorrindo para mim, estendendo o saco de pipocas.

— Quer uma bebida gelada para acompanhar? — oferece. — Um pack de seis garrafas de Heineken foi o presente que dei para o Cass quando ele veio morar aqui. Você é *muito divertida* quando fica de porre.

— A tradição do time de natação. É, eu sei, Spence. Como você disse.

— Eu já me desculpei por isso, Castle. Foi uma grosseria da minha parte. O que, aliás, é o meu maior talento. Quer dizer, o meu segundo maior talento. — Ele meneia as sobrancelhas para mim.

Resisto ao impulso de esticar a língua para ele, preferindo apenas balançar a cabeça.

— Como vai o seu irmão?

A pergunta, que parece muito atípica para ele e também indica que Cass falou com ele sobre Emory, me deixa totalmente desconcertada.

— Ele está bem — respondo, lacônica. — É por isso que estou aqui. Quero aceitar a oferta de Cass de dar aulas de natação para ele. Por isso, pode dar o recado a ele, porque eu já estou de saída...

— Cass quase se afogou quando tinha seis anos — conta Spence. — Durante uma maré de retorno na praia. Nós estávamos com o meu pai, que estava... enfim, eu chamei o salva-vidas que fez o salvamento. — Dá uma olhada no relógio. — Droga, já são quase sete da noite e eu tenho que estar no clube às oito. Vou acordar o proletário.

E se dirige à porta fechada. Corro atrás de Spence.

— Não, não acorda, não. Eu volto outra hora.

Mas Spence continua caminhando e eu acabo entrando atrás dele no quarto. Cujas paredes são do mesmo tom amarelo-esverdeado medonho da sala, mas cobertas por mapas desenhados à mão e assinados numa caligrafia clara e caprichada: *CRS*.

Cass está deitado de bruços, os braços em volta do travesseiro, como se abraçasse uma pessoa. Seu cabelo está todo arrepiado, a boca entreaberta. O lençol vem até a sua cintura, as costas nuas, e espero sinceramente que ele esteja usando uma cueca cor-de-rosa por baixo. Começo a recuar em direção à porta no instante em que Fabio invade o quarto, pula na cama e aterrissa em cima da bunda de Cass, naquele tipo de salto voador que ele não consegue dar em casa há quatro anos.

Spence cai na gargalhada e Cass levanta a cabeça, assustado, os olhos imensos. Quando ele me vê ao lado de Spence, seus olhos se arregalam mais ainda.

Também é a primeira vez que nós *três* ficamos tão próximos assim desde aquela festa.

— Que é que está acontecendo?

— Cara, a sua cor já é um acontecimento. — Spence aponta para a fronha do travesseiro, que também é cor-de-rosa.

— Que é que está acontecendo? — repete Cass, olhando ora para um, ora para o outro. Puxa o lençol para mais perto do corpo e, como não vejo nenhum vinco ou dobra, deduzo que não há nada embaixo dele além de Cass. Fabio começa a lamber seu ombro, aquele lance constrangedor que os cachorros fazem, como se estivessem tomando um sorvete.

— Não está acontecendo nada. Eu já ia embora. — Pego a ponta da guia e puxo, mas Fabio planta as pernas no colchão com mais firmeza, babando na nuca de Cass. Spence ri, vai até ele e puxa o meu cachorro traiçoeiro para o chão.

— Não precisa ir correndo — diz ele. — Calma, Castle. Acho que estamos todos precisando de uma cervejinha. Eu, pelo menos, vou tomar uma.

E sai do quarto, me deixando sozinha com Cass, que provavelmente está nu, e Fabio, que escolhe esse exato momento para marcar o território.

No pé da cama.

Como se fosse um hidrante.

Ou um poste. Na rua. Muito longe daqui. Onde eu daria tudo para estar.

Tapo os olhos, gemendo, escuto o som do lençol sendo afastado, e então Cass diz:

— Mas o que é... ah!

— Vou pegar uma esponja. Secar isso. Não tem problema. Ele gosta de fazer pipi nas coisas que acha, hum, interessantes. É um mau hábito, ele já está velho e não tem educação. Ou... continência urinária. Desculpe. Posso cair dura no chão?

O riso de Cass abafa as últimas palavras de minha frase.

— Não — diz, após um momento. — Um cadáver no meu chão seria muito pior do que isso.

Meus dedos ainda cobrem o rosto.

— Desculpe por meu cachorro não ter... autocontrole — repito.

— Bom, seria chato se *eu* fizesse isso. Mas é muito normal para um cachorro — diz Cass. — Algum dia você vai abaixar as mãos?

— Vou ter que abaixar, porque vou limpar a sujeira. — Dou as costas, puxando a guia de Fabio, que, felizmente, cede e me segue enquanto esbarro na soleira da porta, antes de fechá-la.

— Toma — diz Spence, tentando me entregar uma cerveja.

— É a última coisa de que eu preciso. — Empurro a garrafa gelada e olho em volta, procurando um rolo de papel-toalha. Mas não vejo nenhum, porque Cass tem dezessete anos, e Nic nunca pensaria em comprar um rolo. É claro que eles também não têm nenhum pano de prato. E agora? Em um dos romances de mamãe (ou da Sra. E.), a heroína levantaria a saia, toda catita, e rasgaria um pedaço da anágua. Mas isso nunca aconteceria com uma das heroínas de mamãe, porque é o tipo de coisa que só acontece comigo.

Spence coça a cabeça, dando um gole na cerveja.

— Vocês não deveriam ser os baladeiros da ilha? Será que ninguém enche a cara por aqui? O velho Nic Cruz parece um escoteiro. E eu nunca vi a sua amiga Vivien numa festa.

— Ela e Nic preferem dar festas particulares — respondo. — E eu também não vejo você e Cass enxugando uma garrafa toda hora.

Por fim, conformada, pego um punhado de papel higiênico e bato com firmeza à porta do quarto. Spence, que, pelo visto, perdeu todo o interesse pelo drama, liga a pequena tevê e começa a assistir a um jogo de basquete.

— Entra.

Cass está de costas para mim, vestindo um jeans gasto, abotoando a braguilha. Como a calça fica bem no seu corpo é a última coisa em que presto atenção no momento. Mesmo assim... meu Deus.

Enxugo a poça de pipi e continuo esfregando o chão já quase seco, morta de vergonha por não saber o que dizer. Ele também está calado e não posso ver seu rosto, o que me deixa ainda mais nervosa, por isso faço o de sempre e solto a primeira coisa que me passa pela cabeça.

— Você estava usando alguma coisa debaixo do lençol?

Capítulo Dezenove

— **Muito bem!** — diz Viv, parando o carro no meio-fio quando estou voltando para casa da sede da humilhação, enquanto o sol finalmente se põe sobre o mar. Ela se inclina para abrir a porta do lado do carona. — Já chega. Entra aí.

— Isso é um sequestro?

— É. Entra. Agora.

Balanço a guia de Fabio.

— Tem certeza? — Vivie conhece os maus hábitos de Fabio.

— Acho que ele gosta de marcar madeiras e tecidos, não vinil. Além disso, acabei de entregar dez quilos de mexilhões temperados em caldo de alho e chouriço nesse carro *depois* de ficar presa na ponte por quarenta minutos. Fabio não pode deixar o fedor pior do que já está. Entra aí, antes que eu tenha que recorrer à força bruta.

Entro no carro, observando seu perfil.

— Você tem uma arma?

Os pneus cantam quando ela dá marcha a ré depressa demais, e então avança ainda mais depressa.

— Minha arma é o jeito como eu dirijo, e nós duas sabemos disso. Vou ficar rodando por aí até você me contar o que está acontecendo entre você e Cassidy Somers. Achei que o cara ia te agarrar ali mesmo, no píer.

— Não é nada disso. Ai, Vivie, mais devagar!

— Gwen, é *exatamente* isso. Aquele cara olha para você como se quisesse te passar por cima de uma torrada.

Começo a rir.

— Torrada? Como assim?

Vivien ri baixinho.

— Tá, falei besteira. Mas eu trabalho num bufê, nós pensamos em termos de comida. E você entendeu o que eu quis dizer. — Ela me observa com os olhos franzidos. — Porque você também está de quatro por ele, amiga.

— Bom, ele pulou no mar para salvar um bicho de pelúcia. A maioria dos caras teria dado de ombros. Eu fiquei grata. Ele foi muito gentil. — Apoio os pés no painel, e o fecho defeituoso do porta-luvas se abre. No mínimo umas oito multas vencidas por excesso de velocidade e estacionamento proibido despencam no chão já atulhado.

Vivien balança a cabeça, as marias-chiquinhas curtas e apertadas roçando as bochechas.

— Nico vive dizendo que vai dar um jeito nesse troço.

— Seria muito melhor se *você* desse um jeito nessas multas, amiga.

Ela se remexe no banco, olhando com ar intimidante para mim.

— Não tente mudar de assunto. *Gentil?* Em primeiro lugar, essa não seria a palavra que eu escolheria para descrever o jeito como vocês olham um para o outro. E você agora também decidiu que não odeia mais o cara? Quando foi que isso aconteceu? — Ela abaixa a voz, num tom dramático. — E como, exatamente? Detalhes, Gwenners. Você está infringindo o código da amizade.

Vislumbro a brecha que esperava e dou o bote.

— Talvez seja melhor você recitar esse código para mim mais uma vez.

— Devo ser informada sobre todos e quaisquer fatos na sua vida assim que acontecerem. Acima de tudo, devemos dissecar e analisar cada um deles ao máximo. Principalmente quando disserem respeito à sua vida amorosa. De que outro jeito posso saber quando devo ir à sua casa com um monte de potes de sorvete, ou quando devo te levar para comprar lingerie?

— Argh — digo. — Me deixa de fora desse. Prefiro um pelotão de fuzilamento aos espelhos da Victoria's Secret.

— Detesto quando você se deprecia, Gwen. Você está mudando de assunto *e* não está entendendo o que eu quero dizer. Sou sua melhor amiga. Preciso saber de *tudo*.

Cruzo os braços.

— Precisa mesmo? Agora?

— Tudinho.

— E isso deve ser recíproco?

— É claro. Quando foi que eu não te contei os menores detalhes sobre mim e Nic? Ele ainda está furioso por eu ter te contado sobre aquele lance que ele faz com os polegares.

— Argh, eu podia passar sem saber isso. Ah, meu Deus, Viv... — Fico brincando com um fio solto na bainha do short. — E quanto a comprar anéis?

Seu rosto fica cor-de-rosa, o rubor passando para a base do pescoço.

— Eu estava mesmo querendo te falar sobre isso.

— Ué, então por que não falou? Estou aqui! Nós nos vemos todos os dias! Você não podia ter dito: "Oi, Gwen, me dá mais um brownie, e fique sabendo que estou noiva do seu primo adolescente?"

Viv troca de pista sem ligar o pisca-pisca, o que provoca buzinadas furiosas do carro que vem atrás.

— Eu... fiquei com medo de que você achasse esquisito.

— E *é* esquisito. Mas o que é mais esquisito ainda é você não me dizer nada! E Nic não me dizer nada!

— E quanto a *você* não me dizer nada? Há quanto tempo você sabe?

— Há séculos. Tipo assim, umas duas semanas.

Levando o carro para o meio-fio, Viv se vira para mim.

— Olha, me desculpe. Nic e eu decidimos guardar segredo. Deus sabe que se isso caísse nos ouvidos de Al, ele faria um escândalo. E a minha mãe faria outro. Eu seria mandada para... sei lá... um convento, em dois tempos.

— Você não confiou que eu fosse guardar segredo? — pergunto, mais calma.

Sua expressão muda, endurecendo um pouco.

— Pelo contrário, eu sei que você é capaz de guardar segredos. Aliás, parece ser a sua especialidade.

Como é que é?

— Pois se *eu mesma* não sei o que está rolando entre mim e Cass! — disparo. — E como é que eu posso te dizer, quando nem sei o que dizer a mim mesma?

— Meu papel é te ajudar a entender isso — diz Viv. — O que também está no código da amizade. Mas eu não estava me referindo a Cass. Estava me referindo... — ela respira fundo, endireitando os ombros — ... a Spence Channing. Quando é que você ia me contar sobre *Spence Channing*, Gwen? *Algum dia?*

Afundo no banco do carro. Não consigo nem olhar para ela, minha melhor amiga. Isso é até pior do que Nic saber. Levo as mãos ao rosto para esfriá-lo.

— Viv... você sempre teve Nic. Sempre. Vocês sempre tiveram uma relação estável. Sempre. Depois do que aconteceu com Cass... para não falar da burrice que eu fiz com o Alex e do flagra que o meu pai deu na gente... eu pensei que você iria... — Pigarreio, mas não consigo encontrar mais palavras.

— Pensou que eu iria...? —Vivien abaixa minhas mãos, virando meu queixo para poder me olhar nos olhos.

— ... me achar uma piranha. E se você achasse isso... — Começo a cutucar um pedaço de vinil que está descascando. Vivien continua olhando para mim, até que finalmente digo: — ... então, talvez fosse verdade.

Ela joga a cabeça contra o encosto do banco.

— O que é uma idiotice, eu sei, mas, enfim... — digo.

— Pelo amor de Deus, Gwen! Por favor! Eu nunca pensaria uma coisa dessas de você. Já transei muito mais do que você. Isso faz de mim uma piranha, por acaso?

— Mas não é como você e Nic. Não é amor de verdade. É... só sexo.

Ela fica olhando para mim durante um bom tempo, com uma expressão preocupada. Então, pergunta:

—Tem certeza? Cass sabe disso? Spence sabia?

Ignoro a parte sobre Cass.

— *Só sexo* é justamente o que o Spence faz! É a única coisa que ele faz. Foi ele quem criou essa frase adorável.

Ela faz uma careta.

— Que estranho. Fica até parecendo que ele não gosta de transar. Logo ele, que tem essa tremenda fama de paquerador. Ele é... hum... bom de cama?

— O quê? Não sei. Não lembro muito bem — confesso.

Ela faz outra careta.

— Eu interpretaria isso como uma negativa. E Cass?

Dou de ombros.

— Eu me sinto estranha falando sobre isso. Como se estivesse dando notas a eles."E a nota dez vai para...", enquanto os outros dois recebem notas muito mais baixas. Agora é que eu estou me sentindo *mesmo* uma piranha. Além disso, teve também o Jim Oberman, no primeiro ano.

— Ah, me poupa. — Ela dá um tapa no meu ombro. — Ninguém se lembra mais daquilo. Além do mais, você só deu um amasso no Jim. E a iniciativa foi dele. Era um pobre-coitado que exagerou a história ao máximo para dar a impressão de que tinha rolado muito mais. A questão é que... eu só tive o Nic. Não tenho base para fazer uma comparação. Fico imaginando... um pouco... às vezes. Quer dizer... quase nunca. Mas sabe como é...

Meu queixo praticamente despenca. Nunca pensei que Vivien sequer *enxergasse* qualquer cara além de Nic. Não acho que *ele* enxergue qualquer garota além dela. Nunca o ouvi sequer dizer que alguma delas era bonita. A não ser eu, o que não conta.

— Com algum cara em particular? — pergunto, cuidadosa. Então, penso: *Ah, meu Deus, e se for Cass?* Afinal, como poderia não ser? Basta olhar para ele. Mas isso seria constrangedor demais.

— Não! — ela se apressa a dizer, corando. — É claro que não! De onde você tirou essa ideia?

— Do fato de que é difícil pensar num cara abstrato. A menos que seja uma celebridade, alguém desse tipo.

— Bom, claro, é um pré-requisito para a pessoa estar viva — diz Vivien. — Mas não, ninguém que eu conheça. Não mesmo. Esquece que eu disse isso... E, por favor, não conta ao Nic. — Sua voz se torna urgente. — Promete que não vai contar. — Ela segura minha manga. — Jura, Gwen. Que nunca vai contar a ele.

— Não acho que ele ficaria com ciúmes, Viv. Ele sabe que o seu coração é dele. Que sempre foi. E sempre vai ser.

— É isso mesmo — diz ela, convicta. — Completamente. Sempre. — Mas há uma ligeira hesitação na sua voz, e ela evita meus olhos.

Capítulo Vinte

Isso pode ser ruim. Muito ruim.

A casa de papai fica na água. Quer dizer... *em cima* da água. É no lado pantanoso de Seashell, aberto ao mar, perto da ponte de onde Nic e eu damos nossos mergulhos. A gente segue pela estrada, por uma trilha de mato, e depois por uma pinguela de pranchas duplas até a casa dele, que fica sobre palafitas, se erguendo uns dois metros acima do pântano, até chegar à varanda minúscula do casebre vermelho caindo aos pedaços com boias penduradas do lado de fora e varas de pescar sempre empilhadas ao lado da porta.

Papai a chama de "isca de furacão", mas de um jeito carinhoso. Ele a comprou barato de um cara da ilha que ia se mudar para a Flórida, e foi na hora certa, quando ele e mamãe estavam se separando, no ano seguinte àquele em que Em nasceu.

Essa noite, quando levo Em para nosso jantar semanal com papai, visto seu colete salva-vidas, só para cruzar aquele trecho minúsculo de água pontilhada de sol. Até Emory acha isso um absurdo. Ele não para de ficar puxando as tiras, pedindo: "Gwennie, tira."

Tenho certeza de que a queda do píer foi muito mais traumática para Escondidinho do que para ele.

Sinto cheiro de panquecas enquanto avançamos pela trilha. Papai tem esse hábito de servir coisas de café da manhã no jantar. Ele fica farto de almoços e jantares, depois de passar o dia e a noite inteiros preparando-os na Castle's. Estou carregando Emory, que pode ter perdido o medo de água, mas parece ter tomado aversão a pôr os pés no chão.

— Como vai a sua mãe? — pergunta papai, quando entramos. — E o que é que o seu irmão está fazendo com esse troço?

Pronto.

Abatida, explico a ele tudo sobre a queda. Mamãe e vovô não me culparam em voz alta... mas isso é muito pior do que não consertar uma porta quebrada. E papai não é exatamente do tipo que guarda suas críticas para si.

Ficando de joelhos, ele desafivela o colete salva-vidas, e então entrega a Em um prato de ovos mexidos com ketchup.

— Tá, tudo bem. — Papai pigarreia. Omiti a participação de Cass na história, por isso ele deve estar pensando que foi só mais um dos sonhos de Em. — Guinevere. — Ele se levanta, olhando para mim. — Você deu uma mancada, mas não perdeu a cabeça. Ainda assim, o garoto não precisa de um colete salva-vidas em terra firme. Desse jeito, você vai acabar fazendo com que ele fique com medo.

Dessa vez, conto a ele sobre Cass e as aulas.

— Somers... — diz papai, com ar de dúvida, esfregando o queixo coberto por uma barba rala. — Parente de Aidan Somers? O dono do estaleiro?

— Filho dele. — Me viro para o armário, tiro mais pratos, pego o xarope, começo a levar tudo para a mesa.

— Garoto rico — diz papai, com voz inexpressiva. — Não sei, não. De mais a mais, por que o seu primo não se encarrega disso, o grande nadador?

— Nico já tentou ensinar a ele, pai, e até queria tentar de novo, mas vovô não concordou, dizendo que era mais fácil aprender com alguém que não seja da família.

Papai solta um resmungo.

— Isso é uma besteira. Fui eu quem ensinou Nic a trocar um pneu, a montar uma tenda, a dirigir. E ele aprendeu tudo direitinho.

— Bom... — me arrisco. — Tecnicamente, você não é parente de Nic. Quer dizer... ele é sobrinho de mamãe, mas...

— Tecnicamente? — repete papai, pondo mais ovos num prato e jogando a panela na pia com um chiado abafado. — Eu trouxe aquele garoto para debaixo do meu teto quando ele tinha um mês de idade, troquei suas fraldas, levei ao hospital quando quebrou o braço, paguei por sua vida inteira. Isso faz de mim um parente, no meu entender.

Ele me entrega o prato maior, onde estão as panquecas, os ovos dispostos ao lado, torna a resmungar "tecnicamente!" e senta à mesa, logo pegando o garfo.

— Qual é o seu interesse nisso tudo? — pergunta, arrastando a cadeira num guincho alto.

— O qu...? — Coro de novo, visualizando Cass dormindo de bruços, as linhas lisas e enxutas dos músculos nas suas costas, sua expressão quando

fiz aquela pergunta, seus olhos se arregalando e as orelhas ficando rosa-
-choque. O garotinho Cass naquele verão, as bochechas infladas, soprando
um dente-de-leão enquanto fazia um pedido para mim quando lhe contei
meu segredo em relação a vovó.

Empilho panquecas no prato de Em, acrescentando manteiga e xarope.
Corto-as com capricho e precisão, provando um pedaço para ter certeza de
que não estão quentes demais. Evitando os olhos de papai.

— Quão bem você conhece esse rapaz? — Ele finalmente interrompe
meu silêncio, batendo no fundo da garrafa de ketchup para desprender o
restinho.

*Melhor do que deveria. Nem um pouco. Eu o conheci naquele verão em que
estávamos com oito anos. E estudamos na mesma escola.*

— Ele está no time de natação com Nic.

Papai está impaciente.

— Quão bem *você* conhece o rapaz? — repete.

Uma brisa quente com cheiro de limo sopra sobre o pântano salgado,
mas sinto calafrios. Será que papai sabe? E *o que* ele sabe? Tudo é muito mais
tranquilo entre nós quando sou sua "colega", como quando eu era pequena.
Ele parou de me abraçar no ano em que fiz doze, e de uma hora para outra
fiquei parecendo muito menos uma menina do que ainda era. De vez em
quando, ele dá uma olhada na minha roupa e diz alguma coisa tipo "Puxa
esse decote pra cima... assim", indicando meu peito com um gesto, sem me
olhar. Aquela vez com Alex na praia... ele mal sabia o que dizer. Começou
com "Moças de família não...", mas se calou. Nunca mais tocou no assunto.
Mas não esqueceu. Posso ver isso nos seus olhos.

— Gwen? — A voz de papai fica ríspida.

— Trata a Gwen com carinho — pede Emory, rosto apoiado em um dos
punhos, arrastando um quadradinho de panqueca por um lago de xarope.
E está com um bigode de leite.

— Olha, não estou pedindo o currículo do garoto. Ele é o faz-tudo, e
eu tenho certeza de que o Marco e o Tony devem ter levantado a ficha dele.
Mas, se eu vou deixar que dê aulas de natação para o meu filho, quero saber
se ele é responsável.

Bem, não com podadores elétricos, isso é certo. E não com... não com... Mas
não consigo pensar numa resposta que não seja totalmente inapropriada.
Ultimamente, minha vida parece ser uma sucessão infinita de encontros
constrangedores. Fico empurrando as panquecas no prato.

— Pergunta simples, resposta simples. — Papai estala os dedos diante de mim. — Gwen! Você está saindo do ar como a sua mãe.

— Ele é responsável — respondo, olhando para papai.

— É só disso que eu preciso saber. Vou confiar na sua palavra, que ele é uma pessoa decente. Termina de comer as suas panquecas. Fiz um monte, porque pensei que Nic também viria. Qual é a desculpa dele dessa vez?

Nic faltou aos três últimos jantares. A razão de hoje foi vaga: "Diz ao tio Mike que eu tenho uma coisa muito importante para fazer. *Muito* importante."

A razão por que ele quis tirar o corpo fora dessa vez é bastante óbvia, mas geralmente Nic é mais criativo com as suas justificativas.

Foi ver mais anéis de compromisso? Protocolar o processo de casamento no cartório? Fazer um exame de sangue? Ou ter uma consulta médica?

Viv e eu quebramos o gelo. Mas toda vez que abro a boca com Nic, torno a fechá-la sem dizer uma palavra, com uma sensação estranha. Ele é praticamente meu irmão, e não pode me contar? Por que ele e Viv podem me cobrar satisfações em relação a Spence, mas eu não posso fazer o mesmo com eles?

Dedos estalados. Papai de novo.

— Onde é que você está com a cabeça hoje, Gwen? — Franze os olhos para mim. — Qual é o problema? O que está havendo com Nic?

O braço de Em fica imóvel, o garfo com ovos e ketchup a meio caminho da boca. Ele olha para um, para o outro, seus olhos castanhos cheios de medo.

Repito a desculpa esfarrapada de Nic, sentindo aquele mesmo mal-estar no estômago. Tenho vontade de dizer: "Não sei, não sei, e não sei por que não sei. Fala com ele, descobre o que é e resolve o problema. Por favor, só resolve o problema", mas o que sai é:

— Exatamente: o que *está* acontecendo com você e Nic, pai? Por que você está sendo tão sacana com ele?

Silêncio. Papai franze a testa acima do prato, cortando as panquecas com precisão, sua faca raspando o prato.

— Ssssacana — Emory repete a nova palavra, esticando ao máximo o fonema, que é um dos que ele tem mais dificuldade de pronunciar.

— Que falta de sorte, a nossa. Essa ele aprendeu direitinho. Bom trabalho, Gwen. — Papai põe mais algumas panquecas no meu prato.

— E agora você está sendo sacana comigo. Eu falei sério. Qual é o problema com vocês dois?

— Seu primo precisa amadurecer.

— Ele ainda tem mais um ano no ensino médio, pai. — *Tomara*.

— Quando eu tinha a idade dele... — começa papai.

— Eu sei, eu sei. Você teve uma sorte de merda e...

— Não fala assim na frente do seu irmão — diz papai, furioso. Em se encolhe na cadeira, estendendo a mão melada de xarope. Seguro-a, aperto-a. Papai resmunga, não grita. O que está acontecendo?

— O que eu estou perguntando é o seguinte: é só isso que você quer para mim e Nic? Só o que você teve? E aquelas coisas que você disse em Sandy Claw?

— Come as suas panquecas — ordena papai, mal-humorado, enfiando uma garfada na boca. — Pelo menos, sem o seu primo aqui, a comida dá para todos. Aquele garoto come que é uma barbaridade. Juro por Deus, metade do dinheiro que eu dou a sua mãe desce pela goela dele.

— Agora você resolveu ficar com raiva de Nic por ele ter bom apetite? O que é isso, pai?

Papai está com a expressão impenetrável que mamãe nunca exibe, mas percebo nela uma pontada de culpa.

— Você não entende — diz ele.

— Não, não entendo. Me ajuda. Qual é o problema?

Ele pega a garrafa plástica de leite, despejando mais no seu copo.

— As coisas nunca melhoram, filha. Contas, contas e mais contas. Seu irmãozinho sofre de asma. Faz fisioterapia. Sessões com um fonoaudiólogo. Terapia ocupacional. O seguro cobre uma parte, mas as benditas contas não param de chegar.

— Eu sei, pai. Mas o que isso tem a ver com Nic? Ele não causou nada disso.

Papai pigarreia, olhando para meu irmãozinho e, sem mais nem menos, se levanta e liga a televisão, colocando um DVD. Em olha para ele por um momento, inseguro, mas então vai se enroscar na poltrona reclinável de papai, o rosto colado a Escondidinho, assistindo com encanto a *Rudolph, a Rena do Nariz Vermelho*. Qualquer dia pode ser Natal para Emory. Papai volta a sentar à mesa, inclinando-se para mim e dizendo em voz baixa:

— Eu trabalho feito um burro de carga, e cada centavo que entra volta a sair como se eu tivesse um buraco no bolso. Não jogo na loteria, não fumo, não frequento nenhum bar. Sou muito cuidadoso com dinheiro, Gwen. E, mesmo assim, não faz a menor diferença.

— E deixar de sustentar Nic vai ajudar?

— Você sabe que eu não vou fazer isso. Dá um tempo! Eu cuido do que é meu. Como faço com Em. Mesmo que ele não se pareça em nada comigo.

As palavras pairam no ar.

Estou enojada.

Emory tem os olhos castanhos de papai. O dedão do pé torto, igual ao dele. O sorriso de papai, embora o use muito mais. Qualquer pessoa, qualquer uma, olharia para eles e saberia que são pai e filho. Mas papai foi embora. Ele não vê o dia a dia. Não vê Em encostar a cabeça no ombro de vovô Ben, cantando com sua voz rouca as letras de Gershwin quando eles assistem a mais um filme de Fred e Ginger. Não vê Emory correr para a geladeira e pegar o embrulho com o almoço de mamãe quando vê que ela está calçando os tênis. Não vê Emory alinhar os dedos com todo o cuidado para responder aos toca aqui de Nic, seu rosto brilhando de adoração pelo primo mais velho. Ele ouve como é difícil para Em caminhar, como ele fala com voz arrastada. Vê que seu rosto às vezes fica sem qualquer expressão, e até aqueles que mais o amam só podem tentar adivinhar o que se passa na sua cabeça. Ele vê tudo que faz Emory ser um garoto diferente e nada do que faz esse garoto ser Emory. Sinto nojo, sim, mas também pena, muita pena de meu pai.

— Minha família... nós não somos nenhum modelo de equilíbrio psicológico, mas sempre fomos mentalmente sãos, se é que você me entende.

Acho que vou vomitar.

— Emory é mentalmente são.

— Por favor, Gwen. Sua tia Gulia é doida, mas não é... — Ele estava todo empertigado na cadeira, mas agora parece ter perdido um pouco do gás. — ...não é como o seu irmão. Ninguém que conheçamos é como o seu irmão. Não faço a menor ideia de como isso foi acontecer.

— Você sabe quantas coisas precisam dar certo para se gerar um bebê perfeito, pai? — Estendo as mãos, aproximo cada dedo do seu vizinho e os cruzo. — Tudo tem que...

A mão dele cobre a minha, áspera do trabalho, sardenta do sol.

— Não, não sei. Não entendo desse tipo de coisa. E também não quero que você entenda, pelo amor de Deus. Fica longe disso tudo. Só sei que o seu irmão nunca vai melhorar. Sempre vai haver alguma coisa. Ben está ficando velho. Sua mãe não toma o menor cuidado com a própria saúde. Toda vez que eu dou as costas, Nic vai malhar ou sai de casa para transar com Vivien. E com planos de sumir do mapa por Deus sabe quantos anos depois isso. Só ficamos você e eu, colega.

— Todo mundo ajuda com o Em — digo, embora nos últimos tempos sejamos principalmente vovô e eu, e estou com a voz engasgada, quase irreconhecível. — O que foi que mudou?

— A Castle's. Vou ter que começar a servir o café da manhã. Colocar mais mesas do lado de fora. Tudo isso custa dinheiro. E eu não tenho sobrando.

Os nós de meus dedos ficam brancos ao redor do garfo.

— É Nic que está sobrando? Ou Emory? — Dou uma olhada no meu irmãozinho, seu cabelo melado de xarope grudado na testa, batendo o pé no ritmo de "We're s Couple of Misfits".

Papai arrasta a cadeira, indo até ele e dando tapinhas na sua nuca. Em inclina o pescoço para trás, encostando a cabeça na mão aberta dele.

Papai vira a cabeça, olhando para mim.

— Não, ele não está sobrando. Pela madrugada.

Capítulo Vinte e Um

Sou um clichê ambulante.

Sou uma adolescente num shopping.

Sou uma adolescente num shopping experimentando biquínis.

Sou uma adolescente num shopping experimentando biquínis, embora tenha um ainda novo comprado no ano passado que fica certinho em mim.

E o pior de tudo: sou uma adolescente num shopping experimentando biquínis, embora tenha um ainda novo comprado no ano passado que fica certinho em mim e detestando o meu corpo em cada um deles.

Não ajuda o fato de eu também ser uma adolescente que preparou dois tabuleiros de biscoitos de manteiga e uma panela de brigadeiro na noite passada como sobremesa para o jantar com papai. Estou tentando não pensar que não sobrou quase nada hoje de manhã. Nic deve ter traçado alguns quando chegou de madrugada, não é?

Será que essas lojas não deveriam *querer* que a gente se sentisse confortável no nosso corpo? Então, por que colocam essas luzes de quinta categoria, que realçam cada defeito e, de quebra, ainda criam mais alguns?

Clichê Nº 5: Sou uma adolescente que não gosta do próprio corpo.

O que piora muito quando visto um biquíni. (Nº 6)

E estou fazendo isso por causa de um cara. (Nº 7)

Quer dizer, não porque ele tenha pedido. Afinal, nem teve tempo de fazer qualquer coisa além de ficar vermelho depois que soltei *Você estava usando alguma coisa debaixo do lençol?* e saí correndo do seu apartamento feito o diabo fugindo da cruz. Mas Spence deve ter contado a ele a razão da minha visita historicamente vergonhosa à sede da manutenção, porque hoje de manhã vovô Ben disse, ao voltar do seu passeio matinal:

— Encontrei o faz-tudo, que estava a trabalhar. Ele não conseguia ligar o cortador de grama, por isso mostrei-lhe como se faz. Ele disse que daria aula de natação a Emory hoje, às três da tarde.

Ele disse mais alguma coisa? Ele tocou no meu nome? Ele... Ah, claro, sem dúvida. Ele marcou a aula, e então disse: "A propósito, Sr. Cruz, acho que devia saber que tenho motivos para suspeitar que a sua neta esteja me imaginando pelado."

Tenho um maiô perfeitamente adequado, mas, além de ser um maiô, é preto e tem exatamente o mesmo estilo dos trajes de banho da Sra. E. Desconfio que usar o maiô de uma octogenária aos dezessete anos seja considerado um pecado mortal pelas produtoras de moda. Ainda mais na praia. E com um cara lindo de morrer.

Que vai dar aulas de natação para o meu irmão.

Por pura bondade.

Convenci papai a me deixar usar a caminhonete, dizendo que precisava levar Emory ao fonoaudiólogo. Embora, na verdade, tenha sido mais por achar que ele ficou me devendo depois daquele sermão grosseiro na noite passada, bruto feito uma manchete em preto e branco num jornal. Seu irmão = seu futuro. Não tem açúcar, manteiga e farinha que possam tirar o gosto disso da minha boca. Então, vovô quis vir junto, porque quase sempre tem um ou outro bazar caseiro rolando em Maplecrest às segundas-feiras.

O que me leva à parte dessa história que não é um clichê.

— Guinevere! Teu irmão já perdeu a paciência com a loja, e eu estou a perder a minha com ele. Já encontraste o que procuras?

Sim, meu avô está bem na frente do provador. E meu irmãozinho... também.

— Ainda não! — digo em voz bem alta.

Escuto vovô se afastando, tentando regatear o preço de uma frigideira de ferro fundido.

— A senhora não pode estar a cobrar tanto por ela. É nova em folha. Ainda não foi temperada. Serão precisos anos de cozimentos e lavagens com azeite até valer o preço que está a pedir.

De repente, escuto sua voz alarmada chamando por Emory, que deve estar fazendo o que sempre faz quando se cansa de uma loja, que é se esconder no meio daquelas araras circulares, até vovô ver seus pés.

Já experimentei quatro tanquínis. Acho que li uma vez em uma das revistas de Vivien que uns noventa por cento dos homens no mundo detestam tanquínis. O que não pode ser verdade. Tenho certeza de que para os pastores de cabras de Shimanovsk não faz a menor diferença. E, se incluirmos aí os homens que querem que todas as partes do corpo da mulher sejam cobertas, menos os olhos, isso vai alterar as percentagens de uma maneira muito injusta, e...

Reexamino a pilha. Não, não, e Santo Deus, fazei com que eu esqueça *esse* daqui.

— Estou quase acabando — digo em voz baixa.

Esquece. Vou usar o maiô preto de uma vez. Não é nenhum encontro. Afinal, ele mandou me avisar através do meu avô.

Fico pensando quanto tempo o rubor de Cass deve ter levado para passar. Quando fui embora, dando uma desculpa qualquer sobre Fabio, mas sem me virar, ouvi-o sair do banheiro e Spence perguntar:

— O que aconteceu com o seu *rosto*?

Há uma comoção do lado de fora do provador, alguém dizendo "O senhor não pode entrar aqui!", vovô respondendo "Acalme-se!" e enfiando um biquíni pela lateral da cortina.

Um biquíni.

Vivien usa biquínis. Viv usa até fios-dentais. Eles ficam ótimos nela porque Viv tem exatamente aquele tipo de corpo... supermagro, musculoso e meio andrógino. Ela diz que não ficam bem nela porque tem pouco busto, mas deve saber que ficam, sim, senão escolheria O que uma Senhora de Idade Elegante Deve Usar, como eu.

— Experimenta isto aqui, querida — diz vovô.

Não sei se é por causa da cor, verde-musgo, que tem um som nojento, mas é um musgo de primavera, mais vivo do que azeitona, mas ainda assim forte e intenso. Ou porque escuto a vendedora do lado de fora ficando cada vez mais agitada e tenho medo de que ela chame o segurança. Ou porque... ah, sei lá por quê, mas acabo experimentando o biquíni.

Não é um fio-dental. Não é um biquíni minúsculo. É um modelo meio retrô, mas não de uma maneira muito óbvia.

Com ele, não fico parecendo Vivien com seus biquínis. Não fico parecendo uma daquelas modelos de moda praia posando com água pelos joelhos no Caribe, exibindo uma expressão chocada do tipo "Ué, quem foi que pôs toda essa água aqui?". Não fico "bonita". Fico, na verdade, como A Outra em um dos filmes de vovô Ben. A que entra rebolando na sala ao gemido baixo de um sax alto. Pareço uma Mulher Fatal.

Pela primeira vez, isso parece uma Coisa Boa.

• • •

Naturalmente, isso foi há horas, e eu deixei minha coragem no provador da loja de departamentos.

Comprei o biquíni.

Mas cá estou eu na praia usando uma camiseta compridona de mamãe (de mamãe! Pelo menos pulei uma ou duas gerações, o que já é um progresso!), enquanto Cass dá a Emory sua primeira aula.

E me ignora quase totalmente.

O que, por mim, não faz diferença. Ele está aqui por causa de Em.

Ele me cumprimentou com um aceno de cabeça quando chegamos à praia, e eu tirei Emory das minhas costas.

Um aceno de cabeça.

Um aceno de cabeça é um modo de reconhecer que há alguém presente que está vivo. É o gesto mínimo que vem logo acima de gesto nenhum. Garotos não cumprimentam garotas com um aceno de cabeça quando sentem alguma coisa por elas.

Espera aí...

Será que eu quero que Cass sinta alguma coisa por mim? Ora, por favor. Como é que eu poderia... depois de tudo que aconteceu?

Ele está aqui por causa de Em.

Retribuo o aceno. *Pronto, Cass. Vi o seu cumprimento impessoal e o retribuí. Mas não toma o meu pulso.*

Porque... embora eu já devesse estar acostumada à presença de Cass na ilha e no mar, seus cílios escuros e seu sorriso curvo, suas covinhas e seu corpo...

Meu Deus do céu.

Fecho os olhos por um segundo. Respiro fundo.

Cass se agacha ao lado de meu irmão.

— E aí, Emory? Gosta de carros?

Com sua dificuldade para responder a perguntas diretas, Em simplesmente parece confuso. Ele levanta o rosto para mim, à espera de uma explicação. Cass se curva e enfia a mão na mochila aos seus pés, tirando um punhado de carrinhos em miniatura e estendendo-os na palma da mão.

— Carrinhos — diz Em, feliz, alisando o capô de um deles com um dedo cuidadoso.

Cass lhe entrega um dos carrinhos.

— Os outros vão mergulhar na água, já que está fazendo o maior calor. Por isso, o que eu vou te pedir para fazer é entrar no mar e encontrá-los.

A testa de meu irmão se enruga e seus olhos pulam para os meus. Concordo com a cabeça. Cass estende a mão para ele.

—Vem, vou te mostrar. — Todo animado, Em solta meus dedos e dá a mão a Cass.

— O que está fazendo? — pergunto, nervosa. Tenho visões de Cass atirando os carrinhos do píer e instruindo Em a mergulhar atrás deles.

— É para ele se acostumar comigo e com a água — responde Cass, sem se virar. — Não tem perigo. Era o que eu fazia no curso. Eu entendo disso. — Em parece magrinho e pálido ao lado de seu ombro largo, sua pele bronzeada.

Sigo atrás dele, insegura. Será que devo ficar aqui mesmo e deixar que Cass dê sua aula em paz, ou continuar de olho em Emory? No fim, o hábito fala mais alto e eu fico perto deles.

Há apenas meia dúzia de pessoas na praia, algumas da família Hoblitzell, outras que não conheço e devem ser veranistas. Como sempre, vejo alguns olhares se dirigirem a Em, para logo se desviarem com aquela expressão de *tem alguma coisa errada com ele*. Não acontece com muita frequência... ele é um garotinho, e a maioria das pessoas o trata bem. Mas ontem, na loja, toda vez que ele tocava em alguma coisa, a vendedora falava comigo ou com vovô: "Explique a ele que não é permitido fazer isso." Tive vontade de bater nela.

Cass para na orla e Em o imita, enfiando os dedos dos pés na areia molhada. Por uns cinco minutos, Cass não faz nada, apenas deixa que as ondas molhem os pés dos dois. Então, ele se inclina, colocando um dos carrinhos um pouco mais à frente na água.

— Será que você pode ficar de quatro e tentar pegar o carrinho? — Toda a sua atenção está concentrada no garotinho, como se tivesse esquecido que estou ali. Até me lembra do jeito como ele se comporta nos treinos de natação, alheio ao mundo, concentrando-se totalmente na tarefa em pauta.

Talvez seja isso. Não há nenhum clima estranho entre nós. Ele está apenas se concentrando.

Que é o que eu quero. Não vou querer que Cass preste atenção em mim, enquanto Em afunda sob as ondas. Exatamente como *eu* fiz com ele.

Durante quarenta e cinco minutos, o jogo continua. Cada carrinho avança um pouco mais para o mar. Cass se deita de bruços.

— Consegue fazer como eu?

Emory obedece sem perguntas ou hesitação. Estou começando a me preocupar, porque as leves ondas chegam cada vez mais perto de seu rosto e ele detesta isso — sempre grita quando lavamos seu rosto na banheira.

— Muito bem. Último resgate. Faz com uma só mão. Aperta o nariz assim, para a água não entrar, e estende o braço. Se molhar um pouquinho, é só apertar o nariz com mais força e continuar estendendo o braço. Mas você tem que fechar os olhos enquanto eu ponho o último carrinho.

As pálpebras de Em se fecham, seus dedos apertando o nariz. Cass solta alguma coisa dentro d'água a uns trinta centímetros e então *chuá*, uma onda bate em cheio no rosto baixo de meu irmão. Pulo de pé, esperando pelo grito de choque e pavor. Mas só tenho um vislumbre do carrinho vermelho e azul que Emory aperta na mão levantada em triunfo, e o sorriso no seu rosto.

— Beleza, amigão. Você salvou o Super-Homem. — Cass se endireita, e então ergue a mão para um toca aqui. Em conhece o cumprimento por causa de Nic e pressiona a mão de Cass, logo correndo para mim em passos desengonçados, acenando com o seu tesouro.

É um daqueles bonequinhos de plástico do Super-Homem, com uma capa vermelha e o uniforme azul, um pouco gasto, parte da tinta dos angulosos traços masculinos meio desbotada. Mas Em não se importa. Com cuidado, ele traça o *S* no peito, a boca aberta de assombro, como se fosse uma miniatura viva do seu herói.

— Que tal outra aula daqui a alguns dias? De repente, a gente poderia fazer duas vezes por semana. É melhor quando a distância entre as aulas não é muito grande — Cass me diz, pondo um cotovelo atrás da cabeça e se espreguiçando, como se relaxasse.

Em estende os braços do Super-Homem para frente e faz com que ele voe pelo ar, o rosto cheio de alegria.

— Seria ótimo! Maravilhoso.

Falei com entusiasmo demais.

— Quer dizer... Legal. Seria legal. Emory gostaria.

Afinal, as aulas são para Emory.

Silêncio.

Mais silêncio.

Cass se curva e começa a guardar os carrinhos na mochila, secando-os antes com a toalha (sim, meio cor-de-rosa) em volta do pescoço.

— Tudo bem, então — digo. — Preciso levar Em para casa. Ele deve estar cansado.

Cass dá um daqueles grunhidos que soam como *hrumf*.

— Obrigada pela aula, Cass.

— Não foi nada.

— ?

— ...

— Está fazendo um calorão hoje.

— É, sim. — Som do zíper da mochila.

— Como é que estava a água?

— Pergunta ao Emory.

— Estou perguntando a você.

— Pergunta subjetiva — diz Cass, enquanto se levanta e pendura a mochila em um dos ombros, finalmente deixando de lado os monossílabos. — Mamãe e Jake são como eu. Nós podemos nadar em qualquer coisa, por mais fria que esteja. Bill e meu pai são os medrosos. Eles esperam até, tipo assim, o começo de junho. — Ele diz isso com o mais extremo nojo.

— Não querem nem saber do Mergulho do Urso-Polar, né?

Droga, eu não devia ter tocado no assunto. Mas... bingo! Seus olhos se fixam nos meus. Totalmente impenetráveis, mas, enfim...

Coloco o cotovelo atrás da cabeça como ele fez minutos antes. Se ele pode fingir que está só relaxando os músculos, eu também posso. Mas Cass não está olhando para mim, arrastando o pé na areia.

Emory puxa a barra da minha camiseta.

— *Bicoto* — pede. — Biscoito. Dora, a Aventureira. Depois, banho. Depois, história. Mais história. Música do Ursinho Puff. Depois, cama.

Acho que o meu itinerário já está traçado.

Nic quase não passa uma noite em casa desde que as férias começaram. Mamãe arranjou trabalho num prédio de escritórios na cidade, onde faz faxina duas vezes por semana. Vovô Ben vai ao bingo, à missa e ao Clube Social Santo Antônio de Pádua.

Tiro a camiseta.

Cass não desaba como John Travolta quando Olivia Newton-John aparece usando lycra da cabeça aos pés no final de *Grease*. Graças a Deus, porque eu sempre detestei aquela cena. Grande mensagem: *Quando tudo mais falhar, mostre um palmo de pele e deixe os caras babando em êxtase.*

Ele parece nem notar. Continua parado, muito quieto, o queixo retesado, olhando para a água.

Tudo bem, eu não queria que ele só se interessasse pelo meu corpo ou principalmente pelo meu corpo, mas *assim também já é demais*.

Sacudo os cabelos sobre o rosto.

— Tudo bem, Em, vamos nessa. — Me abaixo para ele subir nas minhas costas e aplicar a gravata na minha traqueia que é sua marca registrada. O que vem a calhar, porque assim não tenho que dizer *tchau e obrigada* de novo para o Garoto Indiferente. Ou me perguntar por que minha garganta está doendo.

Emory assiste fascinado a *Peter Pan*. Fico pensando qual será o problema com a Fada Sininho e a razão de seu ciúme doentio. As coisas nunca dariam certo entre os dois. Ela tem dez centímetros de altura e ele está decidido a jamais chegar à puberdade.

E por falar em nunca, por que será que nunca tem nada para se comer na nossa casa além do Suplemento Dietético de Proteína de Soro de Leite Isolada em Pó ("Sua Massa Muscular Garantida") de Nic, a lasanha congelada de mamãe, os peixes, crustáceos, linguiças e pencas de legumes orgânicos comprados na feira por vovô, e as comidas favoritas de Em — ketchup, sucrilhos, ovos, batatas fritas geladas, bananas, macarrão e... mais ketchup?

Por que não tenho qualquer representação nos armários e na geladeira? Não tem nem açúcar, nem farinha... nem uma mísera sobrinha da minha farra de confeiteira.

Principalmente, sou obrigada a reconhecer, porque no fundo eu não me importo. Adoro comida, mas fazer compras é uma tarefa que deixo a cargo de mamãe, vovô e Nic com o maior prazer.

Mas, por causa disso, não encontro nada onde possa afogar minhas mágoas. Quer dizer, claro que eu gosto de legumes. Mas quem é que senta no sofá de roupão para comer meia dúzia de pepinos em conserva e um tomate?

Vovô ri baixinho ao ver a expressão hipnotizada de Em enquanto Peter Pan duela com o Capitão Gancho. Ele raspa o fundo do seu grapefruit, preparando-se para enchê-lo de cereais.

— As mulheres falam demais — reclama Peter na tela.

— Você acha, Peter? Talvez seja porque os homens nunca explicam nada — respondo. — É por isso que nós falamos, porque eles estão ocupados demais bancando os idiotas e dando um gelo na gente.

Vovô olha para mim, achando graça. Então, abre um sorriso do tipo "esses jovens e suas bobagens!", igual ao da Sra. Ellington.

Entro a passos duros no meu quarto e me jogo de bruços na cama. Que não foi construída para esse clichê em particular e chacoalha sob o meu peso, soltando um guincho. Se eu bobear, vou acabar deslizando pela parede do chuveiro, chorando e cantando músicas de fossa na garrafa de xampu.

Esfrego o rosto. Talvez Spence Channing é que tenha razão. Talvez "só sexo" seja a coisa mais segura a se fazer. Porque esses... sentimentos... doem. Eu pensei... não sei o que pensei, mas *senti* que alguma coisa tinha mudado. Que Cass e eu tínhamos finalmente superado... bem, apenas *superado*. Fosse isso inteligente ou não.

E, provavelmente, não foi.

Não, decididamente, não foi.

Ainda mais quando nem sei qual dos dois Cass é o verdadeiro.

Meu primeiro erro depois do Mergulho do Urso-Polar foi voltar no Ford Bronco de mamãe. O Bronco está velho — deve ter, tipo assim, menos um ano do que eu. A porta traseira está arrebentada desde o dia em que atolamos na areia funda e tivemos que ser puxados por um guincho. Tem alguma coisa errada na carroceria, que quando a gente dirige faz um barulhinho de metal solto, como se peças importantes do carro estivessem prestes a despencar. Quando parei na entrada de carros dos Somers naquela noite, estava cheia de carros esporte bonitos — o Bronco pareceu um gigante diante deles, do mesmo modo como eu diante da maioria das garotas no colégio.

Algumas ainda estavam saindo dos carros bonitos e andando em passinhos delicados sobre o cascalho da entrada. O que me levou ao segundo erro.

Roupas.

Eu não pensei, não "planejei a minha produção". Sabia que devia ter feito isso. Viv tirou um monte de roupas do meu armário e ficou pondo uma por uma na minha frente, com a testa franzida, dizendo coisas como "Você chegou a experimentar esse antes de comprar? Deve ter passado pelo shopping feito um relâmpago!". Mas fazer isso pareceu uma coisa deliberada, como se estivéssemos nos preparando... ensaiando para... não sei bem o que, mas não pude encarar. Por isso, estava usando só um jeans e uma blusa preta de decote em V (tá, um decote em V supercavado).

Também abri a porta do Bronco sem desligar o CD player, por isso, como tinha dirigido distraída, sem tirar o CD de Emory, estava tocando "Baby, Belugaaa, oh baby Belugaaaaa... cante a sua canção" a todo o volume. Tirei depressa a chave da ignição e a guardei no bolso. Alguns metros adiante, ouvi risos abafados, que não deviam ter nada a ver comigo, mas mesmo assim tive vontade de me virar e sair correndo.

Levantei o pulso, dando uma olhada na letra bem-feita, de talhe quadrado, o mapa cuidadosamente desenhado. "Sábado, às oito da noite. Barra das Batuíras."

E entrei.

Ao contrário da maioria das festas a que eu já tinha ido, a música não estava a todo o volume. Havia algum tipo de sistema de som escondido, mas era uma música de fundo, abafada.

Mas tudo era tão limpo. E branco. Sofás bege, paredes cor de marfim, tapetes de sisal claros... imaculado. Pelo bem de Cass, esperei que sua festa não se transformasse em uma bacanal de bêbados, porque seria quase impossível tirar manchas de vômito daqueles tapetes, para não falar no vinho tinto, se estivesse sendo servido, e...

E eu estava pensando como a filha de uma faxineira.

Por uma noite, queria deixar isso de lado. Queria ter comprado uma roupa nova. Queria que Viv e Nic tivessem vindo, em vez de rir de um jeito nada misterioso ao dizer que tinham "outro compromisso".

Então, vi Cass, que estava parado diante da bancada da cozinha, pegando as chaves do carro de alguém e pondo-as numa cesta de vime. Estava usando uma camisa social amarelo-clara por cima do jeans. Quando ele me viu, abriu o sorriso mais largo e espontâneo, aquele que deixava as covinhas mais fundas e enrugava os cantos dos olhos azuis. Ele se inclinou para frente, cotovelos na bancada.

—Você veio. Não achei que viria.

Indiquei a mim mesma com as mãos, num gesto de apresentadora de programa de apostas, já me sentindo mais à vontade.

Ele me observou da cabeça aos pés, e então disse num tom suave que contrastava com a intensidade do olhar:

—Você é confiável, não é? Não preciso tirar as suas chaves?

— Totalmente confiável — respondi, olhando ao redor. Conhecia a maioria das pessoas na festa, dos corredores e da cafeteria da escola, pelo menos. Mas nessa atmosfera elegante todos pareciam alienígenas transportados de algum universo de celebridades. Garotos que eu nunca tinha visto usando outra coisa sem ser jeans e camiseta vestiam camisas sociais pretas ou azul-marinho, e as meninas usavam os modelos mais justos e colantes do mundo, mas, ainda assim, superchiques. Um equilíbrio que eu nunca tinha conseguido atingir.

Tremi, enrolando o cabelo em uma espiral na nuca.

— Você está bem, Gwen? Não está mais com frio por causa do seu resgate histórico, está?

— Não. Totalmente recuperada. — Joguei o cabelo por sobre o ombro, conseguindo a proeza de acertar o rosto de Tristan Ellis.

— Ei, cuidado aí — disse ele, palmas levantadas, como se eu o tivesse perseguido com um machado.

Resolvi prestar mais atenção.

— O clima da festa é... supersofisticado — murmurei para Cass.

— Espera vinte minutos, e essa sofisticação vai começar a ir para o brejo. Me dá a sua jaqueta.

Não estava com a menor vontade de lhe entregar a minha surrada jaqueta de marinheiro azul-marinho, que, como podia notar agora, estava coberta de pelinhos dourados de Fabio. Então, me afastei de sua mão estendida, pigarreando.

— Para ser honesta, não sabia que ia ser tão chique. Talvez devesse ir embora.

A voz dele, já grossa, ficou ainda mais rouca.

— Gwen. Fica aí. Você não está se sentindo intimidada por... — Deu uma olhada na sala e apontou para um garoto espremendo creme de barbear no rosto de outro que, pelo visto, já estava chumbado. — ... *isso*, está?

O garoto do creme de barbear gritou "BU!" e o chumbado acordou com um susto, pondo as mãos no rosto. Seguiu-se o *zzzzt* rápido do celular de alguém tirando uma foto.

— Não. Claro que não! — Mas recuei outro passo, por via das dúvidas.

Ele voltou a avançar, segurando minha manga, fazendo um gesto para que eu desabotoasse a jaqueta. Fiz que não com a cabeça. Ele puxou minha manga de novo, e esboçamos um cabo de guerra com a jaqueta.

— Essa jaqueta parece ser muito importante para você. Há algo que eu deva saber? Você *está* usando uma blusa por baixo, não está?

— Estou — respondi, desabotoando-a.

— Droga.

Eu detestava o que os caras falavam sobre mim quando eu estava sem a jaqueta. Caras da idade de papai faziam isso — e uma vez até um amigo de vovô, que não sabia que eu arranhava um pouco de português. Então vovô disse algumas palavras para ele que eu *não* entendi, e o cara passou meia hora pedindo desculpas. Mas a questão é que... eu não detestava quando Cass fazia piadas. Não sentia nojo. Só ondas de calor e frio percorrendo o corpo. Seguidas por uma sensação mais fácil de identificar. Pânico.

— Não sou eu que vivo sem camisa!

Cass olhou para a própria camisa, ostensivamente.

— Mas agora eu estou vestido. Também não me lembro de ter ido à escola sem camisa. Será que eu estou perdendo a memória? Ou você se refere a quando eu nado? Porque, da última vez que vi os outros caras da equipe, todos também estavam sem camisa. Por que eu sou o único que infringiu o código de vestuário de Gwen Castle?

Ah, meu Deus. Eu podia pedir seu pilô emprestado e escrever na testa: "*Porque você é o único para quem eu olho!*" Estava precisando urgentemente de uma focinheira. Ou de uma bebida. Não, uma bebida surtiria um efeito antifocinheira. Além disso, eu tinha cabeça fraca para beber e acordaria com a cara coberta de creme de barbear.

Não entendia por que tinha me sentido tão à vontade com ele no carro e agora estava uma pilha de nervos. Porque não estávamos a sós? Mas eu não deveria ficar *mais* nervosa quando estávamos a sós? Não deveria estar desejando que mais pessoas entrassem na cozinha para eu não poder agarrá-lo e lhe dar uma prensa na geladeira e...

Vi Pam D'Ofrio do outro lado da sala e acenei como se fizesse quinhentos anos, e não cinco horas, que a gente não se via, empurrei a jaqueta para Cass e me afastei.

Ele me soltou, mas, toda vez que eu me virava, encontrava seus olhos, como se ele estivesse esperando que eu olhasse. Depois de vinte minutos, ele se aproximou e segurou minha mão.

— Pam, vou mostrar a casa para a Gwen.

E me levou pela casa adentro, apontando cômodos, uma longa escadaria curva, um corredor com painel de madeira.

— O velho quarto do Jake. Esse era o do Bill, mas agora ele está casado e tem uma filha, por isso não se hospeda mais aqui com muita frequência. O meu é aqui.

Esperei que ele me levasse ao seu quarto. É claro que esperei. Por isso, não fiquei surpresa quando ele abriu a porta e acendeu a luz. A primeira coisa que me chamou a atenção foi o fato de o lugar ser relativamente limpo. Cama desfeita, uma ou outra toalha meio molhada aqui e ali, mas nenhuma pilha de roupas imundas. A segunda coisa que me chamou a atenção foi a decoração impecável — paredes azul-claras, lençóis de um azul mais escuro, uma colcha azul-marinho com listras verde-escuras, cortinas combinando. Havia um aquário enorme, com todos os tipos de peixes, luzinhas azuis piscando.

Na parede havia um espelho que parecia o portal de um navio. A cama era grande, em madeira de carvalho, com golfinhos antiquados entalhados nas laterais, e as paredes eram cobertas de mapas. Alguns estavam emoldurados, e pareciam desenhos feitos por um garotinho em cartolina, com um *x* levando ao tesouro do pirata. Alguns estavam em largas folhas de papel canson branco. Quase todos eram desenhados à mão.

Cass, que tinha ficado em silêncio enquanto eu estudava o ambiente, finalmente falou:

— Só para você saber, não tive quase nada a ver com esse quarto. Minha mãe contratou um decorador dois anos atrás quando eu estava num acampamento, e o cara decorou a casa inteira com o tema náutico... Tinha até um marlim de madeira na parede e a estátua de um cara com uma capa de chuva amarela e um cachimbo. Esses eu joguei fora, porque era como dormir num restaurante de frutos do mar. Eu vivia esperando que alguém me acordasse perguntando se eu ia querer molho tártaro para acompanhar o marlim. — Cass estava falando um pouco depressa demais. Respirou fundo e olhou para mim.

— Então, você não quer saber de nenhum velho marujo cascorento zelando pelo seu sono?

— Uma sereia bem-dotada, talvez. Um velho lobo do mar, não.

Agora eu tinha me aproximado de um dos mapas, e estava perto o bastante para perceber que era o litoral da ilha, a foz do rio, a ponte para Seashell. No canto, minúsculas, estavam as iniciais CRS.

—Tudo isso é trabalho seu? Foi você quem desenhou?

— A maioria. Eu gosto de mapas. — Cass deu de ombros. Tinha sentado na cama, cotovelos nos joelhos, mãos caídas entre eles. Uma posição natural, mas ele não parava de fechar e abrir uma das mãos.

Fiquei esperando, nesse momento, pela Grande Cantada. Não era tão experiente como todo mundo acreditava, mas, vamos combinar, eu estava no quarto do cara, e ele na cama. Mas só estava sentado nela, olhando para a própria mão. Agora, nós dois estávamos fazendo isso. *Ver Cass abrir a mão. Ver Cass fechar a mão.* Talvez eu tivesse me enganado redondamente em relação a ele. Quem sabe não era gay? Mas então, vi seus olhos. Atentos, intensos, cheios de alguma coisa que me deu um nó na garganta. Não. Não era gay. Além disso, tinha rolado aquele beijo...

Outra espiada rápida nos seus olhos, e tive que me virar de novo, tentando encontrar o fio da meada do que estávamos conversando...

Isso era ridículo. Eu passava a maior parte do tempo em companhia de homens. Os caras da ilha. Papai, Nic, Emory, vovô. O time de natação. Os funcionários da Castle's, quase todos homens, durante o verão. Não era nenhuma virgem educada em um convento que desmaiava à vista de pelos faciais.

Pigarreei, sentei na cama ao seu lado e joguei de novo os cabelos para trás, dessa vez sem pôr ninguém em perigo.

— E aí... como é esse lance dos mapas? Quer dizer, por que você gosta deles?

— Hum... acho que não sei como expressar isso muito bem. Ninguém tinha me perguntado antes. — Fez uma pausa, olhando para o teto, como se a resposta pudesse estar lá. — Eu gosto do jeito como você pode representar o terreno de uma coisa curva ou acidentada em uma superfície plana. Gosto do jeito como pode mapear mil direções diferentes, para ver todas as possibilidades, de cada ângulo. Gosto de pegar o carro, escolher uma área, ver se sou capaz de mapeá-la... — Balançou a cabeça, abaixando os olhos. — É tipo assim, a minha mania, o que eu faço quando preciso pensar.

Dei uma olhada no mapa em minha mão. Cass fez o mesmo.

—Você não lavou o desenho — disse ele, sorrindo.

— Só tem um dia e meio, e você usou pilô. Não pretendo passar o resto da vida sem lavar a mão, como se você fosse o papa.

— Estou longe de ser o papa — disse Cass. Agora ele tinha se recostado mais para trás na cama, sobre os cotovelos, e olhou para mim por baixo dos longos cílios, muito quieto. Cheguei um pouco mais perto.

Ele cheirava tão bem, um cheiro de toalha de praia, de piscina ao sol. Uma limpeza aguda.

Agora eu estava *farejando* o cara? E também não tinha me esforçado muito para limpar o mapa da mão. O que estava acontecendo comigo?

Antes que fizesse alguma coisa muito burra, a porta se abriu bruscamente e Trevor Sharpe enfiou a cabeça. Cass e eu nos assustamos.

— Sundance, cadê o segundo barril? Não me diz que só tinha um. Nosso gelo está quase no fim. Não me diz que não tem mais também. Channing falou que a gente precisa trocar essa música brega. Está estragando o clima, cara.

Cass balançou a cabeça, suspirando.

— O barril está na garagem. O gelo também. Diz ao Spence que pode fazer o que quiser em relação à música.

Trevor murmurou alguma coisa que não ouvi e que fez Cass dizer "cala a boca" num tom zangado que me surpreendeu.

Quando a porta se fechou, ele voltou a se jogar na cama, entrelaçando os dedos atrás da cabeça.

— Não pensei muito na festa. Não estava a fim de comprar um monte de barris, mas... Quer ver o resto da casa ou... prefere me contar qual é a sua mania? Afinal, eu te mostrei a minha.

Ele prendeu a respiração, como se não tivesse esperado dizer *isso*. Tirou uma das mãos, endireitou o colarinho, e então começou a balançar o pé para os lados.

— Bom, hum... para começo de conversa, eu tenho um apego fora do comum à minha jaqueta. Somos muito íntimas.

— Bom saber. Então, foi um grande privilégio você me deixar tirá-la.

— Enorme. Um verdadeiro marco.

— É mesmo? — Sua voz ficou mais baixa, por isso me inclinei para ouvi-lo melhor. Quer dizer, é claro que foi por isso que eu me inclinei. — E o que mais?

Um coro alto de "O que vamos fazer com um marinheiro bêbado?" irrompeu no andar de baixo, seguido por pancadas na porta.

— Sundance! Um já foi! Mitchell vomitou no tapete daquela sala com as paredes cinza.

— Limpa — respondeu ele, sem tirar os olhos de mim.

— Eu não, cara. A casa é sua.

Quase me ofereci para ir lá fazer isso. Falando sério.

De repente, o celular de Cass tocou e ele atendeu, abaixando a voz e se virando um pouco de lado.

— Tá. Tá. Já resolvi tudo. Não é uma boa hora, mas está tudo sob controle.

Se os amigos dele pretendiam usar o celular para chamar a sua atenção, era apenas questão de tempo até se intrometerem de novo. Levantei, torci o cabelo em um nó, tornei a soltar.

— Mais alguma coisa? — insistiu Cass. — A jaqueta não pode ser a única.

De repente, lembrei as palavras na parede do banheiro das meninas quando Connie Blythe flagrou o namorado me dando uma prensa no armário e me beijando no primeiro ano. Mas Cass não devia ter ouvido falar nisso, pois tinha acabado de se transferir.

— Ah, eu não tenho segredos. *Todo mundo* sabe da minha vida.

A frase saiu num tom que eu não tinha pretendido, mais triste, mais envergonhado, e Cass me lançou um olhar penetrante, se levantando depressa.

— Quer ir até a praia? Dar uma volta?

A praia. Tudo bem. Era uma boa ideia. A praia era meu lar, meu porto seguro, um lugar onde eu ficava em pé de igualdade com ele. Uma coisa de que eu precisava desesperadamente, porque, quando voltamos a andar pela casa, fiz um catálogo mental — mesmo sendo totalmente inútil — de todas as diferenças entre a vida de Cass e a minha. Na nossa casa, empilhamos engradados de plástico azul para guardar os romances água com açúcar de mamãe, os manuais de treino de Nic, os livros infantis de Em e os meus... o que for. A casa de Cass tinha estantes com portas de vidro, luzes baixas e edições encadernadas em couro. A pintura da nossa está suja, e, onde temos papel de parede, está desbotado e descascando. Eles tiveram um decorador e um "tema".

Mas a praia, com a areia e o sussurro familiar do oceano, nos igualava.

A lua cheia brilhava sobre o mar. Fazia o maior frio. Quase não se viam estrelas. Cass soltou uma baforada de vapor branco, rindo em silêncio enquanto nossos passos trituravam restos de neve. Quando olhei para trás, vi várias silhuetas entrelaçadas na varanda. Obviamente, a música não tinha estragado *completamente* o clima.

Cass andava em passos determinados. De repente, isso me fez hesitar. Talvez houvesse uma casa de hóspedes. Talvez fosse para lá que ele tivesse pretendido ir desde o início. Ele estava calado, e a ausência de outros sons além dos nossos passos batendo no chão estava me deixando nervosa. Cada passo parecia dizer uma coisa diferente, como quando a gente brinca de bem-me-quer, malmequer com as pétalas de uma margarida. "Ele gosta de mim. Não, não gosta. Ele está me paquerando. Não está me paquerando, não."

— Você sabia — disse ele, com voz suave — que os primeiros mapas foram do céu, e não da terra? Aqueles nas paredes das cavernas? Sempre achei isso muito legal.

— Por que eles eram assim? — perguntei. — Você sabe?

— Não tenho certeza. Pensei em algumas explicações, por exemplo, que na época eles achavam que a terra era grande demais para ser mapeada, mas que podiam ver o céu por inteiro... Eles não sabiam que era o contrário.

Ele não estava me paquerando, pensei. Não podia ser. Isso não era uma cantada. Não era algo que Alex diria. Ou Jim Oberman.

— Desculpe pelo que aconteceu lá dentro. Como eu disse, não levei a festa muito a sério. Só dei uma... para que você... hum, viesse.

Parei bruscamente.

— Mentira!

Ele deu de ombros, sorrindo, as orelhas ficando cor-de-rosa. Ou talvez fosse apenas o frio.

— Você não podia ter só me convidado para sair?

— Não achei que isso fizesse o seu gênero.

Mas que diabos ele queria dizer com *isso*? Essa, sim, é que era uma pétala de malmequer pra ninguém botar defeito.

— Como é...? Você acha que eu sou do tipo que sai dando por aí? Foi por isso que me beijou no carro?

Cass recuou um passo.

— Não! Quer dizer, sim, eu gosto de você, apenas não... quer dizer, sim, eu pensei isso, sim, quer dizer, em você...

Meu sangue agora fervia rápido o bastante para espantar o frio.

— Você faz alguma ideia do que está dizendo? Porque eu não tenho a mínima. Você pensou no *quê*?

— Ah, pelo amor de Deus! — exclamou Cass, chutando um pedaço de gelo. — O que você quer que eu diga? Você. Eu pensei em você.

Em mim? Ou em transar comigo? Ou os dois?

— Por que nós não voltamos para a festa? Afinal, eu não sou do *tipo* que aceita um convite para sair.

Irritado, ele soltou uma baforada branca no ar escuro.

— Porque, apesar do que você quer acreditar, ou ouvir, eu gosto muito de você. De você. Por favor, Gwen. Vamos continuar caminhando. — Estendeu a mão, a palma para cima, mantendo-a firme, permitindo que eu medisse a sinceridade em seus olhos.

Segurei sua mão. Seus dedos envolveram os meus e ele colocou nossas mãos no bolso da sua parca. Caminhamos em silêncio por algum tempo. Minutos depois, Cass disse:

— Você está tremendo de novo. Pelo visto, eu vivo te dando hipotermia.

A essa altura, com todas aquelas emoções intensas, eu não fazia a menor ideia de onde estávamos. Quando olhei ao redor, vi, para minha surpresa, que tínhamos dado uma volta inteira à casa, acabando por vir parar ao lado da minha caminhonete. Será que isso era um sinal? Será que eu devia ir para casa?

— Gwen... só quero que todo mundo vá embora. Menos você. Não sei por que pensei que essa festa era uma boa ideia. Devo ter achado que, quanto mais gente, mais seguro eu ficaria. Será que podemos pegar a sua caminhonete e sair um pouco daqui antes de ter que enfrentar os beberrões de novo?

Parecia uma pergunta bem simples.

A casa pulsava com o vozerio alto e a música ainda mais alta. O ar da noite estava parado, a brisa suave e limosa do rio, tranquila. Eu não podia decifrar a expressão de Cass, mas queria. Queria ficar fora da casa com ele e conversar, como tínhamos conversado no seu quarto.

— A gente podia se esquentar um pouco — sugeri, indicando o Ford Bronco com a cabeça.

Ele abriu a porta para mim. A do motorista, não a traseira, fazendo um gesto para que eu entrasse, com todo o cavalheirismo. Em seguida, deu a volta até o outro lado e entrou. Enfiei a chave na ignição, liguei o aquecedor e abaixei a voz de Raffi, que falava sobre o seu Bananafone.

— Enfim... — comecei, me perguntando o que dizer agora, se devia contar alguma coisa pessoal e íntima a meu respeito por ele ter me contado sobre seus mapas. Resolvi dizer: — Essa habilidade de mapear as coisas significa que você nunca se perde?

— Eu me perco, sim — disse ele com firmeza. — Como agora. Não sei o que você está pensando. Sobre mim.

Por outro lado, talvez se perdesse mesmo, porque seus olhos se arregalaram e ele se inclinou na minha direção, tão devagar que quase não me dei conta de que estava se movendo. Ou seria eu que estava me movendo?

De repente, seus lábios estavam colados aos meus. Uma mão fria acariciava minha nuca enquanto a outra deslizava pela curva lateral do meu corpo, vindo parar acima do cós da calça jeans. Soltei um gemido, que deve ter sido de choque, protesto ou prazer.

Mas a alternativa correta era a última, porque Cass Somers era o virtuose dos beijos, o mestre, compelindo e aceitando em igual medida. Como antes, ele não partiu logo para um beijo profundo, só uma pressão firme e macia, sua boca logo deslizando para beijar meu rosto, voltando, pairando, esperando que eu o atacasse.

E eu ataquei.

Quando dei por mim, estava passando as mãos pelas suas costas, e seus dedos deslizavam pelos lados do meu corpo até o sutiã. O fecho ficava na frente, e suas mãos foram *direto* para lá, sem se perder no caminho. De repente ele as afastou, murmurando, com os lábios no canto da minha boca:

— Desculpe. Eu... Eu... Ah, Gwen.

— Humpf — respondi, com muita coerência, inclinando seu queixo e tornando a puxar seus lábios para os meus.

Não fale. Se ele falasse, eu pensaria e interromperia aqueles dedos que puxavam as alças do meu sutiã para cima e para baixo, desenhando uma carícia lenta nos meus braços, deixando uma trilha de arrepios à sua passagem.

Cass interrompeu o beijo. Seus olhos estavam de um azul-escuro brilhante, as pupilas largas e escuras. Fiquei olhando para ele, atônita, a consciência pouco a pouco voltando, o que ele deve ter visto no meu rosto, pois se afastou.

Ele pigarreou.

— Devo parar?

Balançar a cabeça enfaticamente foi um erro. Um engano. Bem como levantar o apoio do braço e me aproximar dele. Pois isso levou Cass a me puxar para o seu colo.

Tirei as mãos do seu cabelo (quente nas raízes, gelado nas pontas) e as movi para baixo. O que eu estava fazendo? Exatamente o mesmo que Cass, e meus dedos envolveram os dele quando puxou a alavanca para reclinar o banco — PLAFT, lá estava eu deitada em cima dele e suas mãos passeando pelas minhas costas, e então afastando meus cabelos, para poder colar a boca aberta ao meu pescoço.

Ah, meu Deus. Cass Somers tinha reflexos rápidos como um raio e alguma poção mágica saindo de cada poro que dissolvia todo o autocontrole, a cautela e o pensamento racional.

Eu estava totalmente envolvida e a única coisa em que conseguia pensar era que aquele era o melhor acordo que já tinha feito.

Fui eu que praticamente engatinhei para o seu colo. Fui eu que enfiei as mãos por baixo daquela camisa e senti aquela pele macia. Alguns minutos depois, foi ele que aquietou os meus dedos com os seus.

— Gwen. Espera. — Balançou a cabeça, respirando fundo várias vezes. —Vai com calma... É melhor a gente...

Ele se sentou, me puxando consigo, e disse:

—Vamos voltar para casa. Não estou conseguindo pensar direito.

Eu não deveria ter dito "Então... não pensa direito".

Mas disse.

Ele olhou para mim, espantado, com uma certa incompreensão e uma certa... não sei bem o quê... naqueles olhos azuis, azuis. Mas não me dei ao trabalho de definir o que era. Apenas tirei a blusa, avancei mais no seu colo e pus a mão no botão do seu jeans.

— Gwen...
— Shhh.
— Eu não...
— Eu sim.

Não teve nem talvez.

No Ford Bronco, depois, ficamos deitados no banco do carona, abraçados. Cass esticou o braço longo até a parca que estava no chão, pegou-a com uma só mão e nos cobriu com ela. Encostei o rosto no seu peito e fiquei ouvindo o eco do seu coração galopante. Ele passava o dedo do meu joelho até a coxa num gesto lento, distraído. Eu não me sentia envergonhada ou com vontade de ir embora logo, como tinha me sentido com Alex. Pela primeira vez, todas as frases que ouvira e em que nunca acreditara — "pareceu certo" e "a gente apenas sabe" — fizeram sentido.

Ele passou a mão pela minha coluna, percorrendo toda a sua extensão, sorrindo um pouco, como se estivesse apreciando cada saliência e reentrância. Respirou fundo mais uma vez, e então abaixou a cabeça para beijar minha testa.

— Obrigado.

Na hora, não achei isso estranho. Fez com que eu me derretesse ainda mais. Parecia típico de Cass, um cara de uma fineza inata, agir como se eu tivesse lhe dado um presente e não como se tivéssemos aberto um a quatro mãos.

Puxei seu rosto para perto, roçando nossas faces.

—Você sempre cheira a cloro, mesmo quando não cai numa piscina há séculos — sussurrei.

— De repente, ele se entranha nos meus poros. Eu nado todos os dias.

— Mesmo quando o verão acaba?

—Todos os dias. — Ele começou a enrolar um cacho dos meus cabelos no dedo, soltando-o, tornando a enrolá-lo. De um jeito estranho, isso pareceu uma coisa tão pessoal e íntima como o que tínhamos acabado de fazer, essa vontade de me tocar depois. — Hum... nós temos uma piscina coberta... por isso...

— Então você me trapaceou quando mostrou a casa. Não vi essa piscina.

— Não achei que seria boa ideia mostrá-la, porque havia uma possibilidade de alguém estar nos seguindo. Num piscar de olhos, metade da escola estaria lá dentro, com as roupas. Ou sem elas.

Olhei para o meu corpo, puxando um pouco mais a parca, de repente me lembrando de quão pouco estava vestindo.

— Não faça isso — sussurrou Cass. Tornou a arrumar a parca, alisando minhas costas com o indicador.

Enfiei o nariz na reentrância do seu pescoço, inalando o cloro, o vago cheiro de suor salgado.

Então, por algum motivo, talvez seu cheiro limpo, a imagem daquela casa impecável deixada à sanha dos outros convidados, enquanto curtíamos o interior dessa bolha, me veio à mente.

— Seus convidados vão ficar lá, saqueando e pilhando a sua casa, enquanto eu fico aqui fora, prendendo o anfitrião?

Seu peito se sacudiu debaixo de mim.

— Talvez eles pilhem algumas coisas. É provável que procurem o armário de bebidas de papai. E, para o seu governo, fui *eu* quem prendi *você*. — Apesar da piada, ele pareceu um pouco preocupado, por isso me sentei.

— É melhor a gente entrar.

Houve um momento meio constrangedor enquanto eu procurava o sutiã e ele abaixou a cabeça, desviando os olhos, vestiu a calça e puxou o zíper. Mas não chegou a ser constrangedor demais, só assim meio sem graça, principalmente quando ele abotoou minha jaqueta, amarrando o laço na cintura, e então segurou minha mão e abriu a porta.

—Você primeiro.

— Você é tão educado que chega a ser patológico — comentei. — Devia consultar um médico. Você é um garoto de dezessete anos. Precisa resmungar mais, apontar mais o dedo.

— Quer saber a verdade? Estou me sentindo meio sem palavras agora.

A essa altura nós já estávamos caminhando pela entrada de carros, o som dos nossos pés triturando o cascalho gelado. Então, aconteceu. Devemos ter tropeçado no sensor de movimentos, porque os refletores se acenderam, nos iluminando com uma luz clara como dia. Ou alguém os acendeu. Nunca fiquei sabendo. O fato é que de repente fomos inundados por uma luz branco-azulada cegante, e massacrados pelo som de palmas, vivas e assovios.

— É isso aí, Sundance! — gritou uma voz que não pude identificar, e várias outras riram.

Então, uma voz que identifiquei soltou um assovio longo e baixo, e Spence exclamou:

— Eu te disse para ir a algum lugar perder a virgindade, Somers, mas não pensei que você daria tão depressa. Bom trabalho.

Saí mancando pelo caminho gelado, os saltos bambos indo depressa demais, e me virei para Cass, incrédula, enquanto ao fundo irrompia um coro de *Oooooh* e *Você foi delicada com ele, Gwen?*. Ele estava tão vermelho que cheguei a sentir meu rosto arder de vergonha. E de repente a palavra "obrigado" adquiriu um significado totalmente diferente. Arranquei a mão da dele, balançando a cabeça, recuando, esperando que ele negasse. Mas em vez disso ele olhou para mim, depois para o chão, os ombros largos encurvados. E eu vi nos seus olhos.

A culpa.

E tudo que tinha sido tão prazeroso, tão bom, tão feliz, desmoronou.

Fui embora. O que mais podia fazer?

Atrás de mim, ouvi Cass dizer "cala a boca", mas continuei me afastando.

Me afastando. Que é o que eu devia fazer agora, me afastar desses garotos adolescentes que me confundem. Deixar que a brisa do mar leve todos eles — e Cass também — para longe da minha cabeça. Subo na minha maltratada cama de solteiro. Nem tinha me dado ao trabalho de tirar o biquíni depois da aula de natação de Em, por isso estou só com a camiseta de mamãe e um dos shorts que Nic usa para malhar — da pilha de roupas limpas e dobradas que está em cima do Mirto, não a que fica mofando no canto do quarto.

Vovô está usando seu roupão xadrez. O que significa que vai passar a noite em casa. O que significa que posso sair sem Em. Finalmente, uma noite livre. Vou ficar com Vivie. Dou uma olhada pela janela na entrada de sua casa. Tanto o carro de sua mãe quanto a van do Almeida estão lá. Ela tem que estar em casa.

Chamando Fabio com um assovio, balanço sua guia. O velhinho mal levanta a cabeça do chão para me dar um olhar que diz "você só pode estar brincando, estou no meu leito de morte", e então torna a desabar.

Balanço a guia de novo. Então ele nota os restos de linguiça no prato de Emory e — aleluia! — um milagre acontece. Ele ainda está mastigando com o lado da boca, como os cachorros fazem, quando chego à varanda. E paro bruscamente.

Cass vem subindo a escada, mãos enfiadas nos bolsos do agasalho bege, cabelos louros ao vento.

Ele para quando me vê.

Fico paralisada, a porta entreaberta.

Cass está aqui, na minha porta.

O que ele está fazendo aqui, na minha porta?

Será que a minha lembrança dele se materializou?

— Vem velejar comigo — diz, sem mais nem menos. E então, acrescenta: — Hum... por favor.

Atrás de mim, escuto vovô Ben avisando Peter Pan:

— Cuidado com o crocodilo, menino!

E a voz de Emory repetindo:

— Crocodilo, menino!

— Para ir aonde? Velejando no quê?

Ele aponta para a água visível acima das copas das árvores, onde se veem minúsculos triângulos brancos e algumas velas largas com listas horizontais na quente luminosidade diagonal. O sol já está baixando, mas ainda falta uma hora até se pôr completamente.

— Num barquinho como aqueles ali. Mas o meu está na doca — diz ele, seu dedo apontando para nós dois. — Você. Eu. — Fabio lambe seus dedos do pé. Ele se curva para fazer uma festinha atrás da orelha dele. — Você não, companheiro. Não fica chateado comigo.

— Porque a bexiga dele não é digna de confiança? — Finalmente encontro a voz e um pensamento coerente.

— Porque eu só tenho dois coletes salva-vidas.

Capítulo Vinte e Dois

Felizmente para nós dois, Cass não é nenhum Tirano Naval — que é como Nic, Viv e eu chamamos aqueles caras que, na hora em que sobem num barco de qualquer tamanho, começam a dar mil ordens e a usar mil termos náuticos, bancando o Capitão Bligh quando enfrentou o histórico motim do *Bounty*.

Ele não diz muito, além de "está frio aqui fora, tem um agasalho?" até chegarmos à doca, e mesmo então, o papo é quase todo técnico: ele me pede para dobrar a vela bujarrona, o que eu faço depois de receber breves instruções.

Será que vou ficar presa no mar com um estranho caladão ou com o simpático Cass? Aliás, por que estou aqui, quando antes ele mal estava falando comigo?

Em um dos lados da praia, há um grill fumegante. Dom, Pam e mais alguns garotos da ilha estão se preparando para um churrasco. Eu poderia ir até eles, me sentar, me enturmar.

Mas o pessoal da ilha parece não nos notar. Cass também os ignora. Seu nariz está queimado de sol e eu fico louca de vontade de passar o dedo em cima, onde a pele está descascando. Quando ele abaixa a cabeça, ocupado com a vela mestra, vejo que o sol deixou as camadas mais altas do seu cabelo, de um louro branco, quase tão claro como quando ele tinha oito anos.

Ele trabalha com rapidez e eficiência, ainda sem dizer nada. Mas percebo que me olha de soslaio de vez em quando, sorrindo um pouco, e o silêncio começa a parecer mais tranquilo do que tenso. Sinto o impulso de rompê-lo mesmo assim.

— O barco é seu?

— Hum-hum.

—Você o trouxe para cá da cidade? — Será que ele teve tempo de fazer isso? Será que tomou banho? Dou uma inclinadinha discreta na sua direção para ver se percebo. Será que eu devia ter tomado banho? Passei o tempo curtindo dor de cotovelo, em vez de me lavar. Ele parece superlimpo. Mas também, Cass sempre está superlimpo.

Ele balança a cabeça, atirando um colete salva-vidas para mim. Prende o seu próprio colete. Franze os olhos contra o sol, olhando para a água.

— Você tem um atracadouro? Aqui? — Os atracadouros em Seashell são rigorosamente controlados, e já houve até quem saísse no braço na disputa de um ponto. Ou de qualquer ponto.

— Foi meu pai — responde Cass. — Está pronta?

Passei a maior parte da minha vida a bordo de barcos, principalmente lanchas, que têm sons, cheiros e movimentos muito característicos. Você sempre sente um cheirinho de gasolina quando recua para zarpar, vê uma mancha iridescente na superfície da água, e então o solavanco para frente e o *bum-bum-bum* percorrendo a proa se o mar estiver agitado. Quando alço a bujarrona e Cass a vela mestra, o barulho é ensurdecedor, mil peças se entrechocando, as velas drapejando. De repente o vento bate em cheio e elas se inflam, o casco empina e avança, a bruma voa no nosso rosto, e rumamos para mar aberto. Estou despreparada para o silêncio e a calmaria extremos de lá. Quase não há nenhum som, salvo pelas gaivotas pescadoras se atirando sobre a água e o zumbido de um avião de hélice lá no alto, dirigindo-se às ilhas distantes.

Cass me pergunta se eu sei que tenho que pôr a cabeça debaixo da retranca quando o veleiro avança, e eu respondo que sim. Ele me mostra como prender os pés e me inclinar para trás.

O mar está repleto de barcos de todos os tipos, enormes iates vistosos e pranchas de windsurfe passando pela água. A distância há um tipo de balsa seguindo para algum lugar, e o que parece um petroleiro muito longe, no horizonte.

— Temos algum destino? — pergunto.

— Aqui — diz Cass, como se não estivéssemos voando pela água, como se estivéssemos em um único ponto. — A menos que você prefira ir a algum outro lugar. Em alguma outra direção.

O vento agora está soprando com força, jogando meu cabelo nos olhos, nos lábios. Eu o afasto, torço-o e o prendo na nuca. Cass olha para mim, fascinado, como se eu tivesse tirado um coelho de uma cartola. Mas tudo que diz é "quase pronto". Uma volta, e estamos voando. É como se fôssemos uma das pedras de Nic ricocheteando pela superfície do oceano, sem jamais tocar na água com força o bastante para afundar. Aqui, a água é de um verde-garrafa profundo, com ondas de crista espumosa, e minha vontade é estender a mão e tocá-las, até mesmo mergulhar nelas. Isso é melhor do que saltar... mais estimulante, mais empolgante, mais libertador, simplesmente... *mais*.

Estou sorrindo tanto que minhas bochechas começam a doer. Dou uma olhada no rosto de Cass. Ele presta a maior atenção na água, no leme, superconcentrado, o rosto impassível. Preciso parar de dar bandeira. Ele estava muito estranho antes. E ainda não está falando.

Mas então, ele pigarreia e diz:

— Obrigado. Por vir. Desculpe se eu fui... — meneia a cabeça em direção à praia — ... meio grosso na praia.

— Tudo bem — digo. — Por que você estava se comportando daquele jeito? — Mas logo me apresso a acrescentar: — Se é por causa das aulas, você não precisa mais dá-las. Nós vamos compreender. Quer dizer, só aquela já foi ótima, e provavelmente vai ser mais fácil de agora em diante. Ele só precisava perder o medo.

— Demora mais do que uma hora para perder o medo. Não é isso. Eu estava só... pensando nuns lances aí. Nada a ver com vocês dois. É coisa de família.

Lembro que ele usou a mesma frase depois do Célebre Resgate de Escondidinho.

— Devo perguntar se você quer conversar sobre o assunto?

A bujarrona se agita um pouco e ele aperta a linha num gesto quase inconsciente, sem nem ter que olhar, e então abre e fecha a mão, abaixando o rosto por um segundo antes de voltar a prestar atenção nas águas cheias de barcos ao nosso redor.

— Aquela conversa com o meu irmão que você... hum...

— Que eu espionei?

Ele abre um sorriso.

— É, como eu fiz com o Alex no jantar pré-nupcial. Mas, sim, esse é um papo que eu tenho muito em casa.

— Foi a impressão que eu tive. Vai me contar agora qual foi o seu Grande Pecado?

Ele move o leme para a esquerda, nos tirando da linha de fogo de uma lancha tripulada por um bando de garotas de biquíni.

— Tenho um milhão deles.

— E cometeu a maioria com Spence? — pergunto, mas logo me arrependo, esperando que ele responda que nós temos isso em comum, pecados com Spence, ou que apenas se feche e não diga mais uma palavra.

Mas ele diz:

— Cometi. Nós começamos no jardim de infância da Hodges. Na época não era tão ruim assim, mas, à medida que você cresce, as coisas vão ficando uma merd... vão piorando. Quer dizer, as regras, o que eles acham que é importante e toda essa bost... babaquice. Spence detesta tudo isso tanto quanto eu, mas se importa muito menos em fingir que não. Aí, nós começamos a aprontar... — Ele hesita.

— O que você chama de "aprontar"?

Cass sorri para mim.

— Não *nesse* sentido em que você está pensando, obviamente. Só coisas... tipo assim... Tem uma estátua do cara que fundou o colégio, de mármore, com uma toga e uma coroa de louros...

— A Hodges foi fundada na Roma antiga?

— Maior burrice, não é? Então, quando nós estávamos no segundo ano, Spence e eu... enfim, nós colocamos um sutiã na estátua, uma lata de cerveja na mão dela, coisas desse tipo. Fizemos isso durante uma semana, até que nos pegaram.

— Não me diga que expulsaram vocês por causa disso. Vocês teriam que fazer coisa muito pior para serem expulsos do nosso. O último que puseram pra fora tocou fogo em todas as túnicas quando estava fumando um cigarro no armário do coral.

— Pois é, e, pelo que eu ouvi dizer, ele estava ligadão, porque não era exatamente um Marlboro que ele estava fumando. O cara conseguiu exceder o limite de faltas e saiu no mesmo dia. Chan e eu... não fomos tão eficientes assim. Por isso, sim, desrespeitar o nosso ilustre fundador... — ele forma aspas com os dedos ao pronunciar essas duas palavras — ... foi a nossa primeira falta. Depois nós pegamos o carrinho de golfe do jardineiro e quase o jogamos dentro de um laguinho que tem lá.

— Café pequeno, Somers. — Eu me recosto, cruzando os braços. Até me dar conta de como fiquei ridícula, vestindo este colete salva-vidas. E que estou imitando o gesto de Cass. Não é verdade que imitar os gestos do outro é um sinal de disponibilidade para o acasalamento no reino animal? Daqui a pouco vou me jogar no chão e virar a barriga para cima.

— Será que agora vou ter que te impressionar com O Quanto Eu Sou Mau, Gwen? É esse o preço? Tudo bem. O refeitório parece... — Ele puxa o lóbulo da orelha, procurando as palavras. — Hogwarts, do Harry Potter. Não, pior: parece uma taverna aonde Henrique VIII iria comer uma perna de veado. Ou o Castelo de Nottingham. Enfim, Spence e eu resolvemos contribuir para a autenticidade desse cenário medieval. Roubamos a chave do zelador, entramos de fininho de madrugada com dois feixes de feno e os galgos irlandeses do pai do Spence. E umas galinhas. Um porco pançudo. Resumindo a ópera, o diretor não era tão fã de precisão histórica quanto seria de esperar. E essa foi a nossa terceira falta.

Estou rindo.

— Lamento por dizer isso, mas você vai ter que se esforçar muito mais se quiser ir para o inferno. Ou mesmo para a cadeia.

Mas ele não sorri, tornando a fechar o punho.

— Ah, meu Deus — digo. — Desculpe. É que eu não achei isso tão ruim assim. Sinceramente, se eles tivessem senso de humor. Quer dizer, tenho certeza de que a sua família é muito engraçada, mas não no sentido de "estranha", e sim no de que ela tem...

— Eu entendi o que você disse. E a minha família tem mesmo senso de humor. Mas, hum, não quando um filho é expulso. De um colégio que o pai, os irmãos, a mãe e a avó frequentaram. Fora o fato de que o meu irmão Jake trabalha lá como professor de educação física. Não tem a menor graça ver o irmão caçula fracassado levando um pé na bunda.

Fracassado? Cass?

— Puxa. Sinto muito. — Pouso a mão sobre a que ele mantém no leme, e a deixo lá por um segundo, sentindo um arrepio... cada terminal nervoso, um após outro, vibrando, consciente... se espalhar pelo meu braço. Afasto os dedos bruscamente, ocupando-os de novo em torcer os cabelos em um nó na nuca.

— Mas eu não. Não sinto *nem um pouco*. — A voz dele se ergue, como se estivesse tentando abafar a voz de outra pessoa, não apenas o som das ondas. — Essa é a questão. Sair de lá foi... sensato. Não era o lugar para mim. O nosso colégio sim, é que é; eu gosto muito mais do técnico, a equipe de natação é melhor, as aulas são ótimas... estou feliz onde estou.

— Sua família ainda está zangada? Depois desse tempo todo?

Tenho uma lembrança do pai de Cass levando uma garotada para passear na sua lancha aquele verão — filhos de veranistas, adolescentes da ilha, quem quisesse ir. Ele levava um monte de nós para dar uma volta de boia rebocável ou esqui aquático, coisas que os garotos da ilha nunca podiam fazer. Passava o dia inteiro indo e voltando para que todo mundo tivesse uma chance de ir. Deixava a gente se revezar no leme, segurando com força quando ele se levantava e abaixava, dando um banho de água na gente. E uma vez, quando pisei num anzol de pesca na ponta do píer, ele me carregou nos ombros até a casa que eles tinham alugado para poder cortá-lo com um alicate e removê-lo com jeito, enquanto tentava me distrair com adivinhas do tipo "o que é, o que é".

— Eles não estão zangados — diz Cass. — Estão decepcionados.

Na linguagem universal dos pais, "decepcionado" é quase sempre pior do que "zangado".

— Depois de um ano? — pergunto. Devia mudar de assunto. Os nós dos dedos do punho de Cass estão brancos. Abrindo a mão. Fechando.

— Depois de ontem. Minha avó e minha mãe foram lá falar com o diretor há alguns dias. Ele disse que lamentava ter que me expulsar, porque sabia que eu nunca teria feito todas aquelas coisas sozinho, que tinham sido por influência do Spence. O que não é verdade. Mas ele disse que, se eu me desculpasse e admitisse que a ideia não tinha sido minha, eu poderia voltar. O que seria ótimo para o meu histórico escolar, e provavelmente permitiria que eu entrasse numa faculdade melhor e... enfim, você conhece a rotina.

Sua voz fica mais grave ao dizer a última frase, num tom irônico. Obviamente, esse é um sermão que ele já ouviu muitas vezes.

Mas eu conheço mesmo a rotina. De trás para frente, de cor e salteado. E me dar conta desse fato é como levar um balde de água fria no rosto — um choque, mas, por outro lado, um alívio também. Claro, ninguém imagina que eu vá entrar numa das melhores universidades do país, mas é a mesma angústia em relação ao que vai acontecer agora. Olho para Cass, para todos os tons de louro do seu cabelo despenteado pelo vento, para os seus olhos atentos, determinados, a rigidez obstinada da boca. E essa é a parte mais difícil e estranha de não sermos mais aquela menina descalça e aquele menino superlouro correndo pela areia até o mar, braços, cotovelos, sem a menor vergonha. Porque de repente, quando você menos espera, está quase com vinte anos, e BUM — agora, as suas escolhas importam. Não se trata mais de saber se você prefere chocolate ou baunilha, a ponte ou o píer, Sandy Claw ou Abenaki. É a sua vida inteira que está em jogo. De repente, você fica *a um triz*, como disse Nic, de dar o passo errado. Ou o passo certo. E agora, faz toda a diferença.

Seus olhos azuis estão sérios. Pouso a mão sobre a dele, que se fechou num punho. Ele vira a cabeça bruscamente, aproximando-a da minha.

De repente, a lancha cheia de garotas de biquíni faz um amplo arco, voltando a passar em alta velocidade por nós. Uma das garotas acena com o sutiã laranja cítrico, o sol reluzindo em sua pele molhada. A sereia não quer saber de agasalho. Nem de colete salva-vidas.

As ondas avançam sobre o barco, a espuma lambendo nossos rostos, e o barco balança violentamente de um lado para o outro.

— Amigas suas, Cass?

De repente, sinto um medo horrível de que sejam. Ex-colegas de turma, conhecidas do Clube N&T, o que for. Seus verdadeiros amigos. Seus verdadeiros donos.

— Não. Suas?

— Apesar da minha reputação de garota da ilha, não. Geralmente nós deixamos para fazer topless na praia.

— Então é melhor a gente voltar — diz ele, com a expressão mais séria do mundo. Dou um tapa no seu ombro como se ele fosse Nic, e ele devolve o meu sorriso com uma expressão que... não se parece em nada com o jeito como meu primo olha para mim. E um sorriso que vai se abrindo aos poucos. Sinto aquela corrente elétrica passando pela minha pele de novo e fixo os olhos nos seus, como fizemos na cozinha da Sra. Ellington. E naquela noite de março.

Cass aperta a linha da vela mestra sem tirar os olhos de mim, esperando que eu abaixe os meus. Mas continuo encarando-o, notando, no ínfimo espaço do veleiro e no estranho silêncio do momento, coisas que nunca tinha visto antes. Uma pequena cicatriz branca que atravessa o canto esquerdo da sua sobrancelha esquerda. Sutis pontinhos verdes no azul-escuro dos olhos. A veia pulsando na base do pescoço. Não sei quanto tempo ficamos apenas nos olhando. Quando finalmente viro o rosto, tudo na água está igualzinho — menos a minha sensação de que alguma coisa mudou.

Fechando os olhos, inclino o rosto para o céu e o vento, e então os abro e vejo que perdemos a rajada e o barco está imóvel, salvo por uma balançada que dá quando uma lancha potente passa em alta velocidade, cheia de caras de Rayban.

— Esse lance de garota da ilha. Como é que funciona?

— Por favor, Cass. Não banca o burro.

— Sou eu que estou precisando de aulas particulares de literatura, Gwen. Eu sou mesmo burro.

Me viro para ele, incrédula. Ele retribui meu olhar. Seus olhos parecem ver até o fundo da minha alma, e puxar alguma coisa à superfície.

— De burro você não tem nada, Cass. Aqui na ilha... nós somos... bom, você sabe que aqui em Stony Bay uns são permanentes e outros são transitórios, não sabe?

— Sei... — diz ele sem convicção, como se realmente não soubesse.

— Bom, nós, os nativos da ilha, somos os transitórios, e bota transitórios nisso. Principalmente quando somos mulheres. Nós somos vistas como acessórios de verão.

— O que isso quer dizer? — Cass se reclina sobre um cotovelo, sobrancelhas baixas.

— Que nós somos como cestas de piquenique. Úteis, até boas de carregar quando faz calor e você está com fome. Mas quem quer fazer piquenique quando o verão acaba?

É óbvio que Cass não sabe o que responder. Ou então está mesmo rolando algum tipo de emergência náutica que exige intensa concentração da sua parte e o impede de olhar para mim, mil cordas atiradas e algumas ordens em tom ríspido num jargão de marinheiro que eu não entendo, até que ele o traduz, depois de alguns segundos de minha silenciosa incompreensão.

— Você é mesmo um tirano naval — digo.

— Hum? Será que dá para segurar o leme por um segundo? Isso, assim. — Sua mão quente firma a minha, soltando-a em seguida.

— Você é um desses caras que soltam mil termos náuticos e adoram dar ordens quando estão num barco.

— Não sou mesmo. Apenas sei o que estou fazendo. Continua segurando o leme bem firme.

Como não sei velejar, não sei se ele precisa mesmo puxar, soltar e ajustar todos esses troços ou se é só um jeito de se desligar. Mas então ele olha para mim, sorrindo, e o brilho da água se reflete em seus olhos.

— Não se preocupe.

E eu me pego respondendo:

— Não estou preocupada.

E não estou mesmo. Não estou preocupada. Não estou constrangida. Não estou envergonhada. Não estou nada, só estou aqui. Parece ter sido há séculos que estive "aqui" sem estar "lá" e "ali também" e "acolá". Mas nenhum desses momentos existe. Só eu, Cass e o mar azul.

Ele começa a dizer algo, mas, seja o que for, é abafado pelo ronco de um enorme iate que passa, levantando no seu rastro um verdadeiro maremoto de espuma.

O barco balança para os lados por um segundo, antes de Cass decidir que provavelmente é mais sensato sair da frente desse tráfico atipicamente intenso em alto-mar. Acho que nunca vi tantas velas e trilhas de espuma abertas por lanchas e iates na minha vida. Será que está havendo alguma competição? Ou será que todo mundo está tão pouco a fim de encontrar o final do oceano quanto eu?

Velejamos em silêncio até o poente listrar o céu com as cores de um sorvete de três sabores: framboesa, limão, tangerina — contra flocos azuis de algodão-doce. Em seguida, vamos para casa e guardamos o barco na doca. Desço e entrego a ele meu colete salva-vidas.

— Eu te acompanharia até em casa, mas preciso levar o barco de volta para o ancoradouro antes de escurecer.

Respondo que compreendo. Embora na verdade queira que ele me acompanhe. No escuro.

— Amanhã, às seis da tarde — diz Cass.

— O que é que tem amanhã?

— Aula. Você não pode ficar adiando a vida inteira, Gwen. — Ele estende uma das mãos, as costas viradas para mim, e vai abaixando os dedos.

— Você me disse como a Velha Sra. P. gosta Que As Coisas Sejam Feitas. Eu cozinhei as suas lagostas.

— Achei que nós tínhamos combinado não tocar nesse assunto de novo.

— Eu estou argumentando — diz Cass. — Você me ajudou com a cerca viva. Eu te levei para velejar. — Ele já abaixou quatro dedos.

— Você deu uma aula para o Emory...

— Isso não faz parte da equação. Agora, nós estamos quites. Eu sei que você gosta de ficar sempre um passo à frente, Guinevere Castle. Portanto, está na hora de me dar aulas e descobrir como eu sou burro.

— Nunca achei que você fosse...

Ele levanta um dedo.

— Preciso mesmo ir andando — diz. — Amanhã. Às seis. Na sua casa.

— Por que não na sede da manutenção? — Por que é que agora estou *querendo* ficar a sós com ele?

— Além do fato de ser uma bagunça, nojenta e feder a mijo de cachorro? — pergunta Cass. — O seu avô me contou tudo sobre o emprego que teve em jovem como amolador de facas. Não falo português, por isso não tenho certeza do que ele disse depois... mas fiquei com a impressão de que ele me visitaria com alguns facões bem afiados se você e eu ficássemos a sós no meu apartamento. Às seis da tarde. Na sua casa.

Capítulo Vinte e Três

Meu irmão não consegue parar de falar nas aulas de natação. Enquanto vovô o põe para dormir, ele conta e reconta a história: "Eu fui corajoso. Entrei na água. O Super-Homem me ajudou, mas eu fui mais corajoso." Na manhã seguinte ele me acorda, empurrando seu calção de banho para mim, se abaixando para tirar a calça do pijama.

— Mais aula hoje.

Solto um gemido.

— Não, fofinho.

Ele fixa um olhar irritado em mim. Então cutuca meu estômago com Escondidinho, dizendo, em tom feroz:

— Escondidinho te morde.

Quando me viro de lado, puxando o travesseiro para cima da cabeça, ele vai atrás de mamãe, depois de Nic, depois de vovô Ben. Como nenhum dos três concorda que é dia de aula, ele se limita a vestir o calção e a sentar diante da porta, de pernas cruzadas, com Escondidinho no colo.

Preocupada, eu desabafo com Vivien.

— Não foi uma boa ideia. Ele está meio obcecado com Cass.

— O mal deve ser de família. — Ela inclina a cabeça para analisar a margarida que acaba de pintar na unha do meu dedão.

— Você é hilária. Estou falando sério, isso pode ser péssimo. O que vai acontecer quando Cass se entediar e tirar o corpo fora? Como é que Em vai ficar? Esperando pelo Super-Homem.

Ela solta um bufo.

— Me dá o outro pé. Ai, Gwen, o que é que você faz com as suas solas? Estão parecendo couro, e o verão mal começou. É cedo demais para ficar com pé de verão.

— Os meus são permanentes. Estou com medo por Emory, Viv. Presta atenção.

Ela procura uma pedra-pomes no estojo dobrável de alumínio, observa duas com o cenho franzido, escolhe a mais grossa.

— Eu sei que está. E eu te compreendo. Você tem medo de que Cassidy Somers dê a maior força para o Emory, deslumbre o garoto e depois dê um fora nele. Hummm. De onde será que vem esse medo? — Ela solta a pedra-pomes, juntando as palmas das mãos e batendo os dedos, no estilo dos analistas de cinema.

— Obrigada, Dr. Freud. Ai! Não tira a pele *toda*, Viv. Não é uma ideia tão fantasiosa assim. Ele me deu um fora. Por que não faria o mesmo com Emory? Talvez Cassidy Somers tenha o hábito de dar foras nas pessoas.

— Talvez Gwen Castle tenha o hábito de esperar que as coisas boas acabem mal. É diferente, querida. Vocês dois são quase adultos. Transaram sem se conhecer. Isso nunca acaba bem. — Ela estende a mão para interromper meu inevitável comentário. — Já sei, já sei: como é que eu posso saber, não é? Mas eu *sei*. Posso ter uma relação estável com Nico, mas isso não quer dizer que eu seja cega e surda para os dramas da escola. Estou sabendo do Ben Montoya e da sua novela infindável com a Katie Clark, que não é do tipo que abre as pernas, por isso ele dorme com outras garotas, e depois dá um fora nelas para ficar com a Katie, deixando todo mundo infeliz, inclusive a mim. Estou sabendo do Thorpe, que está apaixonado pelo Chris Fosse, que é hétero e nunca vai retribuir o amor dele, por isso ele teve aquele caso com o universitário de White Bay, que se apaixonou por ele, e agora o Thorpe está se sentindo superculpado e dividido.

— Nossa, eu não fiquei sabendo *desse* escândalo.

— Ah, foi superdramático. Pelo que me contaram, o universitário fez uma serenata diante da janela do Thorpe, e aí o Thorpe teve que se assumir para os pais, que, pelo visto, eram as *últimas* pessoas do planeta a desconfiar que o filho era gay.

— Onde é que eu estava quando isso aconteceu?

— Curtindo a maior depré por causa de Cassidy Somers. Ou talvez de Spence Channing — diz Vivien, pegando o vidro de loção para pés, olhos fixos na caixa de manicure.

— Por favor — digo, gemendo. — Spence, nunca.

Ela me lança um olhar penetrante por cima dos óculos. (Vivien tem hipermetropia e é obrigada a usar aqueles óculos de vovó para fazer seus desenhos complicados.) No silêncio que se segue, percebo exatamente o que revelei pelo que omiti. Esfrego a testa.

— A questão, Viv, é que...

— O que eu estou dizendo — continua ela calmamente — é que você está numa situação sexual com o Cass. Que vai ficando cada vez mais confusa. Não existe nada disso com o Emory. Nada de hormônios, nada de drama. Ele é só uma criança que precisa de ajuda. E Cass sabe como ajudá-lo. Por que ele estragaria isso?

— Estava. Eu *estava* numa situação sexual com o Cass. Agora, não.

— Hum-hum — diz Vivien. — É claro que não. Porque todos nós escolhemos as pessoas que namoramos. Com os nossos cérebros, e mais nada. Tem razão, Gwen.

Capítulo Vinte e Quatro

— *Tem certeza* de que não precisa de uma licença para fazer isso? — pergunta mamãe, quando me vê arrumando os lápis na mesa da cozinha.

— Mãe, eu não vou trabalhar numa creche. Vou dar uma aula particular.

Ela me observa com ar desconfiado enquanto abro um saco de blocos pautados amarelos.

— Esse é aquele garoto bem-educado, com barriga de tanquinho?

— Nós já conversamos sobre isso. É ele, sim. O companheiro de equipe do Nic. Vou ajudar o cara a passar numa prova de literatura. A barriga de tanquinho dele não tem nada a ver com o assunto.

Mamãe continua me rondando. Ela nunca me ronda desse jeito. Deve estar sabendo do que tem rolado entre Nic e Vivien, embora eu nunca a tenha visto dar uma palavra ou olhar revelador — nem quando Nic chega de madrugada depois de "jantar na casa da Viv", nem quando Vivie e Nic se enfiam no quarto quando vovô Ben sai e eu fico com Em. Por que estou recebendo esses olhares desconfiados?

Acho que é porque eu nunca trouxe um rapaz para casa. "Companheiro de equipe de Nic" pareceu correto, distante e oficial... mas meio mentiroso. Não é a verdadeira história. Como qualquer outro jeito como eu defina Cass. Mamãe, que nunca me dá esses olhares penetrantes, não para de observar meu rosto. Faço um esforço consciente para não ficar vermelha.

Ela torna a arrumar os jogos americanos sobre a mesa. Nic, vovô, Em, mamãe, eu... um, dois, três, quatro, cinco. Mamãe franze a testa, arruma de novo o número cinco.

— Mãe, é uma aula particular, não um encontro. Com o que você está preocupada?

— Com nada, Gwen. Só checando.

Após uma série de batidas firmes, Cass se afasta atrás da porta, usando um jeans escuro e uma camisa social azul-cobalto. Seu rosto está levemente corado e recém-barbeado, com um cortezinho perto do queixo. Ainda úmidos, seus cabelos parecem ter sido penteados há pouco. Basicamente, ele passa a impressão de alguém que se deu ao trabalho de caprichar no visual.

Isso não é nada bom. Posso ter trocado de roupa quatro vezes, mas ele não tem como saber disso. Não há como esconder o seu capricho — ele parece alguém que poderia estar com um buquê de flores escondido às costas.

— Não precisava se produzir — digo a ele na mesma hora.

Olhando para a camisa, ele levanta as sobrancelhas.

— Essa era a única que estava limpa. E que não tinha ficado cor-de-rosa.

— Ah. Bom. Entra aí.

Ele entra a passos largos, olhando com curiosidade para nossa combinação de cozinha/sala/academia/quarto de brincar. Seu rosto não mostra qualquer expressão. Todos os tetos de pé-direito alto, luminárias caras e obras de arte em sua casa, todos aqueles cômodos... e olha só para a gente. Mirto, cambaio e gasto, o papel de parede descascado e alguns desenhos de Emory colados com durex, junto de uma foto de Rita Hayworth pela qual vovô Ben tem verdadeira loucura, e algumas sequências de exercícios de Nic coladas na ordem certa no alto da parede. E também o retrato solene/santuário de vovó e um painel com o jogo de pendurar o rabo no burro que pregamos ali para o aniversário de Emory e não tiramos porque o ajuda a desenvolver a coordenação motora.

— Gostei. Tem muita personalidade.

— Não é o que os caras costumam dizer sobre as garotas feias? — pergunto, ríspida.

— Cheguei em uma má hora ou você está chateada por algum outro motivo? — Ele dá uma esfregada nos cabelos, que se arrepiam numa bagunça perfeita assim que ele acaba.

— Não estou chateada por outro motivo. Estou...

Chateada por outro motivo.

Eu estava ótima há dois minutos. Agora, estou uma pilha de nervos. *Não é um encontro. Só uma aula particular.*

Cass passa ao meu redor em direção à mesa onde coloquei o bloco amarelo pautado e os lápis, abrindo sua mochila, a mesma que estava usando na praia com Emory. Isso me abranda imediatamente. Ele põe um exemplar de *Tess* na mesa e sorri para mim, me lançando um olhar tímido, a cabeça baixa. Cílios longos. Por que os garotos têm cílios assim, quando são as meninas que precisam deles?

— Vamos sentar aqui? — Ele puxa uma cadeira, senta depressa, encosta os cotovelos na mesa e volta a olhar para mim.

— Hum, tá. Aqui está ótimo. Meu quarto é meio apertado e... — *É meu quarto. Tem uma cama.*

Nesse momento, mamãe sai do nosso quarto, parando bruscamente, como se não estivesse esperando ninguém.

Cass se levanta, apressado, estendendo a mão.

— Olá, Sra. Castle. Sou Cass. Cassidy Somers. Gwen concordou em me dar uma mãozinha em literatura.

Mamãe observa a mão dele por um momento como se não tivesse a menor ideia do que fazer com ela, do mesmo jeito que eu quando Cass se sai com uma daquelas atitudes supereducadas. Então, ela estende a mão, hesitante, e Cass a aperta. Enquanto eles trocam um aperto de mão, sinto um cheirinho de perfume com notas de limão.

Loção pós-barba?

Cass está usando loção pós-barba.

Uau. Ele caprichou mesmo. Isso me dá um arrepiozinho, quando há alguns segundos eu estava irritada com a ideia. Estou me tornando mais bipolar a cada minuto. Talvez porque a loção pós-barba esteja lutando com o perfume que botei, de um vidro que Vivien me deu há quatro anos. E que já deve ter saído do prazo de validade e está emitindo vapores tóxicos que embotam o meu cérebro.

— Bem, enfim... — Mamãe retira a mão mais uma vez. — Vou... voltar para o quarto. Vocês gostariam de um lanche, ou alguma coisa?

Tipo o quê, mãe? Leite com biscoitos? Uma lasanha diet congelada?

— Não, obrigado, acabei de jantar — diz Cass. — Obrigado por nos deixar ter aula aqui, Sra. Castle.

Ele é mesmo educado até dizer chega. Parece um adolescente de um seriado da década de cinquenta. *Como a senhora é boa-praça, dona Luce!*

— O prazer é nosso — responde mamãe, fazendo frente à ocasião. — Fique à vontade, Cass. Vou voltar para o trabalho. Vocês dois nem vão saber que estou aqui.

Trabalho? Agora?

Ela se dirige ao armário da cozinha, tira o aspirador de pó e atarraxa o filtro. Então, liga-o na tomada e ataca Mirto, o sofá, que, imagino, deve ter adotado uma expressão de estofada surpresa. Praticamente já desistimos de fazer qualquer coisa pelo bem-estar de Mirto. O aspirador de pó ronca pela sala afora como um avião a jato.

Cass parece estar prendendo um sorriso. Ele bate com o dedo na capa de *Tess*, elevando a voz acima do barulho:

— Acho que devemos começar. Tenho algumas perguntas.

— Manda ver — grito. Mamãe se debruça entre as almofadas numa espécie de frenesi. Dá para ouvir os tinidos dos mil objetos que não deviam passar nem perto de um aspirador sendo aspirados mesmo assim.

Esse deve ser o seu estilo de segurar vela para um casal, mas, sinceramente, o que ela pensa que vai acontecer? Que vamos pular em cima um do outro num arroubo de lascívia depois de falar sobre Thomas Hardy — que é sempre tão afrodisíaco — , empurrar o bloco e os lápis para o lado e transar em cima da mesa?

Agora estou me lembrando de Cass encostando a testa na minha, o suor nos colando, sua mão me segurando pela nuca, minha mão pousada sobre o seu coração disparado.

Pigarreio e me concentro no exemplar de *Tess*. Dá para notar que ele mal o leu. A lombada está sem rachaduras, e não há notas, páginas dobradas nem trechos sublinhados.

— Tá — berra Cass, aumentando um pouco o volume da voz quando o aspirador começa a cuspir uma bola de pelos de Fabio. — Não cheguei a ler nem um terço desse livro. Odiei todos os personagens, sem exceção. — Ele se inclina um pouco para frente, cutucando um buraquinho no canto da capa, aumentando-o.

— Todo mundo odeia — digo a ele. — É o Clássico que Ninguém Ama.

— Sério? Mesmo assim, nós somos obrigados a lê-lo.

— Hum-hum.

— Por quê? São só pessoas se comportando mal.

— A maior parte da literatura é sobre pessoas se comportando mal, Cass.

Ele franze os olhos para mim.

— É, acho que sim. E sobre a vida. Talvez.

— Talvez — concedo. *O que estamos dizendo?*

— Aquele cara, o Angel Clare, é um perfeito idiota.

Mamãe agora passou para o tapete, e acaba de aspirar alguma coisa que está chacoalhando doidamente. Conversar é como tentar ser ouvido num píer no meio de um furacão.

Angel quem? Ah, sim, Angel Clare. O herói de *Tess*, que reli ontem à noite para ficar afiada, embora ocupe o primeiro lugar na minha lista de Livros que Eu Gostaria de Atirar do Píer.

— Pensei que você não tinha lido o livro inteiro.

— Um site na Internet — admite ele, novamente com aquela expressão constrangida.

— Bom, todos nós já fizemos isso. Só para complementar, é claro.

Ele dá de ombros, com um sorriso. Mamãe enfia o bocal do aspirador por baixo dos pés de Cass. Ele os levanta, obediente. Enfio minha cabeça debaixo da mesa.

— Mãe, você tem *mesmo* que fazer isso agora?

Ela desliga o aparelho ensurdecedor, dizendo em voz baixa:

— Desculpe. Você sabe como eu sou. Não aguento ver uma bagunça.

— Tenta sobreviver a esta até a gente acabar — cochicho.

— Desculpe, amor — responde ela num tom normal que Cass não pode ter deixado de ouvir. — Não me dei conta de que vocês dois queriam ficar a sós.

— E não queremos... Ai! — Quando tento levantar a cabeça, dou uma pancada no tampo da mesa.

— Você está bem? — Cass faz menção de tocar meus cabelos, em vez disso cobrindo a mão com que esfrego o local. Ele a aperta por um instante, afastando-a em seguida. — Quer que eu pegue gelo?

— Não, não precisa. — Não mesmo. Fico só imaginando a progressão de tons de vermelho no meu rosto, tentando lembrar os nomes das aulas de arte no segundo ano: escarlate, carmesim, vermelhão, vinho... — Vamos continuar.

Mamãe enrola o fio do aspirador, passando-o da mão para o braço, da mão para o braço, tomando o cuidado de não olhar para nós, como se tivéssemos começado a mandar brasa na mesa da cozinha.

Agora é a porta da cozinha que é batida.

— Mamãe! — urra Em, que está do outro lado da sala. Atrás dele vem Nic, todo suado. E com um cheiro daqueles.

— Nico! Você está fedendo a meia de ginástica usada! — diz mamãe. — Vai lá pra fora tirar a camisa, por favor, e entra no chuveiro.

Nic, no entanto, viu Cass. Seu rosto se endurece numa expressão de uma antipatia sobrenatural.

— Eu subi o morro com o Em no colo — explica ele. — Achei que seria um bom treino. Mas agora vou levantar pesos, por isso o chuveiro vai ter que esperar.

Os odores combinados da sutil loção pós-barba de Cass e do fedor asqueroso de Nic estão esmagando todos os seus pensamentos coerentes. Fico pensando se Cass vai cair duro e eu vou ter que fazer uma respiração boca a boca nele. Até que essa especulação não é tão fantasiosa assim.

Agora Cass está mordendo todo o lábio inferior, olhando para *Tess*. Como está com a cabeça baixa, não dá para ver se ele está achando graça ou totalmente horrorizado com o verdadeiro circo que é a minha família.

— Oi! — O rosto de Emory se ilumina. — Super-Homem. Oi! — Ele aponta para Cass, triunfante, como se dissesse: *Tchan-tchan-tchan-tchan!*

— Olá, Super-Garoto — responde Cass, com naturalidade. Meu irmão na mesma hora se aproxima e passa os braços pelo pescoço de Cass. E lhe dá um beijo. No pescoço.

Cass dá um tapinha nas costas de Em.

— Oi, amigão. — Sua voz sai abafada pelos cabelos de Emory.

— Super-Homem — repete Emory.

Cass chega para o lado, dando espaço a Emory para sentar na sua cadeira, mas Em ignora a oferta e sobe no seu colo, ocupando-o com firmeza, como Fabio quando se planta na minha cama com ar de "cheguei para ficar".

Hora de intervir.

— Em, você precisa dar um pouco de espaço para o Super-Homem. Ele tem que...

— Não tem problema, Gwen — Cass me interrompe. — Quer continuar? Você ia me explicar por que o Angel Clare não era um bab... hum... idiota. Sou todo ouvidos.

— Ora, mas é claro que ele é um idiota! Quer dizer, fala *sério*. Tess diz a ele que foi estuprada e o cara não consegue perdoá-la porque ela "não é a mulher que ele pensou que fosse", embora eu tenha certeza de que ele tinha estado ali. Para não falar na cena em que ele tem uma crise de sonambulismo, carrega Tess para o cemitério e põe a coitada dentro de um caixão.

— É por *isso* que eu só leio água com açúcar — diz mamãe, desistindo de fingir que não está de ouvido na conversa. — Não tem nada dessas besteiras.

Cass esfrega o nariz.

— Sério? Acho que não cheguei a ler esse romance, *Água com Açúcar*. Não devia ter no site da Internet.

Faço um gesto, impaciente.

— É para simbolizar que a pessoa que ele amou está totalmente morta para ele, e...

— Mas é doentio... — Cass me interrompe. A porta do quarto de Nic se abre. Usando uma regata branca, ele entra na sala, dando alguns passos ameaçadores, e então levanta um peso de vinte quilos e começa a fazer roscas com uma expressão beligerante. Muito Stanley Kowalski, o machão cafajeste de *Um Bonde Chamado Desejo*. E pensar que foi Nic quem me implorou para aceitar dar aulas particulares para Cass.

Ele arqueia uma sobrancelha para Nic.

— Qual é?

— Fala... — responde Nic, só faltando rosnar. Passa o peso para o outro braço. Mais roscas. Mais caras feias. A sobrancelha de Cass continua numa posição elevada. Como é que ele faz isso?

— Brilhando. — Emory alisa o cabelo de Cass, afastando-o para trás da orelha. Agora noto que está mais comprido do que de costume, e com um leve ondulado. Está *mesmo* brilhando. Quase tenho que sentar em cima da mão para resistir ao impulso de alisar o outro lado.

Preciso fazer alguma coisa para romper a tensão.

— Tem certeza de que não quer um lanchinho? — pergunto, esquecendo o quanto a oferta pareceu falsa quando mamãe a fez.

— Não, não precisa. Mas obrigado. — Seus olhos se fixam nos meus por alguns momentos antes de voltarem para o exemplar de *Tess*. Que estou começando a odiar mais ainda do que antes. *Olha para mim de novo. No que você estava pensando?*

Mamãe se acomodou no sofá com um livro que, naturalmente, tem uma capa da máxima agressividade sexual. A maioria não é tão escandalosa assim, mas essa mostra um cara sem camisa, com o polegar enfiado no cós de uma calça branca tão justa que parece pintada no corpo, curvando o indicador para quem olha. *Vem me pegar, baby.*

Nic abaixou o primeiro peso com um baque, e apanhou outro ainda maior. Emory está com a cabeça encostada no ombro de Cass. Suas pálpebras se abaixam, suspendem, tornam a descer. Está pegando no sono.

As coisas estão ficando cada vez melhores.

Começo a dizer qualquer coisa, embora não saiba ao certo o que poderia ser, quando então chega a peça que faltava no quebra-cabeça: vovô Ben, carregando uma sacola de plástico com um enorme peixe morto, a julgar pelo tamanho das rígidas escamas do rabo que se projetam pela abertura. E também está com outra sacola cheia de couves, legumes e tubérculos, sorrindo de orelha a orelha, os dentes da frente salientes.

— Olhem só o que o Marco pegou no píer de Sandy Claw. E também fisgou outros três ainda mais graúdos do que este monstro. — Sua voz se abaixa. — Acima do limite permitido por lei, mas quem é que vai contar? Dá para acreditar nisso? Vamos jantar muito bem hoje! — Ao ver Cass, ele para. — Ah, o jovem faz-tudo. Como vais, meu filho? — Seu sorriso encantado se abre ainda mais, e seus olhos se alternam entre mim e Cass. — Tens namorada?

Cass disse que não entende português. Por favor, meu Deus, fazei com que seja verdade. Meu avô *não* acabou de perguntar se ele tem namorada. Se Cass tiver entendido, vou pegar um dos pesos de Nic e me nocautear. O de vinte quilos deve dar conta do recado.

Mas seus olhos azuis parecem apenas curiosos, fixando-se em mim, à espera de uma tradução.

— Ele quer saber como você vai, e se gosta, hum, de peixe.

— Gosto — Cass diz a ele —, obrigado. Mas não quero.

Emory caiu num sono profundo. Babando na última camisa limpa de Cass.

— Vais ficar para o jantar! — ordena vovô Ben, dedo em riste, um tirano português. — Vais jantar conosco! — Tira um raminho de lavanda da sacola de legumes e o coloca no vaso abaixo do retrato de vovó. Sopra um beijo para ela. Então, marcha em passos majestosos para a bancada da cozinha, perguntando *Sim? Sim?*, olhando para trás.

— Eu adoraria — responde Cass. — Estou morto de fome.

Dessa vez não posso deixar de perceber o riso nos seus olhos, ou o jeito como seu olhar se abaixa depressa para os meus lábios, e então volta, inocente, para os meus olhos.

Desisto, escondendo o rosto nas mãos.

— Estou passando momentos muito agradáveis — diz Cass numa voz tão baixa que talvez a orelhuda da minha mãe e o narigudo do meu primo não o escutem. — Maravilhosos.

Está mesmo? Tudo que *eu* sei é que não consigo mudar a nossa situação ou fazer com que vá mais devagar. Ou lembrar exatamente por que é isso que eu quero.

Eis o que acontece antes do jantar: Nic finalmente desiste e vai tomar banho, esbarrando na cadeira de Cass ao passar perto demais sem a menor necessidade, toalha enrolada na cintura, músculos volumosos. Indireta: os meus são maiores do que os seus, nadadorzinho da segunda divisão, e eu posso acabar com a sua raça, se for preciso. Cass não parece nem um pouco intimidado.

Mamãe pede a Cass que leve Emory para o sofá. Em acorda no meio do caminho, talvez porque Cass o tenha colocado de mau jeito sobre o ombro, com a cabeça pendurada. Ele começa a dar um piti, até que Cass concorda em ler o seu livro favorito do momento, estrelado por uma "linda fadinha que vivia debaixo de uma folha de petúnia". Sete vezes. Até mamãe ficar com pena de Cass, ou de mim, e arrastar Emory para tomar um banho de espuma.

Vovô Ben, numa espécie de exibição europeia de machismo, reencarnando como amolador de facas (será que ele teve mesmo esse emprego? Eu não tinha ouvido nenhuma história a respeito até agora), resolve decapitar o peixe de um golpe só, e pica os legumes com um facão de açougueiro. Cass e eu tentamos avançar mais um pouco em *Tess*, mas toda hora somos interrompidos por pancadas altas e palavrões vindos da bancada da cozinha.

Nic volta para a sala e resolve ter outra conversa de homem para homem com Cass em que os dois só usam monossílabos e não dizem praticamente nada.

— Oi, cara.

— E aí.

Enquanto o peixe cozinha, vovô Ben vem para a mesa e senta diante de nós, novamente sorrindo de orelha a orelha. Fecho os olhos, esperando que ele interrogue Cass sobre sua competência para o cargo de marido, mas, em vez disso, ele solta uma exclamação preocupada.

— Coitadinho! Olha só para os teus dedos! Olha só para a tua mão! — Abro os olhos e vejo vovô tirando dos dedos de Cass o lápis com que ele toma notas, chamando mamãe. — Olha só para isto, Lucia!

Mamãe leva a mão à boca.

— Ah, meu Deus.

— O que é? — pergunto, um pouco agitada. As orelhas de Cass ficam vermelhas, o rubor logo se espalhando pelas maçãs do rosto.

— Suas mãos, meu filho. Há quanto tempo elas estão assim?

— Não é nada — diz ele com voz abafada, tentando soltar o braço que vovô Ben segura. — Estavam muito piores antes.

— Com o que tu as limpas? — pergunta vovô. Cass fechou as mãos em punhos e as escondeu debaixo da mesa.

— Hum. Água oxigenada. Por favor. Não é nada.

Vovô Ben dá um tapa teatral na testa.

— Não, não, não! Isso causa infecção. É assim que se intoxica o sangue.

— Que é que está acontecendo aqui? — pergunto, segurando a mão direita de Cass, esperando ver filetes de sangue escorrendo de todos os poros. Não notei nada estranho nas mãos dele durante a aula de natação. Nem no veleiro.

— Nada — murmura ele. — Não é nada de mais. Bolhas, Gwen. Não estou habituado a aparar mais do que um gramado por semana.

Viro a mão dele, abro os dedos com delicadeza e prendo a respiração. A palma está coberta de bolhas, velhas e novas, estouradas e intactas, algumas de sangue. Dói só de olhar.

Vovô Ben solta algumas ordens ríspidas para mamãe.

— Não se preocupe — continua Cass, em tom urgente. — Eu estouro e espero fecharem. Não é nada de mais. A outra mão não está tão mal assim.

— Não! — troveja vovô Ben quando mamãe volta da pia com uma tigela fumegante de água com sabão. — Isso é exatamente o que *não* se deve fazer. É preciso deixar que elas estourem sozinhas, para depois cicatrizarem debaixo de luvas. Senão, pegas uma infecção. Estás a usar luvas?

Cass estremece, ou porque vovô o está obrigando a colocar as mãos na água quente, ou porque está morto de vergonha por receber toda essa atenção. Ou ambos.

— Hum... não.

— Será que teu pai está a criar algum idiota? — troveja vovô Ben. *Legal, vô.*

— Precisa esfregar com tanta força? — pergunto.

— Queres que o teu garoto tenha um febrão? — Vovô Ben não para de esfregar as mãos de Cass.

— Claro que não — respondo depressa, sem me dar ao trabalho de discutir por causa do "teu garoto".

— Dói muito?

— Só o meu orgulho. — Dá para notar que a voz de Cass está mais animada do que estava há alguns segundos.

Vovô Ben finalmente interrompe seus cuidados médicos e dispara mais uma ordem para mamãe, que volta um minuto depois com uma toalha limpa e seca as mãos de Cass com toda a delicadeza.

—Vamos deixá-las assim por ora — diz ela. — Só até secarem. Deixe descobertas quando for dormir, com uma pomada antibiótica. Pela manhã, lave com água e sabão, deixe secar e as enfaixe. Use luvas de trabalho, daquelas de lona.

— Ele não tem luvas de trabalho — rosna vovô. — Idiota. Pela manhã, vou ao armazém comprar um par decente para ele.

Depois de todo esse drama, o jantar é um anticlímax. Muito tinir de talheres e pedidos para se passarem os pratos. Resisto ao impulso de cortar a comida de Cass para ele, pois as ataduras em suas mãos o deixam muito parecido com uma múmia ou vítima de queimaduras de terceiro grau.

—Acompanha o rapaz até a sede de manutenção! Ele não vai conseguir girar a chave na fechadura — ordena vovô Ben.

Agora ele está *sugerindo* que eu vá sozinha ao apartamento de Cass? O que aconteceu com o amolador de facas?

— É verdade, querida. As mãos dele devem estar muito doloridas. Nem imagino como você tem conseguido fazer qualquer coisa, Cass. Você deve ser muito macho.

Cass dá de ombros, sem conseguir esconder o constrangimento.

Muito macho, mãe? Fala sério.

Pelo visto, toda a sua vigilância e desconfiança evaporaram diante das mãos de Cass. Mamãe adora uma vítima. Mesmo que seja voluntária.

Ou talvez seja o charme dele, não as suas mãos. Porque *esse* pode fazer a desconfiança de qualquer um evaporar.

A minha, com certeza.

É uma noite nublada, sem lua, a Rua Alta difícil de ver sem iluminação. Dou uma tropeçada, e a mão de Cass segura meu braço na mesma hora.

— Ai.

— Não faz isso! — digo.— Suas mãos estão doloridas.—Arranco o braço.

— Por causa de bolhas, não de estilhaços de bomba. Elas não estão doendo mais do que doeram até agora. Sinceramente. Não é...

— Se você disser que não é nada de mais outra vez, vou te dar uma porrada.

Cass começa a rir, e então ri mais alto, até ser obrigado a parar na rua escura. Percebo vagamente o brilho de seus olhos e dentes, mas pouco mais que isso.

— Você é a mulher mais contraditória do mundo — diz ele, quando finalmente recobra o fôlego. — Precisa postar uma vídeo-aula no YouTube.

— Não sou contraditória, não senhor. Comigo é tudo pão, pão, queijo, queijo.

Mais risos. Agora ele está praticamente resfolegando. É difícil ouvir alguém rindo tanto sem começar a sorrir.

— Nunca fui ambígua nas minhas mensagens. O que aconteceu foi que elas mudaram, só isso.

— E depois mudaram de novo, e de novo, e de novo.

— Eu não sou assim. — Minha voz fica mais grave. Será que sou mesmo uma provocadora que deixa os caras confusos, como as herdeiras desmioladas dos filmes de vovô Ben? As que a gente tem vontade de dar um soco para ver se aprendem? Não sou. Certo?

— Cuidado, o cortador de grama está bem ali — diz ele, me desviando do objeto com um giro do braço, ágil como um passo de dança. No instante seguinte, ele está abrindo a porta. Sem chave.

— Você não trancou a porta.

— É claro que não. O que iriam roubar? Não vejo a Velha Sra. Partridge entrando aqui de fininho para afanar o meu short de ginástica e uma lata de atum.

— Mas a única razão por que eu te acompanhei até aqui foi evitar que você tivesse trabalho com a chave!

— Não fui eu que inventei essa desculpa — ele me relembra —, mas seria muito bobo se a deixasse escapar. — Ele aperta o interruptor e a luz enche a noite, deixando-o na sombra, brilhando no seu cabelo, cegando meus olhos.

— Boa noite, Gwen.

Quando chego ao último degrau, ele diz:

— A *única* razão?

Capítulo Vinte e Cinco

Papai bate à porta de tela.

— Vamos lá, Gwen. Você também, Nico. Dessa vez, vocês não têm escolha. Preciso dos dois.

Nic se levanta do sofá, jogando no chão a *Men's Health* que estava lendo com um gesto decidido, olha para mim, dá de ombros.

Há anos que nós dois fazemos isso. Todos os anos, desde que papai foi embora. Ele aparece, diz à gente que precisa de ajuda, e nós vamos atrás dele, sem saber exatamente o que vamos fazer — raspar cracas do fundo do barco, buscar suprimentos para a Castle's porque a entrega do mercado está atrasada... jogar minigolf no Stony Bay Tacadas & Lanches.

Mas, este verão, ainda não fizemos nenhuma excursão misteriosa, e estou imaginando se é por causa do clima de guerra entre Nic e papai.

Sentamos no banco da frente da caminhonete de papai — eu no meio, Nic esparramado, com os pezões encostados no porta-luvas. Papai franze a testa quando o motor engasga por um segundo antes de pegar. Desvia com impaciência de um bando de garotos parados diante dos portões de Seashell e pega a estrada em alta velocidade.

— Não vai dar nenhuma dica em relação ao nosso destino? — pergunta Nic, depois de um tempo.

— Mariscar — responde papai. — O prato especial desta semana é amêijoas recheadas, e vocês sabem que o gosto delas é melhor quando a gente tira os bichos direto da areia e depois descongela. O Esquidaro's também está promovendo uma semana das amêijoas, e aqui que eu vou deixar aqueles filhos da mãe estragarem o meu prato especial!

— Só isso? — Agora a voz de Nic soa um pouco tensa.

— Preciso de um motivo para ver vocês? — pergunta papai, sem parar no sinal. — Nenhum dos dois vai trabalhar na Castle's este verão. Você vive me dando bolo no jantar, Nico. Todas as vezes, ultimamente.

Nic começa a tamborilar no joelho com o polegar. Muda a estação de rádio, passando do discurso irritado do apresentador de um programa para um rock suave.

Papai torna a sintonizar a estação anterior.

Não posso deixar de pensar que deve haver mais do que amêijoas nessa história. Será que estou aqui para ser uma protetora? Uma aliada?

— Que é que tem rolado entre você e a menina Almeida? — pergunta papai a Nic sem mais nem menos, quando o caminhão para no meio-fio, perto da ponte. É um local melhor para mariscar, pois a água é sempre mais rasa do que em qualquer outra praia da ilha.

Nic vira a cabeça, surpreso. Papai é sempre brusco nas conversas sobre namoros. Esse é o terreno de mamãe.

— Como assim?

— O que eu disse. Vocês dois ainda...

— Ainda — interrompe Nic. — Por quê?

—Você está sendo inteligente? — O sotaque de papai sempre fica mais forte quando ele está zangado ou constrangido.

— Em relação a que, tio Mike?

Papai o fulmina com os olhos. Nic devolve o olhar por um segundo. Tenho vontade de bater as cabeças dos dois.

Nic cede.

— Estamos. Sempre. Nós dois. Por quê?

— É meu dever perguntar.

— Desde quando? — Nic parece saber o quanto isso soa agressivo. Pigarreia, e então pergunta: — Estamos seguros. Não precisa se preocupar com sobrinhas ou sobrinhos num futuro próximo.

Papai solta um resmungo. Ele e Nic estão com manchas vermelhas iguaizinhas na nuca.

— Muito bem.

— Agora podemos dar um abraço, nós três? — pergunto. — Isso foi tão fofo. Estou me sentindo muito mais próxima de vocês, agora que abriram o coração.

Nic me dá uma cotovelada na costela, mas esboçando um sorriso. Papai parece estar pensando em sorrir, mas decide não fazer isso.

— Peguem os ancinhos. — Meneia a cabeça em direção à traseira da caminhonete.

Ancinhos encostados ao ombro, baldes em punho, vamos avançando devagar dentro d'água.

Nic cutuca minha panturrilha com o ancinho.

— Que papo foi esse? — pergunta em voz baixa. — "O Tio Mike Adverte: Transar sem Camisinha Provoca Dor de Cabeça Nove Meses Depois?"

Dou de ombros.

— Ele nunca tinha dado uma palavra sobre o assunto comigo, nunca, nem uma única vez. Nem mesmo quando eu precisava — continua Nic. — Por que agora?

—Talvez ele tenha achado que estava na hora de fazer isso.

Mas, se papai escolheu esse momento para fortalecer os laços de família, precisa melhorar a sua técnica.

Decidimos nos separar na água, trabalhando sozinhos, sem conversar.

Qualquer um que entenda um pouco de mariscar sabe que é um trabalho de quebrar as costas, com as mãos enfiadas na areia, fazendo a maior sujeira. No frio, os dedos quase congelam quando a gente revira a areia granulosa à procura das conchas de amêijoas. No verão, a sua nuca fica queimada por passar horas abaixada. Não é como ir para mar aberto, como pescar. Não é nem mesmo como ficar de pé num píer lançando a linha e curtindo a euforia de sentir um puxão.

Mesmo assim, sempre adorei mariscar. Quando era pequena, gostava de fazer guerra de areia enlameada com Nic, das competições que vovô Ben julgava: quem encontrava mais amêijoas, a maior, a menor, a que tinha um formato mais estranho. Adorava o prato que ele preparava depois, sopa de amêijoas com milho fresco de verão e acompanhamento de tomates, ou espaguete com molho de amêijoas, enriquecido com alho e salsinha. Ainda adoro esses pratos, e também sinto um certo prazer em ficar remexendo a areia no mar, me concentrando no que posso encontrar e sentir com os dedos, pensando nas coisas sem deixar que elas me deprimam.

Mas hoje não está funcionando.

A única *razão?*

Meus dedos garimpam automaticamente. Dou um tapa numa mutuca que pousou no meu braço.

Tirando mais uma amêijoa, das grandes, quase do tamanho da minha mão aberta, jogo-a na cesta de arame, e então respiro fundo e pouso a mão coberta de limo no peito, sem querer deixando uma marca na camiseta branca.

A cesta está quase cheia.

Volto chapinhando para a praia, secando o suor da testa e provavelmente deixando mais areia no corpo. Meu cabelo está colado à nuca, grudento de areia e água salgada.

— Qual é o babado com o garoto? — pergunta papai, atrás de mim. Não o tinha ouvido se aproximar. — O filho de Aidan Somers?

— Ele está ensinando Em a nadar. O nome dele é Cass, pai. Ele não é só filho do pai. — Vejo uma bolsa se abrir na areia, um buraquinho minúsculo, enfio a mão depressa, fecho os dedos em volta da concha dura.

— Essa é nanica demais. Tamanho padrão, colega, você sabe disso. — Franze os olhos para mim. — Eu conheci Aidan Somers. Anos atrás. O garoto se parece com ele.

— Acho que sim — digo, cautelosa. Aonde é que ele está querendo chegar?

— Eu trabalhei no estaleiro dele. No verão, quando estava com dezessete anos.

Eu me endireito, secando a mão no short. Nunca soube que papai tivesse tido um emprego fora da Castle's, onde o pai dele começou. E acabou.

Nic se aproxima de mim, inclinando a cabeça para papai, e então me dá um breve olhar de espanto.

— O melhor verão da minha vida — acrescenta papai. — Aqueles barcos. Meu Deus. — Joga a cabeça para trás, fecha os olhos, o rosto se suavizando. — Meu emprego era de piloto, para levar os barcos até quem tivesse bala na agulha para comprar um.

— Não sabia nem que você sabia navegar — intromete-se Nic, no instante em que digo: "Por que você não tem um veleiro, pai?"

Ele se inclina para trás.

— O tipo que eu podia comprar... um veleiro comum, para dar umas voltas, comparado com os do estaleiro de Somers? Não daria nem pra saída. Velejei em um Sparkman and Stevens até Charleston com Aidan Somers. Aquele veleiro... — Ele está com um olhar distante. Papai, que não é nada sonhador. — A gente tinha a sensação de que nem encostava na água. O mais perto que eu já cheguei do... céu. Foi uma conjunção de fatores. Eu era bom nisso também. E então, Somers... Aidan... me ofereceu um emprego.

Nic e eu paramos de cavoucar a areia e ficamos parados, ouvindo, como se fosse um conto de fadas. Mamãe e vovô Ben é que são os contadores de histórias. Não papai. Sempre alerta. Sempre se recusando a olhar para trás.

— E aí? — pergunta Nic.

— Seu balde ainda está pela metade, Nic — diz papai. — Continuem trabalhando, vocês dois. E aí? E aí nada. Papai morreu, Luce engravidou, Gulia não conseguia criar o filho. Velejar não era para o meu bico. Fim de papo.

Solto o ar, sem me dar conta de que estava prendendo a respiração.

Papai e Nic atravessam o cais de Stony Bay no barco de papai para ir lavar as amêijoas e colocá-las no gelo. Como prêmio de consolação, papai me manda para casa com um balde cheio de mariscos. Estou usando um dos shorts de ginástica de Nic, porque não quis que o meu ficasse nojento (vamos combinar, eles sempre ficam). O jeito como meus pés se arrastam cada vez mais devagar pelo morro não é só porque os mariscos parecem estar se reproduzindo dentro da cesta, tornando-a mais pesada, mas, juro, porque meus pés também estão aumentando de densidade.

Quando chego ao alto para virar em direção à sede da manutenção, um rio de suor me escorre pelas costas. O BMW vermelho-sopa-Campbell's de Cass está estacionado diante da sede, sem o menor sinal dele.

Mas então escuto um ronco baixo e um guincho de freada, e o Porsche prateado para, Spence no volante, o resto do banco lotado com a turma de Hayden Hill — Trevor Sharpe, Jimmy Pieretti e Thorpe Minot. Estão todos despenteados pelo vento, aos risos. Usando uma camisa cor de tangerina, Spence toca a buzina com o cotovelo.

— Vem, Somers! Vem até aqui, seu proletário!

Os caras são uma versão pós-moderna de *O Grande Gatsby*... descolados, desencanados, confiantes. A porta do apartamento da sede se abre e Cass sai. Quer dizer, *um dos Cass*.

Eu já tinha me habituado a vê-lo em Seashell, no estilo da ilha: cabelo despenteado pelo vento e de tanto passar as mãos nele, camiseta molhada de suor, amassada, de uma cor que não combina. Mas agora ele está um perfeito mauricinho de Hayden Hill — camisa azul-marinho, provavelmente de grife, a julgar pela perfeição com que esculpe seu torso, uma calça com os vincos certinhos, ridícula. Duvido que tenha sido ele quem passou a calça a ferro. Nem um amassadinho, nada fora do lugar.

— Olha só como ele sabe se limpar direitinho! — grita Thorpe, rindo.
— Vem, Sundance, vamos sair daqui e te fazer esquecer os problemas.

Que problemas?

— Olha só o que eu trouxe. — Jimmy acena com a garrafa marrom-escura de uma cerveja com pinta de ser cara. — E tem muitas outras de onde essa saiu.

Cass está rindo. Ele sacode a cabeça, tirando os cabelos da testa, no seu jeito de quem acabou de sair da piscina, mas nesse momento não parece ser água que ele sacode, e sim a poeira dessa ilha nojenta. Ele entra na traseira do carro, empurrando Jimmy para o lado com o quadril, ainda sorrindo. Não olha para mim, não me vê.

Tenho uma estranha sensação de tristeza. Como se enquanto passava tempo na ilha, ele estivesse se tornando um pouco nosso, um pouco um garoto da ilha. Mas parece que, afinal, o lugar dele é mesmo do outro lado da ponte.

Capítulo Vinte e Seis

— *"O corpo* dela era como aquele país não descoberto que ele há muito buscava e jamais encontrara. Assim, ele a possuiu, plantando sua bandeira em regiões inexploradas, como só um homem pode possuir uma mulher pela qual ele anseia, suspira e palpita" — leio para a minha fascinada plateia.

A Sra. E. não está sozinha no seu gosto por romances de época.

O círculo de leitura se expandiu, e agora inclui a minúscula Sra. Cole e Phelps, a Sra. McCloudona e Avis King. Não posso ser acusada de corromper menores, pois a Sra. Cole é a mais jovem do grupo, com setenta e poucos anos, mas, mesmo assim, estou morta de vergonha. Talvez porque tenha sido minha mãe que me emprestou o livro. Ou porque durante uma das cenas mais exóticas em que o pirata seduz a princesa grávida, Avis King tenha me feito reler um parágrafo três vezes, enquanto ela e as outras tentavam decidir se as proezas do pirata eram fisicamente possíveis. Fala sério — a *bandeira* dele?

Abrindo a discussão, tomou a palavra Avis King, com sua voz rouca de quem fuma um maço de cigarros por dia:

— Ele teria que ser extremamente bem-dotado.

A Sra. Cole, defensiva, com sua voz estridente:

— Tenho certeza de que os piratas eram. Para fazerem todos aqueles saques e pilhagens...

Avis King:

— Clarissa, você está trocando as bolas, como sempre. Os *vikings* é que saqueavam e pilhavam. Os piratas passavam muito tempo em alto-mar, a bordo de navios superlotados e sem nenhum espaço para fazer exercício.

— *Esse* pirata certamente faz muito exercício — diz a Sra. Ellington, em tom de aprovação. — Gosto demais desses romances modernos. Não têm essa bobagem de cortar para a cena seguinte quando as coisas estão começando a esquentar.

A Sra. McCloudona, imperiosa como uma rainha:
— E os piratas também tinham péssimos dentes. Escorbuto.

Avis King:
—Vamos continuar, meninas?

Mas só conseguimos avançar alguns parágrafos, porque a especulação recomeça.

— A princesa deve estar grávida de um menino, para se sentir disposta a pintar o sete com o pirata mesmo nesse estado.

— Ora, Clarissa, isso é um mito — diz Avis King. — Não percebi diferença alguma no jeito como me sentia em relação a Malcolm quando estava esperando Susanna ou William.

— Não sei, não... — reflete a Sra. Cole. — Eu nem queria comer à mesma mesa que Richard quando estava grávida de Linda, mas, com Douglas e Peter... — Ela se cala, sorrindo com a lembrança.

Felizmente, nesse momento as senhoras pedem chá gelado. A Sra. Cole me segue até a cozinha.

— Isso é difícil — diz ela em tom meigo, com sua vozinha sussurrada de menina. Imaginando que ela se refira ao pirata e à princesa, concordo.

— Bom, é meio explícito, o que pode ser constrangedor.

— Ah, meu Deus — ela agita a mão —, não é isso! Ou você pensa que eu nasci ontem?

Bem, *não*, e essa é uma das razões pelas quais a situação é constrangedora.

— Não, é que a nossa querida Rose sempre esteve à frente das nossas tradições de verão. Agora ela passa a maior parte do tempo sentada. Sem fazer nada. E planejando menos ainda. É isso que mais me dói ver. A falta de planos. Como se ela não tivesse futuro — confidencia a Sra. Cole, em tom manso. — Ela é a mais velha de nós, mas nunca pareceu. Não sei o que Henry Ellington tem na cabeça, para deixá-la sozinha por tanto tempo. Quando meu Richard fraturou o fêmur, nossos filhos e netos passaram o verão inteiro conosco, cuidando dele com a maior dedicação. Ele achou isso insuportável, se quer saber. Mas é muito melhor do que essa... ausência.

Nesse instante, o telefone toca. Como se tivesse sido invocado, é Henry Ellington.

— Gwen? Como minha mãe tem passado?

O problema é que, tendo discutido com ele sobre a mãe uma única vez, não sei o quanto da verdade quer saber. Digo que ela está com bom apetite, que foi à praia, e ele me interrompe:

— Mas e quanto ao descanso dela? Tem dado aquelas dormidas no horário certo? À mesma hora, todos os dias?

Será que a hora faz alguma diferença? Ela dá suas dormidas, mas uma vez voltamos da praia mais tarde, outra vez fomos de carro até uma vendinha de beira de estrada em Maplecrest, onde tem uns pêssegos brancos raros que a Sra. Ellington adora. Gaguejando, respondo que estou tentando.

— Tenho certeza disso — diz ele, sua voz se suavizando. — Sei como mamãe é voluntariosa. Mas faça o que puder. Aliás, vou dar um pulo aí hoje para vê-la. Mas provavelmente vou chegar quando ela estiver dando a sua dormida. E eu gostaria de preparar o jantar. Você se ofenderia se eu a mandasse ao mercado para nós? É aniversário de meu pai, e ela sempre fica triste. Pensei em preparar seus pratos favoritos, como era a tradição dos dois.

Realmente, a Sra. E. se mostra agitada e impaciente no começo da tarde. Concorda em ir se deitar um pouco mais cedo, mas fica me chamando para abrir uma janela, apagar um abajur, levar uma xícara de leite quente com noz-moscada. Reclama que coloquei muito mel e pouca noz-moscada, que o leite está quente demais, que tem uma casca queimada boiando. Finalmente, deixa que eu saia. Sento diante da porta com as costas encostadas na parede, checando as mensagens de Viv e Nic, esperando mais uma intimação, mas não encontro nenhuma, por isso desço as escadas pé ante pé, passando por cima do quarto degrau que solta um estampido igual a um tiro de rifle quando a gente pisa nele de mau jeito.

Estou deitada no jardim, tendo abaixado as alças da blusa para o bronzeado não ficar com marcas, lendo sobre as saliências do pirata com a princesa, quando vejo mamãe e suas colegas atuais saindo da casa dos Tucker, do outro lado da rua. O fato de estarem carregando baldes e esfregões indica que já acabaram. O que significa que a temporada dos Robinson na ilha chegou ao fim. *Até mais, Alex.* Me levanto para ir até lá. Ao me ver, mamãe acena, animada, e então abana o rosto num gesto irritado, querendo dizer que o seu grupo de faxina não melhorou. Angela Castle, que é filha de uma prima de papai, desce a escada carregando com esforço o aspirador de pó, uma expressão azeda e uma blusa com um decote até o umbigo. Segundo mamãe, Angela só topou esse trabalho na esperança de conquistar a mão de algum veranista de Seashell.

— Como se já não estivéssemos crescidas demais para acreditar em Cinderela — disse mamãe. — Sim, ela vai chegar lá. Porque não há nada mais sexy do que esfregar o chão.

Angela arrasta o equipamento até a traseira do Ford Bronco, enquanto mamãe tira uma Coca Zero do cooler que nunca sai do seu interior.

Para mim, mamãe diz em voz baixa:

— Espero que tenhamos feito tudo direitinho. Esses Robinson são tão exigentes. Eles sempre inspecionam os móveis para ver se ainda estão empoeirados depois que eu saio, e sempre reclamam que a gente deixou de fazer alguma coisa, por isso, "em sã consciência, não podemos pagar a vocês o valor integral". Pois já vão tarde.

Tenho a impressão de ouvir a Sra. E. me chamando, mas encontro tudo em silêncio quando subo as escadas pé ante pé e encosto o ouvido na porta. Assim que volto para o andar de baixo, Henry Ellington entra, com um suéter bege de tricô de cashmere amarrado em volta do pescoço, carregando uma pasta, e acompanhado por um homem de aparência erudita com cabelos ruivos e ralos, que ele me apresenta como sendo Gavin Gage, "um sócio". O Sr. Gage é desses tipos que evitam os olhos da pessoa ao apertar sua mão, olhando para qualquer outro lugar da sala.

Henry tira uma lista do bolso, escrita no verso de um envelope de depósito bancário, e me instrui a ir à Peixaria Fillerman's, que fica depois da mercearia, pois eles têm o "salmão mais fresco". Vovô vive falando mal da Fillerman's, dizendo que eles deixam o peixe de molho no leite para tirar o mau cheiro, porque só vendem peixe podre. Por um segundo traiçoeiro, como se as palavras de papai em Sandy Claw soltassem uma cobra na minha mente, olho para a nota de cem dólares que Henry me entregou e fico pensando no quanto eu poderia guardar de troco se conseguisse o salmão de vovô ou de algum dos seus colegas. E eu ainda estaria fazendo um favor a Henry Ellington — o salmão seria muito melhor.

— Vou trazer todos os recibos para o senhor — me apresso a dizer, interrompendo o curso *desses* pensamentos.

— Claro. — Henry desamarra o suéter, pendurando-o nas costas de uma cadeira na cozinha. — Uma dose de uísque, Gavin? Gwen, pode ir no carro de mamãe. — Ele me entrega as chaves, que estão num chaveiro com uma gaivota entalhada em madeira.

Eu não devia me sentir intimidada pelo carro da Sra. Ellington, mas, mesmo depois de nossos passeios turísticos e idas ao mercado, ainda me sinto.

O interior é estofado em couro bege, o exterior pintado num marfim brilhante. É como se tivesse acabado de sair do showroom. Começo a manobrar para fora da garagem, angustiada, os pneus triturando as conchas. Tenho a sensação de estar dirigindo um gigantesco marshmallow sobre rodas.

Justo nesse momento, o caminhão dos Serviços Seashell aparece e freia, cantando os pneus. Tony desce da frente e Cass pula da traseira, que já está atulhada de galhos cortados. Tony grita algumas palavras que não consigo ouvir, apontando o queixo para o banco do carona, e Cass se abaixa e sai carregando um cortador de ervas daninhas. Tony se curva, levando a mão em concha ao ouvido de Cass para sussurrar alguma coisa, indicando com a cabeça a casa dos Robinson/Tucker. Provavelmente está passando a mesma informação que mamãe me deu: que eles são exigentes e cheios de frescuras. De repente me ocorre como é engraçado que Cass seja tão rico quanto os Robinson, se não mais. Mas, no espaço de um mês, Tony e Marco já o aceitaram como sendo da ilha. Isso porque não o viram na noite passada, entrando no Porsche, despreocupado, aos risos, totalmente à vontade, um perfeito aristocrata.

Cass faz um gesto com o cortador, como se o enfiasse de baixo para cima em algum lugar, e Tony bate nas suas costas. Em seguida os dois reviram os buxos da cerca viva, sem dúvida à procura de uma tomada. Quando começo a me afastar, deixo que meus olhos deem uma espiadinha no espelho retrovisor e se demorem no traseiro de Cass. O cofrinho de Tony é muito menos atraente.

Ele não estava usando luvas. Cass!

Faço as compras correndo, frustrada, porque Henry especificou na lista que todas essas coisas têm que ser compradas nas lojas certas, em vários pontos da cidade. Pelo amor de Deus. Além do salmão na Fillerman's, tem uns pãezinhos que só podem ser comprados numa padaria em White Bay, e também um outro negócio na Stop & Shop. Em seguida vem o Armazém Garrett, onde preciso comprar uma espécie de tábua de cedro para grelhar o salmão. O que demora séculos, porque não consigo encontrar o lugar, a loja está meio bagunçada, e o ruivo bonitinho atrás do balcão fica totalmente distraído quando entra uma garota usando um shortinho minúsculo. E eu ainda fico de bobeira diante do display de luvas de trabalho. Será que devo? Não, ficaria estranho. Muito estranho. Depois vêm o sorvete e o suspiro na Homelyke, e por fim a loja de bebidas, de onde Henry quer um Prosecco. Nem sei o que é isso, só que não tenho idade para comprar, e Dom D'Ofrio, que trabalha lá, também sabe muito bem. Digo a ele que é para o meu patrão e ele revira os olhos.

— *Essa* eu nunca tinha ouvido.

Uma hora e meia depois, suando em bicas, faço uma curva com o Cadillac na entrada de carros, onde o Subaru de Henry ainda bloqueia o caminho circular. Estou arrastando as várias sacolas para a cozinha quando escuto sua voz inconfundível vindo da sala.

— Esse, obviamente, é um Audubon. Meu bisavô materno, Howard, investia muito em arte. Temos vários outros no nosso apartamento da Park Avenue.

— É uma reprodução — diz a voz de Gage, categórica. — Você já autenticou os outros?

— Não, procurei você primeiro, naturalmente. Como isso pode não ser um original?

Escuto um ruído de arranhão, como se o Sr. Gage estivesse tirando o quadro da parede.

— Aqui. Está vendo? Henry, posso lhe garantir que você não é a primeira geração em uma família que sofre um baque nas finanças. Ainda ontem me mandaram a White Bay para dar uma olhada em um colar da Tiffany que supostamente estaria na família desde a década de 1840. E todas as pedras eram falsas. Sem nenhum valor. Acontece com mais frequência do que se imagina. Por natureza, meu negócio é muito discreto, por isso você não ouve dizer nada. Tenho um cliente em Westwood que mandou fazer cópias de todas as obras da casa. Seus pais foram colecionadores famosos. Ele disse à esposa que tinha medo de que as telas fossem roubadas, que as mandaria para um guarda-móveis e exibiria as cópias. E me vendeu os originais.

— Parece um ótimo casamento — comenta Henry Ellington, irônico. — A questão é: o que temos aqui que seja de algum valor?

Estou com sacolas de papel, não de plástico, e as coloco na bancada com o máximo cuidado, esperando que não façam barulho e chamem a atenção de Henry para minha presença, que, tenho certeza, não é desejada. Passei a vida inteira ouvindo "as histórias dos outros são deles, Gwen. Só lhes devemos uma casa limpa e a boca fechada". Mas é difícil fechar o cérebro. O que estará acontecendo?

— Henry, você sabe que eu vou fazer por você tudo que puder. Alguns dos móveis têm valor. A mesa de chá no vestíbulo daria uns oitocentos dólares. A mesa de nogueira na sala de jantar também. O vaso de porcelana em cima da lareira deve valer uns trezentos. O objeto mais valioso é a poltrona de faia no jardim de inverno. Aquela chegaria perto de dois mil.

— Gavin — diz Henry com a voz rouca, logo em seguida pigarreando. — Nada disso soma uma quantia significativa, para não falar no fato de que mamãe notaria se a mesa da sala de jantar e a sua poltrona favorita desaparecessem. Tenho certeza de que você entende a minha situação.

Eles estão do outro lado da porta da cozinha. Meu coração martela no peito. Estou me sentindo como se estivesse prestes a ser pega, despedida em desgraça, como se *eu* tivesse roubado todos os bens valiosos da casa. Me curvo com cuidado, pego as três sacolas de compras que já trouxe para dentro e saio pé ante pé pela porta de tela da cozinha, morta de alívio por não ranger como a nossa lá em casa.

Em seguida subo as escadas pisando duro, abro a porta com barulho, entrando na cozinha no maior alvoroço, e chamo:

—Voltei! Desculpe, Sr. Ellington! Tinha... um engarrafamento na ponte e... hum... a tábua estava em falta no Garrett's, por isso tive que ir a outros armazéns. A Sra. E. ainda não acordou, acordou?

Com as maçãs do rosto vermelhas, Henry abre a porta da cozinha.

— Não, não acordou, Gwen. Não ouvi um pio dela. Geralmente ela dorme mais de duas horas, não é?

Tenho certeza de que meu rosto também está totalmente vermelho. Enquanto empilho as sacolas, derrubo um vaso lapidado de hortênsias. Ele rola alguns centímetros na mesa, quase despencando, e a água pinga no chão. Pego o rolo de papel-toalha e enxugo, enquanto Henry se vira para o bar molhado, perguntando ao Sr. Gage se ele aceita outra dose de uísque. Não aceita, mas Henry com certeza aceita. Enquanto ele sacode as formas de gelo sobre a bancada e o quebra em pedacinhos com um martelete estranho, o Sr. Gage diz:

— Quem sabe se eu der mais uma olhada? No andar de cima?

— A vista é *espetacular* lá de cima — diz Henry com uma voz um pouco alta e teatral demais, semelhante à que devo ter usado há um segundo. — Mas mamãe está dormindo. Talvez você possa esperar até ela acordar.

Estou guardando as compras na geladeira como a criada eficiente, correta e honesta que deveria ser, e não a safada que me tornei, capaz de escutar atrás das portas. Minhas mãos estão trêmulas.

De repente, as mãos de alguém pousam nos meus ombros.

— Hum... Guinevere.

Eu me viro e deparo com os olhos de Henry Ellington.

— Mamãe me contou que você é uma moça muito trabalhadora. Agradeço pelos seus... — ele pigarreia — ... esforços incansáveis pelo bem dela.

Pondo a mão no bolso, tira um objeto, e então o abre sobre a mesa da cozinha, inclinando-se para escrever.

Um cheque.

— Rose Ellington não é fácil — diz ele. — Está acostumada a certos padrões. Você está à altura deles. Acho que merece este... presentinho.

Ele dobra o cheque e o estende para mim.

Fico paralisada por um segundo, olhando para o cheque como se Henry estivesse me estendendo uma coisa mortal, não um pedaço de papel.

Depois de um momento, como se fosse isso que ele tivesse pretendido desde o começo, Henry coloca o cheque na mesa da cozinha, no espaço seco entre o lugar onde entornei a água e o canto onde coloquei as compras. Como se o lugar dele fosse ali, tanto quanto o delas, tão natural e casual como aquelas sacolas.

Capítulo Vinte e Sete

—*Ele está* metendo a mão na mufunfa da mãe — sentencia Vivien, virando a van dos Almeida bruscamente à esquerda, fazendo com que Nic e eu demos uma trombada na porta do carona. — Ele é divorciado, não é? Deve ter tido uma transa com a babá menor de idade e agora a família está pedindo dinheiro para calar a boca, a ex-mulher limpou a carteira dele, embora estivesse de caso com o porteiro, ele está vivendo de dar desfalques no patrão porque está no vermelho, e agora está contando com a mãe para tirá-lo dessa encrenca. Sem ela saber disso.

— Nossa. Você deduziu tudo isso do que eu acabei de te contar?

— Exagerada — diz Nic.

— Não sou, não. —Viv vira o volante, os pneus cantando, e pega a Rua Principal. Dou uma trombada na porta.

— Por que ele não poderia só pedir o dinheiro a ela? — pergunto, endireitando as costas e, com o pé, a sacola de amêijoas no chão: vamos fazer uma mariscada na igreja São João de Brito hoje à noite.

— Essas pessoas nunca *falam* umas com as outras — diz Nic. — Juro, hoje a gente estava pintando a sala de jantar da casa dos Beineke. O lugar estava todo coberto de lençóis, e o Hoop e eu estamos fazendo os acabamentos, mas o Sr. e a Sra. Beineke e a coitada da neta deles ainda fazem as refeições lá. Então é um tal de "Sophie, quer pedir a sua avó para passar a manteiga" e "Sophie, por favor diga a sua avó que o sal está acabando", embora a mesa seja um quadrado minúsculo, e os vovozinhos possam se ouvir perfeitamente. Mas eles deixam todas as coisas importantes no ar.

— O problema é o seguinte: será que *eu* devo dizer alguma coisa? — pergunto. — Ou devo...

— A esquerda é ali! — interrompe Nic, apontando para a direita.

Viv vira à esquerda.

— Não, é por ali! — Nic torna a apontar para a direita.

Viv solta um palavrão em voz baixa, fazendo um cavalo de pau que joga Nic e a mim contra a porta de novo.

—Você acha que isso vai dar problema, Viv? — pergunta Nic. — Acha que a academia não vai me aceitar porque eu sempre tenho que fazer o gesto de escrever para saber o lado?

— Talvez você possa conseguir uma bolsa de estudos especial — diz Vivien, dando um tapinha no ombro dele, franzindo os olhos para mim pelo espelho retrovisor. — Gwenners, o negócio é o seguinte. Você não sabe realmente de nada. Trabalha para eles há algumas semanas. Eles tiveram uma vida inteira para complicar e estragar o relacionamento deles. Não se envolva nisso.

Não me envolver. Não pensar no assunto. Nas histórias dos outros.

Pensar nessas coisas está começando a se parecer com o botão de soneca num velho despertador, um botão que já apertei mil vezes, um botão que já não funciona mais.

— Nossa, Gwen, onde é que você está com a cabeça hoje? — A Sra. E. agita a mão diante do meu rosto, me chamando de volta ao presente. Na sua varanda, quase no fim do dia. Um dia que passei sonhando acordada com Cass e preocupada com Henry, me comportando da melhor maneira possível com a Sra. E., que não merece isso. — Clarissa Cole me disse que o faz-tudo, o querido Cass, está ensinando seu irmão a nadar.

Pelo visto, a rede de fofocas da ilha é mais rápida do que uma bala. A Sra. E. pousa a mão, leve como uma folha, no meu braço.

— Ah, hum, é... sim. Ele tem aula amanhã.

— Seria pedir muito que deixe este velho rato de praia ir também?

— Para nadar?

— Só para ver. Passo tempo demais na companhia de pessoas idosas, ou... — ela abaixa a voz, embora *Nojoy*, a enfermeira, ainda não tenha chegado, depois de ligar para dizer que vai se atrasar, e dando um jeito de fazer com que a culpa por isso parecesse minha — ... aquela azeda. Perdi vários dias na praia com as minhas amigas, porque estava com preguiça, infelizmente. Seria um prazer ver como o seu querido está se saindo.

— Ele não é o meu querido, Sra. E. Nós só estudamos na mesma escola.

Ela abaixa os olhos, virando a fina pulseira de ouro no pulso, mas não antes de eu perceber uma pontinha de divertimento juvenil nos seus olhos.

— Isso é o que você diz. Eu já fui jovem, há muito tempo. Mas não posso fingir que não notei que, enquanto os meus vizinhos à esquerda e à direita têm uma grama que está ficando um pouco alta, e trilhas com ervas daninhas precisando ser limpas há algum tempo, o meu jardim nunca foi tratado com tanta assiduidade.

Tenho que admitir que também notei isso. E quando ele ligou para marcarmos uma hora para a próxima aula de Em, rolou uma certa relutância na hora de desligar o telefone.

Cass: Preciso ir... (sem desligar) Hum...

Eu: Tudo bem. Não vou mais te prender. (Sem desligar) Outra reunião de família?

Cass (suspirando): É. Uma sessão de fotos.

Eu (incrédula): Sua reunião de família é uma sessão de fotos?

Cass: Para de rir. É, nós tiramos uma foto todos os anos para o site da empresa do meu pai, entende... É uma tradição... meio constrangedora, mas...

Então, de repente, eu me lembrei. O Sr. Somers e os três meninos. Não cheguei a ver a mãe de Cass, mas ela devia estar também. De pé, no deque do veleiro da família ancorado na doca de Abenaki, camisas brancas, calças cáqui, rostos bronzeados. Cass dobrando os joelhos para tentar balançar o barco, seus irmãos rindo, eu começando a descer a escada para subir no veleiro. Papai me pegando e dizendo: "Não, colega, você não é da família."

— Vocês ainda fazem isso?

— Todos os anos — disse ele. — Talvez eu seja a ovelha negra da família, mas, pelo visto, sou fotogênico.

Seu tom foi bem-humorado, mas notei uma nota sombria no comentário.

Silêncio.

Fiquei ouvindo-o respirar. Provavelmente, ele me ouviu engolir em seco.

Eu: Cass...

Cass: Estou aqui.

Eu: Você vai fazer isso? O que a sua família quer? Dizer que foi tudo ideia do Spence e voltar para a Hodges?

Cass (longo suspiro. Imaginei-o abrindo e fechando a mão): Isso deveria ser mais fácil do que é. (Pausa) A coisa é simples. Ele é o meu melhor amigo. Mas eu sou... Meus irmãos são... Enfim...

Ele não costumava gaguejar. Apertei mais o telefone no rosto.

Eu: Sim?

Cass: Eu não sou Bill, o gênio das finanças. Não sou Jake, o bom aluno/atleta.

Eu: E por que deveria ser?

Cass: Eles querem o melhor para mim. Meus pais. Minha família.

Nesse momento, mamãe entrou na sala, suspirando alto, e começou a tirar os tênis, ligando o ventilador barulhento. Pedi a Cass que esperasse, levei o telefone para o quintal e deitei de costas na grama, observando o céu azul-escuro. Nunca tínhamos falado assim um com o outro. A voz dele parecia tão íntima, que era como se ele estivesse sussurrando no meu ouvido.

Eu: Oi, voltei. E o melhor para você é...?

Cass: Tudo a que eu tenho direito. Uma das melhores universidades do país. Um bom emprego. Tudo isso. Posso não ser tão inteligente quanto meus irmãos, mas sei que... vai parecer melhor... se eu me formar pela Hodges.

Esse foi o momento em que eu devia ter dito que as aparências não importavam. Mas não podia mentir para ele. Sabia o que queria dizer. Em vez disso, perguntei:

Eu: É isso que importa? As aparências? Para você.

Outro suspiro. Seguido por um silêncio. Um longo silêncio.

Ainda me lembro do irmão de Cass falando com ele na Castle's aquele dia. Dizendo que o Spence sempre daria um jeito de tirar o corpo fora.

Eu: Será que o Spence não conseguiria voltar? Ele tem costas quentes. O pai dele não conseguiu fazer com que a expulsão não aparecesse na ficha?

Cass: Bom, conseguiu. Mas, se eu dedurasse o Spence, isso iria para a *minha* ficha. Na cabeça dele. Na minha. Quer dizer, que tipo de pessoa eu pareceria?

Meu pensamento seguinte foi inevitável: *Você ainda pergunta? Você ainda se preocupa? Você não é quem eu pensei que fosse.*

Cass, finalmente: Tudo bem, preciso mesmo desligar.

Eu: Tá, eu também. Vou desligar agora.

(Sem desligar)

Cass: A gente devia contar até três.

Eu: Um. Dois. Três.

Não desligo. Nem Cass.
Cass (rindo): Até amanhã, Gwen. (Pausa) Às três.
Eu (também rindo): Tudo bem. Às três.
Os dois telefones: *Clique.*

A Sra. E. insiste para irmos buscar Emory no seu Cadillac, e então seguimos para a praia. Emory não esconde o assombro por estar em um carro que não dá guinchos altos, como o de mamãe, e tem um estofamento macio e confortável, não rasgado como o da caminhonete de papai.

—Viajando. Numa bolha — diz ele, hipnotizado, alisando o couro bege macio e fofo. — Como Glinda, a Bruxa Boa do Sul. — Seus olhos estão arregalados.

Dessa vez Cass trouxe ainda mais bonecos do Super-Homem para Emory pegar, e uma bola de vidro azul e verde, do tamanho de um punho. Ele a coloca bem afastada no mar, explicando a Em que vai precisar mergulhar a cabeça inteira para pegá-la. Em hesita. Cass espera.

Aperto a mão da Sra. E. Instalei uma cadeira de praia para ela e estou sentada na areia ao seu lado.

— Meu Henry tinha medo do mar quando era pequeno — ela me conta em voz baixa. — O capitão ficou impacientíssimo. Tentou de tudo, dizendo que ele era descendente de William Wallace e que os Wallace não tinham medo de nada... embora eu deva admitir que duvido que William Wallace soubesse nadar... prometendo presentes e até ameaçando bater nele, o que era aceitável na época. Mas Henry não quis chegar nem perto da água.

Cass está deitado de bruços perto de Em, costas musculosas e bronzeadas ao lado de costas pequenas, pálidas, ossudas. Não posso ver a expressão de Emory. Tenho que apertar os braços da cadeira para não ir até a água, tirar Emory de lá e dizer que foi uma péssima ideia. As palavras de mamãe ecoam na minha cabeça: ele é minha responsabilidade, não tem condições de cuidar de si mesmo, sempre vai depender de mim. Começo a me levantar, mas a Sra. E. pressiona meu ombro de leve.

— Não, minha querida. Dê um tempinho a ele. Eu confio nele. E você também precisa confiar.

Torno a sentar.

— Então, como foi que o Henry aprendeu a nadar?

— Bem, um dia o capitão o levou à ponta do píer e o empurrou no mar.

Fico totalmente horrorizada.

— O que a senhora fez?

— Eu não estava lá. Só fiquei sabendo depois. Você deve compreender que algumas pessoas eram muito mais duras com as crianças naquela época. Eu nunca teria permitido, mas esse tipo de coisa acontecia.

Cass se deitou de lado na água, apoiado sobre um cotovelo. Mergulha a cabeça de lado, até o pescoço, e então volta a tirá-la, dizendo a Emory alguma coisa que não consigo ouvir. Escuto a risada rouca de Emory, mas ele ainda não abaixa a cabeça.

— E o que aconteceu? Ele afundou? Alguém mergulhou e o salvou?

— Não, ele veio nadando cachorrinho até o píer. Estava apavorado demais para não nadar. Mas não falou com o pai durante duas semanas.

Não posso dizer que o culpe. O capitão parece ter sido um idiota.

Muito, muito devagar, Em mergulha a cabeça. Prendo a respiração, como se pudesse fazer isso por ele. Sua mão vai se estendendo cada vez mais, até que a cabeça sai da água ao mesmo tempo que a mão, segurando a bola, triunfante.

— Maravilha, Super-Garoto. Você salvou o planeta! — diz Cass, e o sorriso de Em se estende de orelha a orelha.

— Ele não é seu namorado? — A Sra. E. se inclina para perguntar, sua seiva de alfazema perfumando o ar salgado.

— Não. Meu, não. — Cass está falando com Em, dobrando seus dedos em volta da bola, apontando para o fim do píer. Emory balança a cabeça, muito sério.

— Então, sou capaz de perguntar a ele se quer me namorar.

— Gwen, espera aí! — Cass me chama quando estou tirando o Cadillac do estacionamento, a Sra. E. e Emory igualmente exaustos e sonolentos.

Ele está com a mochila pendurada no ombro e o cabelo ainda pingando, espalhando gotas na camisa.

— Pensei em dar um pulo na sua casa hoje à noite.

Vovô me informou pela manhã que hoje o bingo vai ser lá em casa, por isso, não há a menor possibilidade. Se as coisas já estão complicadas com a minha família, ficariam ainda piores com os amigos de vovô mexendo as sobrancelhas e trocando cotoveladas ao saber que a neta de Ben Cruz finalmente está sendo vista com "um gajo". Mesmo que ela só esteja dando aulas de literatura para ele.

— Não é uma boa noite para a gente ter uma aula. — Olho para seus pés, em vez do rosto. Caramba, até os pés dele são bonitos. Grandes, com as unhas bem cortadas, arco alto. Mas será possível que eu esteja olhando para os *pés* de Cass? Santo Deus. Ele revira com o dedão o cascalho arenoso do estacionamento.

— Sei, mas eu não estava pensando numa aula — esclarece. — Achei que de repente... eu poderia só ir te ver.

Não olho para a Sra. Ellington. Nem preciso. Posso ouvi-la dizendo *Eu não disse?* em alto e bom tom.

— Tipo assim, para a gente dar outra volta de veleiro? — Olho para o céu com os olhos franzidos, ar de dúvida, vendo as nuvens de chuva que se aproximam.

— Ou... um passeio... ou o que você quiser. — Cass põe a mão na nuca, beliscando os músculos, e sacode a cabeça para tirar os cabelos dos olhos. — Uma volta de caiaque, de repente?

Eu poderia apontar para as nuvens que vão chegando em tons cada vez mais escuros de cinza, ou mencionar o vento que parece soprar mais forte. Poderia me lembrar do garoto calmo, seguro e distante que entrou no Porsche e disse "nem pensar". Mas simplesmente respondo:

— Lá pelas seis?

Capítulo Vinte e Oito

— *Oi, Sra. Castle!*

Estou trocando de roupa no quarto (e é só pela segunda vez — progresso!) quando escuto a voz grossa de Cass. Seguida pela de mamãe, insegura.

— Ah. Cassidy. Outra aula? Gwen está tomando banho. Entra aí! Quer comer alguma coisa? Temos... umas sobras de bacalhau que eu posso esquentar para você. Tenho certeza de que a Gwen vai sair em um minuto. Vem, vamos entrar, senta aí. Como estão as suas mãos?

Faço uma careta. É óbvio que adquiri minha tagarelice geneticamente.

— Ou você veio por causa de Emory? Como você diria que as suas mãos estão, querido?

O sorriso na voz de Cass atravessa minha porta fechada como o sol entrando por uma janela.

— Estão bem. Muito melhores. Não quero comer nada, obrigado. Não vim por causa de Emory. Nem para ter aula. Quero levar a Gwen para dar uma volta.

— *A nossa* Gwen?

Fechando os olhos, eu me encosto à porta. *Legal, mãe.*

— Ah! Bom... Ela está... no... Vou chamá-la. Guinevere! — berra mamãe como se morássemos numa mansão e eu estivesse a centenas de quartos, não a seis metros de distância.

Saio do quarto, com rímel nos cílios. Meu cabelo está molhado do chuveiro, pingando um círculo úmido nas costas da blusa. Mas ele olha para mim como se... bem, como se nada disso importasse, e é claro que não importa muito mesmo.

— Não vai querer o bacalhau? — pergunta mamãe. — Porque eu posso fazer um embrulhinho para você. Não daria nenhum trabalho. Deve ser difícil viver sozinho, sem uma boa comida caseira. Quer dizer, você é um menino em fase de crescimento, e eu sei como é o apetite dos adolescentes.

Ela *não* disse isso. Lembrete: estrangular mamãe mais tarde.

— O quê? — diz Cass, sem tirar os olhos de mim um segundo. — Desculpe, Sra. Castle. Eu estava, hum, distraído. Tive um dia muito cansativo. Está pronta, Gwen?

Vermelha e agitada, mamãe diz:

— Tem certeza de que não quer uma postazinha de bacalhau?

— Esquece o bacalhau, mãe — digo, me controlando.

— Tenho certeza de que está delicioso, Sra. Castle — responde o príncipe da boa educação.

Enfim, felizmente calada, mamãe nos vê ir embora.

Bacalhau?

Pela madrugada.

— Desculpe por aquilo... ela fica... hum... bom... ela não está habituada a me ver tendo um encontro com um rapaz. Não que isto seja um encontro. Enfim... Você quer que eu volte e pegue *Tess*? Nós só tivemos uma até agora. Quer dizer, aula. — Sinto meu rosto pegar fogo. — Como estão as suas mãos?

Ele está rindo de novo.

— Gwen. Esquece as minhas mãos. Esquece *Tess*. Vamos... para a praia... e lá a gente decide o que fazer.

Mil perguntas dão voltas na minha cabeça. A gente decide *o quê*? Por que estou fazendo isso de novo? Ou será que agora é diferente? Mas, pela primeira vez desde aquela noite irracional na festa de Cass, resolvo não pensar em nada. E me concentro na mão dele, que me leva. Me deixo ser levada. E digo:

— Tudo bem.

Enquanto descemos o morro, as nuvens que se juntavam parecem hesitar no céu, sem se aproximar mais. O vento sopra, cortante e frio, com um leve cheiro salgado. Maré alta.

— Eu terminei — diz Cass. — Ontem à noite. *Tess*. Continuo detestando. Porque... qual é o sentido daquilo? Tudo já estava perdido desde o começo. Todos estavam condenados.

Como sua "professora", eu deveria argumentar que as decisões de Tess, e a incapacidade de Angel de perdoá-las, condenaram os dois, que essa conclusão não era inevitável, as coisas podiam ter tomado outro rumo. Mas a razão por que detesto o livro é exatamente essa — o fato de que, desde o começo, todos já estavam condenados, até o cavalo da família, que o leitor sabe que vai cair morto no pior momento possível.

— Sabe o que eu mais detestei no livro? — pergunto. — A frase que me fez ter vontade de atirá-lo do alto do píer?

— Posso pensar em muitas — diz Cass.

— Tess se lamuriando que "a minha vida parece ter sido desperdiçada por falta de oportunidades". Eu sei que ela não deu sorte, mas sente tanta pena de si mesma que a gente perde toda a empatia. Pelo menos, eu perdi.

— A frase que mexeu *comigo* — diz ele, em voz baixa —, a única, aliás, que não era melodramática, nem ridícula, foi aquela sobre como alguém pode perder a sua grande oportunidade.

— "Na execução mal elaborada de um plano bem elaborado" — cito —, "o chamado raramente produz aquele que vem, o homem a ser amado raramente coincide com a hora de amar."

— Exatamente. — Ele suspira. — Uma coisa que poderia ter sido legal sendo destruída porque aconteceu na hora errada.

Ai, ai.

A frase paira no ar entre nós como se tivesse sido escrita em fumaça.

Pigarreio.

Cass chuta algumas pedras de cascalho da estrada. Então, começa a rir.

— Não posso acreditar que você tenha decorado isso. — Olha para mim e eu dou de ombros, meu rosto pegando fogo. — Aliás, posso, sim. — Sorri para o chão.

Voltamos a ficar em silêncio.

— Eu achei que talvez estivesse errado, que talvez não tivesse entendido o livro — diz ele, por fim. — Metade das coisas que leio não fica na minha cabeça. Talvez até mais da metade. Não consigo escrever uma redação mesmo que a minha vida dependa disso. As palavras, tudo que quero dizer, se misturam quando tento jogar no papel.

— Mas você sabe exatamente o que fazer com Em — observo, me agarrando à mudança de assunto como uma tábua de salvação. Estamos quase na praia, caminhando tão próximos que toda hora sinto seus dedos ásperos roçarem meu braço.

— Isso não é nada, Gwen. Como eu já disse, é o que eu gosto de fazer. Eu podia ter começado a trabalhar naquele curso, o Mão Amiga, por causa do meu histórico escolar, e porque papai descolou o emprego para mim, como, aliás, todos os outros também, mas eu realmente comecei a curtir as aulas. Nadar sempre foi importante para mim. Ficar bolando maneiras de superar problemas diferentes, isso eu sei fazer. E Emory... é fácil. Não é autismo, certo?

Balanço a cabeça.

— Não sabemos o que é, mas não é autismo.

— É, eu percebi que ele é diferente na água. Quando você dá aulas para crianças autistas, muitas vezes o aspecto sensorial pesa na balança. Você tem que segurar essas crianças com toda força. E é mais fácil entrar logo de uma vez na água com elas em vez de ir aos poucos, como eu faço com Emory.

Diminuo o passo, olhando para ele, mas logo volto a acompanhá-lo.

— Como você sabe disso? — É um lado de Cass que eu nunca tinha visto.

— Quando estou interessado, eu me concentro. — Ele chuta uma pedra para fora da estrada, mãos nos bolsos, sem olhar para mim.

Estou tentando decifrar seu estado de espírito, que parece mudar como o vento que sopra do mar, ambos com uma espécie de eletricidade. Um temporal se aproxima. Dá para sentir.

Quando chegamos à praia, Cass põe a mão no bolso e tira um chaveiro, destranca a porta da garagem de barcos minúscula, que tem um cheiro úmido e quente, partículas de poeira girando no ar. O caiaque verde-escuro está soterrado debaixo de vários outros, por isso passamos um bom tempo remexendo ao redor e arrumando tudo de novo, sem conversar muito.

Ele me entrega um remo duplo, depois de arrastarmos o caiaque pela areia pedregosa.

— Quer ficar no comando?

— Nunca estive num caiaque antes — digo a ele.

— Mesmo assim, você quer ficar no comando — diz Cass, sorrindo um pouco enquanto move o remo dentro d'água, dirigindo-se para a enseada perto de Sandy Claw.

Vamos ziguezagueando pelo pântano salgado, contornando uma curva atrás da outra. Não paro de enfiar o remo fundo demais, movendo-o muito depressa e jogando água em cima de Cass, que fica ensopado. Nas primeiras vezes ele finge não notar, mas, por volta da quarta, acaba se virando, sobrancelha arqueada.

— Foi sem querer — vou logo dizendo.

— Acho que a gente devia usar um remo só. Você é mais perigosa com esse troço do que com o podador elétrico. Vamos trocar de lugar.

Segurando a lateral, pois o caiaque balança perigosamente na água rasa, passo por ele, toda espremida. Ele se acomoda, e então abaixa a mão, indicando que eu me sente. Faço isso. O fundo do barco está cheio d'água, molhando a calça do meu biquíni. Cass pega o meu remo e o encosta no chão do caiaque, levanta uma de minhas mãos, depois a outra, situando minhas palmas no remo duplo, debaixo das suas.

— Está vendo? Você ainda pode ficar no comando. Eu sei como você se sente em relação a isso. — Sua voz está tão perto do meu ouvido que seu hálito levanta fios soltos de cabelo que se enroscam lá. — Enfia o remo bem fundo de um lado, e deixa o outro só deslizar nessa curva aqui.

Faço como ele me diz, e o caiaque vira lentamente, ficando preso por um momento no capim-da-praia, para logo seguir adiante.

Mal contornamos algumas curvas na enseada, as nuvens finalmente estouram e grossas gotas de chuva começam a se espalhar ao nosso redor, pingando na água, no meu ombro. No começo são apenas algumas, e então o céu abre as comportas e é um dilúvio, como se alguém atirasse uma versão gigante de um dos baldes de Emory em cima do caiaque. Começamos a remar feito doidos, mas fico tentando empurrar o remo para trás e Cass para frente, o que faz com que fiquemos parados novamente até ele pôr a mão sobre a minha, apertando-a, e dizer:

— Assim — mergulhando o remo na direção certa, e finalmente sincronizamos nossos gestos.

Por fim, chegamos à praia e saímos do caiaque. Cass o levanta e eu empurro, e logo o caiaque está diante da porta. Ele grita, mas não consigo ouvir o que diz por causa do barulho da chuva. Ele põe os dedos dos pés debaixo do caiaque, virando-o ao contrário para não ficar cheio d'água, e então abre a porta com o pé e me puxa para o interior da garagem de barcos, batendo a porta.

— Eu podia ter planejado essa saída um pouco melhor! — grita ele, a tempestade batendo no teto como baquetas.

Eu podia ter comentado que sabia que ia chover.
Porque tinha certeza absoluta disso.
Mas fiz de conta que não.

Nós dois estamos ensopados. O cabelo dele está colado à testa, e filetes de água fria escorrem pelas minhas costas. Não há lâmpadas na garagem de barcos, só duas janelinhas e uma claraboia suja, coberta de moscas mortas. Lá fora, só se vê uma muralha cinzenta de chuva torrencial e, de repente, o risco de um raio.

— Deus está acendendo a luz — digo.

Cass afasta o cabelo do rosto e franze os olhos, avaliando meu nível de loucura. O que, obviamente, faz com que eu continue falando.

— Vovô Ben sempre dizia isso quando Nic e eu éramos pequenos e tínhamos medo de temporais, furacões, essas coisas. Que o relâmpago era Deus acendendo a luz, o trovão era Deus jogando boliche, e...

Ele agora inclinou a cabeça, sorrindo com ar espantado, como se eu estivesse falando uma língua estrangeira.

Calo a boca.

— Hum — digo. — Enfim... No que está pensando?

— Que por minha culpa você está molhada e com frio de novo. — Cass levanta e torce a barra da camiseta, espremendo água, e termina por tirá-la. É como detonar uma bomba naquele espaço minúsculo, abafado, apertado.

Tiritando de frio, dou uma olhada na garagem de barcos, à procura de alguma coisa para nos secarmos.

Há algumas lonas velhas empilhadas em um canto, mas parecem mofadas, ásperas, fedorentas e devem estar cheias de lacraias e aranhas-reclusas. Cai outro raio e um estrondo alto se segue, como se um gigante partisse um graveto sobre o joelho. A chuva parece dar uma trégua por um instante, como se recuperasse as forças, até que soa o ronco furioso de uma trovoada.

— Ora, ora, quem diria — comenta Cass, curvando-se e tirando uma coisa de baixo do veleiro dos Hoblitzell, cujo nome é *Miss Gura*. E a joga para mim. É uma toalha cor-de-rosa, que cai bem aos meus pés.

Pego a toalha.

—Você não vai se esquentar se vestir roupas secas em cima das molhadas — cito suas palavras, me perguntando se ele vai se lembrar de tê-las dito.

Ele abre um sorriso para mim.

— Como disse um homem sábio uma vez.

— Homem?

— Está questionando o "homem"? Eu estava crente que ia questionar o "sábio".

— Qual dos dois te ofenderia mais?

Ele pega outra toalha e põe os dedos e o polegar na minha nuca, abaixando minha cabeça, e começa a esfregar os meus cabelos com a toalha, para secá-los.

Ele está secando os meus cabelos. Com uma toalha. A sensação não devia ser tão... maravilhosa.

— É isso que nós estamos fazendo aqui, Gwen? Trocando ofensas? — Sua voz está baixa, muito perto do meu ouvido.

Não sei o que nós estamos fazendo aqui.

Ou talvez saiba. Ele para, joga a toalha no chão e diz, em tom mal-humorado:

— Acho que já está seco.

— Está, totalmente. — Me afasto, tiro a camiseta ensopada que cobre meu biquíni e a deixo cair no chão com um *plaft*. Cass fica paralisado. De repente, a atmosfera na garagem de barcos parece mais carregada eletricamente do que a tempestade lá fora.

Só estamos a alguns passos um do outro.

—Você está com... hum... — Ele faz um gesto com os polegares sob os olhos que não consigo interpretar.

Outro relâmpago. Uma trovoada ensurdecedora. Por um segundo, como ele não está se movendo, eu me pergunto se deveria fingir que morro de medo de tempestades como desculpa para me atirar em cima dele, mas em seguida não consigo acreditar no quanto essa ideia é ridícula.

Ele estende o polegar muito lentamente, e o passa por uma das minhas olheiras. Fecho os olhos, e o polegar acaricia cada uma delas. Respiramos fundo ao mesmo tempo, como se estivéssemos prestes a falar, mas as palavras não me ocorrem. É Cass quem fala.

— Rímel... hum... aqui. — Outra carícia do seu polegar.

Me afasto, esfregando com impaciência as olheiras com a toalha cor-de-rosa.

— Maquiagem. Argh, não levo o menor jeito para me maquiar. Quer dizer, eu até sei fazer, mas só o básico. Não faço a menor ideia de como se usa um curvex, que parece um instrumento de tortura medieval, e... Talvez eu devesse desistir completamente de tentar ser uma mulher.

— Seria uma pena. Olha, você está passando para o rosto. Com licença.

— Eu devia pelo menos ter usado... daquele tipo... que é à prova d'água. — Agora ele pousou os dedos de cada lado de meu rosto, enrolando meu cabelo molhado, as polpas dos polegares ainda pressionando as maçãs do rosto. — Um pouco de água ajudaria... a limpar isso — diz ele, sua voz tão baixa quanto a minha. Meneia a cabeça em direção à porta da garagem de barcos. — Posso sair e...

Outro relâmpago, seguido quase que imediatamente por uma trovoada. A tempestade está quase diretamente acima de nós.

— E ser fulminado por um raio? Hum... não — digo. Não sei o que fazer com as mãos. Sei o que *quero* fazer com elas, mas...

A luminosidade cinzenta que entra pelas janelas é tão fraca que sinto mais do que enxergo. Vejo o contorno da cabeça de Cass se abaixar, e então sinto o leve arranhão da barba por fazer quando seu rosto roça o meu, a aspereza dos calos na sua mão quando desliza pelo meu quadril.

De repente, ele fica totalmente imóvel, como uma estátua.

Muito, muito devagar, levanto a mão, deslizando-a até cobrir a dele, e a aperto. Ele prende a respiração, mas nem assim se move. Cai outro relâmpago. *Um Mississippi. Dois Mississippi.* É o jeito de se contar os trovões durante uma tempestade. Mais um segundo de silêncio, e então viro o rosto de lado e pego a sua boca com a minha. E estou finalmente, finalmente beijando Cass Somers de novo.

A mão que não estou tocando desce pelas minhas costas, me puxando para mais perto, e ele se inclina para trás, novamente se encostando à parede, eu achatada contra o seu corpo. Sua boca é quente e tem gosto de água de chuva e mar salgado. Enfio a outra mão nos seus cabelos úmidos e colados na cabeça, girando os dedos em um caracol. Ele afasta as pernas, e me aproximo ainda mais. Então seus dedos sobem lentamente pelas minhas costas até o ponto na nuca onde o biquíni é amarrado, percorrendo o contorno das tiras, cutucando o nó, voltando a se afastar, traçando a curva da linha até a frente do corpo, depois até o decote do sutiã, voltando para o outro lado.

Lento. Torturante. Escuto um pequeno gemido impaciente me fugir do fundo da garganta.

Ele afasta os lábios dos meus por um segundo, respira fundo, e então hesita.

Não pense, Cass.

Pouso a mão na sua face, levando a outra à nuca para desfazer o laço do biquíni. Dei dois nós, por isso está bem preso. Escuto o gemido impaciente de novo, mas dessa vez vem dele, não de mim. Sua mão cobre a minha, ajudando-a a desamarrar os nós.

Esses dedos longos que se movem com tanta habilidade, como fazem com as linhas do veleiro.

Me afasto por um segundo para deixar que o sutiã deslize até a cintura, mas, encharcado, ele continua no lugar. Cass me puxa para si de novo, plantando as palmas na minha cintura, em vez de fazer o gesto que espero. Que desejo.

Não paramos para respirar, e estou totalmente sem fôlego. Me afasto, ofegante, como se voltasse à superfície depois de mergulhar até o fundo do oceano.

Olhamos um para o outro, mas está escuro demais para vermos nossos rostos. Uma respiração. Outra. Então, ele solta um pequeno som, como um zumbido, e encosta a testa no meu ombro, girando o polegar na minha barriga, enfiando-o no meu umbigo.

Nesse exato momento, meu estômago resolve roncar.

— Isso é um trovão? — pergunta ele, um relâmpago iluminando seu sorriso. — Pareceu tão perto.

Cubro os olhos. Então, caio na gargalhada.

— Não se preocupe. Podemos dar um jeito nisso. — Seu polegar acaricia minha barriga de novo, provocante. Então ele se afasta, indo até o canto. Escuto o barulho de um objeto caindo no chão, provavelmente um remo, seguido por um papel amarfanhado. Mas está escuro demais para ver o que está acontecendo, e... espera aí, por que ele se afastou? Estamos colados num espaço fechado e escuro, pele úmida contra pele úmida, e ele... se afasta? Não era para ele perder o controle? Puxo as tiras do sutiã, voltando a amarrá-las.

Cass está tirando sua toalha da pilha de coletes salva-vidas onde a jogou. Estendendo-a sobre as pranchas de madeira cobertas de pó de serragem, como se estivéssemos na praia. Ele pega algo e coloca na toalha, no instante em que um relâmpago ilumina duas sacolas familiares, embelezadas com o desenho em preto de uma sereia estendendo um prato de amêijoas recheadas. Cass senta de pernas cruzadas, e então segura minha mão, entrelaçando nossos dedos e me puxando com delicadeza.

— Vem. Também estou com fome.

Sento sobre as pernas, enquanto ele vai tirando coisas de uma das sacolas. Uma longa bisnaga de pão francês, um largo naco de queijo Brie, morangos, chocolates de marcas famosas... Conheço o conteúdo de cor e salteado. Já coloquei esses produtos em milhares de cestas para dar a turistas quando descem dos barcos.

—Você trouxe uma Delícia Marinha?

— Pareceu uma ideia melhor do que uma caixa de ovos crus e uma garrafa de Gatorade, que eram as únicas coisas que eu tinha na geladeira. — Ele parte um pedaço de pão e me entrega o resto.

Mas, em vez da sensação gostosa que tomava conta de mim há alguns minutos, de repente fico fria.

Ele tinha deixado um piquenique pronto. Na garagem de barcos. Com antecedência.

—Você planejou esse... — digo.

— Bom... claro, em parte, sim... — Então, num tom mais ressabiado: — Isso é mau? Que foi que eu fiz agora?

Em clarões, como velhas fotografias se acendendo de uma hora para outra, revejo a festa.

O Ford Bronco.

Os garotos e seus risos cúmplices.

A culpa nos olhos de Cass.

Jim Oberman, no primeiro ano, me dando uma prensa contra o armário para deixar a namorada com ciúmes. Alex, que só estava a fim de faturar uma garota da ilha. Spence. Só sexo. Será que eu nunca vou ser nada além da estratégia de um cara, um destino marcado em um mapa de estrada trocado por outro lugar melhor?

—Você planejou isso — repito.

Cass coloca o pão sobre a toalha, juntando os dedos, e olha para a claraboia como se rezasse, pedindo paciência.

— Em parte. Como eu já disse. Não tudo, porque as coisas nunca saem exatamente como a gente quer. Pelo menos, não para mim. Eu queria te levar para o mar. Nós dois... relaxamos no mar. Sozinhos. Então, sim, eu planejei isso. Não tenho um caiaque, por isso tive que pegar um emprestado, o que também exigiu premeditação.

— E quanto a ter deixado as toalhas prontas na garagem de barcos?

O tom dele está ficando mais ríspido.

— *Toalhas de praia*. Achei que a gente podia dar um mergulho, depois do passeio de caiaque. E também comer alguma coisa. Na praia. Não planejei o temporal, Gwen. Não olhei para o tempo. E são *toalhas*, não um saco de dormir ou uma megaembalagem de preservativos. — A voz dele, que se levantou, agora falha. — Não é essa a razão de ser de tudo isso.

— Nem *um pouco*? — pergunto. Que ótimo. Agora estou parecendo decepcionada.

O temporal parece estar se afastando, por isso nenhum relâmpago ilumina seu rosto.

— Gwen, eu estaria mentindo se dissesse isso. E não vou mentir para você. Nunca. Mas, se não mentir, você vai ficar uma fera comigo, vai me dar um gelo de novo? Ou vai se levantar, ir embora, deixar a gente na mesma situação em que passou os últimos três meses? O que mais você quer?

— O que *eu* quero? Não sou eu que vivo nesse jogo de morde e sopra!

— Não, hein? — diz Cass, ficando de pé. — Do meu ponto de vista, é exatamente o que você faz. Nunca sei qual das duas Gwens eu vou encontrar. A que age como se eu fosse uma coisa em que ela pisou por acaso, ou a que...

— Abre o seu zíper? — pergunto.

Ele bate na testa com as costas da mão.

— Exatamente. Porque eu não poderia querer mais nada de você além de uma transa.

Fico de pé.

— Foi uma armação, Cass — digo. — Como em março. Um meio para um fim. É isso que eu sou, o que... o nosso caso é.

Reflexos rápidos. Antes que eu perceba o que está acontecendo, Cass se inclina para frente, pega a sacola e a atira na parede. Estrondo de cacos, garrafas se quebrando, refrigerante espumando. Dou um passo atrás. Ele enfia as mãos nos bolsos e me dá as costas.

— Tudo bem, Gwen. Eu já entendi. E você matou a minha charada. Me explica isso, então: por que eu ainda perco meu tempo com você? Por que não bato com a cabeça na parede logo de uma vez? Seria mais fácil e menos doloroso. Por que você se comporta como... um gato tão escaldado, que nada que eu faço conta? Não sou como o Alex Robinson. Não sou o babaca do primeiro ano com a namorada psicopata de quem a Vivien me falou. Não sou... como o Spence. Será que você pode entender isso? Algum dia? Como pode ficar tão claro para você quando os personagens ficcionais são burros, e não consegue enxergar quando somos você e eu?

— Porque você nunca me diz a verdade! É tudo charme, tudo lábia, "cheguei, vou cozinhar as lagostas, vou te deixar de quatro por mim", mas não o que é *verdade*.

Ele respira fundo, encostando as costas da mão na testa, como se tomasse a própria temperatura.

— Você precisa urgentemente superar esse episódio das lagostas — diz ele, por fim.

A tempestade está passando, a escuridão cinzenta do lado de fora começando a clarear, por isso dá para ver sua mão deslizando lentamente, cobrindo os olhos, o pequeno meneio da cabeça. Ele fica assim por muito tempo. Quando abaixa a mão e abre os olhos, continua de cabeça baixa.

— Gwen. Eu não minto. Não sou um mentiroso. Não sou um... manipulador, ou seja lá o que você pensa de mim. Sou eu mesmo. E achei que você estivesse finalmente gostando de quem eu sou. Achei que era isso que estava começando a acontecer nesse verão. — Ele levanta a cabeça.

— Não sei o que está começando a acontecer neste verão — confesso.

— Pois eu sei — diz ele, com uma ponta minúscula de amargura na voz. Então se vira de frente para mim, me olhando fixamente.

Não, amargura não. Mágoa.

E quase dá para ver cada arma, cada defesa que ele montou, o olhar distante, a pose de garoto rico, o charme defensivo, cair de cima dele, batendo no chão.

Ele solta as mãos ao longo do corpo, voltando a levantar os olhos para mim, e me deixa ler tudo nos seus.

Mágoa.

Honestidade.

Esperança.

A conscientização é rápida, aguda e violenta como aquela sacola batendo na parede.

Não sou a única de nós dois que pode se magoar.

Que se *magoou*.

Não posso observar seu rosto no escuro. Mas agora, nesse momento, não preciso de um relâmpago para enxergar.

Ele tinha razão. Eu devia *mesmo* lançar uma vídeo-aula no YouTube. Ou uma coleção completa numa caixa. Como posso esperar que ele me entenda, quando nem eu mesma me entendo? E o pior é que não passo de uma hipócrita — magoada e zangada por ele ter pensado em transar comigo, quando fiz isso tantas vezes na minha imaginação. Ainda não entendo o que aconteceu depois do Ford Bronco aquela noite. Ou mesmo durante ela. Não. Mas talvez... haja uma explicação, além daquela que eu tinha certeza de ser a única verdade.

Porque nada em relação a Cass é, nem jamais foi, "nada de mais".

Está o maior silêncio. A chuva se afastou para bem longe, os ventos fortes se aquietaram. Nada para abafar os pensamentos ou as palavras que eu poderia dizer. Tenho que dizer.

— Acho que a gente devia ir andando — diz Cass, sua voz distante outra vez, como se tivesse decidido que isso é simplesmente impossível.

Me abaixo e pego a sacola amassada, cheia de cacos de vidro, de onde escorre cerveja de um rasgão irregular no fundo encharcado. Enrolo-a em uma toalha de praia. Pego a comida do piquenique, o queijo, o pão, os morangos. Junto tudo. A filha da faxineira.

Mas não só isso.

— Cass — digo, engolindo em seco. — Eu... posso esquecer o episódio das lagostas.

— Já é um começo — diz ele, com a voz fria.

— P-posso te acompanhar até em casa? — peço. — Para você não ter que virar a chave na fechadura?

Um longo silêncio.

— Essa é a única razão? — pergunta ele, por fim.

Respiro fundo. E mais uma vez.

— Talvez não seja a única — digo finalmente.

Na maré baixa, as ondas lambem preguiçosas a orla da praia distante. Os únicos sinais que restam da tempestade são os buraquinhos na areia e as pilhas enormes de algas pardas, pedras e conchas que atulham a praia.

— Levantamento de peso à vista para o faz-tudo — digo, bancando a casual.

Cass inclina a cabeça, concordando.

Tropeço em alguma coisa e quase caio, e ele estende a mão para me pegar, mas desiste antes de me tocar.

Num gesto lento, quase imperceptível, como se qualquer movimento brusco fosse assustá-lo, seguro sua mão e a entrelaço à minha, dedos entre dedos, mão contra mão.

Silêncio enquanto tento encontrar o que dizer.

Mas então:

— Obrigado — diz Cass simplesmente. Do jeito como falou aquela noite no Ford Bronco.

Boa educação. De repente, eu me dou conta de que isso é bondade. Não é só um hábito, não é só charme.

Então, como se ele soubesse o que estou pensando, chega perto o bastante para eu sentir seu calor, sua pele quente. E aperta mais a minha mão. Mas, ainda assim, a subida do morro é longa e silenciosa.

Quando chegamos ao alto, me viro para ele.

— Se... se... não foi por causa de sexo, ou por achar que eu fosse fácil, por que foi, então?

— Nós vamos conversar? Até que enfim.

—Até que enfim? — pergunto.

— É, até que enfim. Mas não vamos ter *essa* conversa no meio da rua. Vem. — Ele me puxa em direção ao vulto escuro que se ergue contra as estrelas, a sede da manutenção. Subo depressa os degraus de madeira gastos, sigo-o até o apartamento horroroso de paredes amarelas. Que parece exposto e aberto demais, sem qualquer barreira protetora entre nós. Nenhuma festa com aposentos cheios de pessoas. Nenhuma rua de Seashell com uma dúzia de possíveis testemunhas. Nem Fabio. Nem Spence. Nada além do ar e de nós.

Sentamos no sofá. Ele respira fundo. E de novo. Está nervoso. Olha para a mão. Abre, fecha.

— Desembucha — digo. *Que lindo.* Eu tenho um jeito tão lírico de me expressar.

Ele respira fundo outra vez.

— Acho que preciso de uma água.

— E eu acho que você está enrolando. Por favor, Cass.

Pouso a mão no seu braço. Ele se vira para mim. O sofá range. Só pode ser parente do Mirto. É incrível como até a mobília na minha vida fala com mais facilidade do que eu.

—Vou tentar te ajudar. Spence disse a você que eu era fácil... e aí... ele disse, não disse?

— A verdade? Disse. Que você tinha linhas de quebra.

— Mas o que diabo é linha de quebra?

— É uma babaquice do Spence. Ele adora inventar mil teorias sobre as mulheres e como conquistá-las.

— Porque ele é a Celebridade, o Transei-com-Cinco-Gatas-de-uma-Vez-na-Jacuzzi.

— Três, para o seu governo. Além disso, uma delas era prima dele e só estava lá porque é corredora, tinha disputado uma maratona e estava com os músculos doloridos. O que ele diz é para a gente procurar as linhas de quebra, as inseguranças que as garotas têm, as neuras, os pontos fracos. Aí você dá o bote no momento certo e elas fazem coisas que talvez não fizessem normalmente.

— É a teoria mais nojenta que eu já ouvi na vida — digo. *E certa também*, penso, relembrando a festa e aquele quarto. Como não teve nada a ver com o que eu sentia por Spence.

— É, sim. E extremamente eficaz. O jeito como o Spence joga. Enfim, hum, ele disse que você tinha uma reputação.

Estremeço. Ele levanta a mão, interrompendo o que eu já ia soltar.

— E daí, Gwen? Eu tenho uma reputação na minha própria *família*. Para não falar na Hodges. São coisas que acontecem.

Ele fecha os olhos, faz uma pausa e então os abre e continua, as palavras saindo ríspidas e apressadas.

— Eu sempre dizia a ele para calar a boca quando ele tocava no seu nome e vinha com essa babaquice de linha de quebra. Por isso, a resposta é sim, ele tinha dito isso, e sim, eu tinha ouvido umas coisas por aí. Papo de vestiário. Mas Gwen... Eu te conhecia. Quer dizer, a gente se conhecia. Foi há muito tempo, mas... enfim. A gente se conhecia. Aquele verão, lembra? A gente se conheceu, realmente. A gente estava sempre na praia, ou num barco, ou participando daquelas gincanas doidas. Eu não falei com você só por causa de uma coisa que o Spence disse. Eu não, hum, olhei para você e só vi o seu corpo. E juro por Deus que não dormi com você só porque o Spence me disse para fazer isso. Aquilo não teve nada a ver com ninguém além de nós dois. Eu te convidei para ir à festa porque *gostei* de você.

— Cass, por que você não me convidou para sair... antes disso?

— Porque eu não conseguia mais prever as suas reações. Achei que você recusaria. Não levo muito jeito para fazer convites. E detesto fazer uma coisa quando não levo jeito para ela.

Fico olhando para ele.

— São razões pra lá de idiotas.

— "Porque o Spence mandou" teria sido ainda mais idiota — diz Cass. — Achei que poderia surgir uma oportunidade. Quando você entrou no mar naquela tentativa de resgate heroica, eu achei que você só podia gostar de mim. Também.

Ele se cala, esperando que eu diga alguma coisa. Que confirme alguma coisa. Cass é muito mais corajoso do que eu. Fico só olhando para ele, pedindo em silêncio que continue.

— Como eu disse, não achei que você fosse do tipo que namora. Era o que todo mundo dizia. Quando eu perguntava sobre você. Porque sim, eu perguntei para várias pessoas. — Ele suspira, esfregando a nuca, e afasta os olhos de mim. — Por isso inventei aquele lance da festa. E depois me dei conta de que tinha sido uma maneira idiota de contornar a situação. Mas, na ocasião, foi o que eu pude fazer. Eu queria estar com você. Do jeito que desse.

— Cass... — Me aproximo um pouco dele no sofá, pousando a mão no seu joelho. Ele a cobre com a sua.

— Olha só, eu quero desabafar. Por isso... me ouve.

— Estou ouvindo. Eu fui à festa. E nós... — Eu me calo, puxando um fiozinho de lastex na lateral da calça do biquíni.

— Quer mesmo saber? Já que agora nós estamos abrindo o jogo? Aquele *não* era eu. Você... não pode ficar aí sentada agindo como se eu tivesse me aproveitado de você. Porque... eu podia não saber disso... mas você estava *comigo*. Eu sei que estava. Eu senti. E me lembro de tudo. Tudo.

Minha pele se arrepia, consciência, lembrança total.

— Eu não planejei transar com você aquela noite! Essa é a verdade. Foi você quem... — Ele se cala.

— Provocou, não é isso?

— Não! Não. Isso nós dois fizemos. Mas eu não planejei. Ir tão longe. Se tivesse... feito isso, teria usado proteção, coisa que, como você deve se lembrar, eu não fiz. O que me deixou totalmente apavorado depois, quando você não quis nem falar comigo e só olhava para mim como se eu fosse um lixo.

— Eu tomo pílula.

— E como é que eu ia saber disso? Você podia ter me dito.

—Você não perguntou.

— Nós devíamos ter usado uma camisinha, de um modo ou de outro. Mas eu mal conseguia pensar, Gwen. Num instante a gente estava se beijando, no outro você estava sem blusa, e pronto, eu parei de pensar.

—Você fica indefeso diante de um par de peitos?

Ele estuda meu rosto por um momento, e então, ao ver meu sorriso, abre um lentamente. Mas logo fica sério.

— Dos seus? Hum, fico. Mas essa não é a questão. A questão é que o que aconteceu não teve nada a ver com o que o Spence disse. Salvo pelo fato de ter estragado tudo para a gente. Bom... ele e os outros caras. E eu.

— E eu — sussurro, quase torcendo para que ele não me escute. Mas, quando levanto o rosto, o dele está muito próximo do meu. Então, ele deve ter ouvido.

— Estamos entendidos? — pergunta ele com meiguice, seus olhos fixos nos meus.

— Estamos — digo. E abaixo os olhos.

E eu.

Eu precisava dizer isso.

— Menos... pelo que, hum, eu fiz em seguida. — Graças a Deus por aquele fio do biquíni. Fico puxando-o, enrolo-o no dedo, dou mil voltas, me concentrando totalmente, até que a mão de Cass cobre a minha, seus calos roçam meus dedos. De repente, ele fica imóvel. Sem expressão. Eu preferiria não falar, nem me lembrar de nada, mas... preciso fazer isso. Contar a ele.

— O fato de eu ter dormido com Spence — digo.

Seus olhos, tão diretos e honestos há um segundo, ficam distantes de novo. Ele cutuca a unha do polegar, o queixo rígido. Quando finalmente diz algo, sua voz sai tão baixa que sou obrigada a me inclinar para ouvir.

— É... você... hum... por que aquilo aconteceu?

— Fora o fato de eu ter tido uma crise de idiotice? — Suspiro. — Eu estava... — *Bêbada. Com medo. Magoada. Me sentindo deslocada. Com linhas de quebra.* É tudo verdade, mas... — Para tentar magoar você.

Até agora ele continuou com a cabeça inclinada sobre aquela unha fascinante, mas então me olha nos olhos, sua voz tão impessoal e dura quanto o olhar.

— Missão cumprida.

Sinto um aperto no estômago.

Eu me senti uma idiota em relação ao que aconteceu com Alex. Sofri pelo jeito como as coisas acabaram na festa de Cass. Morri de vergonha pelo que rolou com Spence. Mas, neste momento, é como se eu nunca tivesse chegado a experimentar ou me importar com nenhuma dessas emoções, como se o botão do volume delas estivesse emperrado. Posso ter sido uma idiota em relação aos homens. Inconsequente, leviana, estúpida. Mas com Cass eu fui *cruel*.

Esse tempo todo eu pensei que o obstáculo entre nós era o que ele tinha feito comigo. Que eu não podia perdoá-lo, nem perdoaria, por ele ter sido *aquele* cara. Quando o tempo todo estava ignorando o que eu mesma tinha feito com ele. Não queria admitir que tinha sido *aquela* garota.

Sinto uma coceira no nariz, lágrimas ardendo na garganta. Minha voz sai rouca.

— Me perdoe. De coração.

Tudo está em silêncio ao nosso redor. Tão quieto. Posso até ouvir meu coração.

A cabeça dele está baixa. Posso ver a veia pulsando na base do seu pescoço, marcando os segundos de silêncio entre nós.

Então, lentamente, ele levanta a cabeça, leva o polegar ao meu rosto e seca as lágrimas, sorrindo só um pouquinho, e então eu sei que dessa vez *é* um gesto romântico, porque não estou mais com manchas de rímel.

— Me perdoe também — diz ele.

Respiro fundo, como se estivesse prestes a pular de uma ponte. É a exata sensação que tenho — prender a respiração, pular, mergulhar, confiar que algo vai me empurrar de volta à superfície.

— Enfim... eu te magoei. Você me magoou. Será que há alguma chance de a gente superar isso?

Cass abaixa os olhos por um momento, respirando fundo. Prendo a respiração.

— Bom... — diz ele lentamente. — Você teria que jurar...

Balanço a cabeça.

Sim.

Eu juro.

— ... que esqueceu aquele lance das lagostas.

Sorrio.

— Lagostas? Que lagostas?

Cass ri.

Espero que ele se incline para frente, mas ele faz o contrário, arqueando uma sobrancelha para mim.

É minha vez de novo.

Depois de tudo, ainda tenho que recorrer a toda a minha coragem para fazer o que faço em seguida. Mas eu a ponho em ação e me inclino para beijar primeiro uma das covinhas, depois a outra, e, por fim, aqueles lábios sorridentes.

Capítulo Vinte e Nove

O céu clareou, cravejado de estrelas que cintilam como purpurina. A noite parece limpa e tranquila. Cass está me acompanhando até em casa. Naturalmente. A essa altura estamos cansados e bocejando, calados, mas num silêncio muito diferente do que fizemos durante a caminhada para a praia, ou de volta à sede da manutenção. É estranho como o silêncio pode significar tantas coisas diferentes.

Agora estamos tão próximos que chego a sentir o calor se irradiando do seu corpo, mas sem nos tocarmos, sem darmos as mãos como quando subimos o morro. E eu me pego esperando por isso de novo, que ele segure a minha mão. Uma coisa tão simples. Uma ponte entre nós.

Em vez disso, ele inclina a cabeça para o infinito da noite, onde as nuvens já se afastaram. Uma luzinha brilha a distância, tremeluzindo. Vaga-lumes. Como estrelas ao nosso redor.

— Os primeiros mapas foram do céu — cito suas palavras.

— Exatamente — diz ele. — Você se lembra disso?

Lembro.

— Que você tinha as suas teorias sobre a razão. Você achava que os primitivos viviam ocupados demais fugindo dos mastodontes, ou do que fosse, para olhar para o alto e desenhar o que viam.

— Talvez lembrasse a eles que a vida era mais do que mastodontes? — especula Cass.

Eu me aproximo mais um pouco, roçando as costas da mão nas dele. Mas nem assim acontece nada.

A vida é mais do que aquilo de que você tem medo. Estendo a mão, dessa segunda vez sem mensagens ambíguas, e entrelaço nossos dedos.

Não sei se Cass sabe que tirar a blusa foi mais fácil para mim do que fazer isso... ou pedir desculpas pelo que aconteceu com Spence.

Mas acho que talvez ele saiba, pelo jeito como seus dedos apertam os meus. Agora estamos pisando no cascalho da entrada de carros. A lanterna diante da porta está entortada para o lado, uma lâmpada laranja acesa, piscando, a outra queimada. Posso ouvir a voz de Nic na minha cabeça: "Precisa consertar isso." E papai pegando no pé dele por ainda não ter consertado.

Cass se curva, virando-se para mim. Meus ouvidos começam a zumbir. Um dos ouvidos, na verdade. Ele passa a mão perto do meu rosto, enfiando-a no meu cabelo, e dá um puxão.

— Ai!

— Desculpe. — Ele abre a mão, sorrindo. — Um vaga-lume. Ficou preso no seu cabelo.

O ponto escuro em sua mão continua onde está, e então se acende e se eleva em direção ao céu. Em seguida Cass me puxa até eu ficar meio na ponta dos pés, como se fosse muito mais baixa do que ele, como se não pesasse nada, e me beija profundamente.

— Boa noite, Gwen. Até amanhã.

É Natal.

Ou, pelo menos, é como me sinto.

No instante em que meus olhos se abrem, sinto um surto de adrenalina, aquele misto de expectativa e ansiedade, a sensação de que o dia não pode deixar de ser mágico.

Só que acordar no dia 25 em Seashell geralmente significa ficar escutando os canos estourarem enquanto mamãe toma banho, ouvir vovô explicando mais uma vez para Emory por que ele tem que esperar até todo mundo se levantar para ver o que Papai Noel trouxe, ouvir Nic gritar: "Gwen, não preciso embrulhar esse troço pra você, preciso? Afinal, você vai desembrulhar daqui a pouco mesmo."

Mas agora, o cheiro quente do verão sopra pela minha janela. O perfume penetrante do húmus de cedro vermelho. A grama cortada secando ao sol. Posso ouvir vovô cantando Sinatra no jardinzinho no quintal. Mamãe ecoando na cozinha. *"Luck be a lady tonight..."*

Eu me espreguiço com prazer. Tudo parece novo em folha, embora eu esteja usando as mesmas roupas com que caí na cama ontem à noite; e aqui está Fabio, como sempre se apossando do colchão, as pernas esparramadas, as patas caídas, soprando seu fedorento bafo de cachorro no meu rosto. Ainda assim, é como se todos os átomos do universo tivessem levado uma sacudida e se reorganizado.

Se eu continuar desse jeito, vou acabar escrevendo aquele tipo de poesia que aparece na revista literária da escola.

Mas é a primeira vez que tenho uma "manhã seguinte" tão deliciosa, e não nauseante — embora não seja "seguinte" a nada além de uma conversa e alguns beijos.

Para minha grande surpresa, Nic deixou um pouco de água quente no chuveiro. Lavo o cabelo, e então passo um tempo ridículo arrumando-o de mil jeitos diferentes, para no fim acabar fazendo o penteado de sempre. Grito com mamãe porque minha regata verde-escura desapareceu. Ela entra no quarto, faz aquela coisa chata que as mães fazem e a encontra em cinco segundos, depois de eu passar dez minutos revirando as gavetas. Então, põe a mão na minha testa.

—Você está bem, querida? Parece febril.

— Estou ótima, mãe. Você acha que eu devia vestir essa verde? Ou a vinho? Ou uma branca básica?

Estou com os nervos à flor da pele, parecendo fogos de artifício que se acendem, inflamam, soltam faíscas.

— Tenho certeza de que a Sra. Ellington não vai se importar, querida.

Exibo uma, depois a outra, e depois a outra.

— Qual é a que fica melhor? Anda, mãe, você tem que me *dizer*.

Ela faz uma expressão de "ahhh!". Mas apenas diz:

— A verde realça o tom de esmeralda nos seus olhos.

— Meus olhos são castanhos.

— Turmalina com ouro e esmeralda — corrige mamãe, sorrindo para mim.

Retribuo seu sorriso, embora meus olhos sejam de um castanho normal, igual ao de todo mundo.

Dou as costas, visto a regata verde.

—Você conseguiu se abrigar durante o temporal? — pergunta, começando a dobrar as roupas desarrumadas na minha gaveta. — Não te ouvi chegar. Deve ter sido bem tarde.

— Hum, consegui. Nós, hum... vimos um filme. Fizemos pipoca. — *Mantivemos as mãos longe um do outro.*

— Aquele Cassidy é um bom rapaz — diz ela, mansa. — Tão bem-educado. Não se vê muito dessa educação nos rapazes da sua idade.

Essa é uma das características de eu me sentir assim. Quero agarrar cada fiapinho de conversa sobre Cass e esticá-lo.

— É, ele sempre foi muito educado. Ele é tão... tão...Você acha que eu devia pôr o short cáqui ou a saia preta?

— A preta é meio curta, não acha? A Sra. E. não é tão conservadora quanto poderia ser, mas não convém abusar. Eu achava que ele devia ser cheio de si. Rapazes bonitos assim costumam ser. Mas ele não parece ser nem um pouco vaidoso.

— Não é mesmo — digo, lacônica, mas sonhadora. Poesia brega, lá vou eu.

Dou uma olhada no espelho acima da cômoda, passo gloss, lembro Nic dizendo que os caras detestam porque é grudento, esfrego a boca. Mamãe chega por trás de mim, passa os braços pela minha cintura e encosta o queixo no meu ombro, olhando para o espelho.

Papai vive dizendo que nós somos muito parecidas, mas, geralmente, eu não noto. Vejo detalhes minúsculos como os fios cinza espalhados no cabelo de mamãe, ou o jeito como os cantos dos meus olhos são puxados como os de papai, as ruguinhas nos cantos dos olhos dela, o fato de que ela tem sardas claras e eu nenhuma, que a minha pele é de um moreno azeitonado mais escuro do que a dela. Mas, hoje, a semelhança me ocorre como nunca antes. Não sei bem a que atribuir isso, até que me dou conta: é o otimismo nos nossos sorrisos.

Está tudo muito bem, mas não sei como agir nesse mundo cor-de-rosa. Quando finalmente desço as escadas com as sandálias de salto que nunca uso, meus nervos estão a mil.

E se as coisas forem diferentes à luz do dia? Como vou enfrentar isso? Devo correr até ele quando o vir cortando grama? Ou será que ele vai preferir manter um comportamento estritamente profissional aqui na ilha?

Será que isso é espontâneo para a maioria das pessoas? Porque eu não tenho a menor ideia do que fazer, de como agir.

Fico escutando o som do cortador de grama, mas não consigo ouvir nada. Nenhuma setinha prática apontando para um gramado, dizendo "Cass está aqui".

Estou pensando demais. Vou só trabalhar. Começo a caminhar depressa, mas então quase grito ao sentir uma mão quente segurando meu tornozelo.

— Desculpe! — diz Cass, saindo de baixo de um arbusto de ameixa-da-praia ao lado da casa dos Beineke. — Eu estava arrancando ervas daninhas.

Acho que você não me viu. — Ele rasteja de volta, se levanta e abre um sorriso para mim.

Nada de abrir um sorrisão bobo para ele.

— Hum. Oi. Cass.

Ele espaneja as mãos — ainda sem luvas — e dá a volta até o portão, passando por ele. Hoje, está usando short e uma camiseta preta.

— Você pode fazer melhor do que isso. — Ele passa os braços pela minha cintura e me puxa para si.

— Onde estão as suas luvas?

— E melhor do que isso também. — Dá um beijo no meu colo. — É bom ver você, Cass. Sonhei com você, Cass... Fique à vontade para improvisar.

— Mas você não devia estar usando luvas de trabalho? Quando está trabalhando? Porque, senão, suas mãos não vão...

Argh. Estou parecendo mamãe, ou a enfermeira da escola.

Não levo o menor jeito para essas coisas.

Felizmente, Cass leva jeito por nós dois.

— Senti saudades, Gwen. É bom ver você, Gwen. Sonhei com você, Gwen. Pois é, não deu tempo de comprar as luvas. Eu tinha coisas mais importantes para fazer. Quer me dizer quais são?

— Posso começar do começo? — pergunto.

Ele concorda.

— É claro. Achei que já tínhamos nos entendido em relação a isso. — Passa as mãos para as minhas costas. Quero dizer a ele para não fazer isso, deve doer, mas não vou mais bancar a enfermeira.

Passo o dedo pela cicatriz na sua sobrancelha esquerda.

— Como você conseguiu essa cicatriz?

— Meu irmão Jake atirou um bastão de esqui em cima de mim em Aspen quando eu tinha sete anos. Para ser justo, eu estava fazendo barulhos de beijo enquanto ele ajudava a namorada a calçar as botas. Na época em que ele tinha namoradas. O que você estava mesmo dizendo...?

— Eu... Eu... — Desisto. — Estou sem palavras hoje.

— Tudo bem.

Beijos e mais beijos depois disso. Beijos demais, pelo visto, porque dois garotos de seus dez anos que vêm passando pela rua soltam assovios, e um deles murmura:

— Opera as amígdalas dela em particular, cara.

Rindo, Cass se afasta, suas mãos ainda entrelaçadas ao redor da minha cintura.

— Estou com um pressentimento de que hoje o faz-tudo vai ser menos útil do que de costume.

— Contanto que você fique longe do podador elétrico, tudo bem, José. Posso encontrar algumas utilidades para você. — Roço o canto de sua boca com meus lábios, abrindo-a.

— Matar aranhas — murmura ele, retribuindo meu beijo apaixonadamente. — Abrir jarros.

— E assim por diante — sussurro.

— Olha só — diz ele, se afastando depois de um tempo, pela primeira vez parecendo constrangido. — Não posso te ver hoje à noite. Tenho outra... reunião de família.

— Ah, claro, eu entendo — me apresso a dizer. — Não tem problema. Eu tenho que...

Ele segura minhas mãos e espera até que eu vire o rosto de novo para ele.

— Isso já estava marcado antes de a gente se acertar, uma espécie de encenação. Eu preferiria mil vezes ficar com você.

— Sua avó?

— E alguns membros da diretoria da Hodges — diz ele. — Vai ser divertidíssimo.

À noite, papai bate a porta de tela atrás de si, brandindo um pedaço de papel amassado, a sacola de roupa suja sobre o ombro.

— O que é isso, exatamente? — Joga a sacola no chão, batendo com a mão no papel. A irritação que se irradia dele é tão palpável quanto o cheiro de fritura. São onze da noite, por isso a Castle's deve ter acabado de fechar. Não é a hora em que ele costuma vir deixar as roupas para serem lavadas.

— O que é que parece ser? — pergunta mamãe, sem se abalar, mal se dando ao trabalho de levantar os olhos de seu livro. — É um anúncio do meu negócio.

Desligo a tevê, olhando para um, para o outro.

—Você faz faxinas em casas. Isso não é um negócio.

— Bom, um hobby é que não é, Mike. Eu faço faxinas em casas e quero fazer em mais casas ainda, porque Nós Precisamos do Dinheiro. Como você vive dizendo. Por isso, estou anunciando meus serviços. — Ela tira o papel da mão dele, passando o dedo por cima. — Ficou bom, não ficou?

Papai pigarreia. Quando recomeça a falar, é com uma voz mais lenta, mais suave.

— Luce. Você conhece Seashell. As pessoas vão ver esse anúncio colado em tudo quanto é canto e vão achar que você está desesperada atrás de trabalho e grana, e no instante em que alguma coisa desaparecer, uma pulseirinha de ouro da bisavó Suzy, todos os dedos vão apontar direto para você.

— Não seja bobo. — Fabio se joga no sofá, ofegante do esforço, subindo no colo de mamãe. Ela faz uma festinha nas suas orelhas e ele bufa de prazer, de olho comprido para o sorvete derretido na tigela, orelhas aprumadas. — Meus clientes me conhecem bastante bem para saber que eu não faria isso. Trabalho para a maioria das famílias em Seashell há quase vinte anos.

Papai despenca ao seu lado no Mirto, cotovelos fincados nas coxas, curvando a cabeça nas mãos. Uma faixa de pele clara brilha na sua nuca acima da queimadura de sol que ele deve ter ganhado da última vez que andou de barco.

— Não importa. Quando a coisa fica preta, você não está no lado dos grã-finos.

— Como você é pessimista, Mike. Tenha um pouco de fé na bondade humana. — Para meu total espanto, ela faz um carinho nos cabelos de papai, dá uma cutucadinha no seu ombro. Acho que não me lembro de ter visto os dois se tocarem uma vez sequer, que dirá trocarem um gesto de carinho. Chego a sentir um nó na garganta, ainda mais quando papai levanta o rosto, seus olhos cor de mel grandes e suplicantes, um pouco perdidos, iguais aos de Emory.

—Você nunca entende, não é, Luce? Ainda pensa que o mundo é cheio de finais felizes e um deles vai coroar a sua vida. Não notou que o Príncipe Encantado ainda não apareceu?

A voz de mamãe fica irônica.

— Já, querido. *Isso* eu notei.

Papai esboça um sorriso.

Estou quase com medo de respirar. Meus pais estão tendo um minuto de trégua. Um instante de conexão autêntica. Por um momento (honestamente, o primeiro na minha vida), posso compreender por que eles se casaram (além do fato de eu estar a caminho).

Uma batida alta à porta.

— Aposto que é ele — diz mamãe, sorrindo para papai.

Mas é Cass. Ele abre um sorriso para mim, e então faz um ar meio encabulado.

— Eu sei que já é tarde... — começa a dizer.

— Quase meia-noite. — Papai se aproxima por trás de mim.

Cass se apresenta.

— O filho de Aidan Somers, não é? O técnico Somers é seu irmão? Sanduíche de lagosta, com um sachê de maionese e duas porções de batatas fritas?

Cass pisca os olhos, confuso por um momento.

— Hum... Sim, é o Jake.

—Você está um pouco atrasado para a aula de natação. — Papai inspeciona Cass, que está usando um blazer azul, gravata e calça cáqui de vinco. — Nem está exatamente vestido para uma, garoto.

— Não seja bobo, Mike. Ele veio por causa da Gwen — diz mamãe, como se isso fosse a coisa mais natural do mundo.

— Eu estava pensando se ela gostaria de dar uma volta comigo — explica Cass. — Eu sei que já é tarde — repete, diante do olhar fulminante de papai.

— Eu adoraria — digo na mesma hora, segurando sua mão. —Vamos!

— Espera só um segundo — diz papai. — Que idade você tem, Cass?

— Dezessete.

— Eu também já tive dezessete anos — começa papai, um discurso nada promissor. — E levava mil garotas para a praia tarde da noite...

— Que legal, pai. Você pode contar tudo isso pra gente numa outra ocasião.

Puxo Cass pela porta, enquanto mamãe diz:

— Mil garotas? Que exagero, Mike. Éramos só eu e aquela biscate da Candy Herlihy.

— Será que alguma vez a gente vai conseguir sair de casa sem eu ter que te pedir desculpas pela minha família?

— Desnecessárias, por sinal. Fui eu que apareci muito tarde. — Cass puxa a gravata, afrouxa-a, resolve tirá-la e então a enfia no bolso do paletó, abre a porta do velho BMW, que está estacionado na nossa entrada de carros perto da caminhonete de papai e do Ford Bronco, tira o paletó e o joga dentro do carro. Em seguida, começa a desafivelar o cinto.

— Opa, um strip tease na nossa entrada — digo. — Agora é que papai vai *mesmo* pensar que você veio atrás de mim para um sexo selvagem.

Ele ri e joga o cinto no carro, seguido pelos sapatos e as meias, puxa a camisa para fora da calça e bate a porta do carro.

— Eu não estava conseguindo respirar com todas aquelas roupas. Já estava indo para casa, vi a sua luz acesa... só queria ver você.

Ele torna a segurar minha mão, e seguimos pela estrada. Adoro a noite em Seashell... as silhuetas das casas, o sussurro do mar. Parece ser a única hora em que a ilha inteira me pertence.

— Como foi com o pessoal da diretoria?

— Um saco. O mesmo clima do N&T. — Ele respira fundo. — O contrário disso aqui. — Me puxa para perto. — Ou disso. — Abaixando a cabeça, roça o nariz nos meus cabelos. Ponho as mãos nos seus ombros, chego mais perto, sinto sua pele quente sob a camisa fria e bem-passada.

Ele se afasta.

— Muito bem, garota da ilha. Quer me mostrar os points daqui? O Guia da Vida Noturna Secreta de Seashell?

— A gente podia ir para a sede da manutenção — digo, mas logo me envergonho.

— Nós não estamos juntos só por causa de sexo, lembra? Diz aí. Você deve ter alguns lugares secretos que ninguém conhece.

Na Floresta Verde, através do túnel de árvores, em meio a mil sons noturnos, perto da pedra do chapéu da bruxa. Ouvimos o pio baixo de uma coruja, ecoando mais alto do que o rugido distante das ondas. Cass para de caminhar, mão no meu braço.

— Que foi?

— É tão tranquilo — diz ele. Fecha os olhos, absorvendo o lugar. — Como as noites em que aquele quarteto vocal se apresenta no clube.

O Bufê Almeida já atendeu a eventos no N&T de Stony Bay. Por isso, sei que ele não está brincando.

Ele fica lá parado por mais um momento, e então eu sussurro:

—Vem, perto da água é melhor.

— Sempre é, Gwen.

A lua prateia o riacho, a ponte acima dele, cintila nas pedras. Uma brisa sopra sobre o pântano, trazendo o aroma do capim-da-praia, o cheiro de madeira velha molhada das estacas. Cass senta e se inclina para trás sobre os cotovelos, olhando para o céu, o profundo índigo sem nuvens. Hesito, respirando o ar frio da noite. Depois de alguns minutos, me afasto alguns passos, desabotoo o short, chuto-o para o lado e entro na água impetuosa, me abaixando, voltando para deixar que a correnteza, mais forte e rápida perto da superfície do que abaixo, me leve.

Mas de repente o que me pega pela cintura são as mãos de Cass, suas pernas roçando as minhas, o queixo se enterrando na curva do meu ombro.

Como o riacho corre dos pântanos salgados para o mar, a água é quente, meio salgada, meio doce. Sinto o gosto nos lábios dele.

Como antes, as coisas avançam depressa entre nós. Cass tem reflexos rápidos, e eu tenho mãos curiosas, nômades, exploradoras. Ele me tirou da água, tão certo do seu destino — um círculo de relva macia entre os arbustos na parte mais alta da margem — como se já tivesse estado aqui antes e memorizado o mapa. *É para cá que viremos.* Eu me inclino para trás, apoiada sobre um cotovelo, inclinando a cabeça de lado, os lábios de Cass deslizando sem pressa do meu ombro até a orelha, com a máxima delicadeza, seus lábios são suaves como uma brisa, mas o bastante para mandar todos os meus pensamentos para o espaço.

— Meu corpo traidor.

Essa é uma daquelas frases que toda hora aparecem nos livros de mamãe e da Sra. E. Uma ótima desculpa para as heroínas, tipo "Eu sabia que devia parar e 'me comportar', mas *meu corpo traidor...*".

Já me senti assim antes. Ou como se estivesse em um lugar e minha mente em outro, muito longe. Observando. Ou tentando com todas as minhas forças não observar.

Mas não agora.

Não tenho a sensação de que meu corpo está me traindo, à minha revelia. Não estou reprimindo os pensamentos e me concentrando nas sensações. Passo o dedo pelo longo contorno do rosto de Cass, enfio-o dentro de uma covinha, sinto-a ficar mais funda quando ele ri. Quando passo a mão pela lateral do seu corpo, roçando uma parte mais seca na pele molhada, os altos e baixos do relevo de cada costela, sinto o arrepio em sua pele, e então o tremor de um riso contido.

— Cócegas?

— Felicidade. — Ele envolve minha nuca em uma das mãos, brinca com o meu decote, puxa-o para baixo. Mas bem antes de esses carinhos evoluírem para um beijo nós nos afastamos, eu ponho as mãos no seu peito, ele recua, ofegante.

— Desculpe. Eu... só quis... — O rubor se espalha da ponta das suas orelhas para o rosto.

— Eu sei. Mas vamos parar por aqui.

Ele põe as alças da minha blusa no lugar e concorda depressa, a cabeça baixa.

— Não, hum, para sempre. Mas hoje... — Eu me calo. — Porque eu quero...

Cass inclina a cabeça para mim.

Eu quero. O começo da frase me parece perigoso, capaz de me levar a um matagal onde posso ficar emaranhada. Tento de novo.

— Eu não quero...

— Só sexo — diz Cass.

— Mas não estou descartando isso. Quer dizer, não para sempre. Porque eu... meu Deus. Isso é tão constrangedor. Fica à vontade para me interromper quando quiser.

— Você sempre fica chateada quando eu te ajudo, Gwen.

— E fico mais chateada ainda quando você fica totalmente calmo enquanto eu...

— Calmo? — Ele põe as mãos nos meus ombros e me dá uma sacudidinha. — Nunca. Porque eu não quero parar agora. Quer dizer... — dando uma olhada em nossos corpos ainda colados — ... obviamente. Mas você tem razão. *Nós* temos razão.

— Razão? — Não sei bem a que ele se refere.

— De recomeçarmos do zero, de fazermos as coisas de um jeito diferente, de tentarmos ter uma nova relação. Se isso — ele indica a nós dois com o dedo — for, hum, nessa direção outra vez...

— Quando — digo sem pensar. — *Quando* for nessa direção. Já que nós estamos dizendo a verdade.

Ele aperta meus ombros, me dá um beijo rápido, duro.

— Quando. Nós vamos transar num lugar e numa hora escolhidos por nós dois. Não no carro, no sofá ou de alguma outra maneira apressada, aleatória.

— "Não num barco, não com uma cabra" — digo, sem conseguir me conter. O que ele disse pareceu saído de um do livros do Dr. Seuss de Emory.

— Concordo — diz Cass, rindo. — Vamos transar numa cama. Nada de cabras.

—Vocês mauricinhos são tão convencionais. — Dou uma cutucada no seu peito.

— Só dá primeira vez — ele me corrige. — Depois disso, tudo pode acontecer. E nós vamos transar quando tivermos mais do que o único preservativo que eu guardo na carteira desde que fiz dezesseis anos.

Não pela primeira vez, eu me pergunto por que ele não usou esse troço, ou qualquer outro, há séculos — pelo que exatamente ele estava esperando?

Encostada na balaustrada da nossa varanda, fico esperando até a silhueta de Cass ser engolfada pela noite, para então descer os degraus correndo, precisando da adrenalina de pular do píer, da paz de nadar sozinha.

Nadar com Cass no riacho, um esbarrando no outro dentro d'água, pele com pele, os corpos deslizando, para então ele se afastar, me evitando, não foi uma coisa que me acalmasse.

Mas, meu Deus, esse lance de não conseguir pensar direito não é típico *dos homens*? Cujo corpo manda o cérebro calar a boca porque a coisa é *gostosa* demais? Ou será que esse é só mais um boato que alguém inventou? Sem pensar em quem magoaria. Ou só confundiria.

A lua está cheia, deixando a praia de Abenaki clara como dia, mas sem o barulho. Só há um único carro no estacionamento da praia, estacionado bem longe, no canto, quase escondido pelo capim-da-praia. Mas nenhuma silhueta no píer ou na plataforma flutuante.

Estou caminhando pelo píer quando escuto, um pouco mais alto do que o som das ondas, um gemido baixo ecoando no escuro. Fico paralisada, virando a cabeça para a praia, a pele toda arrepiada. Não vejo nada além dos costumeiros emaranhados de algas e pilhas de pedras.

Deve ter sido minha imaginação.

Mas em seguida vem o timbre baixo de uma voz masculina, e o tom agudo de uma feminina. Ele perguntando, a entonação mais alta no fim, ela rindo, uma risada rouca. E eu me pego sorrindo. Algum casal aproveitando o clima, o luar, a privacidade, assim como Cass e eu fizemos. Corro os olhos pela praia, finalmente vendo um casal a distância, além do banheiro público, os dois enroscados em cima de uma toalha.

A garota diz uma coisa; segue-se um riso curto, baixo. Eles estão muito longe para eu distinguir qualquer palavra, e...

Franzo os olhos para tentar identificá-los só por um segundo, até me dar conta de que isso é ridículo e voltar para o píer.

Então, uma nuvem se afasta da lua, e o carro é iluminado por um clarão prateado.

Por que diabo Spence Channing resolveu aprontar em uma praia de Seashell à meia-noite, quando sua casa é um verdadeiro motel?

Então me ocorre, nesse exato momento, que, se Cass sabia o número exato de vítimas na jacuzzi, é óbvio que ele estava naquela festa. E o que ficou fazendo enquanto o seu melhor amigo curtia "só sexo"? Servindo bebidas?

Como dois caras tão diferentes podem ser o melhor amigo um do outro?

Mais uma pergunta, bastante constrangedora, para outra hora, menos constrangedora. Mas não agora. Agora, dou uma carreira até o fim do píer, pulo bem alto e mergulho na água fria e purificadora.

Vejo a brasa do cigarro brilhando no escuro. Meu primo está sentado nos degraus da varanda, apenas uma silhueta contra a luz que vem da porta da cozinha.

Vou até ele, tiro o cigarro dos seus dedos, sem que ele proteste, e o atiro entre as conchas de mariscos, onde ele começa a se apagar.

— Pensei que você só tivesse fumado aquela vez, Nic.

— Pois é. Esses lances que a gente faz só uma vez... — Nic se endireita, estalando os dedos atrás do pescoço, e bate a porta de tela depois que entra. Sua voz atravessa a porta. — ... são danados para pegar a gente de jeito, não é, prima?

— O que é que você quer dizer com isso?

Ele estende a mão para a tigela de pipocas ao lado de Mirto, apenas para descobrir que Fabio já está abocanhando as últimas. Nosso cachorro olha para ele, lambendo a manteiga dos bigodes, e então, ao ver a expressão no rosto de Nic, se enfia de fininho atrás do sofá, esquecendo, como sempre, de esconder o rabo.

— O que é que está havendo com Somers? E com você. Tia Luce deu a entender que alguma coisa está acontecendo.

— Nic. Qual é o problema com você? Você também não me conta tudo. Por exemplo, quando é que você ia...

—Você não pode se casar — ele me interrompe.
— ... *me contar sobre o anel?*

Espera aí. Como é que é? Será que estamos falando da mesma coisa?

— Pelo amor de Deus, Cass não me pediu em casamento — brinco, não querendo assustá-lo. — Nós só estamos... — Nem sei o que nós "só" estamos. Ou se "só" ainda faz sentido em relação a nós.

— Eu não estava me referindo a Somers. Estava me referindo a mim. À Academia da Guarda Costeira.

Ele se recosta no Mirto. Eu me sento ao lado dele, costas nuas contra o tecido áspero, empurrando suas pernas para abrir espaço.

Nic esfrega o bíceps com a mão, o queixo rígido. De repente, parece muito mais velho do que um rapaz de dezoito anos.

— Hoop e eu fomos de carro até lá hoje de manhã. Demos uma volta pelo lugar. Gwen... Agora, eu quero ir para lá mais ainda. Mas... o que eu não entendia antes... é que a gente não pode ter "responsabilidades pessoais sérias". Foi isso que eles disseram.

Franzo os olhos para ele, como se ao pôr Nic em foco todo o resto fosse entrar em foco também.

— Mas quem é que não tem responsabilidades pessoais sérias? Por favor! Quer dizer então que você tem que ser órfão e desajustado?

—Você não pode ter pessoas que precise sustentar. — Nic passa as mãos pelo rosto. — É meio problemático.

Fico calada por um segundo, e então digo:

— E o problema se torna ainda pior quando você resolve comprar um anel de compromisso aos dezoito anos, primo.

Nic se vira para mim.

— Espera aí. Você sabia disso? Viv e eu combinamos de não contar pra ninguém.

— Viv não confessou? Eu sabia, sim. Não se consegue guardar um segredo por dez minutos em Seashell. Alguém viu vocês dois no shopping.

Nic suspira.

—Vee detestou o meu projeto de entrar para a Guarda Costeira desde o começo. Você sabe disso, não sabe?

Viv se esforçou ao máximo para esconder de Nic qualquer sinal de preocupação com a carreira que ele escolheu. É claro que mesmo assim ele percebeu, mas... Passo o dedo pelo canto da almofada puída do Mirto. Sem dizer nada.

— Ela quer que eu fique e... ajeite a minha vida. Aqui. Em Seashell. Para sempre.

A voz dele falha ao dizer *para sempre*.

—Você não quer isso?

Meu primo olha para mim, os olhos castanhos brilhando.

— Tenho dezoito anos. Não sei o que eu quero, porra. Vivien... é a minha âncora. Eu a amo. Sempre amei. Mas... como é que eu posso saber como vou me sentir daqui a quatro anos? Daqui a oito, depois que eu servir? Não posso. E nem tenho essa obrigação.

Como se fosse minha própria vida passando diante dos meus olhos — porque, em grande parte, é —, revejo mil momentos de Nic e Viv. Ele equilibrando Viv nos ombros, brincando de briga de galo na praia. Ela implicando com ele por dar o maior vexame ao montar uma tenda quando resolvemos acampar no quintal, e então rindo às gargalhadas quando o troço desabou em cima dos dois, parecendo um balão de náilon. Ele vestindo um terno vermelho-escuro horroroso com uma camisa de babados que pegou emprestado de Dom D'Ofrio e aparecendo nesses trajes para pegar Viv para o baile de formatura, e, depois da reação horrorizada dela, tirando um terno preto clássico do porta-malas do carro, junto com o buquê dela. Nós três deitados no píer, vendo a lua brilhando sobre o mar em cada uma de suas fases, as mãos dos dois sempre dadas acima das nossas cabeças, mesmo quando eu estava entre eles. Nic coreografou a sua primeira noite com Viv como um verdadeiro mestre da direção, chegando ao hotel mais cedo para poder espalhar pétalas de rosa na cama. Quando finalmente se deitou ao lado dela, sussurrou: "Quero que seja um momento perfeito para você." Ficou morto de vergonha quando descobriu que Viv tinha contado isso para mim, mas como ela poderia não contar?

— Mas... você sempre soube. Vocês dois estão juntos há séculos. É o que você sempre quis. Estava no seu livro "Eu Vou".

— Eu sabia que você tinha lido aquele troço — murmura Nic. — Mas é claro. Eu sempre quis. Mas não... quero só isso.

Sinto um estranho formigamento na mão, e percebo que estou imitando o gesto de Cass novamente, o punho bem fechado, as unhas fincadas na palma. Abro a mão. Respiro fundo, do jeito como a gente faz quando está prestes a dizer uma coisa importante, que vai virar o jogo. Então, percebo que não tenho nada a dizer. Nenhuma revelação importante e sábia para levar esse momento de volta ao território familiar, onde conheço todos os riscos. Nic esfrega os olhos. Parece exausto, degastado, como depois de um treino intenso em que a equipe do colégio perdeu feio.

— Então! — digo, por fim, entusiasmada, como se estivesse promovendo um produto, sugerindo uma maneira legal de passar o sábado. — Por que ficar noivo agora, Nico? Por que não conta a ela sobre as regras da Academia? Você não escolheu isso, foi uma coisa que aconteceu.

— Foi exatamente o que eu disse. Horas atrás. Você precisava só ver a cara dela. Ficou com aquela expressão de pânico, o rosto parecendo uma máscara, mas piscando como se fosse chorar, tentando agir como se estivesse tudo bem.

Balanço a cabeça. Conheço essa expressão das ocasiões em que Al fica enchendo os ouvidos dela depois de um trabalho, contando nos dedos tudo que ela fez de errado.

Nic continua, as palavras se derramando como se estivessem por trás de uma represa cujas comportas rebentaram, a água jorrando em todas as direções, alagando tudo.

— Como ela sempre faz quando nós falamos sobre o que significa eu entrar para a Academia, o tempo que vou precisar investir. Que, aliás, foi a razão de eu resolver comprar o anel. Viv... sabe exatamente o que quer. Al e a mãe dela estão planejando se aposentar daqui a uns anos. Nós vamos poder morar na casa deles. E eles vão pegar o trailer, viajar pelo país afora. A mãe dela está pesquisando isso há séculos, eles já têm até uma pasta cheia de mapas e o escambau, a coisa já está planejada nos menores detalhes. A vida deles, a nossa vida... Nós podemos dirigir o bufê. Vee não está nem mesmo a fim de ir para a faculdade. Achei que seria legal fazer uma promessa para ela não ficar com medo. Para saber que eu sempre voltaria para ela. Assim como... um bote salva-vidas. Mas agora sou eu que estou com medo. Marco e Tony estavam trabalhando com a gente na quinta, e começaram a rir... *a rir...* porque o Marco gostaria de ser piloto da aeronáutica e o Toni sempre sonhou em ser um lutador profissional e quá, quá, quá, nós três poderíamos competir. Como se o fato de eles estarem raspando cracas de iates e pintando os banheiros dos outros, em vez de fazerem o que tinham planejado, fosse a coisa mais engraçada do mundo.

Fico torcendo o cabelo na nuca, solto, torço de novo, pensando no que dizer, por onde começar.

Ele solta uma risada curta.

— Mas... eu tenho certeza absoluta de que as duas pessoas precisam querer, para que um casamento tenha uma chance mínima de dar certo — digo.

— Eu amo a Vee — repete ele. — Não consigo me imaginar amando mais ninguém... — E se cala, abaixa a cabeça, dobra os joelhos e encosta a cabeça neles. Solta um suspiro trêmulo e resmunga algo que não consigo ouvir.

— Nic?

— Mas... — diz ele, engolindo em seco, o pomo de adão subindo e descendo.

Faço uma festinha na sua nuca.

— Mas...?

— Mas antes de aquele cara da Guarda Costeira ir falar lá na escola, eu não sabia que queria isso... portanto... pode haver outras coisas parecidas no mundo, que eu ainda não conheço. — Diz a última parte depressa, as palavras atropeladas, passando a mão pelos cabelos e logo voltando a cobrir o rosto com ela, como se não quisesse olhar, não quisesse enxergar a verdade. O que há no mundo.

E nem eu quero. O silêncio se prolonga por algum tempo. Porque não quero que isso que está acontecendo seja real. Esse presente que torna todo o nosso passado tão distante, tão remoto.

Mas...

Vivien ama Nic com todo o seu enorme e puro coração.

Mas ele é meu primo.

Por isso, também respiro fundo, endireitando os ombros, e pouso a mão sobre a dele. Digo a verdade que ele precisa ouvir, e não aquela em que quero acreditar.

— "Pode haver outras coisas" não, Nic. *Há* outras coisas.

Ele olha para mim e, para meu choque, vejo lágrimas em seus olhos.

— Eu sei. Mas eu já me sinto como se estivesse sendo desonesto com ela por querer uma coisa que ela não quer.

Passo o braço pelos seus ombros, e ele seca os olhos com as costas da mão. Por um segundo, encosta a cabeça no meu ombro, buscando meu conforto como Emory faz. Está cheirando a suor, sal e areia, cheirando a família, a Seashell. A noite está parada, menos pelos sons de verão familiares, o *chuááá* da maré, o *cric-cric-cric* dos grilos, um cachorro latindo em tom de aviso na noite, muito longe. Fabio, que estava roncando debaixo do sofá, dá uma fungada, solta um pum e fica em silêncio. Nic e eu ouvimos com a maior clareza os sons de Emory e vovô dormindo. Vovô Ben: "Funga, funga, funga... silêncio... ronco." E Emory, cujos roncos se aproximam mais do clichê: "RRRR... shhh... RRRR... shhh."

— E Em? — pergunta Nic, pondo as pernas sobre as minhas, balançando o pé. — Como é que ele fica nesse problema de eu não poder ter responsabilidades pessoais?

Pois é. Emory. Papai me dizendo que, se Nic fosse embora, eu é que teria que assumir a responsabilidade de cuidar do meu irmão. E quando eu for para a faculdade... e aí? Esfrego o peito, tentando desfazer a angústia que sinto nele.

Porque... será que eu ainda posso ir para a faculdade? Será que isso significa que vou ser responsável por Em para sempre?

Bem, é claro que eu vou ser responsável por Em para sempre. Nic e eu já conversamos sobre a probabilidade de acabarmos dividindo o acompanhamento de Em pelo resto da vida, só que pensamos que isso só aconteceria muito, muito mais tarde. E provavelmente vai ser muito mais tarde, mesmo — mamãe só tem trinta e três anos. Mas...

Eu amo o meu irmão mais do que as palavras podem expressar. Mas, como meu primo, quero ir embora da ilha. Pelo menos por um tempo. Se, por algum motivo, eu acabar ficando... quero que seja por minha livre e espontânea vontade.

— Prima. — Nic toca meu rosto. — Está tudo bem. Por favor, não seja a segunda garota que eu faço chorar em três horas. Vou achar uma solução. — Ele bate com o dedo na têmpora, sorri para mim. — Eu sempre acho. E... hum... por falar em achar soluções, tem alguma coisa que você queira me contar sobre o Somers?

Um lugar muito melhor para os meus pensamentos. Toco meus lábios, sem pensar.

Nic me dá um lento olhar.

— Tudo bem. Já entendi. Não precisa entrar em detalhes. Só preciso saber de uma coisa. Ele te trata bem?

— Tem sido um perfeito cavalheiro.

— Aposto que sim — resmunga Nic. Seus ombros se remexem, como se ele estivesse se livrando de alguma imagem minha e Cass juntos.

— Quer dizer, eu... nós...

— Em linhas gerais, pelo amor de Deus. Você está feliz, Gwen?

— Estou.

— É só o que eu queria saber. Vou sair. — Ele se arrasta do Mirto, dirigindo-se ao chuveiro do quintal, e então se vira de novo. — Se isso mudar, você sabe que eu acabo com a raça dele, não sabe, prima?

Capítulo Trinta

— *Muito bem,* amigão. Chegou a hora do desafio final. Está pronto?

Eu não estou.

Em está com os dedos dos pés curvados na beira da plataforma, preparado para pular. Não está vestindo o colete salva-vidas, só um daqueles espaguetes coloridos de piscina, amarrado por baixo dos braços. Seu reflexo paira sobre a água. Como eu e Nic na noite passada, oscilando à beira do desconhecido.

Mas não sou eu, nem Nic. É Em.

Cass e eu já discutimos a sensatez dessa ideia três vezes durante a caminhada até a praia. E mais duas enquanto nadávamos até a plataforma, os braços leves de Em ao redor do pescoço de Cass, e eu atrás, com o espaguete e meus medos. Descemos o morro discutindo, puxando o carrinho, Emory totalmente tranquilo, anunciando para Escondidinho os pontos altos da paisagem durante a jornada, cabeça erguida como um político famoso em uma carreata.

Mesmo quando chegamos à praia, ainda estou argumentando que Em não está pronto para dar o salto final, não sem alguma coisa que o mantenha totalmente acima da água — e, de preferência, aprovada pela Guarda Costeira. Cass está dizendo que ele vai ter uma coisa a que se segurar, sim, mas que vai estar nas mãos do próprio Em, o seu controle, que é muito importante psicologicamente. E repete:

— Eu entendo disso. Confia em mim, Gwen.

— Não tenho certeza se o Em entende *psicologicamente*, Cass. Ele não pensa desse jeito.

Mencionar as limitações de Emory faz com que eu tenha a vaga sensação de estar traindo o meu irmão. Sempre tivemos o cuidado de não fazer isso, como se não tivéssemos o direito de falar sobre o assunto porque não era conosco — as coisas que ele não pode fazer, que nunca vai poder fazer.

— Pronto. Sssssupronto — avisa Em, sua testa franzida de concentração, posicionado na beira da plataforma. Seguro a ponta do espaguete. O que, obviamente, não vai resolver o problema. Cass arqueia uma sobrancelha para mim, afastando meus dedos com delicadeza do polietileno amarelo.

Olho para a água. Tão plana, verde e clara que dá para ver as ondulações da areia no fundo, os caranguejos correndo, a erva-marinha. Suspiro. E me afasto. Emory respira fundo, joga os cabelos para trás exatamente como Cass, observa a água com o cenho concentrado de Cass. Ele tem observado muito mais do que as braçadas do Super-Homem.

— Maré baixa. Não tem ondas — diz Cass no meu ouvido. — Se você confiar na água, ela te deixa boiar. Nós estamos aqui. Ele vai ficar bem.

Ele faz a contagem enquanto Emory respira fundo, olhos franzidos, concentrando-se na água ao máximo.

— É um pássaro. É um avião. É...

Meu irmãozinho está com o espaguete amarrado com força debaixo dos braços, as pontas viradas para os lados como duas asas, os olhos sérios, fixos no horizonte. Ele se vira e abre um sorriso para mim, um ainda maior para Cass, e então grita:

— É... Eu... Super-Homem! — E mergulha na água com um grito, como o Super-Homem mergulhando no céu.

E tudo dá certo. Ele volta à superfície um segundo depois, sacudindo a água dos cabelos.

Rindo. Estende os braços em um V de Vitória, o que faz com que afunde outra vez. Então torna a varar a superfície, ainda rindo, e começa a nadar em nossa direção.

Faço menção de me dirigir à beira da plataforma, mas Cass segura meu braço.

— Ele consegue sozinho.

E consegue mesmo. Bate as pernas daquele jeito escandaloso das crianças pequenas, jogando os braços para a escada de madeira, apoiando os pés nela e subindo. Joga o espaguete na plataforma, sem a menor timidez, confiante.

— Eu Super-Homem — repete, pronunciando o *S* à perfeição, com um sorriso radiante que mostra cada um dos seus dentes.

Em pulou e nadou de volta à plataforma aos oito anos de idade — como Nic, Viv, Cass e eu. O único marco que ele atingiu na idade certa.

Cass finalmente relaxa, a tensão que eu nem tinha notado finalmente passando, as pernas morenas cruzadas no píer e estendidas em direção à água, inclinando-se para trás sobre os cotovelos. Emory faz o mesmo, batendo com os pés, *splish, splash,* sorrindo de orelha a orelha.

Respiro fundo, como se estivesse prestes a pular na água. Mas, em vez disso, olho para o meu irmão, agora deitado na plataforma, todo reto, os braços rentes ao corpo, ainda sorrindo. Olho para Cass, que está com os olhos fechados, absorvendo a luz do sol. Ela brilha no seu cabelo e nas gotas d'água nos seus ombros. Daqui, se a gente olha para bem longe à direita, dá para ver a sombra da Pedra da Baleia, o longo capinzal que leva até a casa dos Ellington, bem na curva da ilha de Seashell, a partir de onde não dá para ver mais.

Onde a gente olha. Onde a gente pula.

A vida é mais do que mastodontes.

Capítulo Trinta e Um

—*É isso* que vem depois de *Tess*?

Desperto do sono em que caí no balanço durante a soneca da Sra. Ellington. E encontro Cass parado diante de mim, segurando um dos livros picantes dela. A capa mostra um homem usando um tapa-olho e pouco mais do que isso, segurando uma mulher com uma expressão espantada e um vestido com um decote profundo que ela está aprofundando ainda mais, sem o menor pudor. Naturalmente, os dois estão de pé em um penhasco. Com nuvens de tempestade ao fundo.

— Não tenho certeza se isso é fisicamente possível — reflete ele, franzindo os olhos para a capa.

— Que parte? Os peitos dela? — Sento e observo o livro.

— Não, eu estava pensando nisso aqui, mas agora que você chamou a minha atenção... mas enfim... onde é que está a mão dele?

— Não é essa aqui? — Aponto.

— Pensei que essa fosse a dela, hum...

— Não, essa é a dele. Tenho certeza.

Dou uma espiada na capa do livro. Quando a gente a examina de perto, vê que a mulher parece mesmo ter algumas extremidades a menos e o homem a mais.

— Levanta — ordena Cass. — Se eu puser uma das mãos aqui no seu ombro e você inclinar o corpo um pouco para trás, como ela está fazendo... mais para trás, Gwen... eu precisaria estar com a mão direita aqui nas suas costas, para você não cair daquele penhasco. Mas, em vez disso, a outra mão dele está nas tetas da mulher... então, por que ela não despenca para a morte?

— Tetas, Cass? Eca.

— Pois é. Não existem boas palavras.
— Talvez ela seja uma ginasta com um controle muscular extraordinário.
— Ela teria que estar no Cirque du Soleil para conseguir fazer isso. Está vendo, se eu tirar a mão, você...

Caio sentada no balanço, as molas dando um rangido enferrujado.

— ... fica exatamente onde eu quero.

Não sou do tipo que se esquece de onde está. Mas eu nunca tinha me deitado em um balanço oscilando suavemente numa varanda à beira-mar beijando um cara bonito. *Não pense.* Toda a minha atenção, cada pensamento, se concentra nesse instante, nos sons suaves que estamos fazendo, nos rangidos ocasionais das molas, no mundo inteiro que se transformou em música de fundo.

Até que...

— Mas o que é que está acontecendo aqui? — E Cass, aos tropeços, sai de cima de mim, caindo sentado e olhando para Henry Ellington com a mesma expressão de espanto que devo estar fazendo.

Atrás dele está Gavin Gage, a expressão tranquila, natural. O rosto de Henry, no entanto, parece uma nuvem de tempestade. Uma nuvem de tempestade apocalíptica, que vai ficando de um vermelho cada vez mais escuro. Cass fica na minha frente. Puxo a blusa para baixo. Ele começa a dizer: "Não é o que..." — mas se cala, porque é um dos clichês mais batidos do mundo, no mesmo nível de "não quis dizer nada" e "ainda podemos ser amigos".

Então, ele resolve dizer:

— A culpa foi minha.

— Onde é que está minha mãe enquanto tudo isso acontece?

Eu me levanto, ficando ao lado de Cass, e explico atropeladamente, com o rosto pegando fogo, que está tudo bem, ela está tirando sua soneca.

O que torna as coisas ainda piores.

— Se essa é a sua ideia do que é aceitável enquanto uma idosa indefesa descansa na sua própria casa, e às minhas expensas, está redondamente enganada. — E para Cass: — Quem é você, garoto?

— Hum... o faz-tudo...

— Não é mais — rebate Henry, sumário. — Nem as suas ideias questionáveis sobre acompanhamento de idosos serão necessárias de agora em diante, Guinevere.

Sua boca está reta como uma linha, e ele reto como um cabo de vassoura. Se fosse um professor naqueles romances de antigamente, estaria pegando uma régua para bater nos nossos dedos.

Começo a sentir raiva, a água em uma chaleira começando a ferver.

— Henry, acho que devemos tentar nos acalmar — intervém Gavin Gage, de repente. — Quando você e eu tínhamos a idade deles...

— Não é essa questão — rebate Henry, ríspido. — Peguem tudo que tiverem trazido consigo e vão embora. — Sua voz está mais mansa, mas não menos letal. — Vocês abusaram da minha confiança, e da confiança de uma idosa indefesa. Haverá consequências além da perda dos seus empregos, isso eu posso lhes garantir.

Fico furiosa por ele poder fazer isso. E ele pode. Com um impacto capaz de repercutir para muito além desta ilhazinha. Minha mente trabalha depressa. Relembro nossa primeira "conversa" — *itens inventariados* —, sua ameaça velada. Sua discussão à meia-voz com Gavin Gage do outro lado da porta da cozinha. O jeito como dobrou o cheque e o estendeu para mim, chapando-o em cima da bancada como se fosse um ás de espadas. E eu não posso fazer isso — não posso ficar de boca fechada, eu...

— Escuta aqui — começo a dizer. — O que faz o senhor pensar que...

Cass põe a mão no meu braço, em advertência.

Abafo uma exclamação, fico em silêncio.

Sim, eu preciso do dinheiro. Mas foi o pai de Cass quem arranjou o emprego para ele. Se ele for despedido, vai ser mais uma mancada, e dá para ver pelo jeito como ele evita meus olhos que isso já lhe ocorreu.

— Pelo amor de Deus, Henry, fale baixo! — vem a voz da Sra. Ellington pela porta da varanda. — Como se já não bastasse ter me acordado, seus gritos devem ter chegado até a casa de Ada Partridge, e você sabe que ela vai tomar providências. Seria *extremamente* constrangedor se ela ligasse para a polícia e você fosse preso por perturbar a ordem pública.

Henry nos pinta com as cores mais indecentes possíveis, oferecendo para a mãe uma explicação em que as palavras *torpes*, *depravados* e *libertinos* aparecem mais vezes do que se teria imaginado possível, desde, talvez, *A Letra Escarlate*. Santo Deus, a gente só estava se beijando.

Ao fim, em vez de uma exclamação chocada, a Sra. E. solta uma de suas gargalhadas homéricas.

— Foi por isso que você deu esse escândalo? Os pobrezinhos só estavam... obedecendo à minha ordem.

Henry, Cass e eu fixamos nela nossos olhos arregalados. Gavin Gage se senta em uma das poltronas de vime, cruzando os tornozelos, os olhos brilhando de divertimento. Só falta pegar um saco de pipocas e um refrigerante.

A Sra. E. abre mais um pouco a porta da varanda com a bengala e sai.

— Você sabe que eu adoro teatro — observa ela com serenidade. — Infelizmente, não posso mais ir assistir às peças na cidade, por causa da multidão. Sempre foi o meu maior sonho ver a minha peça favorita, *Muito barulho por nada*, encenada mais uma vez. Seu querido pai me levou para vê-la uma vez, quando estivemos em Londres. — Ela encosta a bengala nas venezianas envelhecidas da varanda, junta as mãos debaixo do queixo e inclina a cabeça, magnânima. — Ainda me lembro do meu verso favorito: "Senhora, viverei no vosso coração, morrerei no vosso regaço e serei enterrado nos vossos olhos..."

Os lábios de Cass se torcem. Ele inclina a cabeça para escondê-los.

— Não me lembro de ver os atores grudados como dois pedaços de velcro na peça — diz Henry, no tom de uma criança emburrada.

A Sra. E. agita a mão para ele, distraída.

— Shakespeare, meu querido filho. Muito licencioso. Guinevere e Cassidy hesitaram muito, mas eu lhes pedi que fossem fiéis ao texto, e que ensaiassem assiduamente.

Se a desculpa já era ridícula no começo, agora descambou oficialmente para o absurdo. Henry fica vermelho de raiva. A Sra. E. o brinda com um sorriso benevolente.

Há uma longa pausa, e então, muito a contragosto, Henry aceita a ideia de ter interpretado mal o que viu. Sua mãe aceita o pedido de desculpas, elegante. Minutos depois, Cass e eu temos nossos empregos de volta.

Cass pede licença para voltar ao trabalho, mas, quando volto à cozinha para fazer chá, ele enfia a cabeça pela janela:

— Idosa indefesa é o cacete.

Capítulo Trinta e Dois

A Sra. Ellington acaba de salvar o meu emprego — e o de Cass. Ainda assim, durante as duas horas seguintes, nós a traímos.

Os olhos de Gavin Gage não brilham de avareza, nem saltam das órbitas com cifrões como nos desenhos animados, mas enquanto manipulo as peças de prata que fazem parte do ritual de servir chá, em que agora sou quase uma profissional, noto seu frio olhar de avaliação toda vez que pego algum item.

A Sra. Ellington fala pelos cotovelos, perguntando a Gavin sobre a sua família, relembrando pequenos detalhes de sua amizade com Henry, como os dois se conheceram em Exeter, como participaram da mesma equipe de iatismo, e como certo professor de francês isso, e certo técnico de lacrosse aquilo, etc., e Gavin Gage responde com educação e simpatia, até mesmo relembrando uma viagem que eles fizeram em pequenos com o capitão até a ilha de Captiva, na Flórida.

Meu único conforto é o fato de que Henry Ellington está se sentindo ainda mais desconfortável do que eu. Ele levaria uma surra de vovô no pôquer. Fica fazendo caretas, se remexendo na cadeira, puxando o colarinho. Quando a Sra. E. tenta fazer com que ele participe da educada troca de amabilidades, ele se mostra totalmente distraído, obrigando-a a repetir a pergunta. A certa altura, ele diz abruptamente:

— Preciso de um pouco de ar fresco.

E vai para a varanda.

A Sra. E. fica vendo-o se afastar e então põe panos quentes, dizendo que é claro que o querido Henry não teve intenção de ser grosseiro, Gavin; o pobre menino trabalha tanto. Gavin lhe garante que compreende. É tudo tão distante do que acontece por baixo da superfície que chego a sentir vontade de gritar.

À tarde, empoleirado nos degraus batidos de nossa casa, vovô Ben encena o seu ritual tão metodicamente quanto a Sra. E. faz com o do chá. Esvaziar o cachimbo. Bater no pacote de tabaco. Encher o fornilho.

Contei tudo a vovô. Ou quase tudo. Não que Henry deu o maior flagra em mim e em Cass. Mas contei todo o resto, minha voz abafada soando tão alta quanto um grito aos meus ouvidos. Fico esperando que Emory, que despencou mais cedo no Mirto, embalado pela soporífera Dora, a Aventureira, dê um pulo, olhos arregalados. Mas ele continua dormindo, deixando vovô à vontade para fumar, o que ele não gosta de fazer na presença de Em, que é asmático. Vovô não diz nada por muito tempo, até seu cachimbo estar aceso e seus remelentos olhos castanhos lacrimejarem um pouco com a fumaça.

E então, finalmente:

— Nós não sabemos.

Só isso?

— Exatamente, vô. Mas... mas... é óbvio que Henry também não quer que a mãe saiba. E isso não pode ser bom.

— Há coisas que não queres que Lucia perceba. E nem todas são más.

Sinto o calor ardendo no rosto.

— Sim, mas essas coisas não são como... Essas coisas são pessoais.

— Pes-so-ais. — Vovô pronuncia as palavras lentamente, como se não se lembrasse do significado. Isso acontece de vez em quando. Mais neste ano do que no ano passado, mais no ano passado do que no retrasado.

— Pessoais. Relativas à minha pessoa — traduzo.

Vovô Ben inclina a cabeça, como se ainda não tivesse entendido, mas então põe a mão no bolso, pega a carteira de couro escuro gasto, abre e me entrega um retrato.

De vovó.

Acho que sei o que ele está fazendo.

Ainda me lembro da minha avó, emaciada e pálida perto do fim, mas nesse retrato ela está feliz e forte, rindo, os braços morenos e roliços segurando um peixão com pintas prateadas que deve ter metade da sua altura. É a avó de que eu me lembro, carinhosa e real, sempre sorrindo, não aquela toda solene, posando formalmente na parede, congelada no tempo.

Olho para o retrato apenas por um momento antes de devolvê-lo. Sei o que está dizendo sem dizer, e não quero ouvir. Não quero pensar nisso. Mas digo em voz alta mesmo assim:

— As histórias dos outros.

Ele balança a cabeça para mim, com um sorriso triste.

— Tu te lembras. Sim. As histórias dos outros... — E se cala.

Isso é o mais perto que já chegamos de conversar. Outra lembrança daquele verão distante, nove anos atrás, o ano que a família de Cass passou na ilha.

Foi um desses anos em que faz um tempo estranho na Nova Inglaterra. A estação dos furacões vai de junho até novembro, e geralmente nada acontece. Alguma coisa se forma na costa do México e se desfaz no mar muito antes de chegar por aqui. Marco e Tony acompanham a rota pelos boletins meteorológicos na tevê, recebem as ligações dos veranistas, ficam de prontidão para tapar com tábuas de compensado as janelas que dão para a praia. Nós, moradores da ilha, não nos preocupamos tanto, sabendo que nossas casas baixas são projetadas para sobreviver a tempestades, para resistir a tudo. Mas, naquele ano, Seashell estava volúvel. Imprevisível. Correntes e temporais em todas as direções. Mil relâmpagos à noite, trovões estrondosos que ecoavam por toda a ilha como um aviso sinistro, mas no final não deram em nada.

Nic e eu tivemos a ilha toda para nós aquele verão. Ele tinha sete anos, e eu oito. Marco e Tony nos contrataram para pegar siris-azuis na ponte do riacho, a fim de vendê-los, e fisgamos os bichos com alfinetes de segurança entortados, guardando-os em potes de sorvete vazios de papai, mas essa foi praticamente a nossa única atividade organizada. Às vezes embarcávamos no veleiro dos Somers e dávamos uma volta, quando estávamos a fim. Ou fazíamos batalhas de areia com Vivie na praia. Nadávamos até a plataforma flutuante, e de lá até o quebra-mar, nossos maiores objetivos. Papai ficava na Castle's vinte e quatro horas por dia, sete dias por semana... tinha estendido o horário. Mamãe estava grávida de poucos meses, agora de Em, e passava a maior parte do tempo enjoada. Mas bastava deixar para ela uma caixa de biscoitos salgados e uma pilha de livros baratos e ensebados da biblioteca ou de um bazar caseiro, e podíamos ficar fora até o entardecer.

Vovó vivia enjoada também, mas por outro motivo. Um motivo de que eu não devia estar sabendo.

— Só vai servir para preocupar a sua mãe — explicou papai para mim, categórico, olhar penetrante no espelho retrovisor depois de deixarmos vovó no médico. — Ela já está passando por um mau pedaço — disse, com o sotaque forte. O que eu sabia que queria dizer que estava preocupado.

— Tudo vai ficar bem — afirmou vovô, categórico. — Tua avozinha Glaucia passou a vida inteira a lutar com germes.

Mas estava claro que dessa vez vovó precisaria de muito mais do que detergentes. Ela piorou, e a história que se contou para mamãe foi que ela estava trabalhando até mais tarde — era por isso que não nos visitava mais tanto quanto antes e parecia um pouco mais magra. E foi então que troquei a preocupação pelo pavor.

Por isso, contei tudo a mamãe. Acho que ela começou a chorar naquele dia e passou o resto do verão chorando.

Eu nunca tinha visto vovô tão revoltado. Ele atirou uma panela no chão — logo ele, que nunca fazia coisas assim —, os olhos tão arregalados de choque como os meus quando o metal bateu nos ladrilhos, ovos e linguiças se espalhando por toda parte. E gritou comigo — mil palavras que eu nunca tinha ouvido, formando frases que não podia entender. Menos aquela, por não ser a última vez que eu a ouviria: "As histórias dos outros" — como mamãe diria depois, sempre que Nic e eu corríamos para passar adiante alguma fofoca de Seashell, alguma novidade para conversar durante o jantar. *Deixem que as histórias dos outros sejam contadas por eles mesmos.*

Vovô põe os dedos debaixo do meu queixo e o levanta. Uma, duas vezes. Mas eu não balanço a cabeça como ele quer. Não estou me sentindo muito bem. Nunca tocamos nesse assunto. Todo o assunto, minha participação nele, acabou quando ele jogou a panela no chão. Ou naquela noite, quando ele me trouxe um sorvete de casquinha, segurou meu rosto entre as mãos e pediu desculpas, dizendo: "Não falemos mais sobre isso."

— Bah! — diz ele agora, fazendo um gesto rápido no ar, como se enxotasse moscas. — Já chega. Chega de fazer essa cara triste. Toma aqui, querida. — Ele se inclina sobre os quadris, pondo a mão no bolso, tira o costumeiro maço de notas preso por um elástico... a carteira é só para retratos... puxa duas notas de cinco e me entrega. — Vai dar uma volta com o teu jovem faz-tudo. Ser feliz.

— E a Rosa da Ilha?

— Criadas no sal, no calor e no vento, rosas de ilha são muito fortes.

— Você falou igual a um horóscopo, vô. "Os nativos desse signo..."

Seus olhos piscam para mim, o mais largo dos seus sorrisos se abrindo.

— Rose é forte, Guinevere. Sem saber as outras coisas com certeza, nesta eu confiaria. Aí vem o teu namorado.

Vovô acena com o maior entusiasmo para Cass, que se aproxima com as mãos nos bolsos, como se chamasse um táxi que poderia passar direto por ele. Faz questão de convidar Cass para sentar nos degraus, inspecionando suas bolhas, e então dá um soco brincalhão no seu ombro, com uma piscadinha.

—Vai dar um passeio com esta cachopa bonita.

Enquanto nos afastamos, ele diz uma última frase às nossas costas:

— Embora elas estejam em mau estado, deixo-a em tuas mãos. — Ha, ha, ha.

O quê? Deixo-a em tuas mãos?

Ah, meu Deus. O que aconteceu com o amolador de facas?

—Tem certeza de que não fala português? — pergunto.

—Vamos ter mesmo que trabalhar nos seus cumprimentos, Gwen. "Oi, gato" seria muito melhor.

— Não vou te chamar de "gato". Nunca. Responde à minha pergunta.

— Não. Só entendi que ele parecia feliz. Ufa. Achei que ele podia ter ficado sabendo... — ele inclina a cabeça em direção à casa dos Ellington — ... da história de Henry Ellington. Eu quase te meti na maior encrenca.

Fico tão grata pelo fato de essa história agora ser minha que me viro e o puxo para mim depressa, escuto sua respiração assustada, vejo uma pequena zona no queixo que ele se esqueceu de barbear, vejo que a raiz de seus cílios é loura antes de escurecerem nas pontas.

— Esquece o que eu disse. Seus cumprimentos são ótimos. Perfeitos.

Estou quase colando os lábios aos dele quando escuto uma voz alta: "Nada de saliências por aqui!", e então percebo que estou em frente ao jardim da Velha Sra. Partridge. Onde a própria está parada, remexendo na caixa de correio, impaciente.

Tento me afastar, mas a mão de Cass envolve minha cintura, me segurando no lugar.

— Boa tarde, Sra. Partridge.

— Vamos deixar os cumprimentos de lado, José. Não quero saber de peraltices num logradouro público.

— Realmente não é o lugar mais adequado para isso — admite Cass. — Mas está fazendo uma tarde de verão tão linda. E olha só para essa menina, Sra. Partridge.

— Pois vá olhar para a menina em outro lugar — rebate ela, mal-humorada. Mas há uma pontinha de divertimento na sua voz, e ela se afasta sem nos incomodar mais.

Perplexa, fico olhando para ela enquanto se afasta.

— Como foi que você fez isso?

— Ela é apenas humana. Parece meio solitária — diz Cass. — Onde é que nós estávamos mesmo?

Na sexta, no começo da tarde, vamos dar outro passeio de veleiro, ancoramos na Angra de Seldon e agora estamos deitados, a cabeça de Cass em cima de algumas almofadas e um colete salva-vidas, a minha no seu peito, as batidas do seu coração no meu ouvido. Como a enseada é protegida por dois trechos de terra que a circundam como uma letra C, os movimentos do mar são mais suaves do que em mar aberto, como se fôssemos embalados em um berço gigante.

Fecho os olhos, vendo o sol brilhar laranja-vermelho pelas pálpebras, sinto o polegar de Cass, a pele cicatrizando mas ainda áspera, percorrer o contorno do meu braço, voltar para baixo, e então fazer o mesmo no outro braço. Começo a me contorcer, sentindo cócegas.

— Fica quieta. Estou te mapeando — diz ele no meu ouvido, passando os dedos para o contorno do meu rosto, e então pelos meus lábios, até a reentrância acima deles.

— Informação inútil — digo. — O nome disso é filtro labial.

— Informação útil — rebate Cass. — Os mapas foram inventados antes da escrita. — Agora ele está percorrendo o contorno do meu queixo. Sob a minha orelha, para baixo, voltando. Meu queixo? Um ponto por que ninguém se interessou antes. Resisto à tentação de pegar a mão dele e pousá-la em um lugar mais perigoso.

— Já ouvi falar em muitos tipos de vícios, mas a *mapomania* é uma novidade.

— Mapas são a chave para tudo — diz ele, distraído. — Tenho que encontrar a sua direção. — Pigarreia. — Ah, já ia me esquecendo. Eu conheço aquele cara, o que estava na casa da Sra. E. com o filho dela. O pai do Spence compra quadros antigos e outras coisas dele.

— Ele é mau-caráter? — pergunto. — Porque o Henry Ellington é capaz de ser.

A história inteira, o que vi, o que penso que sei, sai de um jorro.

Menos. O cheque. Queimando um buraco no meu bolso. Um clichê que eu gostaria que fosse verdade — que ele apenas pegasse fogo, que saísse flutuando como cinzas sopradas para o oceano, em vez de se esconder no bolso de sei lá que short ou calça que eu estava usando aquele dia. Porque a verdade é que eu não cheguei a jogá-lo fora.

—Você contaria? Se soubesse um segredo que poderia magoar alguém de quem você gosta?

A testa de Cass se franze. Por um segundo, seus dedos apertam mais o meu queixo.

— Ai — digo, surpresa.

— Ah, desculpe. Câimbra. Você quer dizer, se eu fosse você? Nessa situação?

— Se a Sra. E. fosse sua avó, por exemplo, e você visse o que está acontecendo.

Seus olhos se desviam de mim para o mar por um momento, como se lessem a resposta nas ondas.

— Hum. Difícil. Seria uma situação diferente da sua, uma parenta, e não alguém para quem você trabalha. "Não é o meu lugar", etcétera, etcétera.

— Opa — digo, sorrindo para ele. —Você está admitindo que *tem* um lugar. Seashell finalmente conseguiu fazer a sua cabeça, José.

— Aqui é o meu lugar. — Ele afunda a cabeça com mais força na almofada, aninhando a minha com firmeza no peito. — Bem aqui.

Como se eu fosse um destino que ele alcançou, que ele procurou. O X no mapa de um tesouro.

— Cass... isso quer dizer que... nós estamos...?

Minhas palavras saem devagar, não só por causa da preguiça da tarde, o acalanto das ondas, mas porque não faço ideia de quais usar. Estou sem saber como me expressar, o que perguntar, esperando que ele leia meus pensamentos e preencha as lacunas...

— Do que é que o Nic tem medo, Gwen?

— Hum, o Nic? Poucas coisas. Por quê?

— Porque ele está fazendo o mesmo com os treinos de natação que você fez com as aulas particulares. E eu sei, no caso dele, que não é por medo de sucumbir ao meu charme irresistível. Eu mando mil mensagens para ele, querendo marcar uma hora para nós três, ele, Spence e eu, podermos treinar logo de uma vez. Mas ele sempre me ignora. E o Spence também. Eu posso lidar com o Chan. Mas preciso de sua ajuda com o Nic.

— Isso é muito importante para o Nic. Conseguir o posto de capitão.

— É por isso que eu não entendo a atitude dele. É importante para todos nós. Nic não é o único que quer isso.

— Mas ele precisa... — Eu me calo, desconcertada com os velhos clichês. Nic precisa mais do que eles. Se ele falhar, não vai haver rede de segurança. E tem também o irmão de Cass, Bill, dizendo a Cass que ele tem que se esforçar mais, que não vai conseguir livrar a cara quando se meter numa roubada.

Sua voz sai mais ríspida, menos sonolenta.

— Por falar no que é importante, caso você não tenha percebido, *isso* é. Nós. Para mim, pelo menos. O seu primo e eu não vamos ser irmãos de sangue. Você pode não morrer de amores pelo meu melhor amigo. Tudo bem. Mas chega de reviravoltas do destino para nós dois.

Ele diz a última frase com tanta veemência, que fico um pouco espantada. Como não respondo na mesma hora, ele se senta, olhando nos meus olhos.

— O que é?

— Então nós estamos...? — *Nos conhecendo? Ficando? Juntos?* — Namorando? Não que você precise me levar para conhecer a sua família, ou...

Cass solta um gemido.

— Será que todas as garotas da ilha são doidas assim, ou fui eu que dei sorte?

Suspiro.

—Você já sabe. Cestas de piquenique.

— Gwen. Estou dizendo isso da maneira mais gentil possível. Você nunca vai ser um piquenique. E essa é uma das coisas que eu am... — Ele se interrompe, respira fundo, recomeça: — Será que não dá para a gente esquecer essa história de cesta de piquenique, como fez com as lagostas? Para o seu governo, preto no branco, nós vamos namorar como manda o figurino.

— Falou o cartógrafo.

Ele balança a cabeça, ficando de pé, e se encosta à balaustrada do veleiro para poder virar o forro de um dos bolsos ao avesso, depois o outro, e então estender as palmas das mãos.

— Sem mapas. Sabe o que isso quer dizer? Ou precisa olhar na Internet? Você é minha namorada, não minha cesta de piquenique ou qualquer outra metáfora idiota.

Diz tudo isso com firmeza, sua voz lógica.

Depois de um ou dois minutos, acrescenta:

— Quer dizer... a menos que *eu* seja a sua cesta de piquenique.

Começo a rir. Mas ele nem mesmo sorri. Parece estar esperando alguma coisa. E eu não sei o que é. Ou exatamente como dá-la a ele. Em vez disso, digo, em tom despreocupado:

— Eu penso em você mais como uma Delícia Marinha. — Vou até ele, me encosto ao seu corpo, mão com força sobre o coração, desejando que o que sinto pudesse apenas fluir entre nós desse jeito, sem se enrolar em palavras.

Na volta para casa depois do passeio de veleiro, não conversamos muito. Estou bocejando — um longo dia de sol e mar —, e ele também. Damos as mãos. A sensação é perfeita.

É só depois que já estou em casa, tomando banho no chuveiro do quintal, que me dou conta de que ele não chegou a dizer o que achava que seria a coisa certa a fazer.

Capítulo Trinta e Três

Spence e Cass estão a caminho de Sandy Claw, onde Nic já está metendo a cara nos exercícios de natação. Está fazendo aquele que trabalha a flexão no começo da braçada, em que a pessoa nada com os punhos fechados. Seus olhos também estão bem fechados, dando a ele um ar de total absorção, de máxima intensidade.

O céu está de um azul vibrante, o sol de verão no auge, reluzindo na crista das ondas, o horizonte brilhante de veleiros, escunas, barcos de todos os tamanhos à vontade no mar grande o bastante para abrigar todos eles. Enquanto observo Nic com os olhos franzidos, Viv senta ao meu lado, seus cabelos escuros soltos e desgrenhados pelo vento, ao contrário dos penteados discretos de sempre. Nossas pernas ficam penduradas lado a lado sobre a beira do píer, como nos velhos tempos.

— Ele nunca se esquece — diz ela, tocando uma pilha de seixos achatados perto da estaca. — Esse Nic...

— Ele já estava virando a cabeça para te cobrar os beijos prometidos antes mesmo de começar.

Ela dá uma olhada rápida no mar e então começa a descascar o esmalte da unha, cutucando uma das florezinhas pintadas no dedo anular.

— Você acha que Nic tem andado... bem ultimamente?

Nunca precisei bancar a Suíça, respeitando os limites e as fronteiras com Nic e Viv. Quando éramos menores, contávamos tudo um para o outro. Quando eles se tornaram um casal, as histórias passaram a ser contadas várias vezes, de Nic para mim, de mim para Viv, mas era sempre a mesma história. Agora...

Nunca achei que teria que quebrar a cabeça para escolher qual das verdades contar. Nunca pensei que "as histórias dos outros" se aplicariam a nós três. Nós *somos* as histórias um do outro.

— Tenso — respondo finalmente. — Com você também? Achei que ele devia estar se comportando de um jeito estranho comigo por causa do... bom, por causa do meu namoro com o Cass. Ele falou sobre isso com você?

Ela dá de ombros, mordendo os lábios. Reconheço a expressão no seu rosto: dividida entre lealdades.

— Ele fica bancando o machão com o Cass, dando uns olhares do tipo "não encosta um dedo na minha prima"... — digo, me interrompendo para que ela fale.

— É. — Viv suspira. — Ele anda esbanjando testosterona.

Espero que ela faça uma piada dizendo que não se importa com *isso*, mas ela pergunta:

— Você não acha que ele está... tomando alguma coisa, acha?

— Tomando... você se refere a drogas? Tipo esteroides? Ah, não. Você conhece o Nic, ele nunca...

Eu sei que não é isso. Mas... O mau humor de Nic, seu azedume, sua obsessão com levantamento de pesos, a tensão com papai... Não. Ele não faria isso.

Vivien não olha para mim, seus olhos fixos no mar, em Nic. Ele agora se virou e está nadando de costas, sua forma tão perfeita que chega a ser quase mecânica, como o Super-Homem mergulhador de corda dando voltas e mais voltas nos banhos de Em.

— Ele nunca faria isso — repito. — Você sabe disso, não sabe? Você conhece Nic. Melhor do que ninguém.

Puxo a mão dela, fazendo com que volte a olhar para mim. Então me dou conta de que é como se eu estivesse pedindo a ela para me tranquilizar, quando eu é que deveria tranquilizá-la. Passo o braço pelos seus ombros, dando uma sacudida nela.

— Nico não toma nem aspirina.

Ela pegou um dos seixos e agora o estuda, virando-o de um lado para outro. Laranja-escuro, alisado por incontáveis ondas, marcado por buracos. Um tijolo. Provavelmente dos degraus de uma das casas de Sandy Claw, que os donos tiveram o desaviso de construir na praia, há muito levados para o mar por algum furacão já esquecido.

— Tem razão. Argh. Não liga para mim. Al foi contratado para atender a um megaevento político e passou o dia inteiro me atazanando. Liguei mil vezes para o Nic para conversar, e sempre caía na caixa postal. Achei que ele devia estar... sei lá. Fazendo a mesma coisa comigo que faz com o seu pai. Mike ligou várias vezes para o Nico outro dia quando ele estava me ajudando a embalar as coisas para uma mariscada, e ele só olhava o celular, mas não atendia. Estou sendo paranoica.

— Pois é, o papai... — Balanço a cabeça. —Vocês dois conversam sobre isso?

Os lindos olhos verdes de Viv ficam tristes.

— Não muito.

Enrosco o dedo mindinho com o dela.

— Pelo menos, nós estamos *bem*. Certo?

Ela enrosca o seu mindinho com o meu, dá um puxão, ainda olhando para o mar.

— Certo...

—Viv. Olha pra mim.

Ela se vira imediatamente, dando uma versão razoável do seu sorriso alegre.

— Nós estamos às mil maravilhas.

Pego um dos seixos, fico girando-o sem parar na palma da mão. Os pontinhos de mica brilham ao sol. Eu o inclino e atiro ao mar.

Uma vez, duas vezes... Ele quica sete vezes, tocando a água de leve, quicando, avançando depressa, longe, longe, longe, o mais longe que já joguei um seixo.

Viv me cutuca com o ombro magro e bronzeado.

— Agora é *você* quem vai distribuir beijos? Vamos lá, amiga. Quero ver o quanto você aprendeu com Cass Somers.

Reviro os olhos.

— Já parou para pensar que talvez *ele* é que esteja aprendendo comigo?

Alguém pigarreia, e — que maravilha — nos deparamos com Cass e Spence. Cass está com uma expressão neutra, e Spence com um rosto igualmente intraduzível. Como foi que eles chegaram tão perto de nós no píer sem ouvirmos? Nic sobe a escada, saindo do mar, espalhando mil gotas enquanto sacode a cabeça como Fabio depois do banho.

Spence: Começou antes para levar vantagem, Cruz? Ouvi dizer que você é especialista em fazer isso. Que está *depilando* seu tempo. Mas, enfim, se isso funciona para você...

Nic (sem alterar o tom): Só estou me dedicando mais.

Cass (neutro): Quantos tiros você já deu?

Nic (dá de ombros, como se estivesse tão em forma que isso não importasse): poucos.

Cass: Dá mais alguns, então. (Olhando para Spence) O que você acha, Chan, crawl normal? Ou de um braço só?

Spence: De um braço só, já que o Cruz tem esse problema de cair na água antes do tempo... vai acabar mergulhando em vez de ir para frente, e isso vai aumentar o arrasto e atrasar a equipe inteira.

É impressionante como eles conseguem transformar exercícios técnicos em insultos.

— Garotos — resmunga Vivien para mim, alto o bastante para os três ouvirem. — Sorte a nossa não sermos homens, Gwen.

— Pelo menos dois de nós três concordamos com você, Vivien — diz a voz de Spence, imperturbável, e então pisca para ela.

Viv olha para o rosto um tanto irritado de Nic, faz um gesto enxotando-o para a água, e então bate as mãos.

— Vamos logo com isso, rapazes. Acho que *todos* vocês precisam esfriar a cabeça.

— Esperem aí — diz Cass para os outros dois. Ele me puxa pela mão até o canto do píer, onde os outros não podem nos ouvir, e se inclina para o meu ouvido. — Vamos declarar o nosso placar de "quem ensina *versus* quem aprende" empatado. Você pode me desbancar em outras áreas.

— Aparando cercas vivas? — pergunto.

— Essa não seria a minha primeira escolha.

— Vem logo, Don Juan — diz Spence de longe. — Vivien tem razão. Todos nós precisamos relaxar na água.

— Fale por si — resmunga Nic.

— Eu preciso, Cruz — diz ele, sem entonação. — Sempre.

Viv se levanta, e eu corro até ela na mesma hora. Pelo menos, ainda podemos ler os pensamentos uma da outra. Ela pousa a mão nas costas de Nic, para confortá-lo, e eu na de Spence. Cass se aproxima de nós, e então Viv e eu empurramos os três para dentro d'água ao mesmo tempo. Caio na risada. Mas Viv começa a girar os braços, perto demais da beira, olhos bem abertos. Ela me segura — eu tento me afastar —, mas acabamos despencando num nó de braços e pernas, e então ficamos os cinco bracejando e cuspindo água do mar, e é quase impossível dizer de quem é um corpo escorregadio até ver a cara sorridente da pessoa.

Capítulo Trinta e Quatro

— Está uma tarde bonita demais para voltarmos para casa — diz Avis King, determinada. — Proponho que tenhamos nossa sessão de leitura na praia e não em uma varanda tediosa.

Um coro de concordância das senhoras, embora "tediosa" seja a última coisa de que se possa chamar a varanda dos Ellington.

— Eu, pessoalmente, sou a favor de ser rebelde e não tirar a minha soneca hoje. Sinceramente, Henry está se tornando mais chato do que uma velha. Ele me ligou ontem à noite só para lembrar que eu precisava descansar de uma às três. Não gosto de ser pressionada — diz a Sra. Ellington, aborrecida.

Mas, como não trouxemos nenhum livro para a praia, sou despachada de volta para casa, a fim de buscar *Os Segredos Sensuais de Lady Sylvia*.

Quando chego lá, não fico nem um pouco surpresa ao ver o carro de Henry estacionado na entrada.

Quando empurro a porta de tela, sinto uma onda de exaustão, e então quase fúria. *As histórias dos outros*, repito para mim mesma.

Bato a porta e grito: "Olá!" Foi assim que aprendi a fazer barulho ao chegar quando Nic e Viv podiam estar a sós lá em casa. *Olá. Estou aqui. Uma testemunha. Não me deixem pegar vocês em flagrante.*

Assustado, Henry Ellington dá as costas à pia da cozinha, onde está tomando um copo d'água. Não parece nada bem. Sua pele está pálida, quase branca, e um brilho de suor cobre a sua testa.

Espalhadas por toda a mesa da cozinha estão as tigelas de prata, todas as peças complicadas do jogo de chá, xicrinhas com asas, iniciais gravadas e ursinhos de prata empoleirados. Durante o verão, tornaram-se mais do que objetos para polir e lavar. Conheço as suas histórias. A peneira de açúcar de confeiteiro que o pai da Sra. Ellington usou, "no dia de folga do cozinheiro", para polvilhar as rabanadas, a única coisa que sabia fazer para a Sra. E. e seus irmãos. Os cinzeiros que ela e o capitão compraram em um famoso mercado de prata londrino. "Eram tão lindos. Nenhum de nós fumava, mas olha só para eles." As tesouras de uvas. "Ganhamos cinco dessas como presentes de casamento, querida Gwen. Eu me diverti pensando que toda aquela gente tão bem-comportada que dançou na nossa recepção imaginava a mim e a Henry dando uvas na boca um do outro, como deuses gregos libertinos."

Muitos momentos da Sra. E. estão expostos nessa mesa, como os peixes prateados no gelo da Peixaria Fillerman's. Fico pensando se Henry sequer conhece essas histórias. E se conhece... como pode ter coragem de vendê-las?

— Guinevere! Onde está minha mãe? — Suas sobrancelhas se emendam. Ele se endireita, parecendo ficar mais alto. — Imaginei que ela estivesse dormindo, mas não havia nem sinal dela, nem de você.

— Ela está na praia de Abenaki, com as outras senhoras — respondo, sem alterar a voz. De repente, me sinto ainda mais cansada. Poderia sentar na cadeira envernizada em azul, encostar a cabeça nos braços e dormir. Só que antes teria que empurrar a prataria para o lado.

— Você deixou minha mãe de quase noventa anos de idade na praia, aos cuidados de um bando de octogenárias. Isso lhe pareceu uma decisão responsável?

Ele me espia por sobre os óculos de leitura, literalmente me olhando de cima.

É só no instante em que enfio a mão no bolso da saia jeans e escuto o barulhinho de papel que me lembro do que é. Nos últimos tempos, papai tem levado um monte de roupas sujas extras para lavar. Essa era a minha única saia limpa. Não pensei duas vezes quando a vesti hoje de manhã.

Tiro o cheque que Henry Ellington me deu, escondendo-o às costas.

Eu o aceitei, no dia em que ele o ofereceu. Não preciso abri-lo de novo para ver a quantia, escrita numa letra firme com uma esferográfica azul. Não o depositei. Mas também não o rasguei. Não cheguei a jogá-lo fora.

— Tem uma resposta para mim, Guinevere? — pergunta ele.

Na noite passada, finalmente perguntei a mamãe por que ela me deu o nome de Guinevere, uma mulher que ninguém admira. Estávamos tomando sorvete na varanda, passando a colher de uma para a outra, quase por cima das nossas cabeças, para evitar os saltos otimistas e meio desdentados de Fabio.

— Você acha mesmo, Gwen? Eu sempre gostei dela. Não era nenhum bibelô, nenhuma fresca, feito aquela Elaine. Não era indefesa, pedindo a alguém que a salvasse. Sabia que amava os dois, o Honrado e o Heroico, Artur e Lancelote. Sempre achei que ela era a estrela da sua própria história. Pelo menos, ela sabia o que estava realmente acontecendo.

O que, naturalmente, eu sei.

Portanto, tenho uma resposta, sim.

Aliso o cheque sobre a mesa da cozinha. Ao lado das facas de peixe. Dos cinzeiros de prata. De todas as histórias. Henry Ellington olha para ele, seu rosto sem deixar transparecer nada.

No dia em que papai me deu aqueles conselhos, dizendo que a Sra. E. "era podre de rica e estava ficando gagá", não pensei que se aplicassem a mim, muito menos desse modo.

Respiro fundo.

— Sr. Ellington — digo. — O senhor me disse que ia me dar isto porque eu merecia um "presentinho". Não acho que o senhor tenha sido sincero. Não acho que admire a minha ética profissional. Não acho que goste de mim ou valorize o meu trabalho. Acho, isso sim, que o senhor espera o meu silêncio.

Seu rosto se contrai por um momento, as rugas nas faces, os olhos, tudo se enrugando, se paralisando. Então ele estende a mão, a palma para frente, como se minhas palavras fossem o trânsito que ele interrompe.

— Acho que você não compreende a minha posição, Guinevere. Estou protegendo a minha mãe. Uma idosa indefesa.

Idosa indefesa é o cacete.

— Sr. Ellington. — Fecho os olhos. Torno a respirar fundo. Abro os olhos. — Será que ela realmente precisa... da sua... — levanto os dedos, formando aspas no ar — ..."proteção"?

O rosto de Henry fica escarlate.

— É o meu dever — responde ele. — A minha mãe é... idosa. Não está em pleno gozo das suas... — Dá uma rápida olhada na janela, como que se certificando de que não será ouvido, embora levante a voz. — Que diabo, por que estou explicando isso para *você*? Mamãe está envelhecendo, os tempos mudaram, e ela não quer se adaptar à realidade. Quando ela se for, sou eu que vou ter que lidar com toda essa propriedade, com todas as promessas que ela fez, com todas as suas dívidas de honra que já não importam mais. Com as suas doações especiais para escolas que ela frequentou há setenta anos, para pessoas como Beth McHenry, que fez uma faxina na casa, isso mesmo, *fez uma faxina na casa*, lavou privadas e trocou lençóis, enquanto eu trabalhava feito um condenado para sustentar esta casa de veraneio — ele diz "casa de veraneio" como se fosse um expletivo —, um lugar que raramente tenho chance de visitar, um estilo de vida que chegou ao fim. Faz-tudo, enfermeiras noturnas, empregadas, cozinheiras e arrumadeiras, toda essa trupe caríssima de fim de verão que ela sempre tem. As finanças dela, *todas* as nossas finanças, sofreram um golpe violento. Mas experimente dizer isso para a minha mãe! Ela nunca teve que controlar um contracheque na vida.

Ele vai até o bar, entorna uma bebida cor de âmbar em um copo, vai para a geladeira pegar gelo. Em vez de se dar ao trabalho de quebrá-lo em pedaços com o seu martelinho, ele apenas o atira com força na pia, e então pega as lascas e as joga no copo, inclina-o e bebe.

— Todo esse... drama... a aborreceria — murmura ele.

Não a aborreça. O refrão de papai em relação a vovó naquele verão.

— Não posso contar a ela — repete Henry Ellington.

Não pode. Não quer. Ou tem medo?

Sei tudo sobre os três.

— O senhor... já tentou? — As palavras parecem ficar presas na minha garganta, tão difícil é dizê-las. Só um emprego. Não é meu lugar. Mas...

Ele não responde. Dá outro gole.

Segue-se um longo silêncio.

Ele fica me olhando por sobre a borda do copo. E eu fico olhando para o cheque. Coloco meu dedo em cima dele, deliberadamente, empurrando-o pela mesa como se passasse um guardanapo para ele, apenas fazendo o meu trabalho.

— Estou despedida, Sr. Ellington? Porque, se não estiver, é melhor eu voltar para a praia.

A Sra. E. sobreviveu à minha negligência. Ela e as outras senhoras estão muito satisfeitas da vida, escarrapachadas em suas cadeiras de praia, apreciando Cass, que passa o ancinho na areia, olhos colados nele sem a menor cerimônia.

Estão sentadas em círculo, toalhas em volta dos ombros, cortes Chanel grisalhos, cabelos brancos com permanente, tranças longas enroladas em coques, estilos que saíram de moda há gerações.

— Se eu tivesse menos trinta anos... — diz Avis King, balançando a cabeça, aprovadora, enquanto Cass joga algas marinhas no capinzal alto.

A Sra. McCloudona lança um olhar para a amiga.

— Tudo bem, quarenta — concede Avis King. — Esse é o seu namorado, Gwen? Ele é adorável.

Adorável é uma palavra que tem um jeito fofo de gatinho, sem garras, sem presas — não se parece nem um pouco com Cass e esses sentimentos. Ele olha para mim, percebe que o estou encarando, abre um sorriso cúmplice e continua trabalhando.

— A-do-rá-vel. — A Sra. Cole suspira. — Ai, meu Deus do céu.

— Ouvi dizer que vai haver uma reunião na praia hoje à noite — diz Avis King. — Não é bom saber que ainda se fazem essas coisas? Lembram-se das nossas? Ah, aquele Ben Cruz. Com aqueles ombros maravilhosos. Sempre tão bem bronzeado. Com aqueles shorts.

Opa, perturbador. Acho que ela acabou de se referir ao meu avô como o faz-tudo gostoso.

— Era ele quem trazia as lagostas. Quem é que trazia o pão daquela padaria portuguesa na cidade? Pão doce e pão francês? Dez bisnagas cada um. Nós as assávamos no espeto, depois passávamos na manteiga.

— Glaucia — diz Beth McHenry. — Ela foi a primeira de nós a conseguir a licença. Lembram? Costumava ir de um lado para outro da cidade naquela caminhonete cinza, trazia batatas, linguiças e malassadas do restaurante do Pedrinho para a ilha.

A Sra. Cole concorda.

— Eu sempre fui louca pelos suspiros de lá.

— Lembra quando o capitão trouxe a rede de vôlei da quadra e nós a decoramos com aqueles piscas-piscas de Natal?

— O Dia do Trabalho... — diz a Sra. E. — A última festa do verão. Decidimos nos vestir de branco, justamente porque naquele tempo era proibido fazer isso depois desse dia. Foi a nossa última farra. A nossa grande rebelião.

— Os rapazes estavam de paletó branco. Os que tinham um — relembra a Sra. McCloudona. — Artur tinha vários, então emprestou para o Ben, o Mathias e outros que precisaram. E sapatos marrons também. Mas muitos foram descalços. Pareceu uma coisa tão rebelde.

— Nós jogamos vôlei de saia comprida — diz Avis King. — Dei uma surra homérica no Malcolm. Ele se declarou horas depois, à noite.

— Era mais fácil naquela época? — pergunta a Sra. Ellington. — Acredito que sim. Nossas rebeliões eram muito menores. Nossas perguntas eram muito mais fáceis de responder. Tudo tinha as suas regras. *Posso visitá-la quando voltar de sua viagem à Europa?* Foi assim que eu soube que o capitão gostava de mim. Não acredito que seja possível perceber esse tipo de sutileza em mensagens de texto.

Elas debatem sobre o assunto, entusiasmadas. Se a festa do Dia do Trabalho deveria ser um daqueles rituais da ilha que permanecem. Ou se o seu tempo já passou.

— Nós podíamos voltar a dar essas festas — sugere a Sra. Cole. — Somos o comitê de lazer da administração agora. Nenhuma regra diz que não podemos. Bem, pelo menos nenhuma como as que tínhamos.

A distância, conheço essas regras também, por causa dos filmes — sapatos brancos e blazers, a proibição de usar branco depois do Dia do Trabalho, combinar essa roupa com aquela, sair com essa moça, não com aquela. Agendas sociais rigorosamente controladas, quando todas essas coisas pareciam ser importantes...

Mas ainda temos regras. Não tanto em relação ao que vestir, mas em relação ao modo como agimos e ao que fazemos.

Outros costumes, rituais, regras. Novas coisas importantes, tácitas.

Será que Henry vai dizer alguma coisa para a mãe? E o principal... será que eu vou?

Capítulo Trinta e Cinco

Luau na praia agora à noite.

Enquanto Cass e eu descemos o morro de carro, vejo faíscas estalando e subindo, piscando e morrendo no céu poente de verão. Dom D'Ofrio é sempre generoso demais com o fluido de isqueiro: a torre de chamas tem quase três metros de altura.

— Parece uma fogueira para se oferecerem sacrifícios aos druidas, não tostar marshmallows — diz Cass enquanto nos aproximamos da praia, o sol roxo-laranja deslizando sobre o mar verde-escuro.

Para minha surpresa, quando Cass foi me buscar, Spence estava esparramado no banco traseiro do velho BMW, de cara amarrada.

— Ele teve um dia ruim. Achei que isso podia animá-lo um pouco. Você se importa? — sussurrou Cass.

— Oi, Castle — diz Spence, uma versão apática de sua personalidade sempre arrogante. — O Sundance já invadiu a sua fortaleza hoje?

— Não seja idiota — responde Cass, sem se alterar.

— É a minha especialidade — rebate Spence, e então enfia a cabeça pela janela, observando a cena.

O luau está muito mais lotado do que no começo do verão. Os filhos dos veranistas o descobriram e estão transitando por ali, principalmente em turmas, mas às vezes se aventurando até outros grupos, sentando-se, sacando as possibilidades. Pam e Shaunee estacionaram perto de Audrey Partridge, a bisneta da Velha Sra. Partridge. Manny está acendendo o isqueiro para Sophie Tucker, a prima loura e bonita da casa que os Robinson alugaram. Alguém trouxe um grill, e agora Dom também está sendo generoso com o fluido de isqueiro nos briquetes de carvão.

Cass põe o carro numa vaga onde a areia é relativamente baixa. Descemos.

Viv está parada perto da água, braços em volta do peito, o rabo de cavalo se agitando ao vento, olhando para as ilhas distantes. O céu está tão claro que a gente chega a ter a sensação de que poderia tocá-lo. Viv não se vira, por isso não me vê. Manny chega ao seu lado, dá uma cotovelada no ombro dela e lhe entrega um copo plástico vermelho com uma dessas bebidas genéricas do tipo "porre instantâneo". Depois volta para a praia, vê a gente, inclina um pouco a cabeça ao notar o braço que Cass passou pelo meu ombro.

— Camisa bonita — murmura ao passar por mim.

É uma das camisas sociais de Cass, largona e amarrada na cintura, deixando aparecer um dedo de barriga acima da calça jeans com a bainha dobrada. Não é um visual que eu teria experimentado antes.

Se não me falha a memória, foi Manny quem deu as boas-vindas a Cass quando ele veio para a ilha, por causa do seu status de faz-tudo. E agora não pode fazer o mesmo por mim?

Vou até o cooler e pego uma cerveja, embora não goste muito. Nenhum sinal de Nic ou Hoop.

— Quem é o baixinho gorducho, Sundance?

— Manny. É um cara legal. Relaxa, Spence. — Cass segura minha mão e diz, num aparte: — Não deixe que ele te perturbe. Hoje ele está com a cachorra.

— Vocês dois ficam uma gracinha juntos — diz Spence de repente, parecendo estranhamente sincero. — Por mais nauseante que isso seja.

Pergunto por mímica labial:

— Ele está bêbado?

Cass nega com a cabeça.

— Não é isso.

— Estou com pena de mim mesmo, Castle. Vai, Cass, me dá um fora. Volta para a Hodges.

— Não faço esse gênero — diz Cass com firmeza. Convencendo Spence? Ou a si mesmo? — Esquece isso por hoje. Vamos relaxar.

Durante um tempo, o relaxamento funciona muito bem. Pam pôs a música no máximo volume, uma boa mistura de velhos sucessos e hits do momento. É uma noite quente, o céu está cheio de um brilho dourado que contorna a beira das nuvens e raios de luz rosada que se inclinam em direção ao mar. O carvão se aquece, o cheiro gostoso de queimado ardendo nas nossas narinas.

Cass e eu estamos colocando ketchup e mostarda nos nossos cachorros-quentes quando vejo Nic parado na trilha que vem do estacionamento até a praia, olhando fixamente para nós, os punhos enfiados nos bolsos. Hoop está atrás dele, uma sombra baixinha, malvestida e zangada.

Nic está com o rosto pálido e uma expressão furiosa, seus traços petrificados, ferozes, como se estivesse vendo um pesadelo se realizar.

— Opa, problemas à vista — Spence diz a Cass, espremendo o tubo de mostarda com tanta força no cachorro-quente que a areia fica toda manchada de amarelo.

— Não piore as coisas — diz Cass, empurrando um guardanapo para Spence.

Mas, na mesma hora, as coisas ficam piores.

Começa quando Nic bate palmas bem devagar, daquele jeito debochado que irrita todo mundo.

— Bom trabalho, amigos. Descolaram os postos de capitão e de cocapitão. Como é mesmo que chamam isso? Complô? Bom complô.

Cass não diz nada, prestando atenção no seu cachorro-quente. Spence também fica quieto.

Nic se aproxima, o queixo empinado.

— Bom complô — repete.

— Você não entende, cara — é tudo que Cass diz.

— Não? — pergunta Nic.

— Não. Isso não é uma questão de preferência — começa Cass. Nesse momento, Vivie vem até nós. Cass dá uma olhada nela, e se volta para Nic. — Nesses últimos meses, aliás, durante todo o ano passado, você foi a estrela dos treinos de natação, Nicolas Cruz. Não houve trabalho de equipe. Você parece não saber o que isso significa. Se merecesse ser capitão ou cocapitão, entraria na fila atrás de nós, em vez de agir dessa forma.

— O cacete — diz Nic. — Todos nós sabemos que existe uma porra de uma questão de *ego* numa *equipe*, sim. Ninguém nada para que *o outro* apareça. Todo mundo está pensando em *si*. Por isso, vou dizer com todas as letras: *eu* preciso disso, Somers. Você, não. Channing? Nem pensar.

— Agora você quer que a gente sinta pena de você? — pergunta Spence.

— *Eu* sinto. O Sundance também. Porque essa picuinha, essa palhaçada de "nós contra eles" e a sua atitude sacana é que te empatam, Cruz. Nada mais, nada menos.

— *Você*, dando uma lição de moral para *mim*? — grita Nic. — Me dizendo para eu me contentar com o que tenho? Essa é boa. É você quem tem sempre que ficar com *tudo*.

Viv está com a mão sobre a boca. Spence avança, ombros retos. Cass segura seu braço.

Dom, Pam, Shaunee e Manny se afastam da fogueira, vindo até nós, sua atenção despertada. Hooper assume mais ou menos a mesma postura atrás de Nic que Cass assumiu atrás de Spence, menos pela mão no braço. A dele está levantada, apaziguadora. Ou apenas sem saber o que está acontecendo.

— Seja honesto consigo. Pelo menos isso. Eu não tirei nada de você que você merecesse ter — diz Spence calmamente. Cass o puxa um pouco para trás.

— Para de falar, Spence — diz.

Em vez disso, Spence dá mais um passo à frente, soltando-se de Cass.

— Você não merece nenhuma dessas coisas — repete para Nic. — Nenhuma. Principalmente ela.

O punho de Nic se estende tão depressa que mal dá para ver, e a cabeça de Spence se inclina para a esquerda. Ele cambaleia para trás por um segundo. Ficamos só olhando enquanto ele balança — uma cena surrealista em câmera lenta. Nic avança, os olhos em chamas. Pronto para dar outro soco nele. Cass fica entre os dois, isolando Nic com o antebraço no seu peito, enquanto segura o braço de Spence com força, puxando-o para trás.

Vivien passa por mim. Tento segurá-la — não quero que ela fique na frente de Nic. Ele parece estar totalmente fora de si. Mas, em vez de correr até ele, Viv começa a enxugar o sangue que escorre do nariz de Spence com uma das mãos, a outra pousada atrás da sua cabeça.

Nic fica olhando para os dois, piscando, como se tivesse acabado de acordar, e então se solta do braço de Cass, voltando para o estacionamento.

— Estou bem, não se preocupe comigo — Spence acalma Vivien.

Spence está acalmando *Vivien*?

— Você está machucado — diz ela, sua voz falhando.

— Não é nada sério — responde Spence. E sorri para Viv de um jeito que nunca vi Spence sorrir para ninguém. — Não. Ah, Viv. Não chora. Por favor. Você sabe que isso me mata.

Hoop e eu olhamos para eles, boquiabertos, como quase todo mundo também está.

— Pois é — diz Nic. — Isso é... é... Ah, foda-se. — Ele se vira, esfregando os olhos com a lateral das mãos, e começa a se afastar.

— Puta que pariu — murmura Hoop.

— Vai atrás dele, Gwen — pede Vivien, ainda enxugando o sangue de Spence. Ela está chorando. Por Nic? Por Spence? Não saber por qual dos dois me faz fumegar de raiva.

— Eu? Mas e você? E você, Spence? O que *foi* isso? Não bastava roubar o posto de capitão dele, você tinha que roubar a namorada também?

— A coisa não é bem assim, Gwen — diz Cass. Spence apenas continua olhando para o chão.

— A coisa? Tem *uma coisa*? E você sabia? Quando é que ia me contar? Algum dia? O que foi feito daquela promessa de nunca mentir para mim?

Ele arrepia os cabelos com a mão, a mesma expressão daquela noite depois do Ford Bronco.

Culpa.

Viv ainda está chorando. Spence ainda está secando o sangue que escorre do seu nariz com as costas da mão. Hoop resmunga: "Não bebi cerveja o bastante para lidar com isso." Pam, Manny e o resto do pessoal da ilha apenas continuam ao nosso redor, sem saber o que fazer, murmurando.

E eu não consigo frear a minha língua.

— E aí, o que foi que vocês dois fizeram para descolar esse jabá?

— O que nós *fizemos*? — pergunta Cass em voz baixa e furiosa. — Nós nadamos. Eu mereço isso. E o Spence também. Não tem nada a ver com dinheiro. Tem a ver com trabalho de equipe. E você também sabe disso. Talvez um dia o Nic tenha sido capaz de trabalhar em equipe. Mas não é mais. Não sei por que, mas você *sabe* que é verdade. Ele é um trapaceiro.

— Legal, Cass. Você tirou isso dele. E agora tira a integridade também? Que elegante.

— Eu não tirei nada, Gwen.

Então eu me afasto, me afasto de tudo isso, de tudo, de todos.

— Não tirei nada — repete ele, dando as costas.

Caminho em passos trôpegos até o estacionamento. Mas não há mais nem sinal de Nic.

"*Come fly, come fly, come fly with me*", canta Frank Sinatra alto, com sua sedutora e vibrante voz de tenor. Emory balança o corpo no ritmo, fazendo sua versão de dedos estalados, que consiste em bater com as pontas dos indicadores nos polegares. Mas está balançando a cabeça, como faz quando se sente feliz. Vovô Ben prepara o jantar, sacudindo os quadris magros de velho no ritmo da música. Abaixo um pouco o volume da exuberância de Frank, mas ainda sou obrigada a gritar quando pergunto se ele viu Nic.

Vovô Ben dá de ombros.

— Ele não voltou para casa? — insisto. — Aonde diabos ele foi? Cadê mamãe?

Vovô Ben solta um muxoxo.

— Olha o linguajar, Guinevere. Ele não estava aqui quando voltei da feira. E a tua mãe saiu com um pretendente.

Com um *o quê*?

Nic resolveu tomar um chá de sumiço. Viv está consolando Spence. Cass sabia. E eu dei um fora nele, mesmo quando eu... eu... e mamãe saiu com um *pretendente. De quem é essa vida???*

Vovô torna a dar de ombros, apontando para o bilhete escrito no quadro de recados que fica na porta da geladeira: "*Papai. Fui dar uma volta pela ilha com um amigo. Se vir Nic, fale com ele.*"

— Se vir Nic, prende ele aqui — peço. — Vou procurar por ele.

Pego as chaves de mamãe, desço as escadas e já estou dando marcha a ré no Ford Bronco antes de me perguntar como vovô pôde traduzir "um amigo" para "um pretendente".

Capítulo Trinta e Seis

Eles caminham lado a lado. Não estão de mãos dadas, nem nada. Mas só o fato de estarem andando assim já é alarmante. Mamãe com qualquer homem que não esteja na capa de um livro é um choque. Freio a caminhonete bruscamente.

— Mãe! Técnico Reilly? Onde é que está Nic? Vocês o viram?

Mamãe franze a testa, preocupada. O rosto do técnico Reilly fica ainda mais vermelho do que já é, como se isso fosse possível. Ele está fora do seu habitat, sem apito, usando uma parca amarela e largona que tem um ar ainda mais triste e muito menos oficial do que o agasalho da escola.

— Estávamos esperando que ele estivesse com você. Ele ia àquele luau — diz mamãe. — Não quis falar comigo. Estava pra lá de chateado.

Pra lá de. Expressão típica de papai.

— Eu que o diga — respondo, irritada, tentando não cravar um olhar duro no técnico Reilly. Que só está fazendo o seu trabalho e não tem qualquer responsabilidade por esse rolo.

— Olha, Gwen — diz o técnico, em tom cansado, mas resoluto. — Estamos a *um passo* de vencer o campeonato estadual este ano. Precisamos de capitães que não tenham nada a provar. Isso é fundamental. Nic é um bom menino... mas, hoje em dia, não sabe mais ser membro de uma equipe.

— Eu devia ter insistido para que ele falasse comigo — diz mamãe. — Tentei ligar para ele depois que saiu, mas ficava caindo na droga da caixa postal. Ele nunca recarrega o celular. — Ela tira o seu da bolsa, digita um número, balança a cabeça. — A porcaria da caixa postal de novo. — Os vincos em sua testa se aprofundam. — Fala com a Vivien — diz. — Ela deve saber onde ele está.

. . .

Ele não está em Abenaki. Estreito os olhos ao máximo, olhando para longe do nosso píer, mas não há nada no mar além de um bando de gaivotas e um único caiaque ao longe. A ponte perto da Floresta Verde está quieta e deserta. Ali parada, sinto uma pontada de tristeza. Esse píer, que costumava ser o nosso cantinho, meu e de Nic, com anos de boas lembranças, agora parece pertencer a mim e a Cass. Esse pensamento faz com que eu me sinta estranhamente desleal. Como posso não ter notado o que estava acontecendo com Viv? Estou totalmente desnorteada, do jeito como a gente fica quando passa de um barco balançando para a terra firme, sem saber como se equilibrar.

Volto no Ford Bronco para Sandy Claw, mas os troncos da fogueira agora são apenas brasas e cinzas, e não há mais ninguém por lá. Ninguém em Plover Point, nem mesmo as batuíras, que criaram seus ovinhos e bateram as asas. Paro diante da casa de Hoop e o encontro sentado nos degraus, fumando.

— Ele não está aqui?

— Não. — Hoop joga o cigarro no chão, esmagando-o com o calcanhar do chinelo. — Eu estava esperando que você estivesse com ele quando vi o Ford Bronco. Também não responde às minhas mensagens. Não sei onde ele está, mas sei que está a pé, porque nós fomos para a praia na minha caminhonete. Quer uma cerveja?

Nego com a cabeça, pedindo a ele para me mandar uma mensagem se Nic aparecer. Ele concorda, acendendo outro cigarro e abrindo mais uma cerveja. Enquanto me afasto, vejo-o pelo espelho retrovisor, a camisa amarrotada, os ombros caídos. Será que ainda vai estar sentado nesses mesmos degraus, fazendo as mesmas coisas, daqui a vinte anos?

De repente, resolvo ir para a Castle's.

São dez e meia, uma noite de pouco movimento, quase na hora de fechar. Todos os outros empregados já foram para casa há muito tempo. Só papai ainda está lá, jogando água no grill, raspando os últimos resíduos de gordura e cebola, envolvendo os potes de sorvete em plástico-filme antes de tampá-los, para não ficarem ressecados no freezer. Fatiando cebolas e pimentões para os bolinhos de batata de amanhã, a faca brilhando tão depressa que mal dá para ver. Conheço todas essas tarefas como a palma da minha mão. Fiz todas elas. Papai está concentrado, em nenhum momento levanta os olhos e vê que estou ali, observando-o.

É o último lugar para onde Nic viria.

Nem eu mesma sei por que vim. Talvez por um impulso do tipo "Resolve isso, pai?". Quase posso ouvir Cass dizendo: "*Você fica furiosa quando eu te ajudo.*" Engulo o nó na garganta.

E pensar que estávamos indo tão bem.

Volto para Seashell, chegando aos portões no instante em que o BMW de Cass passa roncando na direção contrária pela Avenida Atlântica, um pouco depressa demais por cima do quebra-molas.

Diminuímos a marcha ao mesmo tempo, nossos faróis iluminando tufos de grama avulsos nos gramados retos e bem tratados em cada lado da rua, seu brilho transformando o verde em cinza e branco.

A porta direita se abre e Viv desce do carro de Cass, vindo até mim.

—Vai me ouvir? — pergunta ela.

—Vai me ajudar a encontrar Nic? — rebato.

Ela passa pela frente do Ford Bronco, abre a porta e entra.

Fico esperando que Cass vá logo embora, mas ele não faz isso, deixando o BMW em ponto morto no meio-fio, esperando... pelo quê? Que eu desça e vá falar com ele? Mas o que eu posso dizer?

Fico onde estou e, depois de alguns segundos, ele segue adiante e nos deixa no silêncio da noite.

— Não tive a menor intenção —Viv vai logo dizendo, como se tivesse quebrado um prato sem querer.

Diminuo a marcha e paro diante da única placa de "Pare" de Seashell. Estaciono o Ford Bronco, porque não há ninguém atrás de nós. Ninguém tem pressa a essa hora da noite. Aliás, a hora alguma, nessa ilha. É uma das promessas que deveriam estar na placa que nos separa da ponte. *Todo o tempo do mundo.*

Só que essa é uma promessa que ninguém pode fazer.

Para sempre.

—Você ficou com o Spence por acidente? — pergunto, para logo me irritar com a aspereza de minha voz. Se há alguém que possa entender isso, deveria ser eu. Mas Viv não devia ter "linhas de quebra". Pelo menos, não desse tipo. E se tinha... por que não me contou?

Ela inclina a cabeça no encosto do banco, olhos fechados.

— O que eu posso te dizer, Gwen? Estou chateada por você ter ficado sabendo. Estou aliviada pelo mesmo motivo. Quero pedir mil desculpas... e dizer que elas bastam. Mas não bastam. Eu magoei o Nic. Magoei você.

Se não cheguei a mentir para você, por outro lado também não contei a verdade, mesmo quando nós combinamos não esconder nada uma da outra. O feitiço virou contra a feiticeira. Porque, para ser franca, na minha cabeça eu te julguei, e julguei algumas das suas decisões. Em relação ao Alex, em relação àquele ridículo do Jim, no primeiro ano. Argh. Em relação ao Cass, da primeira vez. Em relação ao Spence... Eu fingia não ser, mas era... a dona da verdade. Não podia entender o que você tinha na cabeça, por isso você devia estar errada. Acho que você sabia disso. Você tem que ter notado. Acho que foi por isso que a gente não conseguiu conversar direito esse verão. Porque de repente, eu entendi. E... não queria entender! Eu queria o Nic. Só. Sempre. Até que... de repente, não queria mais. E não sabia o que fazer com isso.

Será que no fundo, no fundo eu sabia? Talvez. Essa sensação estranha que tive o verão inteiro... e achei que fosse porque as coisas tinham mudado — agora eu estava sobrando, não éramos mais um trio. Mas talvez no fundo eu soubesse que nós *realmente* não éramos mais um trio.

Encosto a testa no volante.

— Mas logo o Spence, Viv? Por que ele, com tantos outros caras? — Viro o rosto para ela, afastando o cabelo dos olhos. — Você fez isso... para magoar o Nic? É isso que a sua relação com o Spence significa? — Quando pergunto, sinto uma incômoda ponta de pena do Spence, uma arma útil na guerra de outra pessoa. De novo.

— Não. Não mesmo. — Ela fica vermelha. — Mas poxa, Gwen... eu achava que o Nic e eu estávamos... nisso juntos. E de repente ele vem com esse papo de que... bom... daqui a oito anos, nós vamos... Oito anos! E o que é que eu vou ficar fazendo, enquanto ele embarca em mil e uma aventuras, conhecendo garotas que... sei lá... pendurado em cordas de reboque com os dentes? Será que faz sentido esperar que ele continue impressionado com a garota que enche os copos d'água dos outros? Claro que não. Eu... não posso competir. E nem quero. Qual é o problema em querer ficar aqui? Se o que eu quero é um pouco menos grandioso, menos nobre, do que o que ele quer... isso faz de mim um lixo? Essa é a questão. Eu não me sinto um lixo com o Spence. Ele... eu... o Al foi contratado para trabalhar no Clube N&T meses atrás... e de repente era como se toda vez que ele fosse fazer alguma coisa lá nós esbarrássemos no Spence, porque, embora o pai dele seja o dono, ele é meio... desligado. No começo, eu falava com ele só sobre trabalho. Mas depois... ele não é quem eu pensei que fosse. Não mesmo.

Estou começando a me perguntar quem é. Mas, para ser justa, tenho que considerar as seis ou sei lá quantas garotas na banheira versus a lealdade inabalável de Cass e aqueles lampejos de consciência que eu mesma vi.

— Eu comecei... a gostar muito dele... e foi por isso que quis o anel. Achei que me faria parar de pensar no Spence e me concentrar no Nicky.

—Você sabe que isso foi uma tremenda sacanagem, não sabe?

Ela levanta as mãos, defensiva.

—Você não é a única que tem o direito de ser cega e burra, Gwen.

— Ora, bem-vinda ao meu mundo! — Solto uma risada, mesmo sem vontade. Mas, então, eu me endireito e olho para ela, minha amiga de uma vida inteira, com os piercings no alto da orelha que Nic detestava, mas nunca lhe disse porque ela estava a fim de fazer, e eu sofro tanto pelo meu primo... pelo que ele tinha, pelo que perdeu... que tenho que apertar os braços cruzados sobre o estômago para conter a dor. — Viv? Você algum dia chegou a amar o Nic? — pergunto, e logo me arrependo. Não sei se quero ouvir a resposta.

— Eu sempre vou amar o Nic — ela responde tão depressa que sei que é verdade. — Ele foi o meu primeiro... tudo. Eu nunca pensei... nunca planejei... que ele fosse ser outra coisa que não o meu *único* tudo. Mas nesses últimos meses, principalmente nessas últimas semanas... as coisas mudaram. Ele... não é o mesmo.

— Talvez seja só porque ele anda muito tenso — digo. — Talvez... — Mas me calo. Viv põe a mão sobre a minha, que segura o volante com força, e a aperta. Talvez eu tenha me calado porque não sei o que dizer. Ou talvez porque finalmente entendi que às vezes nós nos apegamos a uma coisa... uma pessoa, um ressentimento, um arrependimento, uma ideia de quem somos... porque não sabemos o que buscar em seguida. Que o que fizemos antes é o que temos que fazer de novo. Que só há recomeços e segundas chances. Mas talvez... eu tenha juízo demais para isso.

Não conseguimos encontrar Nic em parte alguma. Damos mais uma volta pela ilha, procurando por ele nos mesmos lugares, mas em vão. Mandamos mensagens, ligamos para ele. Nada. As pálpebras de Viv começam a pesar, e, enquanto dirijo pela ponte mais uma vez, ela pega no sono, rosto encostado na porta, por isso manobro a caminhonete com cuidado para a casa dos Almeida, acordo-a com uma sacudida e ajudo-a a entrar em casa. Felizmente,

Al e a mãe dela saíram, por isso só tenho que levá-la até o quarto, tirar seus sapatos e cobri-la com o fofo edredom verde que ela tem desde que éramos pequenas.

Ele só pode estar no riacho. Deve ter dado uma volta pela floresta antes, e agora está lá. É claro que é para lá que ele iria. Um lugar perigoso, mas conhecido. Paro o Ford Bronco, desço tão depressa que nem fecho a porta, corro até a ponte, olhando para a água escura que corre. Mas é uma noite nublada e o luar não é forte o bastante para se ver nada, por isso levo a caminhonete um pouco mais à frente, acendo os faróis e corro de volta.

As luzes formam sombras agressivas. É maré alta. Fico parada no lugar de onde sempre pulamos, observando a água, mas não há nada no contorno escuro da Pedra da Foca, nem na margem do riacho que vai se alargando gradualmente à medida que desemboca no mar.

Quando Nic e eu éramos pequenos, muitas pessoas que não nos conheciam perguntavam se éramos gêmeos, embora eu fosse mais morena e tivesse cabelos mais escuros do que ele. Agora daria tudo para que fôssemos mesmo gêmeos, e tivéssemos aquele tipo de vínculo de que se ouve falar. Gostaria de poder procurá-lo mentalmente e saber — apenas sentir — onde ele está. Mas, quando penso... não sinto nada além de medo.

Mamãe e vovô Ben saltam do Mirto quando entro, olhando para trás de mim, os rostos ficando decepcionados quando veem que estou sozinha. Emory está acordado, abraçando Escondidinho, os olhos arregalados e fixos na tevê, embora nem esteja ligada.

— Nada de pânico — diz vovô em tom decidido para mamãe, apesar do fato de estar remexendo no armário da cozinha onde guarda o cachimbo, tirando-o e enchendo-o com movimentos rápidos, desajeitados, totalmente diferentes dos seus.

— Eu não devia ter saído com o Patrick. — Mamãe torce as mãos, nervosa. — Só ficamos conversando sobre o Nico, mas, mesmo assim, eu devia saber. Você precisava ter visto a cara do Nico quando o técnico disse a ele. Foi como se o seu último sonho tivesse morrido.

Às vezes, as frases melodramáticas que ela tira dos seus livros não são nada felizes.

— Mas não morreu, não — rebato, irritada. — Aos dezoito anos, ele tem tempo de sobra para sonhar. Ainda tem a Academia da Guarda Costeira.

Mas não Viv.

Coisa que mamãe e vovô nem devem estar sabendo. Não vou contar a eles, porque a enxurrada de medo na minha cabeça corre alta e escura como as águas do riacho. Eles também não precisam estar lá, espiando as sombras, com medo de ver o que estão procurando.

Sento nos degraus, olhando para os dois lados da rua, esperando ver o vulto de ombros largos aparecer do nada, iluminado pela luz laranja da lâmpada da varanda. Mas não há nada além da rua escura, as ondas distantes, os vultos das casas, a sede da manutenção se erguendo um pouco mais alto do que as anteriores

Cinco casas adiante.

A sede da manutenção fica cinco casas adiante. A uns cem, duzentos metros? Eu poderia caminhar até lá. Mas não posso. Porque meu primeiro impulso foi dizer a Cass que ele tinha ferrado totalmente o nosso namoro. Finalmente tivemos aquela conversa sobre o que estávamos fazendo juntos. E como fazer isso direito. Será que tudo acabou? Agora que ele escondeu uma coisa de mim, e eu o deixei sem uma palavra, ou com todas as palavras erradas, ficando do lado do meu primo sem pensar duas vezes?

Deixo a porta de tela bater quando finalmente entro em casa.

— Alguma coisa? —Viv me manda uma mensagem às cinco horas da manhã seguinte.

— Nicky, Nic, Nic?! — pergunta Em, empurrando as cobertas da cama do primo, como se tivesse certeza de que vai encontrá-lo lá.

Vovô Ben come seu grapefruit com cereais de testa franzida. Em vez de folhear o jornal enquanto come, assinalando as vendas de bazar, ele se concentra na comida, de vez em quando lançando um olhar em direção à porta de tela.

Tento ligar para o celular de Nic uma vez atrás da outra. Sempre cai na caixa postal. *Ele nunca se lembra de recarregar aquele troço*, repito para mim mesma, uma vez atrás da outra. Está no bolso dele, descarregado. Não em algum lugar debaixo d'água, algum lugar fundo onde Nic mergulhou, algum lugar de onde ele não voltou para a superfície.

Mamãe nem pergunta. Ela me dá um breve olhar quando sai do quarto, e então, com os ombros caídos, coloca seus produtos de limpeza dentro do balde e o arrasta pelos degraus em direção ao Ford Bronco.

De repente, ela se vira.

— Você já não devia estar vestida para ir à casa dos Ellington?

— Mãe, eu não posso ir hoje.

Seu rosto manso fica o mais severo possível.

— Não te criei para deixar as pessoas na mão. Abandonar uma senhora que conta com você está fora de cogitação. Vai trabalhar, Gwen. É isso que nós fazemos quando não sabemos o que fazer.

Assim sendo, eu vou.

Passo a manhã inteira preocupada, dando espiadas na janela da sala, olhando para a casa dos Tucker do outro lado da rua, esperando ver a caminhonete de Hoop, Nic saltando dela, coberto de tinta, reclamando, ressentido, triste ou zangado... mas vivo.

Ou o vislumbre de uma camisa cor-de-rosa. Ou o brilho de uma cabeça loura.

Mas Cass, que estava em toda parte no começo do verão, e principalmente nos meus dias e noites mais recentes, não está em lugar algum. Meus dedos pairam meia dúzia de vezes sobre os botões do celular, quase digitando o seu número. Finalmente, a Sra. E. estende a mão, exatamente como uma das professoras na escola, e confisca o celular, dizendo em tom seco e prático:

— Você vai recebê-lo de volta no fim do dia. Concordamos desde o começo que você não seria como uma dessas adolescentes que passam o tempo todo mandando mensagens, e estou apenas cobrando o combinado. Agora, gostaria de tomar um chá quente, portanto, prepare um bule, por favor. Você também parece estar precisando de uma xícara.

Sigo o ritual, o espremedor de limão, a colher de prata com a parte côncava lavrada em feitio de concha... mas a cremeira e o açucareiro de prata não estão em parte alguma. Que maravilha. Por algum motivo, desde o momento em que vi Henry e Gavin Gage fazendo... seja lá o que estivessem fazendo, eu soube que a pessoa que estaria aqui no dia em que algum dos bens "inventariados" desaparecesse seria eu.

A Sra. E. bate com o dedo no queixo, a testa franzida.

— Alguns dias atrás, tive a ideia de oferecer um chá para a minha querida Beth. Sei que Joy os guardou no armário depois, porque ela se queixou de ter que fazer isso. Sinceramente, como aquela mulher é antipática! Acho que devia dizer a Henry para arranjar outra enfermeira.

Abro a boca para falar, torno a fechá-la, torno a abri-la.

— Você está parecendo um bacalhau, Guinevere, e está muito distraída hoje. Seu namorado devia estar aparando os buxos, mas não vi nem sinal dele. Há algo que precise conversar comigo? Eu fui jovem mil anos atrás, mas ainda me lembro. Às vezes, até melhor do que me lembro do que aconteceu ontem, para dizer a verdade. — Ela puxa uma das cadeiras pintadas de azul-safira da cozinha, fazendo um gesto para que eu me sente, e então segura uma de minhas mãos com a sua, macia e enrugada.

— Será que todo mundo guarda segredos e mente o tempo todo? — pergunto, por fim, minha voz alta na cozinha silenciosa. — É assim que funciona?

Ela pisca, seus cílios cinzentos se agitando, surpresos.

— Lembra que a senhora me disse que não havia segredos em Seashell? Pois bem, não há outra coisa *além de* segredos em Seashell. Por toda parte. Parece que nesse lugar amplo, aberto... ninguém tem cercas, quase não há nenhuma árvore, as pessoas deixam as janelas abertas, algumas nem trancam as portas. Mas... não importa. São mil e uma paredes, e... ninguém sabe tudo que uma pessoa está fazendo, ou sabem e não contam, ou contam para as pessoas erradas. Eu só queria... ir embora daqui para algum lugar. Algum lugar totalmente diferente.

— Minha querida menina, perdoe a minha franqueza, mas você terá muita dificuldade para encontrar um lugar desses fora das páginas de um livro. E mesmo neles, do que as histórias são feitas, se não de segredos? Lady Sylvia, por exemplo. Se ela tivesse simplesmente dito a Sir Reginald que era ela a camareira misteriosa com quem ele tinha vivido aquela noite de paixão, o livro só teria vinte páginas.

Não quero pensar em Lady Sylvia e nos seus segredos sensuais. Eu sei o que é verdade.

A Sra. E. examina o meu rosto.

— Nunca pensei que a veria de cara amarrada, Guinevere. Você não parecia fazer esse tipo. — Ela pega a xícara de porcelana, dá um gole no chá sem creme e sem açúcar, faz uma careta. — Imagino que o meu dever nesse momento seja dar uma mostra daquela sabedoria que supostamente se adquire com a idade. — Torna a bater no queixo com o dedo. — Isso é difícil, porque sinto saber menos e ter muito menos certeza de tudo aos quase noventa anos do que na minha juventude. Chá é horrível sem açúcar, Gwen. Pegue um pouco na lata, por favor, não precisa pôr no açucareiro de prata.

— Não tem problema, Sra. Ellington. A senhora não precisa me dar conselhos.

— E que tal isso, minha querida? É o melhor que tenho a oferecer. Sim, é extremamente difícil para duas pessoas serem francas uma com a outra. Sentimos medo, ficamos constrangidos... queremos que os outros tenham uma boa opinião de nós. Fui casada com o capitão por cinco anos antes de ele me confessar que nunca tinha comandado um navio. Que, na verdade, os navios o deixavam mareado. Eu achava que ele devia ter tido uma má experiência na guerra e que era por isso que não queria saber de passeios ou viagens marítimas. Mas ele nunca tinha estado na Marinha... bem, estou digredindo. Talvez, querida Gwen, você pudesse, em vez de ver uma mentira como uma forma de traição, pensar no quanto é raro e maravilhoso quando dois seres humanos conseguem dizer a verdade um ao outro. — Dá tapinhas na minha mão, me brindando com o seu sorriso mais radiante, e então diz: — Mas não fique com essa cara amarrada. O vento pode mudar e o seu rosto pode ficar assim para sempre.

— Sra. E., o seu filho está vendendo as suas coisas. Aquele amigo dele... olhou toda a sua prataria, quadros e poltronas, e eu ouvi os dois dizendo...

Calo a boca.

Espero que o rosto dela se enfureça — com Henry, ou, mais provavelmente, comigo, a espiã portadora de más notícias. Aquela que diz as coisas que ninguém quer saber.

Mas, em vez disso, ela começa a rir com vontade, dando mais tapinhas na minha mão, e me deixando totalmente confusa.

— Sim, querida — diz, por fim, quase secando as lágrimas dos olhos.

— A senhora sabia?

— Sim, Henry e eu tivemos uma conversa ontem. Mas mesmo antes disso... não sou nenhuma boba, minha querida. Gavin Gage é um velho amigo de Henry, mas era muito improvável que aparecesse por aqui para fazer uma visita social. Todo mundo em Seashell, se não em todo o estado de Connecticut, sabe que Gavin é a pessoa indicada quando se quer trocar discretamente uma relíquia inútil por uma quantia útil.

— Mas... mas... ele estava sempre se esgueirando pelos cantos, fazendo questão de saber se a senhora estava dormindo, sempre preocupado se notaria a falta de alguma coisa...

— Como fico grata por não ser homem! — diz a Sra. Ellington. — Nós, mulheres, somos orgulhosas, mas os homens, francamente! Sim, Henry e eu tivemos uma longa discussão ontem quando pedi a ele para me mostrar os livros de contabilidade, para saber se podia dar uma lembrancinha a você, que tem sido tão prestativa comigo. Nunca vi tanta hesitação na vida, e por fim ele foi obrigado a confessar que tinha feito uns investimentos desastrosos e que agora nós estamos, como metade das famílias de Seashell, ricos em termos de patrimônio e pobres em termos de finanças. Como se eu preferisse vê-lo trabalhando até ter um ataque do coração a vender o anel horroroso que foi da minha sogra.

Ela bebe o resto do chá, e então diz, em tom animado:

— A temperatura caiu hoje. Está frio demais para ir à praia. Minhas amigas certamente vão querer saber mais sobre os segredos de Lady Sylvia. Será que você poderia preparar o molho de Ben para elas? Ele mandou Marco me trazer uma lagosta muito bem cozida ontem.

Já faz vinte e quatro horas que Nic desapareceu, e já começa a anoitecer. Tony e Marco nem ligaram para saber dele. Manny deve ter dito alguma coisa. Mamãe foi fazer faxina naquele prédio de escritórios do Centro. Porque hoje é quinta, e é isso que ela faz às quintas. Vovô vai para o seu bingo. Viv vai trabalhar no bufê dos Almeida em um jantar pré-nupcial. Emory teve uma sessão com o fonoaudiólogo e outra de terapia ocupacional, está cansado e quer ver *A Maior Aventura do Ursinho Puff*. Por isso, estou aqui sentada com o meu irmãozinho, olhando para a tela da tevê sem prestar atenção, lembrando que Nic e eu sempre tentávamos entender por que Puff usa uma camiseta, mas não uma calça. Quero Nic. Quero Cass. Quero as coisas que pensei que fossem seguras. Quero a coisa que pensei, finalmente acreditando, que seria real. Rebobinar. Recomeçar.

— Escondidinho te ama — sussurra Emory, se aconchegando ao meu lado e enfiando o caranguejo-eremita debaixo do meu braço.

Estou chorando em cima de um crustáceo de pelúcia.

Acho que é isso que chamam de "o fundo do poço".

— Mas o que é que Emory está fazendo acordado a essa hora? — pergunta papai. Acordo, assustada. Mirto solta um gemido. Papai arrasta seu saco de roupa suja e o atira no canto de sempre.

Perdi totalmente a noção da hora. Está escuro. Emory está sentado ao meu lado, os olhos imensos, ainda assistindo ao vídeo do ursinho Puff. Será que dormi por minutos? Por horas?

O relógio digital marca onze e vinte. Nic agora está desaparecido há mais de vinte e quatro horas. Já podemos informar à polícia, não é? Ou será que tem que ser quarenta e oito horas? Só o fato de pensar nisso faz o meu estômago doer.

Mamãe e vovô estão sentados à mesa, distribuindo cartas. Buraco? Ora, façam-me o favor. Começamos a falar ao mesmo tempo, inclusive Em, que se levanta, vai até papai e passa os braços pela sua cintura, chorando: "Niiiiicky!"

Papai faz uma festinha distraída nos cabelos dele, olhando para mamãe.

— Luce, não comece a dar um dos seus faniquitos. Gwen, pensei que você fosse mais esperta. Ben, ele está bem. Acalmem-se, todos vocês. Ele está na minha casa. Vai voltar amanhã. — Sotaque forte. Papai não está tão tranquilo quanto parece.

Nossas vozes ainda se confundem, perguntando se Nic está bem, contando a papai o quanto estávamos preocupados, toda a história do posto de capitão e "por que não ligou para nos contar, Mike?". A pergunta é feita por minha mãe, numa voz tão alta que Emory diz: "Trata o papai com carinho."

— Está tudo bem, Emmie — diz papai. — Eu estou sabendo do posto de capitão e da garota. Ele apareceu ontem na Castle's em péssimo estado, mas eu estava com um ônibus inteiro de turistas tomando sorvete, por isso o mandei para a minha casa, disse que se recompusesse e enfrentasse a situação como um homem.

— E como exatamente um homem deve enfrentar a descoberta de que a garota que ele amou a vida inteira está gostando de outro cara, pai?

Os queixos de mamãe e vovô despencam.

— Não faz drama, colega. Onde é que está aquela maturidade que eu admiro? — pergunta papai, mas então abre um sorriso totalmente inesperado que lhe dá um ar de garotão, o rapaz de dezoito anos por quem mamãe se apaixonou. — Como um homem enfrenta tudo. Tomando uma cerveja, vendo uns jogos na tevê, sentindo pena de si mesmo. Só por uma noite. Ele estava fazendo as três coisas quando saí de casa. Ele vai ficar bem. Pelo amor de Deus, que gente para gostar de um drama!

• • •

Seguro a manga de papai quando ele está entrando na caminhonete para lhe agradecer, sim, mas também para perguntar por que deixou que nos preocupássemos por tanto tempo. Papai não é do tipo que usa celular, mas... será que teria dado tanto trabalho assim avisar a gente que tudo ficaria bem?

— Não se preocupe com o garoto, Gwen. Ele está meio abalado no momento, mas vai ficar bem. Às vezes a pessoa precisa curtir um pouco de liberdade. Eu disse a ele que se não parasse de esquentar a cabeça, ia acabar ficando igual a mim. — Ele abre outro sorriso de garotão. — Isso deve ter dado um baita susto nele.

Papai olha para mim.

— Você parece estar precisando dar uma volta, colega. Talvez de um refúgio também. — Ele se cala, os olhos ainda franzidos. Então se inclina, abre a porta do carona e meneia a cabeça, me chamando.

Entro na caminhonete.

Ele dá marcha a ré, cantando os pneus, e avança. O portão elétrico de Seashell está programado para se levantar quando o veículo se aproxima. Mas papai sempre dirige direto. Todas as vezes, fico achando que ele vai enfiar a caminhonete no portão e derrubá-lo, mas ele se levanta bem a tempo.

Adoro saber que estamos protegidos no colo de mamãe e vovô. Mas às vezes — como agora — a porra-louquice de papai também é um alívio. Como pular de uma ponte. Um pico de adrenalina.

Ligo o CD-player. No Ford Bronco, tem sempre uma música light, como Emory gosta: Elmo, canções da Disney, Vila Sésamo, Raffi. As músicas românticas e empolgantes de vovô, do passado.

Com papai, quando não é algum blá-blá-blá de rádio, pode ter certeza de que são os rosnados ferozes dos Rolling Stones, ou os gritos frustrados de Bruce Springsteen.

— *Tramps like us, baby we were born to run...*

— Pai. Tem uma coisa que eu preciso te contar sobre os Ellington — começo. — E não é boa.

Ele abaixa a música só um pouco.

— Ai, ai, ai, você e Nic, em matéria de desastres... são os maiores produtores do mundo. Que é que foi agora, Guinevere?

Explico o caso de Henry Ellington.

Papai vai ficando cada vez mais irritado. Mas não comigo, graças a Deus.

— Ele disse que estava contando o quê? Os garfos de lagostas?

— Mas foi isso que você me mandou fazer, pai. Ficar de olho nas oportunidades. Foi isso que você disse. "Minha chance." Mas eu não aproveitei essa chance. Nunca faria isso. Não poderia. Você queria que eu aproveitasse? Sinceramente?

Ele para no meio-fio, a meio caminho da ponte. Passa as mãos pelos cabelos. Olha em mil direções, menos para mim.

— Colega — diz, por fim. — Eu tinha dezoito anos quando a sua mãe teve você. Nós chegamos ao hospital e ela estava gritando, chorando, morta de dor, sangrando, e... eu só queria fugir. Aquilo parecia estar a um milhão de quilômetros de como tinha começado, a curtição na praia, uma fogueira, uma garota bonita... enfim. Mas... eles entregaram um bebê pra gente... você, com os seus olhos sérios. Essa ruguinha de preocupação que você fazia entre as sobrancelhas, como se já soubesse que nós não éramos grande coisa, e era... como... se nós tivéssemos a obrigação de saber o que fazer nessa situação. Como resolver tudo. E aqui que nós sabíamos. Luce sabia fazer faxinas. Eu sabia fazer frituras. Gulia já era um desastre... calmantes, bebida, namorados idiotas. Nós sabíamos o que vinha pela frente, e era Nic. Mais uma criança. E nós éramos a única chance dele. Não havia outra saída. Então, como você já sabe, nós aceitamos a situação. E criamos Nic. Você. Emory, com todos os seus... enfim. Só quero que as coisas sejam mais fáceis para vocês. Um pouco mais fáceis, pelo menos. Talvez eu tenha escolhido a maneira errada de te dizer isso. Só não queria que a sua vida fosse como a minha. Porque a minha... bom... só quero alguma coisa melhor para você. Só isso.

Papai torna a dar a partida na caminhonete, dirigindo até sua casa de palafitas.

Ele respira fundo.

Pausa.

Torna a respirar fundo.

Estou esperando que me dê uma de suas grandes lições de vida.

— Colega.

— Pai...?

— Nic está aqui. E você está aqui. Não tente fazer o garoto vomitar as tripas. Está na hora de conversar, é claro, mas devagar se vai ao longe.

Nic está esparramado diante da tevê, o controle remoto na mão estendida. Papai joga um cobertor em cima dele, curto demais para as suas pernas compridas, e puxa a cama do sofá para mim. Mando uma mensagem para mamãe e vovô e outra para Viv antes de pegar no sono às duas da manhã. Vovô não quer saber de ter celular, e mamãe sempre apaga as suas mensagens quando tenta acessá-las. Mas Viv vai receber a dela.

Alguém está sacudindo o meu ombro, e não é com delicadeza.

Sento depressa na cama, batendo a cabeça no queixo de Nic. Gritamos de dor.

Em seguida: "Vem, prima", diz ele, a voz rouca de sono.

Saio do sofá, arrastando a colcha comigo, seguindo-o pela porta até as pranchas largas que vão da casa sobre o pântano salgado até a terra seca. Nic se senta pesadamente, usando uma cueca desbotada do time de beisebol de papai, os pés pendurados na beira da pinguela, o dedão do pé remexendo a água, fazendo ondas. Ele está horrível. Olheiras negras, olhos um pouco injetados, cabelo desgrenhado. Está usando um dos pijamas de flanela xadrez de papai, apertado demais nos seus ombros largos, a frente esticada entre os botões. Franzo o nariz. Cerveja e suor. Eca.

Ele pigarreia.

— Quer dar um pulo no píer?

— Eu quero é dar um soco em você! Te procurei em tudo quanto é canto, Nic. Pensei... Todos nós pensamos que você tinha se afogado no riacho!

— Sério? Eu nunca faria isso, Gwen.

— Nic...

— Aqui não — decreta. — Vem.

Ele já tinha deixado a caminhonete de papai na frente da casa, o motor ronronando. É tão atípico de Nic premeditar as coisas. Mas tudo está mudado.

Sento do lado do carona com o estofamento rasgado, que papai remendou mal e porcamente com fita adesiva. Nic ajusta o espelho retrovisor, fecha o cinto de segurança e reclina o banco para trás, fazendo mil checagens de segurança como se estivesse prestes a decolar num avião, não num Chevy detonado.

Silêncio durante o percurso até a ponte. Nic não diminui a velocidade ao chegar ao quebra-molas da Avenida Atlântica, e a caminhonete dá um tranco violento quando passa por cima dele. Dirigindo como papai. Ele para bruscamente, levantando uma nuvem de areia, e então se vira para mim.

—Você sabia? — pergunta, exatamente ao mesmo tempo em que disparo a mesma pergunta.

— Sobre Vivie? — pressiono, já que Nic se cala. — Não fazia a menor ideia. Eu teria...

Não sei o que eu teria feito.

Descemos da caminhonete, caminhamos até a praia, a areia tão fria e úmida que chego a estar tremendo. Cass teria pegado um agasalho para mim, ou me oferecido o dele. Nesse curto espaço de tempo, eu já me acostumei tanto a esses pequenos gestos atenciosos, essas pequenas cortesias, que a sua ausência provoca a estranha sensação de uma presença.

À beira do riacho, Nic se senta pesadamente. Sento ao seu lado. Ele se vira de lado, põe a mão no bolso, tira um seixo plano, equilibrando-o nas costas da mão como se o pesasse, observando-o como se nunca tivesse visto nada igual.

Estendo a mão, pensando em tomá-lo dele, atirá-lo no turbilhão das águas, não para quicar na superfície, só para me livrar dele, apagar as lembranças que Nic deve estar folheando, imaginando que sinais ele terá deixado passar... como o que ele pensou ser verdade acabou não tendo absolutamente nada a ver com ela.

Mas Nic aperta o seixo entre os dedos antes de eu poder tirá-lo.

— Quer dizer então que eu tenho me comportado feito um babaca? — começa ele.

— Bom... é, tem. Tem mesmo — digo. — Mas não foi por isso que a Viv...

Ele abre a boca para responder mas torna a fechá-la, um músculo saltando no queixo.

— Não estou falando da Vee.

— Nico... — começo, mas ele balança a cabeça, me interrompendo.

— No ano passado, ou mesmo alguns meses atrás, você nunca, nem por um segundo, teria achado que eu me mataria no riacho. Isso é verdade, não é?

Seus olhos castanhos perfuram os meus. Faço que sim com a cabeça.

—Você sabia? — pergunto. — Sobre o Spence?

Ele balança a cabeça, chutando a água.

— Sim e não. Alguma coisa estava errada. Ela estava... eu estava... achei que poderia resolver isso depois. Quer dizer, ela estaria comigo. É claro. Eu resolveria o lance do posto de capitão, e pronto. Mas... sabe... o que aconteceu na praia. Ficou bastante claro que o passarinho tinha voado quando eu não estava olhando.

Espero, em silêncio. Papai me disse para não forçar a barra.

— Eu... não podia enfrentar vocês depois... Tia Luce, vovô... você... todo mundo morreria de pena de mim. — Ele remexe os ombros, como que se livrando da nossa piedade imaginária. — Mas eu sabia que o tio Mike não se sentiria assim.

— Você ouviu o sermão de "O que um Homem Deve Fazer"?

— Pode crer — diz ele. — Eu sabia que você devia estar apavorada. Pedi a ele para te ligar. Ele disse que um homem devia fazer isso sozinho. Se eu não estava pronto para falar com você, ele é que não iria falar por mim.

Torno a abrir a boca, mas ele me cala com um aceno de mão. Ou, nesse caso, de punho, já que ainda está segurando a pedra.

— Você se lembra — pergunta — quando apareceu aquele gambá debaixo da varanda da Velha Sra. Partridge? Quando nós tínhamos uns sete anos? E ela ligou para o seu pai pedindo que resolvesse o problema? Ele jogou uma toalha em cima do bicho, atirou para mim, e o gambá me mordeu com toalha e tudo?

Lembro. Lembro de Viv segurando a mão dele na clínica, chorando as lágrimas que Nic nunca se permitiria chorar.

Ah, Nic.

— E Vivien...

— Isso não tem nada a ver com Vivien. Eu tive que tomar vacina antirrábica, lembra? E a enfermeira lá, com aquela agulhona enorme. Tia Luce e vovó estavam chorando, vovô Ben rezando, e você perguntando se adiantaria se tomasse a vacina no meu lugar. Eu perguntei se ia doer... vovó e tia Luce foram logo dizendo que não, mas o tio Mike disse que ia doer pra caralho. Lembra disso?

Lembro, em parte porque eu nunca tinha ouvido essa palavra antes.

— A questão é que ele tinha razão. Doeu, mesmo. Mas ajudou. Saber como eu ia me sentir. A gente não pode enfrentar a verdade se ninguém contar, não é?

Balanço a cabeça.

— Eu amei aquela menina a minha vida inteira — diz Nic.

— Eu sei.

Ele pesa o seixo na mão, inclina o pulso, atira-o na água. Dois ricochetes, um lançamento que está longe de ser dos melhores.

— E eu estou muito mais chateado por não ter conseguido o posto de capitão. Quer me dizer o que isso significa?

Que o fato de você sempre ter tido uma coisa não quer dizer que sempre vai tê-la. Que o que você sempre quis nem sempre é o que vai querer.

Não me dou conta de que pensei em voz alta até Nic dizer:

— É. Exatamente, prima.

Mamãe está calçando os tênis quando chego, sentada no degrau. Escuto a cantoria estridente de um filme da Disney vindo de dentro de casa. *Mulan*. "*Vou mudar, melhorar... um por um*", tremula a voz doce e alta de Emory.

— Nic está bem? — pergunta mamãe.

Faço que sim.

— Vai ficar.

Ela observa meu rosto.

— Com certeza — diz por fim, convicta. — Mas e se não ficar? Durante um tempo? O problema não é seu para resolver. — Mamãe pega um dos seus Nikes, que está com um nó cego, e tenta desfazê-lo com as unhas que precisa manter curtas por causa das faxinas.

— Dá aqui, deixa que eu faço — digo, puxando o tênis.

— Gwen. *Eu* posso resolver isso. — Um puxão aqui, outro ali, e os cadarços se desembaraçam. Ela calça o tênis e pega a lata de Coca Zero. Fecha os olhos e bebe, deixando o mundo do lado de fora, como faz com as coisas que a levam a sonhar, seus livros, seus refrigerantes, suas histórias.

Um som de cascalho sacudido e um brilho prateado. Mamãe e eu levantamos os olhos a tempo de ver o Porsche de Spence passar voando. Com os óculos de sol no alto da cabeça, braço estendido sobre o banco. Ele para na entrada dos Almeida, na diagonal, do mesmo jeito que naquele primeiro dia de verão na Castle's, ocupando mais espaço do que precisa.

Viv desce o curto lance de escada, entra no carro, os cabelos longos e soltos se agitando ao vento.

— A gente vai demorar um pouco a se habituar — diz mamãe. — Aquele garoto parece tão deslocado.

O paradoxo de Seashell. Ele parece e não parece deslocado. É exatamente o tipo de carro que combina com a ilha, estacionado exatamente diante do tipo de casa com que não combina. Não é Viv no lugar em que sempre esteve, tudo que ela sempre quis, nem Nic no lugar que temia ser tudo que ele tinha.

Capítulo Trinta e Sete

Fico parada nos degraus da sede da manutenção durante alguns minutos, tomando coragem, até que levanto a mão para bater, mas, antes que possa fazer isso, a porta se afasta e eu só falto cair em cima de Cass, que está com uma cesta de reciclagem em plástico azul equilibrada no ombro.

— Oi — digo.

Ele coloca a cesta nos degraus, se endireitando. Sua figura é iluminada pela luz que vem do apartamento, realçando o brilho do cabelo, mas deixando sua expressão no escuro.

Silêncio. Nem mesmo a sua boa educação inata vai fazer com que eu passe por essa porta, a menos que eu fale depressa. É o que faço, tão rápido que as palavras se atropelam.

— Tenho que te dizer umas coisas e te fazer umas perguntas e você precisa me deixar entrar.

Ele dá um passo atrás, arqueando uma sobrancelha.

— Isso é uma ordem? Virei José?

— Estou pedindo, não mandando. Posso... entrar? Porque... Cass, me deixa entrar, para a gente não precisar ter essa conversa aqui na escada. Provavelmente a Velha Sra. Partridge tem um ouvido supersônico.

Ele abre mais a porta, mas não se move, por isso tenho que passar por ele ao entrar, e sinto um cheirinho de cloro, de pele quente de sol.

Sento no feio sofá verde. Ele se joga na poltrona manchada diante de mim. Puxo a saia mais para baixo. Ele fica abrindo e fechando a mão.

— Preciso te fazer uma pergunta. Não, três.

— Manda — diz ele, curto e rasteiro.

— Você sabia sobre Spence e Viv, não sabia?

— Sabia.

Uma palavra só, rápida. Eu estava esperando uma explicação, uma desculpa. Isso me pega de surpresa por um momento. Mas continuo:

— Há quanto tempo?

— Desde aquele dia depois da garagem de barcos. Aquela noite. No N&T. Eu vi os dois — diz Cass.

— Tudo bem. A próxima.

— Por que eu não te contei? Eu...

— Shhh, não é isso. Você estava com camisinhas aquele dia na garagem de barcos? Além das toalhas e da Delícia Marinha? Fala a verdade.

Ele fecha os olhos.

— Estava. Por via das dúvidas. Quer dizer, não que esse fosse o objetivo da nossa saída, mas... você sabe como as coisas são com a gente... eu não queria ser pego desprevenido, sem poder tomar precauções. De novo. Aí, no dia seguinte, *no dia seguinte*, Gwen, eu descobri que estava rolando esse lance que eu não podia te contar. Que ia te magoar. Quando eu já tinha dito que seria honesto, quando a gente já tinha finalmente contornado todos os obstáculos e estava navegando em mar aberto.

— Metáfora mista. Mas agora eu sei. Entendi.

Um esboço de sorriso.

— Muito bem, Mulher Dicionário, entendeu o quê?

— Qual é o seu superpoder.

— Hum... o meu o quê?

— Você não sabe mentir. Você não mente. Eu perguntei sobre essas coisas constrangedoras que ficaram no nosso caminho antes, e você disse a verdade mesmo assim.

— Eu devia ter te contado antes. É que... eu não queria que o Spence e a Vivien... ou coisa alguma... ficasse entre nós. Eu só queria...

— A mim — termino a frase.

— A nós — diz ele.

Não dissemos tudo que precisávamos dizer, mas tenho que beijá-lo agora. Me levanto, ele faz o mesmo, dou alguns passos, assim como ele. Passo os dedos pelo seu pescoço e ele puxa a minha cintura. Como sempre, ele cheira a tudo que é limpo e claro. Sabonete. Luz do sol. O beijo começa cuidadoso, seus lábios quentes nos meus, carinhosos e firmes, conscientes e calmos, mas então se aprofunda, fica selvagem, porque nós também somos assim. Ele põe as mãos na minha nuca e eu puxo seus ombros para mim, com as mãos nas suas costas, respirando Cass, esse momento, todo ele, todo ele. Não consigo me saciar, e, o que é mais delicioso, parece que ele também não consegue. Mas não apenas de me beijar. De mim.

E não conversamos durante algum tempo.
Então...
— Como isso te faz sentir? — pergunta Cass, mas, antes que eu possa responder, ele dá um gemido, abaixando a cabeça. — Não posso acreditar que perguntei isso.
— Tinha alguma coisa errada com a pergunta? Porque eu achei legal. Que você tenha perguntado.
— A frase favorita de mamãe — diz ele, virando-se de costas no tapete. — Aquele vício de terapeuta... "Como é que isso faz você se sentiiiiir?" Ela é ótima, mas não quero pensar nela no momento. Muito menos falar sobre ela. Ai, ai.
Ele se senta, um vago rubor se superpondo ao bronzeado. Enfio minha mão nos seus cabelos, arrepiando-os.
— Uma última pergunta, e quero uma resposta honesta. Por que você nunca teve... hum... você diz que não era como o Spence, e eu entendo, mas então o que ficou fazendo naquelas festas, enquanto ele colecionava troféus femininos na jacuzzi? Levando as garrafas vazias para o lixo?
Cass solta um bufo.
— Não mesmo. Não sou nenhum santo. Apenas não cheguei, hum, até o fim.
Começo a rir.
— Até o fim? Isso é alguma metáfora de time de natação?
— Será que dá para não rir? Isso já é bastante constrangedor — diz ele, tentando fazer cara feia, mas meio sorrindo.
— Constrangedor por quê? — pergunto.
— Porque... bom, porque... me faz achar que você está perguntando isso porque eu estou fazendo alguma coisa errada, ou não sei o que estou fazendo, ou... — Ele estremece, passa a mão depressa pelo rosto, diz apressado: — Mas eu aprendo depressa. Quer dizer, quando eu gosto da pessoa. E eu...
— Cass. — Ponho a mão no seu rosto. — Se nós vamos falar sobre eu ter um pouco mais de experiência do que você, posso te dizer o que eu sei... por experiência?

Ele concorda com a cabeça.

— Que eu prefiro mil vezes estar com alguém que se importe com o que faz do que com alguém que saiba o que está fazendo.

No instante seguinte, estamos nos beijando de novo.

Capítulo Trinta e Oito

O estrondo de uma trovoada nos assusta e separa por um momento. Então ele me puxa de volta e a chuva começa, gotinhas tamborilando sobre o telhado da sede da manutenção. Levantamos do sofá e saímos pela casa fechando as janelas. Mais trovoadas e relâmpagos. Outra tempestade de verão.

Quando estou fechando as janelas da sala, que dão para o mar, vejo a sacola que trouxe comigo e escondi nos arbustos perto do cortador de grama antes de subir a escada.

— Ah, que merda — digo, correndo para a porta.

Cass aparece atrás de mim em um instante.

— Nada de fugir.

— Não estou fugindo. — Dou uma risada. — Já volto. Fica aí. Não, espera... vai para o banheiro. Fica lá até eu dizer para sair. Ou então... toma um banho. Ou faz o que quiser. Me dá só cinco minutos.

Cass me observa e então pergunta, desconfiado:

— Estou precisando de um banho? Estou...

— Não, não, não é isso. Seu cheiro é delicioso. Eu quis dizer... Ah meu Deus. — Cubro os olhos, abaixo a mão. — Eu quis dizer...

Suas covinhas aparecem.

— Para eu entrar e esperar? Mas você pretende me deixar sair, não é?

A chuva está ficando mais forte.

— Pretendo, pretendo. Entra lá.

Ele entra.

Graças aos livros de mamãe e aos filmes de vovô, conheço tudo que faz um romance. Velas, rosas, música romântica, uma suave luz dourada entrando pela janela. Tudo isso cuidadosamente ensaiado.

Não posso fazer nada em relação à luz entrando pela janela, ou o fato de ter deixado as coisas que trouxe lá fora, na chuva. Mas tudo isso foi, de fato, cuidadosamente ensaiado. E mesmo assim estou uma pilha de nervos. Embora eu tenha pensado em tudo, planejado tudo, e saiba que é certo.

No quarto de Cass, embelezo sua escrivaninha com velas, coloco-as na mesa de cabeceira, alinho-as no parapeito da janela. Felizmente, o faz-tudo não andou usando o podador elétrico nas plantas da sede da manutenção; a sacola de lona que escondi debaixo dos arbustos está protegida. Pouca coisa se molhou no temporal... menos, é claro, os fósforos. Que maravilha. Corro para a cozinha, ajeito a sacola com a Delícia Marinha caída de lado que tinha posto na bancada. Então acendo uma vela no fogão, uso a chama para acender a seguinte, e a seguinte, e a seguinte, até o aposento escuro brilhar suavemente. De repente, eu me sinto feliz por estar chovendo.

A cama dele está desfeita, as cobertas emboladas. Os lençóis são (naturalmente...) cor-de-rosa.

Endireito o edredom e afofo os travesseiros, mas então me sinto meio estranha e tenho vontade de colocar tudo de novo como estava. Fico parada diante da cama, insegura, quando vem a voz de Cass do banheiro:

— Posso...?

— Ainda não!

Meu vestido não está nem úmido, graças a Deus.

— Tudo bem, pode sair agora.

Ele abre a porta, libertando uma nuvem de vapor. Pelo visto, tomou mesmo banho. E trocou de roupa. Seus olhos se fixam nos meus e ele solta no chão a toalha com que estava esfregando os cabelos.

— Oi — diz.

— Hum — respondo, como se isso fosse uma resposta.

Ele olha para mim, meu cabelo, meu vestido regata preto, meus pés descalços. Curvo os dedos dos pés e empino o queixo, agindo como se fosse tudo muito fácil para mim.

Mas Cass sabe, ele me conhece.

— Bom... — diz ele. — Uau, Gwen.

— Acho que a gente precisa acabar logo com isso — disparo.

Ele começa a rir.

— É o que todo cara quer ouvir. Todos nós queremos ser o Band-Aid que a garota arranca depressa.

— Você não é. Eu quero isso. Quer dizer... eu... eu... eu trouxe velas — digo.

— E uma Delícia Marinha — acrescenta ele. Vem até mim lentamente, põe as mãos de cada lado da bancada da cozinha ao meu redor. Eu me reclino nela.

Ele fica só me olhando.

— Você planejou isso.

— Planejei. Planejei. Eu... planejei.

Ele segura meu rosto. Encosta a testa na minha. E diz a palavra que eu sabia que diria.

— Obrigado.

— Não é só por causa de sexo.

— Nunca foi — diz Cass simplesmente.

Ele inclina a cabeça sobre o meu rosto e cola a boca à minha.

EPÍLOGO

Montado no amplo gramado entre a Rua Baixa e a Rua da Praia, onde os casamentos de Seashell sempre acontecem, está um castelo.

Bem, a tenda de altos picos *parece* um castelo, tão festivo quanto uma construção da Camelot de minha xará, com faixas azuis e brancas — as cores do colégio — se agitando ao vento no alto das torres de lona, pisca-piscas brilhando enrolados nas vigas, e flores azuis e brancas por toda parte.

A faixa que diz "Parabéns!" está torta de um lado, e Al Almeida manda alguém consertá-la, com gestos impacientes. Mas não a mim. Não hoje. Nem Hoop, Pam, Nic ou Viv. Hoje, nós somos convidados, não estamos usando camisetas com estampa de amêijoas ou smokings alugados.

É uma tradição informal dos formandos do nosso colégio saírem do baile e seguirem de carro até o lago que fica perto da cidade, para dar um mergulho de roupa e tudo. Todos nós fizemos isso, Hoop, Nic, Spence, Viv, Cass e eu, entrando no Porsche e no Ford Bronco, a caminhonete de Hoop e o BMW detonado de Cass se juntando à caravana dos nossos colegas de turma para dar o mergulho, cada um gritando quando chegava a sua vez de se atirar na água, e depois atravessando a ponte para Seashell para curtir a nossa própria comemoração — pular do píer de Abenaki com as mesmas roupas encharcadas.

Hoop gritou que a água estava gelada. Cass, já bem longe, perto do quebra-mar, o chamou de banana. Spence ficou só boiando, morto de preguiça, sem querer saber das braçadas furiosas que, combinadas com o nado costas de Nic e o borboleta impecável de Cass, fizeram com que o time de natação fosse o campeão estadual pela primeira vez.

E agora, vamos dar uma festa — não é uma tradição, é uma coisa que só vai acontecer uma vez, para celebrar tudo que estamos deixando para trás, público e privado, na escola e em casa. O pai de Spence queria dar uma megafesta no N&T, mas, no fim, só Seashell pareceu o lugar adequado.

— Como isso aconteceu? — perguntei a Viv quando ela me contou.

— Usei minhas notáveis habilidades gerenciais — disse ela.

— Você ameaçou chorar, não foi? Spence não resiste.

— Não, eu não faço isso. Quando é amor de verdade, a manipulação não é necessária.

— Ainda acho que você devia escrever cartões inspiracionais.

Ela faz que não com a cabeça.

— Isso atrapalharia a minha vida acadêmica.

A Escola Técnica SB oferece cursos de culinária, e Viv está planejando fazer alguns no fim do ano, escolhendo matérias que, há um ano, ela achou que não eram importantes. Se tudo correr bem, ela pode se transferir para a faculdade Johnson & Wales, em Rhode Island, no começo do ano que vem. Spence vai para Harvard. Se eles vão sobreviver à distância, só o futuro dirá. Já sobreviveram ao ano letivo, a situações de família constrangedoras no N&T, onde Viv foi a namorada e não a funcionária do bufê, a comentários de Spence do tipo "Nossa, nunca fui fiel por tanto tempo. Se é que cheguei a ser algum dia".

Meus saltos altos, outro instrumento de tortura feminino, como o curvex e os artigos infindáveis sobre como conseguir "um corpão de praia", estavam me matando, por isso agora estou descalça na grama diante da tenda, esfregando um pé, distraída. Pela aba levantada da tenda, vejo mamãe fazendo o mesmo. Ela passou as últimas semanas abrindo casas em Seashell, tirando lençóis de cima dos móveis, varrendo teias de aranha.

A Castle's reabriu na semana passada, papai resmungando por causa dos ônibus de turistas, todos querendo seus sanduíches de café da manhã preparados de um jeito especial. E frustrado porque ninguém quer os burritos de anchova defumada. Agora aqui está ele, em um casaco esportivo xadrez que eu nunca tinha visto, conversando sobre barcos com o pai de Cass, apontando o dedo para o mar distante, onde um Herreshoff, um dos veleiros dos sonhos de papai, passa pela água, lento e majestoso como um rei em procissão.

Nic se encosta a uma mesa, bebericando uma Coca, mas não está triste. Ele conseguiu entrar na Academia da Guarda Costeira e vai para lá no fim do ano. Ele observa Viv por um minuto, e então seus olhos se afastam para o mar a distância, buscando o seu próprio horizonte.

— Por que não estás a dançar? — pergunta vovô Ben, de repente ao meu lado, com Emory a reboque. Ele está de smoking, e Emory vestindo uma miniatura idêntica, até no detalhe da vistosa gravata-borboleta. Vovô encontrou os smokings numa lista de classificados do jornal *O Clarim de Stony Bay* há algumas semanas, e levou a sacola para casa como se fosse o tesouro que tinha andado procurando com o detector de metais. Fez questão de que os dois experimentassem os trajes imediatamente.

— Fred Astaire, pá! — disse. — Olha só pra gente, miúdo. Ele se ralaria de inveja.

— Tá me pinicando — foi a resposta de Em. — Quero o meu calção. Agora. — Durante o inverno inteiro, vovô, e às vezes papai, que dispõe de mais tempo na baixa temporada, o levou para nadar na Associação Cristã de Moços de White Bay. Agora, Em sabe dar mergulhos perfeitos, e volta à tona com um sorriso. E Escondidinho anda cheirando a cloro.

Dou mais alguns passos pela grama, virando a cabeça para olhar a tenda, o gramado, as mansões de telhas cinza e os sítios baixinhos. Seashell.

Todas as coisas que continuaram iguais... e todas que mudaram.

Durante um tempo foi uma trégua desconfortável, todos nós nos adaptando, nossas alianças mudando. Mas, à sua maneira, tudo isso já aconteceu antes, e vai acontecer de novo. O verão dando lugar ao outono, o vento seco substituindo as brisas quentes e salgadas. Corredores, salas de aula e piscinas térmicas substituindo trilhas de areia até o oceano, a garagem de barcos, os mariscos fritos na Castle's, o vasto mar aberto. Meu avô, um jovem rapaz, flexionando os músculos ao aparar os gramados, preparando seu molho de lagostas especial. Minha avó, a jovem audaciosa que entrava na cidade dirigindo em alta velocidade, a distância entre os veranistas e os moradores da ilha mais curta do que a ponte, tão curta quanto o passo que se deve dar para cruzar a linha invisível que só existe quando você quer.

— Oi — diz Cass, se aproximando, já sem o paletó, as mangas da camisa enroladas. — Procurei você em tudo que é canto.

O colégio contratou a banda de jazz (e não o quarteto vocal, graças a Deus), e eles estão tocando as luxuosas canções de antigamente que conheço tão bem graças a meu avô, a música suave que flui pela noite, tendo os sons da maré baixa ao fundo.

Cass é melhor dançarino do que eu — o que não é difícil —, mas agora sabemos como nos mover juntos, por isso ele me curva para trás e rodopia comigo ao som da música, passos de dança que jamais conheci.

—Você está me conduzindo — diz ele, respirando no meu rosto.

E estou, mesmo.

— Desculpe — sussurro.
— Tudo bem — diz ele. E está, mesmo.

Por acaso, e talvez um pouco por destino, vamos para a mesma faculdade, a Universidade Estadual. Ele vai estudar cartografia, e eu, graças à bolsa de estudos concedida pela associação Filhas dos Pescadores Portugueses (sou neta, é verdade, mas vovô Ben deu um jeitinho de driblar o esquema), vou estudar literatura inglesa.

Eu te amo, sabia?, disse a ele aquela noite na sede da manutenção. De um jeito meio feroz, num tom agressivo de que me arrependi na mesma hora — um desafio mais do que uma confissão.

Mas Cass entendeu. Ele me entende.

— Sei — disse ele, simplesmente. E eu vi que sabia mesmo. Que isso era verdade.

A música antiquada se silencia, passando para outra, mais animada e atual. Cass me puxa pela mão e nos afastamos pela grama até o alto da Rua da Praia, de onde podemos ver tudo — o mar, a terra, até mesmo a vaga forma da ponte muito, muito ao longe. E eu posso ver tudo, traçar o caminho que percorremos, como as linhas de um mapa. Quatro crianças deitadas na areia, fogos de artifício brilhantes como estrelas cadentes. Dois amigos no píer, olhando para o desconhecido. Um garotinho dando um salto, outro mais velho fazendo o mesmo. Um vaga-lume cintilando na noite, preso na mão de um garoto que o mostra a uma garota. A garota se inclinando para beijar o garoto. Uma senhora de idade que não se esqueceu de como é ser jovem, recostada no seu balanço, impulsionando-o com os pés nas tábuas corridas, olha para além da água, para além do oceano que muda e nunca muda. Horizontes que parecem fins, mas que apenas se dobram para dentro do céu, curvando-se em algo novo, começando tudo outra vez.

AGRADECIMENTOS

Publicar o segundo livro é totalmente diferente de publicar o primeiro. Principalmente porque desta vez tenho plena consciência de quanto talento, empenho e boa vontade foi preciso para transformar meu manuscrito no livro que você tem em mãos.

Muito obrigada, além do que as palavras podem expressar, a:

Minha família e amigos. Meu pai, o melhor dos homens, Georgia, a melhor das madrastas, meu irmão Ted e minha irmã deLancey, todos os meus primos Thomas, Patricia e Kramer, meus companheiros de Concord e amigos próximos e distantes, que me deram dicas sobre iatismo, e Colette, Matthew e Luke. Por mil e um motivos.

Christina Hogrebe, minha tarimbada, inteligente e incrível agente, que trabalha incansavelmente para que ninguém ponha o Bebê (seja ele algum dos meus livros ou eu mesma) de lado. E Meg Ruley, Jane Berkey, Annelise Robey, Christina Prestia, Andrea Cirillo, Danielle Sickles e Liz Van Buren... todos os meus amigos na JRA.

Para Jessica Garrison, cujo senso de enredo e experiência editorial não ficam atrás de sua dedicação e bondade, e que mais de uma vez trabalhou nas férias até de madrugada (cartas editoriais às duas e meia da manhã, por Deus!) para tornar esta história o melhor possível.

A Vanessa Han e Jasmin Rubero, por tornarem *Pensei que Fosse Verdade* bonito por dentro e por fora. A Molly Sardella, que pôs o seu coração na divulgação de *Minha Vida Mora ao Lado*. A Jackie Engel, Doni Kay (e toda a incrível equipe de vendas da Penguin), Lily Malcom e Claire Evans, por seu apoio e entusiasmo pelo livro. Donne Forrest e Draga Malesevic, que trabalham duro para fazer com que meus livros atravessem fronteiras. A Regina Castillo — felizmente, minha copidesque/editora mais uma vez, que supervisiona minha gramática e lógica narrativa, e cuida para que a camisa de Cass não mude de cor — ou deixe de existir — no meio de uma cena. E um enorme agradecimento a Lauri Hornik por sua fé em mim e nos meus livros. E a Kristen Tozzo, que manteve o bebê dentro do prazo.

Buquês virtuais e brindes de champanhe a todos da CTRWA, os melhores amigos que qualquer escritor poderia desejar, que me deram de tudo, desde orientação em informática até sugestões de enredo, às vezes em cima da hora. E principalmente aos meus doadores de ideias: Karen Pinco, Shaunee Cole, Jennifer Iszkiewicz e Kristan Higgins, que esbanjam imaginação e simpatia, e que sempre me fazem rir até ficar com o estômago doendo. Vocês todos me protegeram dos perigos de um certo ano.

Ah, sim, sobre a tal de Kristan Higgins. Você, minha amiga, merece um duplo agradecimento. Eu não poderia ter passado por este livro sem as suas sugestões e leituras, seus conselhos, suas bijuterias emprestadas e sua infinita bondade: verdadeira amiga, musa, fada "irmãdrinha", e a pessoa que, como seus livros, sempre me faz rir. E chorar.

Também à minha amada Gay Thomas, amiga para a vida inteira, e Jessica Anderson, que leram, me aconselharam e me acalmaram quando perdi totalmente a perspectiva deste livro.

Os sempre maravilhosos Apocalypsies, essa equipe talentosa cujos livros, carinho e lucidez fizeram de 2012 um ano incrível e me mantiveram o mais sã possível. O melhor de todos os clubes.

Minha Vida Mora ao Lado e *Pensei que Fosse Verdade* devem tudo aos blogueiros, leitores, livreiros, professores e bibliotecários que tão incansavelmente os leem e recomendam por puro amor a uma boa história. Obrigada por lerem, por escreverem resenhas, posts e cartas, e por todo o seu afeto.

Papel: Pólen Soft 70g
Tipo: Bembo
www.editoravalentina.com.br